Die Bildermacherin und der böse Wolf

Die Personen und die Handlung des Buches sind frei erfunden. Etwaige Ähnlichkeiten mit tatsächlichen Begebenheiten oder lebenden oder verstorbenen Personen wären rein zufällig. Ausnahmen hierzu finden Sie in unserem Personen-/Ortsregister.

BIBLIOGRAFISCHE INFORMATION DER DEUTSCHEN NATIONALBIBLIOTHEK
Die Deutsche Nationalbibliothek verzeichnet diese Publikation in der Deutschen Nationalbibliografie; detaillierte bibliografische Daten sind im Internet abrufbar: http://dnb.d-nb.de

Umschlag: Nele Schütz Design, München
Design & Layout: Athesia-Tappeiner Verlag
Druck: CPI Moravia Books s.r.o.

ISBN 978-88-6839-384-7

www.athesia-tappeiner.com
buchverlag@athesia.it

CHRISTIANE OMASREITER
KATHRIN SCHECK

DIE BILDER MACHERIN

und der böse Wolf

ATHESIA VERLAG

Für Antonia, Franziska,
Elisabeth und Magdalena

Prolog

Sie brauchte das Licht der Stirnlampe nicht. Der helle Schein des Vollmondes wurde vom Schnee reflektiert und so lag die atemberaubende Landschaft silbrig glänzend vor ihr. Unberührt und rein, als wäre sie der erste und einzige Mensch hier oben. Tief unter ihr konnte sie die Umrisse der Hütte am *Lettazogl*[1] erkennen. Obwohl sie während des steilen Aufstiegs schwitzte, brannte jeder Atemzug eiskalt in ihren Lungen. Geschmeidig zog sie ihre Tourenskier durch den weichen Neuschnee. Es war nur das leise Klacken der Bindungen gegen die Skier und das Einstechen der Stöcke in den Schnee zu hören. Hier war sie in ihrem Element, eins mit der Natur um sich. Auch wenn die letzten Wochen sie vor große Fragen, Anfeindungen und Entscheidungen gestellt hatten, fühlte sie sich nun mit sich im Reinen. Die Anspannung, die sie noch unten im Tal fest im Griff gehabt hatte, fiel mit jedem Schritt mehr von ihr ab. Sie konzentrierte sich nur auf ihren Atem. Ein kurzer Blick auf ihre Pulsuhr bestätigte ihr, dass ihre Herzfrequenz im perfekten Bereich lag. Als sie die Richtung änderte, blies ihr der Wind auf einmal scharf ins Gesicht. Sie zog die Kapuze noch enger zu, sodass diese fast ihr ganzes Gesicht bedeckte und nur die Augen freiließ.

Einige hundert Meter später blieb sie stehen und lauschte.

Stille.

Im hektischen Alltagsleben gab es das höchst selten: absolute Stille. Kein Rascheln, kein Rauschen, jegliches Ge-

1 Alle kursiven Begriffe werden im Glossar am Ende des Buches erklärt.

räusch wurde von der dicken Schneeschicht geschluckt. Dann vernahm sie das, worauf sie gewartet hatte. Dieses schaurig schöne Heulen eines Wolfes. Es durchschnitt die Nachtruhe und legte sich über die Hänge wie ein sehnsuchtsvolles Lied. Sie wartete, bis sich ihr Atem beruhigt hatte, und ging dann vorsichtig weiter. Das Tier musste links oberhalb Richtung *Hörnle* sein. Immer wieder blieb sie stehen und lauschte dem wehmütigen Klagen des Wolfes.

Plötzlich hatte sie das Gefühl, als ob sie hinter sich etwas hörte. Sie drehte sich um. Nichts. Den Hang hinauf führten nur die Spuren ihrer Skier. Oder doch? Bewegte sich bei den kleinen Lärchen, ein gutes Stück tiefer, ein Schatten? Waren die Wölfe dort unten? Hatte sie sich getäuscht? Sie schob sich die Kapuze vom Kopf, um besser hören zu können. Aber es war wieder vollkommen still. Trotzdem konnte sie sich des unguten Gefühls, dass dort unten etwas lauerte, nicht erwehren. Sie setzte die Kapuze wieder auf und ging schneller.

Sollte sie jemanden anrufen? Nur zur Sicherheit, damit jemand wusste, wo sie war? Ach was. Sie war schon unzählige Male nachts allein hier oben gewesen. Warum sollte ihr ausgerechnet heute etwas zustoßen? Sie ließ sich schon von der Furcht der Leute im Dorf anstecken. Hier oben war sie vollkommen sicher, versuchte sie sich zu beruhigen. Trotzdem konnte sie nicht verhindern, dass ihr Herz schneller schlug und sie sich immer wieder ängstlich umwandte.

1.

Nach einer nervenaufreibenden Fahrt von Berlin nach Südtirol konnte Amalia endlich in Vintl von der viel befahrenen Pustertaler Straße abbiegen. Mit jedem Kilometer wurde der Verkehr weniger und Amalia sog den Anblick der in der blassen Wintersonne glitzernden Landschaft in sich auf. Jede Kurve war ihr vertraut wie die Linien auf ihrer Hand. Je weiter sie ins tief verschneite Pfundrer Tal hineinfuhr, desto größer wurde die Vorfreude. Sie konnte es kaum erwarten, wieder zurück zu sein.

Obwohl sie ihren Heimatort vor vielen Jahren – erst zum Studium und später für ihren Beruf – verlassen hatte, hatte für sie in all diesen Jahren der erste Blick auf das kleine Bergdorf am Ende des engen V-Tales nie etwas von seinem Zauber verloren: Mächtige Dreitausender der Zillertaler Alpen im Hintergrund, weiße Hänge, auf denen einsame Berghöfe jedem Wetter trotzten, und davor der *Kirchbichl,* auf dem die kleine Dorfkirche St. Martin thronte und der jeden Besucher huldvoll begrüßte. Die Häuser von Pfunders schienen sich unter der tiefen Schneedecke noch enger aneinanderzuschmiegen.

Hier würde sie nun ihr neues Leben beginnen. Nachdem ihre geliebte Großmutter Zille letzten Sommer verstorben war, hatte Amalia sich entschieden, von Berlin zurück hierher zu ziehen. Diese Entscheidung war ihr nicht leichtgefallen, da sie sich in Berlin inzwischen sehr erfolgreich als Modefotografin etabliert hatte. Der Entschluss, ihre aussichtsreiche Karriere gegen einen Neuanfang als freie Fotografin in der Provinz einzutauschen, hatte ihr so manch schlaflose Nacht bereitet und Unverständnis bei ihren Berliner Bekannten hervorgerufen.

Doch das Heimweh und die Sehnsucht nach dem einfacheren Leben hier in den Bergen mit ihren alten Freunden hatten überwogen. Außerdem ... es gab hier den attraktiven Felix, mit dem sie im Sommer eine vielversprechende Liebesbeziehung begonnen hatte. Also hatte sie nun endgültig ihre Zelte in Berlin abgebrochen und sich mit einer legendären Abschiedsparty von ihrem bunt zusammengewürfelten Berliner Freundeskreis verabschiedet.

Im kleinen Vorgarten des schmalen, im Südtiroler Stil gebauten Hauses türmte sich der Schnee fast in Höhe des Gartenzaunes. Über die Außentreppe ging sie in den ersten Stock, sperrte die Tür auf, trat ein und staunte nicht schlecht. Omas Haus war fast nicht wiederzuerkennen. Die Männer der Berliner Umzugsfirma hatten ganze Arbeit geleistet. Da sie noch einige Aufträge für Fotoshootings hatte abwickeln müssen, hatten sich Freunde vor Ort um den Umbau gekümmert. Unten war eine geräumige Dreizimmerwohnung entstanden, die Amalia vermietete, und oben war ihr eigenes neues Reich.

Mit großen Augen blickte sie sich in der Wohnung um. Aus dem ehemaligen Atelier ihrer Oma war ein großer Wohnraum mit Küchenzeile geworden, aus der Dunkelkammer ihr Büro und aus ihrem alten Kinderzimmer ein elegantes Schlafzimmer. Ihre Berliner Möbel machten sich hier großartig. Die hölzernen Dachbalken, die freigelegt worden waren, gaben dem hohen Raum Wärme und bildeten einen schönen Kontrast zu ihrer hellen Ledercouch. Ihr Blick fiel auf die Küchenzeile, wo in verschiedenen Gläsern Gewürze, Müsli und Nudeln zu sehen waren.

Auf dem kleinen Esstisch standen ein Adventskranz und ein Teller mit Weihnachtsplätzchen. Hier mussten Hilda und Evi Hand angelegt haben. Evi war seit Kindertagen ihre beste Freundin und Hilda war die engste Vertraute ihrer Großmutter gewesen. Nachdem die letzten Monate für Hilda und ihren Mann nicht leicht gewesen waren, hatten sie sich entschieden, über Weihnachten zu verreisen, und sie befanden sich momentan auf einer vierwöchigen Kreuzfahrt in der Karibik.

Hilda musste noch bis kurz vor der Abreise in Amalias Wohnung gewerkelt haben. Keinesfalls durfte sie vergessen, sie nach der Rückkehr zum Essen einzuladen. Sie lächelte glücklich. Es fühlte sich an wie heimkommen. Alle hatten sie geholfen, ihr bei ihrer Ankunft ein behagliches Zuhause zu bieten. Eigentlich hatte sie schon an Weihnachten hier sein wollen, aber in letzter Sekunde war ein Auftrag dazwischengekommen, sodass sie es erst nach den Feiertagen geschafft hatte.

Amalia trat an die große Fensterfront, durch die die kraftlose Wintersonne das ehemalige Atelier mit klarem Licht durchflutete. Mit Schnee angezuckert lagen die *Pfundrer Berge* vor ihr. Sie konnte hinauf zum *Gampiel* und hinüber bis zum *Hegedex* sehen, dessen markante Flanke strahlend weiß glitzerte. Doch ihr Blick verweilte nur kurz auf dem beeindruckenden Panorama, denn er wanderte bald wie magisch angezogen zum Nachbarhaus. Dort wohnte, so lange sie denken konnte, Felix, ihr Jugendfreund und Kamerad, doch seit letztem Sommer so viel mehr. In der schwierigen Zeit nach dem Tod ihrer geliebten Großmutter hatte er ihr beigestanden. Der Verlust war für Amalia hart gewesen, denn die rüstige alte Frau hatte sie aufgezogen, nachdem ihre Eltern verunglückt waren. Seit sie drei Jahre alt war, war ihre Oma deswegen für sie die wichtigste Bezugsperson auf der Welt gewesen. In den Nachwehen der dramatischen Ereignisse rund um den Tod der Großmutter hatte zwischen ihr und Felix eine leidenschaftliche Beziehung begonnen, die sich leider ziemlich abgekühlt hatte, seit sie nach Berlin zurückgekehrt war.

Mit gerunzelter Stirn dachte Amalia an ihre letzte Begegnung zurück. Sie hatte Felix hoch und heilig versprochen, innerhalb von zwei Wochen endgültig nach Pfunders zurückzukehren, hatte dann aber den Umzug wieder und wieder verschoben. Felix hatte ihr vorgeworfen, ihn hinzuhalten und unzuverlässig zu sein. Sie hatte ihn ihrerseits beschuldigt, engstirnig zu sein und sie einzuengen. Nach einigen zornigen Telefonaten herrschte seit vier Wochen völlige Funkstille zwischen ihnen.

Das ist das Erste, was ich in Ordnung bringe, schwor sie sich. Ihr war klar, dass sie sich nicht korrekt verhalten hatte, doch ihr war der Abschied von Berlin viel schwerer gefallen als gedacht. So hatte sie sich immer wieder hinreißen lassen, einen „allerletzten" Auftrag als Fotografin anzunehmen, um den Umzug verschieben zu können.

Wenn ich meine Berliner Wohnung nicht zum Jahresende gekündigt hätte, wäre ich wahrscheinlich immer noch nicht in Pfunders, dachte sie reumütig. Felix gegenüber hatte sie, wenn sie ehrlich zu sich selbst war, ein ziemlich schlechtes Gewissen. Er war es gewesen, der sich in ihren langen Abwesenheiten darum gekümmert hatte, dass der Umbau voranging. Sogar seinen eigenen Hausbau hatte er hintangestellt, und sie hatte ihn zum Dank von Termin zu Termin vertröstet, bis er die Geduld verloren hatte.

Den Rest des Nachmittags verbrachte Amalia damit, ihren feuerroten Mini, der bis unter das Dach mit ihren letzten Habseligkeiten aus Berlin vollgeladen war, auszuräumen und Kisten, Taschen und Koffer ins Haus zu schleppen.

Draußen war es bereits dunkel, als das größte Chaos beseitigt war und alles seinen Platz gefunden hatte. Lediglich in ihrem Büro stapelten sich noch Umzugskartons bis zur Decke, obwohl sie in Berlin schon kräftig aussortiert hatte. Diese enthielten alles, was sie für ihre Arbeit benötigte, und waren zusammen mit den Möbeln angeliefert worden.

Sie sah auf die Uhr. Nach sieben. Mit Heißhunger machte sie sich über die Plätzchen her und ging anschließend in ihr frisch renoviertes Bad. Kritisch blickte sie in den Spiegel. Evi hatte ihr per WhatsApp mitgeteilt, dass heute Abend eine eilig einberufene Bürgerversammlung stattfand, die die Rückkehr der Wölfe ins Pfundrer Tal zum Thema hatte. Das war die Gelegenheit, Felix unverfänglich zu treffen und sich endlich auszusprechen. Dafür wollte sie bestmöglich aussehen.

Sie rümpfte die Nase über das Bild, das der Spiegel ihr zeigte. Ihre großen grünen Augen blickten ihr ziemlich müde entgegen, ihr Gesicht wirkte wegen der vielen Weihnachtsfeiern und adventlichen Leckereien runder als noch im Sommer und ihr ausgeleierter Lieblingspullover hing an ihr wie ein alter Sack. Nur mit ihren Haaren war sie zufrieden. Dank einem letzten Friseurbesuch in der Großstadt, den sie sich gestern gegönnt hatte, fielen sie in seidig glänzenden dunkelbraunen Locken auf ihren Rücken und umrahmten ihr Gesicht vorteilhaft. Schnell stellte sie sich unter die Dusche und schlüpfte danach in einen dunkelblauen Wollpullover und saubere Jeans. Noch ein bisschen Wimperntusche und Lippenstift. So viel Zeit musste sein. Nachdem sie den ganzen Tag im Auto und im Haus verbracht hatte, beschloss sie, die hundert Meter zur Feuerwehrhalle, wo die Versammlung stattfand, zu Fuß zu gehen.

„Hallo, sind Sie Frau Engl?“, hörte Amalia hinter sich eine dunkle Frauenstimme rufen.

Überrascht drehte sie sich um. Vor ihr stand eine braunhaarige, kleine, sehr schlanke Frau mit einem burschikosen Kurzhaarschnitt und strahlend blauen Augen in einem schmalen Gesicht. Ihre zu einer feinen Linie gezupften dunklen Augenbrauen bildeten einen aparten Kontrast zu ihrer hellen Haut.

„Ja, das bin ich“, sagte Amalia und schaute die Fremde abwartend an.

„Ich sah Sie aus dem Haus kommen und nahm an, dass Sie die Eigentümerin sein müssen. Mein Name ist Dr. Bettina Sommer und ich bin seit Anfang September Ihre Mieterin.“

Amalia lächelte freundlich. Hilda hatte es in ihrer Abwesenheit übernommen, einen Mieter für die Wohnung im Erdgeschoss zu suchen. Amalia wusste über ihre Mieterin nur, dass sie aus München kam, fünf Jahre älter als sie selbst, also 36, war und eine feste Anstellung an der Fakultät für Biologie an der Ludwig-Maximilians-Universität hatte. Frau Sommer hatte einen befristeten Mietvertrag für ein halbes Jahr unterschrieben, um ein Forschungsprojekt über Wölfe in Südtirol zu leiten. Da alles Vertragliche per E-Mail oder Post geregelt worden war, hatten sie sich nie persönlich kennengelernt.

Amalia streckte ihre Hand aus. „Das ist nett, dass wir uns so schnell kennenlernen. Ich hoffe, Sie fühlen sich hier wohl.“

Die Biologin drückte kurz, aber fest ihre Hand. „Ich finde es sehr schön hier, die Abgeschiedenheit und die Unmittelbarkeit der Natur gefallen mir."

Amalia nickte zustimmend und deutete talwärts. „Vielleicht können wir in den nächsten Tagen einen Kaffee miteinander trinken, um uns kennenzulernen, nur jetzt muss ich los. Heute ist eine Bürgerversammlung und ich bin schon spät dran."

„Dann begleite ich Sie, dahin bin ich auch unterwegs. Keine Sorge, ohne mich fangen die nicht an", sagte Frau Sommer selbstbewusst.

Amalia lachte ein wenig verkrampft, weil sie nicht sicher war, ob die Biologin das tatsächlich ernst meinte. Sie musste sich bemühen, mit ihr Schritt zu halten. Für eine so kleine Person legt die ein ganz schönes Tempo hin, dachte Amalia. Neben der hageren Frau, die einen Kopf kleiner war und eine eng geschnittene hellgrüne Sportfunktionsjacke trug, kam sie sich in ihrer dicken Daunenjacke und mit ihren Weihnachtskilos vor wie ein Elefant.

Sie plauderten über das Wetter und ihr fiel auf, dass Frau Sommer, obwohl sie aus München kam, reinstes Hochdeutsch sprach.

Als sie die hell erleuchtete Feuerwehrhalle erreichten, gingen sie um das Haus herum zum Eingang des Saals. Die Biologin nickte ihr kurz zu und ging zielstrebig zu einer Gruppe Männer, die zusammen vor der Tür standen.

Amalia holte tief Luft und betrat den angenehm beheizten Raum.

„Amalia, hier!"

Amalia blickte suchend umher, bis sie eine wild winkende Evi entdeckte.

„Komm rüber! Hier sind noch Plätze frei."

Sie bahnte sich den Weg durch die gut besetzten Stuhlreihen und wurde immer wieder von Bekannten und Freunden aufgehalten, die sie herzlich begrüßten.

Endlich kam sie bei Evi an, die aufsprang und sie überschwänglich in die Arme nahm. „Du bist wieder da. Und diesmal für immer. Ich freu mich so."

Amalia erwiderte die Umarmung liebevoll. Wie sehr hatte sie diesen quirligen Blondschopf in Berlin vermisst. Evi war seit dem Kindergarten ihre beste Freundin und selbst ihre unterschiedlichen Lebenswege hatten der Tiefe ihrer Freundschaft nie etwas anhaben können. Während sie in der Großstadt Karriere gemacht hatte, hatte Evi jung geheiratet, lebte mit ihrem Mann und drei Kindern auf einem Berghof und verließ Pfunders nur selten. Die zierliche Frau stemmte ihre mit Arbeit und Familie randvoll gefüllten Tage mit Optimismus und Lebensfreude.

„Gut schaust du aus", sagte Amalia und meinte es auch so.

Evi trug ihr glattes Haar schulterlang. Unter frechen Ponyfransen funkelten ihre blauen Augen fröhlich hervor. Obwohl sie kein Make-up trug, wirkte ihre Haut in ihrem fein geschnittenen Gesicht strahlend und frisch.

Hinter Evi machte sich Michl, Evis Mann, bemerkbar. „*Hoila*, Amalia. Schön, dass du wieder da bist."

Amalia begrüßte ihn herzlich und betrachtete ihn eingehender. Sie hatten ihn in der Schulzeit wegen seiner wild abstehenden roten Haare immer „Pumuckl" genannt. Auch später hatte er aufgrund seiner Größe, der dicken Brille und eines kleinen Bauchs etwas Koboldhaftes für Amalia gehabt. Brille und Bauch waren nun verschwunden, die Haare hatten einen feschen, modischen Schnitt und er wirkte schlank und fit und dadurch größer.

„Ja, bin ich denn die Einzige, die an Weihnachten zunimmt? Was hast du denn gemacht?“, staunte sie.

„Zwölf Kilo sind runter“, sagte Michl und der Stolz in seiner Stimme war unverkennbar.

Evi stöhnte theatralisch. „Ja, aber den Orden verdienen wir beide. Low-Carb-Diät. Ich musste jeden Abend zweimal kochen und anschließend saß ich allein da, weil er ins Fitnessstudio wollte. Frühe Midlife-Crisis“, fügte sie so laut flüsternd hinzu, dass ihr Mann sie hören musste.

Amalia lächelte in sich hinein. Ihr gefiel es, wie Michl und Evi miteinander umgingen. Es wurde oft gescherzt und diskutiert. Beide konnten sie sowohl austeilen als auch einstecken, doch unter dem Spott und den Neckereien konnte man aufrichtige Zuneigung und tiefe Vertrautheit erkennen. In schweren Zeiten hatten die beiden fest zusammengehalten. Nie würde sie vergessen, wie Michl nächtelang mit seiner Frau im Krankenhaus am Bett von Simon gewacht hatte, als dieser mit einem halben Jahr eine Lungenentzündung hatte. Erst im Morgengrauen hatte er die Klinik verlassen, um nach Hause zum Melken zu fahren.

„Respekt, Michl“, sagte Amalia mit echter Bewunderung. „Wie hast du denn …?“

„Ja, bist du jetzt auch endlich da?“, wurde sie unterbrochen.

Neben ihr ließ sich eine ältere, ziemlich korpulente Frau, die ihre dünnen grauen Haare zu einer Flechtfrisur hochgesteckt hatte, unter lautem Schnaufen in den Stuhl fallen.

„*Griaß di,* Nanne“, sagte Amalia und gab ihr die Hand. „Ich bin heute angekommen.“

„Zeit ist es worden. Wir warten schon seit Wochen …“, grummelte Nanne und schälte sich umständlich aus ihrem Lodenmantel.

Amalia schluckte.

Anna Steinhauser, oder die „Stoana Nanne“, wie sie im Dorf genannt wurde, war Felix’ Mutter und gleichzeitig Amalias Nachbarin. Nanne war eine etwas grobschlächtige Frau, die ihr Herz auf der Zunge trug. Sie war um die sechzig, wirkte aber durch ihre etwas behäbige Art und ihren konservativen Kleidungsstil älter. Dass sie so unwirsch auf Amalia reagierte, konnte nur bedeuten, dass Felix etwas gesagt hatte. Oh Gott, das muss ich unbedingt in Ordnung bringen, dachte sie bang.

Sie blickte sich erneut im Saal um. War Felix mit seiner Mutter gekommen? Sie konnte ihn nirgends entdecken. „Weißt’ Nanne, ich musste wegen der Arbeit ...“

„Ach, Arbeit. Es gibt Wichtigeres im Leben als die Arbeit. Wirst schon noch sehen, was du davon hast“, fügte Nanne ominös hinzu.

„Pscht! Es geht los“, zischte Evi von der anderen Seite, sodass Amalia nicht mehr dazu kam, nach Felix zu fragen.

Der Bürgermeister begann die Leute im Saal zu begrüßen und die Teilnehmer der Podiumsdiskussion über die Wölfe vorzustellen.

Es waren die üblichen Personen zu diesem Thema: zwei Jäger, mehrere Bauern, ein Hotelier, zwei Gemeinderäte und, zu Amalias Überraschung, ihre neue Mieterin Bettina Sommer sowie eine ihr unbekannte junge Frau.

„Es freut uns, zwei Damen in unserer Runde begrüßen zu dürfen, die wissenschaftliche Fundierung in unsere Diskussion bringen werden. Zum einen Frau Dr. Sommer, die einen Lehrstuhl für Zoologie an der Technischen Universität München hat. Durch ihre Forschungen am „Wolf Science Center“ in Wien, das sich die Erforschung von geistigen und kooperativen Potenzialen von Wölfen und Hunden zur Aufgabe gemacht hat, gilt sie als eine Expertin für Wölfe in Mitteleuropa und setzt sich seit Jahren für ein konfliktarmes Zusammenleben von Wolf und Mensch ein. Außerdem darf ich Ihnen Celina Uhlig vorstellen, die Biodiversität, Evolution und Ökologie an der Freien Universität Berlin studiert und gerade ihre Masterarbeit für das *Leibniz Institute for Zoo and Wildlife Research* schreibt, in der es um Verhaltensforschung bei Wölfen geht."

„*Oschpile Muggn* – waren das viele Fremdwörter in einem Satz! Das müssen ja *bsundos studierta Weibo* sein", brummelte Nanne mit unverkennbarer Ironie.

Amalia konnte sich ein Kichern nicht verkneifen. Nanne war schwer zu beeindrucken. Mit Interesse folgte Amalia der sich jetzt entfaltenden lebhaften Diskussion. Vieles war vorhersehbar. Die Bauern hatten Angst um ihre Schafe und Ziegen, die Jäger sorgten sich um das Wild, die Gemeinderäte sahen Gefahren für Spaziergänger und Wanderer, und der Hotelier Acherer befürchtete, Gäste zu verlieren.

Die beiden Wissenschaftlerinnen hielten tapfer dagegen. Celina Uhlig legte Wert darauf, öfters zu erwähnen, dass von den Wölfen im Allgemeinen keine Gefahr für den Menschen ausgehe. Der Mensch passe nicht in das Beuteschema des Wolfes. So seien in Europa in den letzten fünfzig Jahren nur vier Personen durch Wölfe getötet worden.

Frau Dr. Sommer führte aus, dass sich der Wildbestand in der Lausitz, die in Deutschland den größten Bestand an Wölfen aufwies, nicht signifikant verändert habe. Außerdem wies sie darauf hin, dass nach einer Phase der Eingewöhnung – wenn der Mensch nicht durch Jagd eingreife – sich die Anzahl der Wölfe selbst reguliere. Damit gingen auch automatisch die Angriffe auf Nutztiere stark zurück. Beide Wissenschaftlerinnen betonten immer wieder, dass der Wolf im Ökosystem eine wichtige Rolle übernehme, da er hauptsächlich kranke und schwache Tiere jage. So wäre wieder ein natürlicher Feind für Rehe und Hirsche vorhanden, was dazu führe, dass diese weniger Verbissschäden an Bäumen anrichten würden. Die Rückkehr des Wolfes bedeute außerdem, dass die Natur sich trotz der vielen Eingriffe der Menschen regeneriere, was als überaus positiv zu bewerten sei.

Es war interessant, wie verschieden die beiden Frauen, die auf der gleichen Seite argumentierten, die Diskussion bestritten. Frau Dr. Sommer war sehr sachlich, unterbrach ihr Gegenüber, wenn es zu langatmig wurde, untermauerte ihre Meinung mit Fakten, verbat sich jede Vertraulichkeit und legte auf eine korrekte Anrede wert. Den Jäger Rastbichler brachte sie jedes Mal, wenn er sie mit „Frau Sommer" ansprach, aus dem Konzept, weil sie darauf drängte, er solle sie doch bitte „Frau Dr. Sommer" nennen. Der arme Mann wurde nach der dritten Ermahnung knallrot und verlor gänzlich den Faden.

Sehr geschickt, dachte Amalia.

Ganz anders Celina Uhlig. Die bildhübsche blonde Frau strahlte eine unglaubliche Lebendigkeit und Leidenschaft für ihre Sache aus. Sie brachte ihre Meinung mit viel Charme und Leichtigkeit vor. Sogar der erbitterte Wolfsgegner Johannes Huber, der ein Schaf verloren hatte, war nicht gegen ihre Ausstrahlung gefeit. Der kleine drahtige Mann Ende fünfzig, der im Dorf nur der Huiba Hons genannt wurde, gab ihr anfangs barsch und hart Kontra. Er sprach im Pfundrer Dialekt und scherte sich wenig darum, dass Celina ihn oft nicht verstand, außerdem fiel er ihr immer wieder ins Wort. Doch sie ging mit Humor und sehr gewinnend auf seine Argumente ein, bis er irgendwann murmelte: *„Ma, wenn du des so sogsch, klingt des gor et aso loppat.“*

„Das ist ein Teufelsweib“, zischte Nanne neben Amalia. „Schau nur, wie die dasitzt. Die Jeans so eng, als wären sie aufgemalt und obenrum ist auch nicht viel der Fantasie überlassen.“

Amalia musste zugeben, dass die hübsche Studentin ihre Reize nicht verbarg, fand aber, dass die durchtrainierte, schlanke junge Frau das schwarze, mit Strass verzierte Top durchaus tragen konnte. Sie hatte weit auseinanderliegende strahlend blaue Augen, die ihre Diskussionsgegner voller Übermut anblitzten, und ein Lachen, dem alles Gekünstelte fehlte. Dadurch, dass sie kaum geschminkt war, ihr Haar in leichten Wellen auf die Schultern fallen ließ und sie mit ausladender Gestik redete, wirkte die junge Frau in Amalias Augen nicht billig, sondern jugendlich und natürlich.

„Hast gesehen, wie die *des* grad mit dem Huiba Hons gemacht hat?“ Nannes Kinn bebte vor rechtschaffenem Zorn. „Gestern hat der im Gasthaus noch große Töne gespuckt, dass er den zwei *Deitschn* heute auf der Versammlung richtig die Meinung sagen wird. Und jetzt? Schau ihn dir nur an, den alten Deppen. Sogar seinen alten Hut mit den Löchern hat er aufgesetzt. Den setzt er normalerweise immer nur auf, wenn er nach Bozen fährt, um für irgendeinen Beitrag vom Land anzusuchen. Da gibt er sich immer als armer einfältiger Bauer und in Wirklichkeit ist allein sein Maschinenpark fast eine Million wert und seine Buchführung und Verwaltung sind auf dem allerneuesten Stand. Seine Stallstiefel hat er auch an. Ich könnt wetten, dass er vor der Versammlung noch eine extra Runde durch den Schafstall gedreht hat, damit er richtig *stallilan tuit*. Weil gestern hat er noch gesagt, dass er die feinen Damen aus der Stadt erst einmal eine richtige Nase Landluft schnuppern lässt, weil sie sich ja immer so naturnah geben. Und was passiert? Da braucht diese Celina nur einmal mit den Wimpern klimpern und er frisst ihr aus der Hand wie eins von seinen Schafen."

„Aber da ist er ja leider nicht der Einzige. Die macht alle Männer im Dorf verrückt", giftete Nanne weiter. „Egal ob alt oder jung, alle steigen sie ihr nach. Sodom und Gomorrha in Pfunders, sag ich dir. Sogar Männer, von denen ich gedacht habe, dass sie wissen, wo sie hingehören, laufen ihr nach wie unser Herkules einer läufigen Hündin." Diese Worte begleitete Nanne mit einem so wilden Augenrollen in Richtung Evi, dass diese sich besorgt nach Nannes Befinden erkundigte.

In diesem Augenblick ging die Tür noch einmal auf und Amalia sah Felix hereinhuschen. Möglichst unauffällig setzte er sich auf den ersten freien Stuhl am Rand der zweiten Reihe. Gut sah er aus, der Felix. Für einen Moment hatte sie sein markantes, auch im Winter vom vielen Skifahren gebräuntes Gesicht gut erkennen können. Wie üblich trug er eine ausgewaschene Jeans und eine graue Softshelljacke mit dem Aufdruck der Baufirma, für die er als Bautechniker arbeitete.

Ihr Magen zog sich schmerzhaft zusammen. Viel zu lange war es her, dass sie ihn gesehen oder seine Stimme gehört hatte. Deutlich wurde ihr bewusst, wie sehr sie ihn vermisst hatte. Am liebsten wäre sie sofort aufgestanden, zu ihm hingelaufen, hätte ihn stürmisch umarmt, leidenschaftlich geküsst und wäre durch sein wie immer strubbeliges blondes

Haar gefahren. Hätte alles wieder in Ordnung gebracht, was die letzten Monate so schiefgelaufen war. Das ging natürlich nicht. Sie war ja kein Teenager mehr. Außerdem schwante ihr bereits, dass die Missklänge, die durch ihr Zaudern entstanden waren, sich nicht so leicht aus der Welt schaffen ließen. Nochmals schaute sie hinüber und versuchte einen Blick von ihm zu erhaschen. Vergeblich. Konzentriert blickte Felix nach vorne und folgte dem Geschehen. Er schien sie nicht bemerkt zu haben. Vielleicht konnte sie ihn am Ende der Veranstaltung abpassen. Sie mussten sich unbedingt so schnell als möglich aussprechen.

Sie wurde aus ihren Gedanken gerissen, weil die Diskussion vorne wieder turbulenter aufflammte. Die junge Studentin Celina Uhlig und der Hotelier Walter Acherer lieferten sich einen heftigen Schlagabtausch. Es überraschte Amalia, wie emotional der sonst so beherrschte Geschäftsmann wurde, als er von einer Touristin berichtete, die auf einer Wanderung einen Wolf gesichtet hatte.

„Sie sprechen hier leichtfertig von meiner Existenz, junges Fräulein“, stauchte er die Studentin zusammen. „Wenn sich die Gäste nicht mehr sicher fühlen, kommen sie nicht mehr. So einfach ist das. Wenn Sie mir dann erzählen wollen, dass der Wolf ein soziales, intelligentes Wesen ist, kommt mir das nicht nur weltfremd, sondern gemeingefährlich vor.“

„Herr Acherer, ich wollte Sie gar nicht verärgern“, antwortete Celina Uhlig mit einem entwaffnenden Lächeln. „Es ist nur bewiesen, dass Wölfe in der Regel keine Menschen angreifen. Wenn Ihnen tatsächlich ein Wolf begegnet, ist es nur wichtig, dass Sie Ruhe bewahren und nicht wegrennen. Das könnte den Jagdinstinkt des Wolfes wecken. Aber wenn Sie sich – genau wie bei einem Hund, den Sie nicht kennen

– langsam entfernen, wird Ihnen mit Sicherheit nichts passieren."

„Mit Sicherheit nichts passieren", wiederholte Acherer höhnisch. „Wer sind Sie denn, dass Sie so etwas garantieren wollen? Wenn dann doch etwas passiert und eine Person verletzt oder getötet wird, heißt es: das war ein ‚Problemwolf' … normalerweise sind die Viecher ganz harmlos. Der Schaden ist dennoch angerichtet. Die Gäste bleiben weg und ich kann zusperren."

„Es ist sehr bezeichnend, dass Sie sich in ihrem Beispiel mehr um das Ausbleiben der Gäste sorgen als darum, dass eine Person verletzt oder gar getötet würde", schoss die Studentin zurück.

„Ich sehe das Gesamtbild: die Konsequenz für unser Feriengebiet. Auch möchte ich als Jäger und Familienvater, dass wir uns frei in unseren Wäldern bewegen können, ohne die Sorge, von einem Rudel Wölfe angegriffen zu werden."

„Hierzu gibt es allerdings Studien, die ganz klar belegen, dass …", mischte sich nun Frau Dr. Sommer wieder ein und Amalias Gedanken schweiften ab. Sollte sie Felix zu sich nach Hause einladen, oder wäre es vernünftiger, sich erst einmal an einem „neutralen Ort" auf einen Kaffee zu treffen? Oder sollte sie ihn einfach küssen, dass ihm Hören und Sehen verging, und das Reden auf später verschieben? Hoffentlich endete die Diskussion bald.

Es kam ihr unendlich lang vor, bis der Bürgermeister höflich, aber bestimmt sagte: „Ich denke, der heutige Abend war sehr interessant und wir haben viele Denkanstöße bekommen. Wir werden die Entwicklung sehr genau beobachten. Es gibt noch einige Fragen aus dem Publikum, die ich unsere Experten zu beantworten bitte."

Nachdem nach einer schier endlosen Zeit auch die letzte Frage beantwortet war, sprang Amalia gleich auf. Sie wollte unbedingt Felix erwischen, aber Evi hielt sie zurück.

„Wo willst du denn so eilig hin? Ich habe morgen die Kinder bei meiner Schwägerin. Hast du Lust, mit mir auf eine kleine Skitour zu gehen? Du hast doch am Telefon gesagt, dass du so begeistert davon bist, dass dieses Jahr ordentlich Schnee in Pfunders liegt."

„Ja, gern. Das ist eine bärige Idee. Holst du mich ab?"

„Ja, ich bin so um halb zehn bei dir. Früher geht nicht, weil Dagmar einen Friseurtermin hat."

„Klasse, das passt." Amalia freute sich, dass Evi einen der kostbaren Tage mit ihr verbringen wollte, an denen Michls Schwester Dagmar Zeit hatte, die Kinder zu nehmen. Trotzdem hatte sie es jetzt eilig. Sie winkte der verdutzten Evi und Michl kurz zu und bahnte sich unter Einsatz ihrer Ellenbogen einen Weg nach vorne. Kurz sah sie die graue Jacke von Felix nahe dem Podium, bis ein großer Mann ihr die Sicht versperrte.

Sie wollte sich an ihm vorbeidrängen, als er sie am Arm packte und freudig ausrief: „Ja, Frau Engl, wie schön, dass Sie wieder zurück in Pfunders sind. Genau die Frau, die wir bei dem Debakel mit den Wölfen brauchen."

Es war Walter Acherer, der in Pfunders das einzige Hotel besaß. Sie hatte im Sommer für ihn als Fotografin für seinen Hotelprospekt gearbeitet, und er war so zufrieden mit ihrer Arbeit gewesen, dass er ihr angeboten hatte, sie dem Hotel- und Gaststättenverband zu empfehlen. Sie hoffte, mit seiner Hilfe einen lokalen Kundenstamm aufzubauen. Daher unterdrückte sie ihre Ungeduld und lächelte ihn freundlich an.

„Hallo, Herr Acherer. Wie schön, Sie wiederzusehen. Ja, ich bin heute aus Berlin angekommen. Doch wie ich bezüglich der Pfundrer Wölfe helfen könnte, weiß ich beim besten Willen nicht."

„Wir wollen der Berichterstattung, dass es bei uns in den Pfundrer Bergen gefährlich ist, entgegenwirken und planen eine Werbeoffensive für unser Tal: offline und online. Es sind sogar Berichte und Werbeschaltungen in bekannten Reisezeitschriften angedacht. Sie wissen ja selbst: Ein Bild sagt mehr als tausend Worte. Und ihre Bilder sagen noch ein paar Worte mehr."

Amalia konnte nicht anders, als sich durch das Kompliment des Hoteliers geschmeichelt zu fühlen. Das war typisch Acherer. Der große, gut aussehende Endvierziger mit auffällig blauen Augen, dessen blondes Haar an den Schläfen grau wurde, hatte einen weichen Mund, aber sein markantes Kinn bewahrte ihn davor, feminin zu wirken. Mit seiner überaus charmanten Art gab er seinem Gegenüber das Gefühl, geschätzt zu werden. Jedoch verbarg sich hinter der Fassade der Lässigkeit knallhartes Durchsetzungsvermögen, und wie sich Amalia gut erinnerte, ließ er, wenn es um die Arbeit ging, ein Nein nicht gelten.

Sie versuchte unauffällig über Acherers Schulter einen Blick auf Felix zu erhaschen. Ja! Da drüben war er. Er stand, mit zwei anderen Männern in eine Unterhaltung vertieft, nahe dem Ausgang. In diesem Augenblick sah Felix herüber und ihre Blicke trafen sich. Amalia hatte das Gefühl, in seinen Augen zu versinken. Für einen flüchtigen Moment kam es ihr vor, als seien nur er und sie im Raum. Sie meinte in seinen Augen ebenfalls Wiedersehensfreude aufblitzen zu sehen, aber dann wurde sein Blick kalt, er nickte ihr kurz zu und wandte sich dann wieder an seine Gesprächspartner.

„Ja, selbstverständlich arbeite ich bei diesem Projekt gerne mit. Wir können ja die nächsten Tage telefonieren und einen Termin vereinbaren", sagte Amalia, in der Hoffnung, das Gespräch mit dem Hotelier schnell beenden zu können.

„Ja, so machen wir es. Ich melde mich bei Ihnen. Noch einen schönen Abend."

Als Walter Acherer ihr aus dem Weg trat, sah sie, dass Felix verschwunden war. Zu schade. Immerhin wusste er jetzt, dass sie zurück in Pfunders war. Vielleicht würde er sich ja bei ihr melden, sonst würde sie morgen bei ihm vorbeischauen.

Als sie heimkam, machte sie sich noch eine Tasse Tee. An Schlaf war momentan nicht zu denken. Sie stellte sich ans Fenster und bewunderte die weiße Bergkulisse, die im Vollmondlicht sanft glänzend vor ihr lag. Es war wunderschön hier. Plötzlich hörte sie ein altvertrautes Geräusch. Das Gartentor quietschte. Gebannt schaute sie hinunter. Ein Mann betrat den Garten. War es ...? Tatsächlich, es war Felix. Er hatte sie anscheinend doch vermisst. Nun würde alles gut werden. Ihr Herz begann vor Vorfreude schneller zu schlagen.

Felix' Augen richteten sich auf ihr Fenster im ersten Stock. Was war das? Statt ihr zuzulächeln oder zu winken, sah er sie kurz ernst und durchdringend an, dann senkte er den Blick und ging weiter.

Amalia huschte instinktiv zur Seite und versteckte sich hinter dem Vorhang, als hätte Felix sie bei etwas Verbotenem erwischt. Amalia ärgerte sich über sich selbst. Sollte sie ihm die Türe gleich aufmachen oder sollte sie warten, bis er an der Tür läutete? Sie würde sich bei ihm entschuldigen und alles erklären.

Aber was war das? Statt zur Außentreppe zu gehen, die zu ihr heraufführte, blieb er vor der Haustür unten stehen. Sie hörte, wie unten ein Mann und eine Frau miteinander sprachen, leise lachten, und dann war es still. Das gab es doch nicht! Felix war zu Frau Dr. Sommer, die unter ihr wohnte, gegangen. Nach der ersten Verblüffung stellte sich Enttäuschung und Wut bei ihr ein. Der traute sich was. Warum besuchte Felix zu nachtschlafender Zeit die Frau Doktor unter ihr? Und das, obwohl er genau wusste, dass sie wieder da war. War es das, was Nanne vorher mit ihrer Andeutung gemeint hatte? Waren die beiden ein Paar?

2.

Nach einer unruhigen Nacht, in der sie sich immer wieder die Frage stellte, ob es richtig gewesen war, Berlin zu verlassen und nach Pfunders zurückzukommen, stand Amalia auf. Sie war so müde, dass sie das Gefühl hatte, überhaupt nicht geschlafen zu haben. Ihr Blick fiel nach draußen. Dicke Flocken fielen unablässig vom Himmel. Einen kurzen Moment spürte sie die freudige Erregung, die sie als Kind immer erfasst hatte, sobald es richtig schneite. Ihre Freunde und sie hatten es kaum erwarten können, bis der Schnee so hoch lag, dass sie endlich Ski und Schlitten fahren konnten. Doch diese unbeschwerten Zeiten meiner Kindheit sind vorbei, dachte sie traurig.

Sie quetschte sich zu den gefühlt hundert Umzugskartons in ihr Büro. Sollte sie sie tatsächlich auspacken? Oder vielleicht gleich wieder nach Berlin zurückgehen? Denn es gab keinen Zweifel mehr: Felix hatte die Nacht im Erdgeschoß bei der Biologin verbracht. Er hatte die Wohnung nicht mehr verlassen, zumindest nicht bis zum Morgengrauen. So lange hatte sie nämlich wach gelegen und auf das Quietschen des Gartentores gewartet. Dass Felix bereits eine neue Freundin hatte, damit hätte sie niemals gerechnet. Ein Kind von Traurigkeit war er nie gewesen, was die Damenwelt betraf. Doch dass er sich so schnell tröstete, verletzte sie sehr. Wie er, ohne ein Wort zu sagen, vor ihren Augen zu einer anderen Frau ging, als hätte sie nicht einmal eine Erklärung verdient, hatte ihren Stolz empfindlich getroffen. Sie war sich seiner zu sicher gewesen.

Auch wenn sie es nur ungern zugab, der Hauptgrund für ihre Rückkehr war natürlich Felix gewesen. Für eine Beziehung mit ihm war sie bereit gewesen, ihre Karriere in Berlin aufzugeben und von Südtirol aus zu arbeiten, trotz des Risikos, viele ihrer Stammkunden zu verlieren. Was hatte sie sich denn gedacht? Dass er alles stehen und liegen lassen würde, um mit ihr wieder zusammen zu sein?

Was sie zusätzlich bekümmerte, war, dass ihr niemand etwas gesagt hatte. Wieso hatte Evi nicht in Berlin angerufen oder sie zumindest gestern vorgewarnt?

Unglücklich zog sie die erste Pappschachtel vom Stapel, der bis knapp unter die Decke reichte. Gott, war der Karton schwer. Ausgerechnet die Steuerunterlagen der letzten Jahre befanden sich ganz oben. Sie versuchte ihn zu fassen, konnte ihn aber nicht halten, sodass der Karton mit Wucht auf ihren Fuß knallte. „*Madoia*", fluchte Amalia, und Tränen des Schmerzes traten ihr in die Augen. Als dieser nachließ, schob sie das Ding wütend in den Flur. Sie öffnete ihn und begann, alles in die dafür vorgesehenen Regale zu verstauen.

Aufgeben war noch nie ihre Sache gewesen. Damals in Berlin nicht und hier auch nicht. Hier würde sie es auch schaffen. Mit oder ohne Felix. Wobei hier das letzte Wort noch nicht gesprochen war. Unbeirrt leerte sie Karton nach Karton.

Als sie gerade eine kleine Pause einlegen wollte, klingelte ihr Handy. Das Display zeigte den Namen „Maurice" an und ein Foto ihres Berliner Freundes erschien. Schrille Anzüge und verrückte Brillen waren sein Markenzeichen. Maurice war wie sie Fotograf, arbeitete aber mittlerweile hauptsächlich als Stylist. In Berlin war er seit Langem einer der gefragtesten Leute in der Modebranche. Er spürte die neuesten Trends immer wie selbstverständlich auf, wusste immer genau, welchem Model welches Kleid am besten stand und an welchem Ort die besten Lichtverhältnisse herrschten.

Amalia überlegte kurz, ob sie rangehen sollte. So extrovertiert ihr Freund auch war, im Umgang mit Menschen besaß er sehr feine Antennen. Er wusste immer schon nach wenigen Sätzen, wie es ihr tatsächlich ging. Außerdem war er von Anfang an skeptisch gewesen, ob sie in der „Pampa", wie er – der Stadtmensch – Südtirol immer nannte, glücklich werden konnte.

„Beruflich ein Desaster, Täubchen", hatte er stets gesagt. „Und wer weiß, ob du mit Felix das große Los gezogen hast. Glaube mir, die wenigsten Männer halten, was sie versprechen. Wenn etwas schiefgeht, meine Tür steht dir immer offen, Schätzchen", hatte er ihr mit auf den Weg gegeben.

Sie wischte mit ihrem Finger über das Display.

„Guten Morgen, Maurice."

„Hallo, Darling, ich wollte mich mal melden. Bist du gut angekommen?", flötete er in seiner gewohnt hohen Tonlage.

„Ja, die Fahrt war gut. Hilda und Evi haben hier ganze Arbeit geleistet. Die Wohnung ist toll geworden. Es steht schon fast alles an seinem Platz. Richtig gemütlich. Sogar selbst gebackene Plätzchen stehen auf dem Tisch", berichtete Amalia, wobei ihr Blick auf den fast leeren Teller fiel.

Eine kurze Pause entstand.

„Was ist dann passiert, dass du so bedrückt klingst?"

Amalia schwieg. Sie wollte Maurice auf keinen Fall erzählen, dass Felix bereits eine Neue hatte.

„Ich kenne dich, Amalia. Du hast Felix mit keinem Wort erwähnt, Süße. Was ist passiert?", hakte er auch schon nach.

Es hatte keinen Sinn, Maurice etwas zu verschweigen. Auf einmal platzte alles aus ihr heraus. Sie schilderte ihm, wie sie gestern erfahren hatte, dass Felix offensichtlich nicht mehr an ihr interessiert war und sogar schon eine neue Freundin hatte. Ausführlich legte sie ihm ihre Zweifel dar, ob der Umzug nach Pfunders richtig gewesen war und ob sie hier im Dorf wieder zurechtkommen würde, nachdem sie so lange in Berlin gelebt hatte. Mit Felix zusammen wäre alles einfach gewesen, aber so ...?

Als sie nach einer Stunde das Gespräch beendete, fühlte sie sich wirklich besser. Maurice hatte sie zuerst verständnisvoll getröstet und ihr dann verbal einen Tritt in den Hintern gegeben: „Selbstmitleid hilft jetzt auch nichts. Du wolltest nach Südtirol, du bist in Südtirol. Jetzt musst du erst mal dein Bestes geben. Zeige ihnen, was für eine großartige Fotografin du bist. Bei der ersten Schwierigkeit aufzugeben und mit gesenktem Haupt zu verschwinden, würde dich später immer reuen. Jetzt beiß dich erst mal durch und in einigen Monaten kannst du eine rationale Entscheidung treffen, was für dich beruflich und privat der bestmögliche nächste Schritt ist."

Ratschläge in Sachen Liebe konnte Maurice ihr allerdings keine geben. Seine Beziehungen hielten in der Regel keine vier Wochen. Immer war es die ganz große Liebe und immer endete es dann kurze Zeit später mit nicht enden wollenden Weinkrämpfen, mit Unmengen von Taschentüchern und kitschigen Liebesfilmen. Umso überraschter war Amalia, als Maurice ihr erzählte, dass er mit Arne, seiner neuesten Liebschaft, auf die Silvesterparty am Brandenburger Tor gehen würde. Das war Rekord. Vier Monate.

Maurice hatte ihr Arne stolz auf seiner Christmas-Party vorgestellt. Arne war groß, schlank, dunkelblond und genauso alt wie Maurice. Ein Novum. Auch sonst war er das genaue Gegenteil von Maurice' sonstigen Eroberungen, meist Nachwuchsmodels um die zwanzig. Arne war ein zurückhaltender Informatiker und Professor an der Uni. Während Amalia sich mit ihm unterhalten hatte, war er sich immer wieder nervös durch seine Haare gefahren, die wirr und ungekämmt vom Kopf abstanden. Sein Sakko war schlicht gewesen und statt einem Hemd hatte er darunter ein *AC/DC*-T-Shirt getragen.

Niemals hätte Amalia gedacht, dass die Beziehung zwischen dem ruhigen Professor und dem extrovertierten Künstler andauern würde. Doch anscheinend hatte sie sich getäuscht. Maurice kam ihr geerdeter vor, nicht so überdreht wie sonst, und sie hatte das Gefühl, dass ihrem Freund die Beziehung richtig guttat.

Amalia schob sich gerade das letzte Plätzchen in den Mund, als es an der Tür klingelte. Bevor sie diese erreichte, ertönte der schrille Ton ihrer neuen Haustürglocke erneut. „Komm ja schon“, rief sie und öffnete.

Vor ihr stand ihre Freundin Evi in kompletter Skimontur.

„Oh mein Gott, ist es schon so spät?“, entfuhr es Amalia entsetzt.

„Du hast nicht etwa unsere Skitour vergessen?“, fragte Evi und schüttelte dabei grinsend den Kopf.

„Gib mir fünf Minuten. Ich bin sofort fertig.“

Hektisch lief Amalia ins Schlafzimmer und schnappte sich ihre Tourenhose, Fleecejacke und Funktionsjacke.

„Handschuhe und *Scherpe* nicht vergessen“, rief Evi ihr mütterlich vom Flur aus zu.

Amalia kramte hektisch in einer Schublade danach.

„Fertig“, sagte Amalia atemlos und band sich ihre Haare zu einem Pferdeschwanz. „... die Tourenskier stehen hinter dem Haus“, fügte sie noch an.

„Das ging jetzt wirklich schnell. Michl hat deine Skier schon auf das Auto gepackt. Wir können los."

„Ist Michl auch dabei?", fragte Amalia und hoffte, dass man ihr ihre Enttäuschung nicht anhören konnte. Eigentlich hatte sie gedacht, dass nur Evi und sie gingen. Schließlich war das seit zwei Jahren ihre erste gemeinsame Tour. Gerne hätte sie ihre Freundin nach Felix und dessen neuer Eroberung gefragt. Ob Evi davon gewusst hatte? Dann hätte sie ihr doch etwas gesagt, oder? Aber mit Michl im Schlepptau konnte Amalia das Thema schlecht anschneiden.

„Ich habe Michl gefragt, ob er mitkommt, weil es oberhalb der Forststraße, wo die offenen Hänge anfangen, ziemlich gefährlich ist. Es ist zwar ein Nordhang, aber sie haben erst heute Morgen die Lawinenwarnstufe noch einmal angehoben. Michl kennt sich einfach besser aus. Ich hoffe, das geht für dich in Ordnung", erklärte Evi.

„Sowieso", antwortete Amalia. Ihre Eltern waren, als sie drei Jahre alt gewesen war, in einer Lawine ums Leben gekommen. Während andere Kinder immer von den gesicherten Pisten in Waldwege abgebogen waren, um dort im Tiefschnee zu fahren, hatte sie ängstlich auf der Piste gewartet. Ihre Oma hatte ihr deshalb zum vierzehnten Geburtstag die Teilnahme an einem Lawinenkurs geschenkt und seitdem hatte sie keine Furcht mehr gehabt. Respekt ja, aber keine Angst. Daher sah sie ein, dass an einem solchen Tag mit viel Neuschnee Vorsicht geboten war und Evis Mann, der regelmäßig Touren ging, die Gefahren wesentlich besser einschätzen konnte als sie und Evi, die nur noch ein paarmal im Jahr unterwegs waren.

Sie parkten ihr Auto auf dem kleinen Parkplatz oberhalb vom *Samer*. Gerade hatten sie die Felle auf die Skier aufgezogen und die Steighilfe eingestellt, als ein Auto neben ihnen hielt. Mit Schrecken erkannte sie Felix mit dieser Doktorin. Amalia hielt die Luft an. Die werden doch nicht ausgerechnet die gleiche Tour gehen wollen wie wir, dachte sie aufgebracht. Sie beobachtete gebannt, wie Bettina Sommer ausstieg, ihnen kurz zunickte und sofort zu einem tief eingeschneiten Auto lief, das am Rand des Parkplatzes stand.

Amalie überkreuzte die Arme vor der Brust und starrte Felix zornig an, der noch im Auto saß. Zu ihrer absoluten Verärgerung schenkte er ihr aber keinerlei Beachtung, sondern beobachtete Frau Dr. Sommer.

Diese wischte mit der Hand über das Kennzeichen. „Das ist ihr Auto", sagte sie und warf Felix, der nun ebenfalls ausstieg, einen besorgten Blick zu. „Da ist etwas passiert. Ich bin mir ganz sicher. Das ist einfach nicht ihre Art."

„Wie? Was ist passiert?", fragte Michl sofort interessiert nach.

„Meine Assistentin Celina ist gestern Abend nach der Versammlung zu den Wölfen aufgebrochen und bis jetzt nicht zurückgekehrt. Ich bin ganz unruhig. Sie wollte mir gleich heute Morgen ihre Notizen mit ihren Beobachtungen vorbeibringen. Seit Stunden versuche ich sie auf ihrem Handy zu erreichen, bekomme aber immer nur die Mailbox. Bei den *Carabinieri* habe ich auch schon angerufen, doch die unternehmen erst nach 24 Stunden etwas. Das Auto ist jedoch der Beweis. Sie muss hier irgendwo sein."

Felix zog sein Handy aus der Tasche und wählte die Notrufnummer. Er nannte seinen Namen und schilderte dem Mann der Leitstelle kurz den Sachverhalt.

„Sie schlagen Alarm. In zwanzig Minuten sind sie da. Sie bringen Hunde mit", sprach er in die Runde.

„Während die unterwegs sind, können wir schon mal losgehen und schauen, ob wir sie finden. Es zählt jede Minute", schlug Michl beunruhigt vor.

„Ich denke, wir sollten hier auf die Bergrettung warten", widersprach Felix.

„Da geht nur kostbare Zeit verloren", gab Michl zu bedenken und blickte wild entschlossen von einem zum anderen. „Stellt euch vor, wir stehen hier dumm rum, während Celina oben ..." Michl brach ab und schwieg.

Evi legte ihm beruhigend den Arm auf die Schulter.

„Wir können ja inzwischen wirklich vorausgehen, aber einer muss hierbleiben, um auf die Bergrettung zu warten", gab Felix nach.

Evi meldete sich sofort freiwillig. „Ich bleibe hier."

Amalia wusste, dass ihre Freundin nichts so sehr fürchtete, als irgendwann einmal an einen Unfallort zu kommen, an dem sie Ersthelfer sein musste. Sie hatte, obwohl sie zusammen mit drei älteren Brüdern aufgewachsen war und drei Kinder hatte, die oft mit Blessuren nach Hause kamen, große Schwierigkeiten damit, Blut zu sehen, und kämpfte bei Blutabnahmen beim Arzt regelmäßig damit, nicht ohnmächtig zu werden.

Amalia, Frau Dr. Sommer, Michl und Felix brachen zusammen auf. Schritt für Schritt gingen sie mit ihren Skiern die Forststraße hinauf, die durch einen Wald führte. Da es seit einigen Stunden schneite, waren keinerlei Spuren zu erkennen, die Aufschluss gegeben hätten, ob Celina hier entlanggegangen war. Obwohl es taghell war, wirkte die Gegend durch die hohen Bäume düster. Immer wieder fiel Schnee von den hohen Baumwipfeln herunter. Michl führte die Gruppe an. Nach einigen hundert Metern blieben sie stehen.

„Celina", rief Michl laut in den Wald hinein.

Alle lauschten, doch nichts rührte sich. Sie gingen weiter. Michl zog das Tempo an, sodass Amalia Mühe hatte, der Gruppe zu folgen. Er lief voraus, Felix und Bettina Sommer folgten mühelos und unterhielten sich dabei sogar noch. Obwohl ihr Abstand zur Gruppe immer größer wurde, hatte Felix sich nicht einmal nach ihr umgedreht, dachte sie. Es verletzte sie, dass er keine Rücksicht auf sie nahm und nicht wartete. Warum war sie nicht bei Evi geblieben? Klar, sie hatte auf jeden Fall mitgehen wollen, weil sie unbedingt wissen wollte, was mit Celina passiert war, auch wenn das bedeutete, dass sie zusammen mit Felix und seiner Neuen aufsteigen musste.

Immer wieder hörte sie die drei weiter oben abwechselnd nach der Vermissten rufen. Doch alles blieb still. Kurz bevor sie beim *Hölzlbrunn* aus dem Wald kamen, hörte Amalia ein Knacksen, so als wäre jemand auf einen Ast getreten. Sie blieb stehen, ging zum Rand des Weges und blickte angestrengt in den Wald hinein. Die anderen waren mittlerweile ein gutes Stück vor ihr. Sie versuchte zu erkennen, ob sich dort irgendetwas versteckte. Amalia konnte sich des Gefühls nicht erwehren, dass sie beobachtet wurde. Doch da war nichts. Wahrscheinlich hatten sie nur Wild aufgescheucht.

Gerade wollte sie weitergehen, als ein schauriges Heulen ertönte. Amalia erstarrte und blickte panisch nach vorne. Die anderen waren gerade hinter einer Kurve verschwunden. Ein Wolf. Ganz in ihrer Nähe. Vielleicht sind die Viecher doch nicht so harmlos, wie die Biologin uns gestern auf der Versammlung weisgemacht hat, dachte sie mulmig und meinte jetzt auch unterhalb des Weges im Dickicht ein Augenpaar erkannt zu haben. Sie musste hier weg.

Halt! Das waren gar keine Augen. Jetzt erkannte sie, was es war. Reflektoren, die das schwache Licht reflektierten und im Dickicht hervorschimmerten. Sollte sie die anderen rufen? Sie beschloss erst einmal, selbst nachzusehen. Die anderen machten sich schließlich auch nicht die Mühe, auf sie zu warten.

Amalia zog die Skier aus und stapfte die kleine Senke hinunter. Da hier hauptsächlich Lärchen standen, hoben sich die im Winter nadellosen Bäume wie bedrohliche Skelette gegen den milchweißen Himmel ab. Die ganze Landschaft schien, als wäre jegliche Farbe herausgewaschen, und die verschiedenen Grautöne schufen ein monochromes Bild. Endlich erreichte sie die Stelle. Die Reflektoren waren auf einem handgroßen pinken Stofffetzen aufgenäht, der hier im Schnee lag. Das musste von einer Sportjacke herausgerissen sein, dachte Amalia. Mutig ging sie noch einige Schritte weiter in den Wald hinein. Nach einigen Metern blieb sie wie vom Blitz getroffen stehen.

„Oh mein Gott“, flüsterte sie entsetzt.

Was war hier passiert? Überall war das Weiß des Schnees mit dunkelrotem Blut getränkt. Inmitten der Blutlache war ein kleiner mit Neuschnee bedeckter Hügel. Amalia zögerte, doch dann schob sie vorsichtig mit ihrem Skistock eine Schicht Schnee beiseite. Sie erschrak, als ein totenblasses Gesicht mit aufgerissenen starren Augen zum Vorschein kam. Die linke Gesichtshälfte war eine fleischige rote Masse. Trotzdem erkannte Amalia sofort das Gesicht der Frau, die gestern noch so leidenschaftlich auf der Versammlung gesprochen hatte. Es war Celina Uhlig.

Am liebsten wäre sie sofort davongerannt. Doch irgendetwas hielt sie zurück. Amalia zwang sich dazu, den Ort genauer zu betrachten. „Weiß wie Schnee, rot wie Blut, schwarz wie Ebenholz“, schoss es ihr durch den Kopf. Für einen kurzen Moment fühlte sie sich als Beobachterin. In ihrem Kopf entstanden einzelne Bilder, als würde sie diese unwirkliche Szenerie als Fotografin ablichten. Um den kleinen Hügel herum waren größere und kleinere Pfotenabdrücke im Schnee zu sehen. Blutige Schleifspuren führten in Richtung Wald. Einige Schritte weiter lag in einem grellroten Fleck etwas Helles im Schnee. Sie schaute genauer hin. Erst jetzt erkannte sie, was es war: eine einzelne blasse Hand, der Zeigefinger nur noch ein splittriger blutiger Knochen.

Als das Bild in ihrem Inneren ankam, schrie Amalia, wendete sich ab und stolperte wie betäubt zurück. Sie blieb an einem Baum stehen, lehnte sich erschöpft dagegen und übergab sich. Die anderen hatten sie anscheinend schreien gehört und rannten zu ihr hinunter.

„Was ist los, Amalia?“, fragte Felix, als er sie schließlich erreichte. „Du bist ja ganz blass.“

„Ich … ich …“, stammelte Amalia und schüttelte den Kopf, doch sie konnte nichts sagen. Sie rang nach Worten, fand aber keine für das, was sie gerade gesehen hatte. Also deutete sie in die Richtung, in der sie die Tote gefunden hatte. Nichts auf der Welt brachte sie dazu, noch einmal zu diesem Schlachtfeld zurückzukehren. Sie ließ sich in den Schnee sinken.

Die drei anderen verstanden und liefen in den Wald. Kurz darauf hörte sie den entsetzten Schrei der Biologin. Michl kam als Erster zurück, blass und stumm, würgte und übergab sich auf halbem Weg.

Amalia hörte in der Ferne Stimmen. Sie blieb reglos stehen. Es war, als hätte sie alle Kraft verlassen. Es dauerte einige Minuten, bis sie die Männer von der Bergrettung einige Meter weiter unten auf der Forststraße sah.

„Hierher", krächzte sie.

Felix kam jetzt zusammen mit Doktor Sommer, um die er tröstend den Arm gelegt hatte, zurück. Als Felix den Einsatzleiter sah, ging er direkt auf ihn zu und erklärte die Situation. Der funkte sofort die *Carabinieri* an und versprach, bis zu deren Eintreffen mit seinen Leuten hierzubleiben. Allerdings bat er alle, unten am Parkplatz zu warten, da die *Carabinieri* sicherlich einige Fragen hätte. Schweigsam fuhren sie mit den Skiern gemeinsam über die Forststraße ab.

Evi wartete schon auf sie.

„Was ist denn passiert? Ist sie tot?", fragte sie, als sie in die fassungslosen Gesichter sah.

„Ja. Die Wölfe haben sie angegriffen. Sie hatte keine Chance …", beantwortete Felix ihre Frage.

„Ich dachte, die sind harmlos", hakte Evi nach.

„Ich kann mir das nicht erklären. Das sind eindeutig Wolfsspuren gewesen. Aber normalerweise greifen die Wölfe nicht an. Sie sind scheu. Celina wusste auch ganz genau, wie sie sich hätte verhalten müssen", murmelte die Biologin, „ich begreife nicht, was da passiert ist."

„Vielleicht haben sie durch den vielen Neuschnee zu wenig Nahrung gefunden und deswegen zugeschlagen", warf Amalia ein und beobachtete zugleich Michl, der teilnahmslos seine Skier auf dem Dachträger befestigte.

„Nein, das ist nicht typisch. Die Wölfe ernähren sich von Aas, Rehen, Schafen und dergleichen. Menschen stehen nicht auf ihrem Speiseplan. Tollwut wäre vielleicht eine

Möglichkeit, doch dann müsste das Rudel auf jeden Fall getötet werden", antwortete die Biologin, die, wie Amalia bemerkte, automatisch in ihre gewohnte Rhetorik verfiel.

Es dauerte noch eine Viertelstunde, bis endlich die *Carabinieri* aus Vintl eintrafen.

Den jüngeren der beiden Uniformierten kannte Amalia vom Todesfall ihrer Großmutter, der andere war ihr unbekannt. „Haben wir einen neuen *Karpf* in Vintl?", fragte sie Evi, die dicht neben ihr stand.

„Manzoni ist letzten Monat in Pension gegangen. Seinen Posten hat jetzt *Maresciallo* Lorenzo Marchetti übernommen", erklärte ihre Freundin knapp.

Amalia beobachtete den *Maresciallo,* während er sich mit Felix unterhielt. Er war fast so groß wie Felix und hatte militärisch kurz geschnittenes dunkelbraunes Haar. Sie schätzte ihn auf Mitte dreißig. Er gab einige Anweisungen an den jüngeren dunkelblonden *Carabiniere* weiter, der sich daraufhin auf den Weg zum Fundort der Leiche machte. Amalia schaute dem schlaksigen, knabenhaft wirkenden *Karpf* nach. Unpassenderweise schoss ihr der Gedanke durch den Kopf, dass man selbst wahrscheinlich langsam alt wurde, wenn man anfing, *Carabinieri* jung zu finden.

Maresciallo Marchetti selbst befragte nacheinander Felix, Michl und Frau Dr. Sommer und machte sich währenddessen immer wieder Notizen auf einen kleinen Block. Jetzt kam er auf Evi und sie zu.

„Sind Sie Signora Engl?", fragte er sachlich.

„Ähm ... ja", antwortete Amalia, die sich von dem uniformierten *Carabiniere* ein wenig eingeschüchtert fühlte.

Er befragte sie mit seinem starken italienischen Akzent. Besonders interessierte er sich dafür, was sie bewogen hatte, vom Forstweg wegzugehen, anstatt den anderen zu folgen. Immer wieder hakte er nach. Durch seine wiederholten Nachfragen fühlte sich Amalia in die Enge getrieben. Als müsse sie sich rechtfertigen, als Erste bei der Leiche gewesen zu sein. Es fiel Amalia immer schwerer, präzise und chronologisch von den Ereignissen zu berichten. Sie erzählte von dem Stück Stoff, das reflektiert hatte, und endete mit der Hand, die im Schnee lag. An dieser Stelle musste sie abbrechen, da sie erneut gegen einen Würgereiz ankämpfte.

Marchetti führte sie zum Dienstfahrzeug und ließ sie auf der Kante des Kofferraumes Platz nehmen. „Legen Sie die Kopf zwischen die Beine und atmen tief", sagte er bestimmt, aber nicht unfreundlich. Nach einigen Minuten ging es Amalia wieder besser und sie richtete sich auf.

„Sie haben gesehen Schreckliches. Das lässt nicht einmal die Personen kalt, die das müssen sehen wegen des Berufes. Es wird Sie sicher noch einige Zeiten verfolgen, diese Bilder."

Er sah sie ernst an und Amalia meinte Mitgefühl in seinen dunklen Augen erkennen zu können. Nach seinen intensiven und strengen Fragen überraschte sie dies.

Nach den Befragungen und einigem Hin und Her mit der Biologin entschieden die *Carabinieri,* doch die Spurensicherung kommen zu lassen, bevor sie die Tote bargen.

Selbst Amalia war sich bewusst, dass der Tod der Studentin durch die Wölfe in Südtirol hohe Wellen schlagen würde. Schon jetzt war die Atmosphäre zwischen Befürwortern und Gegnern zum Zerreißen gespannt. Sie verstand Sommers Anliegen, dass Celinas Tod in jedem Fall genau untersucht werden müsse. Allerdings wunderte sich Amalia, wie schnell die *Carabinieri* den Argumenten der Biologin folgten, die trotz ihrer schmalen Gestalt selbstbewusst auftrat und keinen Widerspruch duldete.

Nachdem ihre Personalien aufgenommen waren, durften sie nach Hause fahren. Mittlerweile vor Kälte bibbernd, setzte sich Amalia in Michls Auto. Kaum fiel die Tür hinter ihr zu, konnte sie nicht länger an sich halten: „Wieso hat mir denn niemand gesagt, dass Felix eine neue Freundin hat?"

Evi sah sie einen Moment ratlos an. „Du hast gerade eine Leiche gefunden, und das ist deine erste Frage?", konterte sie ungewohnt scharf.

Amalia senkte kurz reumütig den Blick. „Das war so furchtbar, darüber will ich jetzt nicht reden und nachdenken. Aber ich habe mich so hintergangen gefühlt, dass Felix eine Neue hat und mir niemand etwas gesagt hat."

Jetzt war es an Evi, beschämt dreinzuschauen. „Das mit Felix und der Sommer geht seit ungefähr drei Wochen. Als ich es erfahren habe, habe ich ein paarmal versucht, dich anzurufen, dich aber nie erwischt. Er hat es aber so offiziell und öffentlich gemacht, dass ich mir eh sicher war, dass du es weißt. Erst gestern, als du mit Nanne über ihn gesprochen hast, wurde mir klar, dass du keine Ahnung hast. Aber ich wollte es dir nicht vor allen Leuten sagen. Deswegen ist mir das mit der Skitour eingefallen. Heute wollte ich es dir erzählen, in aller Ruhe und weit weg von der Nanne." Evi zuckte hilflos mit den Schultern. „Wie hast du es denn erfahren?"

„Ich habe gestern beobachtet, wie er zu ihr anstatt zu mir gegangen ist."

„Autsch."

Amalia fühlte sich leer, ihre Wut, die sie an Evi auslassen wollte, war genauso schnell verraucht, wie sie gekommen war.

Es stimmte: Sie hatte die letzten Wochen viele Anrufe von Evi verpasst und es in der Hektik vor ihrem Umzug aus Berlin nicht geschafft, zurückzurufen. Was hätte es gebracht, wenn sie es früher erfahren hätte? Der Schaden war angerichtet, dachte sie resigniert.

„Hat Felix mit dir geredet? Ist es ihm ernst mit dieser biologischen Ziege?", fragte sie Michl, der bisher, ohne ein Wort zu sagen, den Wagen gelenkt hatte.

„Hä? Wie meinst du? Sorry, habe nicht zugehört. Ich bringe die Bilder von dieser angefressenen Leiche einfach nicht aus dem Kopf", sagte der mit heiserer Stimme.

„Nicht so wichtig", sagte Amalia.

Michl hatte mit seinen Worten erreicht, was sie die ganze Zeit mit aller Macht zu verhindern versucht hatte: Die Bilder waren wieder da. Sie liefen wie ein Film wieder und wieder vor ihrem inneren Auge ab. Das Blut, die zerstückelte Hand, das bleiche leblose Gesicht, von dem nur noch die rechte Seite unversehrt war. Sie musste wieder würgen, und jeder Gedanke an Felix war vorübergehend vergessen. Sie war froh, als die beiden sie wenig später daheim absetzten.

3.

Ein Knall.

Amalia schreckte hoch. Sie war sich sicher, dass das ein Schuss gewesen war. Irritiert schaute sie auf den Fernseher. Dort lief aber kein Krimi, sondern eine Shopping-Sendung. Ein Mittfünfziger mit gegelten schwarzen Haaren pries gerade überschwänglich einen Staubwedel an.

Hatte sie den Knall geträumt? Sie war wohl eingedöst, nachdem sie nachts stundenlang durch das Fernsehprogramm gezappt hatte. An Schlaf war nicht zu denken gewesen, denn sobald sie die Augen geschlossen hatte, starrte sie Celina Uhlig mit ihren leeren blauen Augen an. Deshalb war sie nach einiger Zeit aufgestanden und hatte es sich auf ihrer Couch gemütlich gemacht.

Sie schaltete auf Videotext. Neun Uhr vormittags. Wer hatte da geschossen? Im Sommer hörte man öfter mal einen Schuss aus dem Pfundrer Revier. Aber doch nicht im Winter, denn bereits Mitte Dezember ging die Jagd in Pfunders zu Ende. In dieser Jahreszeit brauchte das Wild seine Ruhe. Alle Jäger hielten sich an dieses Gesetz. Sie war sich aber sicher, dass sie einen Schuss gehört hatte. Oder konnten es einige Jungen nicht mehr bis Mitternacht erwarten und ließen schon die ersten Knaller krachen?

Sie ging zum Fenster und sah wie gerade zwei Jäger in voller Montur, Gewehr und *Gugga* umgehängt, lautstark diskutierend in Richtung Dorf gingen. Was war dort los? Schnell verschwand sie im Schlafzimmer, zog sich ihre graue Jogginghose und ein schwarzes Kapuzensweatshirt über, packte den Anorak von der Garderobe und lief hinter den Jägern her.

Am Platz vor dem *Tondl-Laden* fand bereits ein großer Aufmarsch der Jäger statt. Sie hatten sich mit dicken Jacken, warmen Lodenhosen und *Schneestrümpfen* über den Bergschuhen gegen die Kälte und den eisigen Wind, der ihnen den Schnee ins Gesicht blies, gewappnet.

Amalia kannte einige der Männer, die aufgeregt miteinander sprachen. Gleich in der ersten Reihe entdeckte sie Rastbichler, den Bauern Huber und den Hotelier Acherer. Sie standen zusammen mit einigen anderen, die auch auf der Versammlung gewesen waren. Gegenüber sammelten sich die Frauen des Dorfes. Man hätte geradezu meinen können, dass die Frauen die Männer in den Krieg verabschiedeten. Neben ihr stand die Frau vom Dorfladen.

„Was ist denn hier los?“, fragte Amalia sie.

„Die *Mando* wollen die Wölfe schießen. Das ganze Rudel.“

„Das hat ja passieren müssen. Grad die, die immer gesagt hat, die Wölfe sind harmlos, die haben s’ jetzt gefressen“, mischte sich eine Bäuerin ein.

„Als Nächstes sind unsere Kinder dran. Die Wölfe müssen weg“, hörte sie eine der Frauen tuscheln.

„Wir gehen in den Wald und erschießen sie!“, rief der Huiba Hons aufgebracht und drängte sich dabei in die erste Reihe. „Das hat sie jetzt davon, *de schnappige Gitsche*. Immer hat sie alles besser gewusst, die *Deitsche*. Wards’ ja selbst auf der Versammlung. Man ist ja nur a depperter Bauer für so eine!“, schrie er den anderen zu und rückte dabei forsch seinen Hut zurecht.

Amalia fiel dabei auf, dass der heute von ihm getragene Hut keine Löcher aufwies.

„Tod den Wölfen!“, begann Rastbichler, der Anführer der Wolfsgegner, hitzig zu schreien, um damit die Menge aufzuwiegeln. Die Jäger fielen mit ein, allen voran Acherer, den sie bisher nur charmant und beherrscht kennengelernt hatte. Amalia fühlte sich an *Defreggers* Bild „Das letzte Aufgebot" erinnert. Alles, was ein Gewehr tragen durfte, war unterwegs.

Gerade als die erzürnte Menge dabei war, sich auf diverse Autos zu verteilen, tauchte Frau Dr. Sommer zusammen mit dem Vinteler *Maresciallo* und einem *Carabiniere* auf. *Maresciallo* Marchetti versuchte beruhigend auf die Leute einzureden und die Situation in den Griff zu bekommen, während Frau Dr. Sommer das Wort ergriff. „Hört auf. Ich verstehe ja, dass ihr aufgebracht seid, aber hört mir wenigstens kurz zu", appellierte die Biologin und stieg auf den Blumentrog vor dem Laden.

Amalia war beeindruckt. Allein mit ihrem resoluten Auftreten schaffte es die zierliche Frau mit dem braunen Kurzhaarschnitt sich Gehör zu verschaffen.

„Wölfe greifen nicht an. Auch wenn sich die ganze Sache gerade anders darstellt. Lasst uns erst den Grund für ihr Verhalten herausfinden. Ich bitte euch, lasst diese Tiere leben."

Weiter kam sie allerdings nicht mit ihrer Rede.

Rastbichler schrie ihr hasserfüllt entgegen: „Müssen wir uns von der *Deitschn* vorschreiben lassen, was wir machen? Sie macht ihr Projekt fertig, *Mando,* und dann geht sie wieder. Aber wir, wir müssen hier mit diesen Viechern leben. Dieses Mal haben die Wölfe eine Wissenschaftlerin erwischt und nicht einen von uns. Das nächste Mal sind wir dran!"

Amalia hörte von überall Zustimmung.

„*Bildomocharin*, du hast die Tote gefunden. Was sagst du?", hörte sie plötzlich den alten Stockabauern fragen.

Einige drehten sich auf einmal zu ihr um. Amalia musste schlucken. Das war das erste Mal, dass sie jemand so ansprach. „Bildermacherin“ war der Spitzname ihrer geliebten Großmutter gewesen. Als ihre Oma nach dem Tod ihres Mannes begonnen hatte, als Fotografin zu arbeiten, war sie zuerst von den Dorfbewohnern belächelt und abfällig „*Bildomocharin*“ genannt worden. Als sie sich anschließend über Jahrzehnte durch ihr Auge fürs Detail und harte Arbeit einen Ruf als hervorragende Fotografin über die Grenzen des Pustertales hinaus erworben hatte, war der Spitzname geblieben, wurde nun aber mit Respekt und Wohlwollen ausgesprochen. Amalia lächelte wehmütig. Es war ihr eine Ehre, mit der Großmutter verglichen zu werden, aber deren Fußstapfen schienen ihr zu groß.

Die Leute erwarteten eine Antwort von ihr. Sie schwankte und Schweiß trat ihr auf die Stirn. Auf einmal waren die Bilder alle wieder präsent, die sie seit gestern zu vergessen versucht hatte.

„*Gitsche*, du bist ja ganz blass“, sprach die *Ladnerin* sie an und packte sie am Arm, „*du wearsch mior decht et umfall?*“

Amalia fing sich und überlegte. Was sie gesehen hatte, hatte sie erschreckt. Noch mehr entsetzte sie jedoch die Gewaltbereitschaft der Dorfbewohner. Wie sie hier alle martialisch mit ihren Gewehren standen und man das Gefühl hatte, dass nur noch ein Funke fehlte, bis ein Schuss in Richtung Doktor Sommer abgegeben würde. Außerdem hatte sie vor einigen Jahren die Gelegenheit gehabt, während eines Shootings in Rumänien Wölfe in freier Natur zu beobachten, und fand diese Tiere faszinierend. Aber konnten sie hier im dicht besiedelten Alpenraum neben den Menschen leben? Was hätte ihre Oma gesagt?

Amalia straffte ihre Schultern und erhob die Stimme: „Also, es war zwar kein schöner Anblick dort oben in den Bergen, aber die Tiere einfach zu erschießen, ohne dass bewiesen ist, dass sie die Studentin grundlos angegriffen haben, das wäre nicht recht. Wenn es wirklich so ist, könnt ihr das Rudel immer noch suchen und erschießen. Momentan sind keine Touristen unterwegs und wir wissen Bescheid und können die Gegend meiden. Wartet noch mit eurer Entscheidung, bis die Untersuchungsergebnisse von Bozen da sind."

Hatte sie das tatsächlich gesagt? Sie fühlte sich in diesem Moment ihrer verstorbenen Oma ganz nah. Da wusste sie, dass sie das Richtige getan und gesagt hatte.

Maresciallo Marchetti nickte ihr anerkennend zu.

Sie beobachtete, wie einige der Männer unsicher zu Rastbichler, dem Anführer der Wolfsgegner, blickten. Andere nickten ihr bestätigend zu.

„Wir gehen gleich. Jetzt wissen wir, wo sich die *Huornficho* aufhalten", brüllte Rastbichler, nicht bereit aufzugeben. Dabei warf er Amalia einen durch und durch feindseligen Blick zu.

Doch Amalia beobachtete, wie immer mehr Jäger skeptisch dreinschauten und dann damit begannen, auf Rastbichler einzureden. Der *Maresciallo,* der fast alle überragte, mischte sich unter die Jäger. Er sprach und diskutierte mit ihnen, bis sich die aufgeheizte Stimmung langsam löste und einer nach dem anderen zum Mittagessen nach Hause ging.

„Danke für Ihre Unterstützung. Ohne Sie hätten sich die Jäger nicht überzeugen lassen", bedankte sich Frau Dr. Sommer im Vorbeigehen bei Amalia.

Amalia nickte nur knapp und verkniff sich ein giftiges „Für Sie habe ich das ganz bestimmt nicht gemacht". Sie hatte nämlich nicht Partei für diese Person, sondern für die Wölfe ergriffen.

Auf einmal spürte Amalia, wie sie eine träge Müdigkeit überfiel. Sie beschloss, nach Hause zu gehen und zu schlafen. Zumindest so lange, bis sie heute Nachmittag bei Evi zum Kaffee mit anschließendem *Rachen* eingeladen war.

4.

Amalia parkte ihren roten Mini vor dem wunderschönen Berghof, den Evi mit ihrem Mann bewohnte. Er bestand wie üblich aus dem Feuerhaus, wie das Wohnhaus genannt wurde, einem großen *Fuitahaus,* in dem das Heu für die Tiere aufbewahrt wurde, und einem Stall. Man sah dem tief verschneiten alten Haus mit den dicken Mauern direkt an, dass es schon seit sehr vielen Jahren so manch harten Winter überstanden hatte. Auf den Stufen hinauf zur Eingangstür, die mit einem dicken Tannenkranz geschmückt war, stand eine Laterne mit brennender Kerze. Die Fenster leuchteten einladend in der einsetzenden Dämmerung.

Amalia wurde schon ungeduldig erwartet. „Wo bleibst du denn? Die Kinder wollten schon ohne dich anfangen mit dem Räuchern“, begrüßte Evi sie vorwurfsvoll.

„Entschuldigung. Jetzt bin ich ja da.“ Amalia hatte ein schlechtes Gewissen. Sie war fast eine Stunde zu spät, aber sie hatte eine ganze Weile vor ihrem Schrank gestanden und überlegt, was sie heute zur Silvesterfeier bei der *Bauernjugend* anziehen sollte. Gleich nach dem Räuchern wollte sie nämlich zusammen mit Evi und Michl ins Vereinshaus. Von Evi wusste sie, dass Felix mit seiner neuen Flamme auch kommen würde. Deshalb war ihr die Entscheidung vor ihrem Schrank besonders schwergefallen. Sie wollte nicht overdressed wirken, aber trotzdem schick aussehen. Schließlich hatte sie sich für eine Jeans, ein enges schwarzes Oberteil mit langen Armen und einem tiefen Ausschnitt entschieden. Dazu trug sie kniehohe schwarze Winterstiefel. Ihre dunklen oft widerspenstigen Haare ließ sie an der Luft trocknen, sodass sie in wilden Locken ihren Rücken hinunterfielen. Beim Make-up gab sie sich ebenfalls besondere Mühe und war erst zufrieden, als ihre grünen Augen groß und geheimnisvoll wirkten. Für heute Nachmittag hatte sie noch eine graue Kaschmirjacke darüber angezogen, die sie später ausziehen wollte.

Evis Kinder hüpften sogleich aufgeregt um Amalia herum. Amalia dachte an ihre Kindheit zurück. In den zwölf *Raunächten* hatte sie jedes Jahr zusammen mit ihrer Oma Zille das Haus ausgeräuchert, um Böses von Haus und Hof zu vertreiben.

„Gut, dass du endlich da bist“, begrüßte der *Erschtila* Simon sie, nahm sie bei der Hand und zog sie ins Haus hinein, „weil weißt, der *Tata* ist heute nicht dabei. Oma hat gesagt, das bringt Unglück, wenn nicht alle da sind.“

„Ach, Simon, der *Tata* war doch an Weihnachten dabei und am Dreikönigstag ist er sicherlich auch da. Ich glaub, das macht nichts, wenn mal einer fehlt. Außerdem ist heute dafür ja Amalia dabei“, beruhigte Evi lächelnd ihren Ältesten und wechselte einen besorgten Blick mit Amalia.

Amalia konnte ihrer Freundin ansehen, dass sie zwar nicht daran glaubte, dass es Unglück brachte, wenn einer fehlte, aber dass sie maßlos enttäuscht war, dass Michl, dem Traditionen normalerweise heilig waren, aus irgendeinem Grund dieses Mal nicht dabei war. Evi würde ihr bei Gelegenheit sicher erzählen, was los gewesen war.

Evi gab die Tradition des *Rachens* natürlich an ihre Kinder weiter. Auch wenn heute nicht mehr in jeder der *Raunächte* geräuchert wurde, sondern nur noch an Weihnachten, Silvester und dem Dreikönigstag.

Evi hatte schon das alte eiserne Bügeleisen hergerichtet, das auf Michls Hof schon seit Generationen als *Rachfassl* verwendet wurde. Vorsichtig schöpfte sie ein wenig heiße Glut aus dem Küchenholzofen hinein und legte den in der Kirche geweihten Weihrauch darauf.

In kürzester Zeit erfüllte der intensive würzige Duft die Küche. Von dort zogen sie gemeinsam durch das Haus von Raum zu Raum und beteten das Vaterunser. Simon trug stolz eine kleine Schale mit Weihwasser. In jedem Zimmer tauchte er einen kleinen Zweig sorgfältig hinein und besprengte umständlich den Raum, als könnte man dabei einen Fehler machen.

Amalia schaute auf die Uhr. Natürlich hatte sie sich über die Einladung von Evi gefreut, aber das Räuchern zog sich ganz schön hin, dachte sie genervt. Zum Abschluss gingen sie noch durch den Stall. Danach setzten sie sich alle um den Küchentisch und es gab Kaffee, Tee und Weihnachtsplätzchen. Leander saß auf Evis Schoß und stopfte alle Weihnachtsplätzchen in seiner Reichweite in den Mund. Dann strahlte er Amalia übers ganze Gesicht mit seinen prallen Hamsterbäckchen an. Simon spielte ein Weihnachtslied auf der Blockflöte vor und Andi, Evis Dreijähriger, klopfte dazu mit einem Löffel auf den Tisch. Die Töne aus der Blockflöte quietschten noch erbärmlich, weil er noch nicht allzu lange lernte, aber Simon war sichtlich stolz und setzte gleich zum nächsten Lied an. Am liebsten hätte sie sich die Ohren zugehalten oder der Darbietung anderweitig ein jähes Ende bereitet. Doch Evi applaudierte ihrem Ältesten lachend und bat um eine weitere Zugabe.

Um ihre Freundin und deren Kinder nicht zu enttäuschen, fiel Amalia ebenfalls lautstark in den Beifall ein, warf aber den nächsten unauffälligen Blick auf die Uhr. Anstatt dem Gequietsche von Simon zu lauschen, hätte sie viel lieber in Erfahrung gebracht, was denn mit Michl war. Ihr war Evis Unruhe nicht entgangen. Sie war daher sehr erleichtert, als dieser kurz vor sieben nach Hause kam und das Konzert endete.

„Da bist du ja. Hat dein Chef dir endlich freigegeben?", fragte Simon seinen Vater.

„Ja. Ich gehe jetzt unter die Dusche", antwortete Michl seinem Sohn knapp.

Amalia war sofort klar gewesen, dass Michl nicht aus der Arbeit gekommen war, denn er hatte Sportschuhe und eine Trainingshose an. Den Kindern war das zum Glück nicht aufgefallen. Evi und Amalia tauschten wieder einen Blick, dabei presste Evi die Lippen aufeinander.

„Alle fürs Bett fertig machen", rief Evi, „ich muss mich noch umziehen."

Die Kinder verabschiedeten sich von Amalia und verschwanden mit Evi ins Bad. Als Evi zurückkam, trug sie einen dunkelblauen Pullover mit V-Ausschnitt und eine Jeans. Ihre blonden Haare hatte sie nicht wie sonst zu einem schlichten Pferdeschwanz zusammengebunden, sondern sie fielen ihr glänzend und frisch geföhnt auf die Schultern.

Wahrscheinlich hat sie noch die gleiche Jeansgröße wie bei der *Matura,* und dabei ist es ihr egal, dachte Amalia mit einem Anflug von Neid. Sie selbst hielt ihre Figur durch mehr oder weniger erfolgreiche Diäten im Zaum, fanden sich doch jegliche Schlemmereien zur Urlaubs- oder Weihnachtszeit sofort auf ihren Hüften wieder. Aber im neuen Jahr, nahm sie sich fest vor, würde sie noch mehr darauf achten.

Pünktlich um kurz vor acht kam Anna, Evis Nichte, um auf die Kinder aufzupassen. Amalia wusste, dass Evi und Michl sich nicht oft einen Babysitter leisteten und ihre Freundin sich auf den gemeinsamen Silvesterabend schon seit Tagen freute.

Amalia blickte sich um. Der gemütliche Vereinsraum der *Bauernjugend* war schon gut gefüllt, aber Felix konnte sie nirgends entdecken. Die Organisatoren hatten sich wirklich Mühe gegeben. Alles war mit bunten Girlanden, Luftschlangen und Ballons geschmückt. An einer Seite war ein Buffet aufgebaut und Musik erklang aus den Lautsprechern. Wie früher, dachte sie und auf einmal spürte sie eine nostalgische Vorfreude in sich. Genau das hatte sie in Berlin vermisst. Hier waren ihre Freunde, ihre Erinnerungen, hier war sie zu Hause.

Amalia setzte sich freudestrahlend zu Evi an die Bar. Erst jetzt bemerkte sie, dass ihre Freundin mürrisch in die Luft starrte. „Was ist denn mit dir los?", fragte sie.

Evi blies sich genervt einige ihrer blonden Ponyfransen aus dem Gesicht. „Der Michl geht mir zurzeit so auf den Wecker. Er rennt ins Fitnessstudio, obwohl er versprochen hat, zum *Rachen* daheim zu sein. Ich wusste erst gar nicht, was ich den Kindern sagen sollte. Gott sei Dank ist mir das mit der Arbeit eingefallen."

Amalia wusste nicht, was sie dazu sagen sollte. Sie beschloss erst einmal zu schweigen und Evi weiter zuzuhören.

„Wo ist er denn jetzt schon wieder hin?", fragte Evi gereizt. Amalia drehte sich um und sah, wie Michl sich bereits am Buffet anstellte.

„Da drüben ist er doch und holt sich was zu essen. Das machen wir jetzt auch. Komm, Evi. Heute darf ich noch. Lass uns richtig sündigen. Morgen muss ich mich an meine guten Vorsätze für das neue Jahr halten", schlug Amalia ihrer Freundin vor.

„Recht hast du", erwiderte diese, und sie gingen gemeinsam zum Buffet.

Mit voll beladenen Tellern sahen die beiden Freundinnen sich suchend um.

„Der Michl kriegt zurzeit gar nichts mit", schimpfte Evi, „jetzt hat der sich genau zu Felix und der Sommer gesetzt. Das könnte er sich doch denken, dass das blöd für dich ist. Wollen wir uns an einen anderen Tisch setzen?", fragte Evi besorgt.

Amalia zuckte zusammen. Die beiden hatte sie gar nicht reinkommen sehen.

„Ach was!" Amalia war sehr zufrieden damit, wie cool sie klang. „Bin schon ein großes Mädchen. Kein Problem." Sie würde Felix schon zeigen, dass sie nicht seinetwegen Trübsal blies, sondern das Leben als Single genoss.

Evi warf ihr zwar einen skeptischen Blick zu, bahnte sich dann aber einen Weg zu dem Tisch, an dem bereits Michl mit Felix und Frau Dr. Sommer saß. Zudem hatten noch Egon Kofler und seine Frau Gerda dort Platz genommen. Die beiden bewirtschafteten ihren Hof, der mittlerweile einer der schönsten und größten im Tal war, in fünfter Generation. Egon war breitschultrig, hatte volles dunkles Haar und eine platte breite Nase, die an einen kampferprobten Boxer erinnerte. Gerda war dunkelblond, rundlich, mit einer gesunden Gesichtsfarbe. Alle waren so in ihr Gespräch vertieft, dass sie Evi und Amalia kaum Beachtung schenkten.

Felix hatte seine Hand liebevoll auf die der Doktorin gelegt, die traurig wirkte.

Amalia schluckte. Es tat weh, Felix so mit einer anderen Frau zu sehen. Sie vermutete, dass es gerade um den Tod von Celina ging, denn sie schnappte folgendes auf: „Sie wird mir fehlen. Sie war ein großartiger Mensch, der sich mit so viel Engagement für unsere Sache eingesetzt hat. Es wird sicher schwierig werden, für die nächsten Monate eine Nachfolgerin zu finden." Frau Dr. Sommer machte eine kurze Pause, bevor sie weitersprach: „Allerdings muss ich sagen, bei ihrer wissenschaftlichen Arbeit gab es doch noch einige Defizite. Sie war halt noch jung und ließ sich leicht ablenken."

„Ablenken?", mischte sich Gerda ein. „Mich wundert's ja eher, dass die überhaupt Zeit zum Arbeiten hatte – mit ihren ganzen Männergeschichten."

„Ach, so schlimm war das doch nicht", wiegelte die Biologin ab.

„Sie haben recht. Über Tote soll man nichts Schlechtes sagen", gab sich Gerda friedfertig.

Amalia schaute in die Runde. Ihr fiel Michls abschätziger Blick auf, als er das Essen auf dem voll gehäuften Teller seiner Frau begutachtete. Auf seinem lagen lediglich ein paar vereinzelte Salatblätter und ein hart gekochtes Ei.

Gerda Kofler betrachtete Michls Teller ebenfalls verwundert. „Dein Mann legt sich aber in den letzten Monaten ganz schön ins Zeug", sagte sie zu Evi.

„Wie meinst du das?", fragte Evi verständnislos.

„Na ja, ich sehe ihn ja fast täglich bei uns vorbeijoggen, und ich muss sagen, das Sportprogramm hat ihm nicht geschadet. Er ist richtig schlank geworden, und seit er seine Brille nicht mehr trägt, sieht er ganz verändert aus. Ich wäre froh, wenn sich mein Egon auch mal ein bisschen zusammenreißen würde", sagte sie und stieß ihren Mann in die gut gepolsterten Rippen, der aber nur nachsichtig lächelte.

Amalia und Evi musterten gleichzeitig Michl. Amalia musste zugeben, dass Gerda recht hatte. So gut wie derzeit hat Evis Mann noch nie ausgesehen.

„Wenn bei den Männern die Midlife-Krise zuschlägt, sind sie halt nicht mehr zu halten. Da spreche ich aus Erfahrung. Obwohl – meiner sollte seine eigentlich schon hinter sich haben", legte Gerda nach und warf ihrem Gatten dabei einen vorwurfsvollen Blick zu.

Anscheinend gab es auch bei diesen Eheleuten irgendwelchen Zündstoff, dachte Amalia. Hektisch begann sie das Thema zu wechseln und erzählte von ihrer letzten Modenschau. Zum Glück ließ sich die Koflerin ablenken und begann leutselig mit ihr und Evi zu plaudern. Amalia musste oft lauthals über die wortreichen Geschichten und Beobachtungen lachen, die Gerda mit entwaffnender Offenheit zum Besten gab. Dabei schonte sie sich selbst auch nicht und lachte gutmütig mit den anderen mit, wenn die Pointe auf ihre eigenen Kosten gegangen war. Gefühlt alle zehn Minuten hob sie ihr Glas, gab einen Trinkspruch zum Besten und animierte alle, anzustoßen und zu trinken. Danach schenkte sie nach. Einzig Bettina Sommer blieb beim Mineralwasser.

Sobald die Flasche leer war, sprang Amalia auf und holte die nächste. Das Geturtel zwischen Felix und der Sommer war nur mit ausreichend Alkohol zu ertragen. Immer wieder sah sie zu den beiden hinüber und fragte sich, was Felix an der klapperdürren, sehr ernsthaft wirkenden Wissenschaftlerin fand. Felix jedoch vermied jeden Blickkontakt mit ihr.

Als Gerda begann, mit roten Wangen ein Volkslied anzustimmen, beschlossen Evi und Amalia sich ein Dessert zu holen.

Tiramisu, *Mingilan,* süße Krapfen, saure Krapfen, *Polsterzipfel* und eine große Auswahl an *Weihnachtskekslan* – das Buffet bot alles, was das Herz begehrte. Von allem luden die beiden Freundinnen eine Kleinigkeit auf ihren Teller.

Als sie sich wieder an den Tisch setzten, warf Michl Evi einen vernichtenden Blick zu. „Musst du dir das süße Zeug so reinziehen. Gesunde Lebensweise geht anders", sagte Michl so beißend, dass sogar Dr. Sommer, die am Ende des Tisches saß, peinlich berührt zu Evi herüberschaute.

Diese starrte ihren Mann einen Moment lang wütend an und verließ dann wortlos den Tisch.

„Depp", rutschte es Amalia heraus, bevor sie den Tisch verließ, um ihre Freundin zu suchen.

Auf der Damentoilette fand sie Evi, die sich gerade lautstark die Nase schnäuzte. „Ach, Amalia. Ich hab mich so auf diesen Abend heute gefreut. Sogar einen Babysitter habe ich organisiert. Und jetzt? Ich erkenne ihn kaum wieder. Alkohol trinkt er nicht mehr, weil er trainiert. Am Buffet findet er nichts mehr, weil der Herr ja jetzt nur noch Low Carb isst. Bis vor ein paar Monaten war die Pizza von der Bar noch sein Lieblingsessen. Heute dagegen macht er mir gegenüber abwertende Bemerkungen, nur weil ich mit drei Kindern kaum Zeit für Sport und „Clean Eating" habe. Der wird täglich affiger, der selbst ernannte Ernährungsguru. Wie lang hält denn so eine Midlife-Crisis bei Männern an?"

Amalia zuckte mit den Schultern. „Schau mal, was ich dabeihabe?", wechselte Amalia zusammenhangslos das Thema. Es war sicher besser, ihre Freundin von ihren trüben Gedanken abzulenken, als darauf einzugehen.

„Oh mein Gott! Eine pinke Polaroidkamera." Evi lachte.

„Die hat mir Maurice zum Abschied geschenkt. Ich habe mir gedacht, wir machen heute mal keine Selfies, sondern stilecht, wie es sich für eine Fotografin gehört, ein paar Polaroidfotos – wie früher eben."

In ihrer Jugend hatte Amalia von ihrer Oma Zille solch eine Sofortbildkamera bekommen und bei vielen unterschiedlichen Anlässen lustige Schnappschüsse damit gemacht. Mit einem schwarzen Stift hatten sie den unteren weißen Bildrand beschriftet und die Fotos an die Pinnwand in ihrem Kinderzimmer gepinnt.

Sofort schnitt Evi eine lustige Grimasse und Amalia drückte ab. Die beiden Freundinnen warteten gespannt, bis aus den schemenhaften Umrissen ein klares Foto entstand, und lachten herzlich über das gelungene Bild, das Evi mit herausgestreckter Zunge und aufgerissenen Augen zeigte. Amalia zog einen Stift heraus und schrieb „#Silvester" darauf.

Ihre Freundin wirkte auf einmal wie gelöst. Sie umarmte Amalia und flüsterte: „Ich bin so froh, dass du wieder da bist."

Es dauerte nicht lange und andere Gäste baten Amalia darum, auch von ihnen Schnappschüsse zu machen. Amalia fotografierte und Evi schrieb die Texte darunter.

„So, jetzt reicht's. Jetzt hole ich mir erst einmal etwas zum Trinken", sagte Amalia zu Evi und packte die Kamera wieder in ihre Tasche.

In diesem Augenblick kam Michl auf Evi zu. „Hast' dich wieder beruhigt? Komm wieder zu unserem Tisch."

„Kein Bedarf", sagte Evi schnippisch und wandte sich ab.

Michl lief ihr hinterher, und Amalia sah, wie sich die beiden in einer Ecke des Raumes stritten, bis Evi wütend ihre Jacke packte und ging. Kurz darauf verschwand auch Michl.

Es war kurz vor Mitternacht. Wie alle anderen holte Amalia ihren Mantel und machte sich auf den Weg hinauf zum *Pichschuista,* einem Hof, der auf der Schattseite über Pfunders lag. Jemand hatte Fackeln besorgt, und so war es ein stimmiges Bild, wie die Prozession der Partygäste durchs Dorf zog. Amalia war dankbar, dass Gerda aus dem Gewusel beim Aufbruch aufgetaucht war und sich bei ihr untergehakt hatte. Nachdem Michl und Evi schon nach Hause abgezogen waren, hatte sie sich unter den ausgelassen feiernden Menschen ein wenig verlassen gefühlt. Aber das fröhliche Geschwätz von Gerda vertrieb alle finsteren Gedanken.

Auf dem Platz oberhalb des Sportplatzes hatte man einen guten Blick über das Dorf und umgekehrt konnte jeder Pfundrer das Feuerwerk, das die *Bauernjugend* organisiert hatte, bewundern. Amalia blickte über das verschneite Pfunders hinweg in den bedeckten Nachthimmel. Ganz so hatte sie sich den Abend nicht vorgestellt. Kein Felix, keine Evi. Amalia ging in Gedanken noch mal kurz ihre Liste mit den Vorsätzen für das neue Jahr durch.

Dann zählten alle: „Zehn, neun, acht ..."

Pünktlich um Mitternacht flogen die ersten Raketen in den Himmel und färbten alles bunt. Fasziniert starrte Amalia in den Himmel, der abwechselnd rot und grün funkelte. Glückwünsche wurden ausgesprochen, jemand drückte ihr ein Glas Sekt in die Hand und immer wieder wurde sie von Freunden und Bekannten umarmt und auf beide Wangen geküsst. Die Freude der anderen war ansteckend und Amalia fühlte den Trübsinn von sich abfallen.

Ein Bursche der *Bauernjugend* hatte die Ziehharmonika mitgebracht und spielte einen Walzer vom *Avsenik,* als ihr jemand von hinten ins Ohr flüsterte: „Darf ich bitten?"

Als sie sich umdrehte, stand Felix vor ihr. Er verbeugte sich gerade galant. Ohne ihre Antwort abzuwarten, nahm er ihr das Glas aus der Hand und stellte beide Sektgläser zur Seite in den Schnee, umfasste ihre Taille und nahm Tanzhaltung ein.

Überrascht von Felix' spontaner Aktion, stotterte sie: „Äh ... ja."

Wie die meisten Männer tanzte Felix nicht gern, obwohl er ein guter Tänzer war, wusste Amalia. Wahrscheinlich hatte er wie sie schon ein Gläschen zu viel. Egal, wie lange hatte sie schon nicht mehr getanzt? Sie hatte das Gefühl, dass sie zu Beginn seinen Schritten nur hinterherstolperte und ungelenk wirkte. Nach ein paar Takten wurden ihre Bewegungen geschmeidiger. Krampfhaft überlegte sie, ob sie die Gelegenheit nutzen sollte, um das Gespräch mit Felix zu suchen. Allerdings stand so viel zwischen ihnen beiden, dass sie nicht recht wusste, wo sie hätte anfangen sollen. Sie schwieg. Es fühlte sich gut an, in seinen Armen zu liegen. Am liebsten hätte sie die ganze Nacht durchgetanzt.

Doch als die Klänge des Walzers verstummten, ließ Felix sie los. Er füllte ihre Sektgläser nach und reichte ihr ihres. „Ein gutes neues Jahr, Amalia", flüsterte er, stieß mit seinem Glas an ihres und drückte ihr gleichzeitig einen Kuss auf den Mund.

Für einen Moment schien alles perfekt, doch viel zu schnell trat er einen Schritt zurück. „Dir auch ein gutes neues Jahr", stammelte sie überrascht.

Bevor sie noch etwas sagen konnte, ging Felix weiter und stieß mit Freunden an. Sie beobachtete, wie Frau Dr. Sommer zu ihm trat und seine Hand nahm. Geknickt blickte sie auf das Paar. Amalia fühlte sich um den Abend betrogen und war enttäuscht von dem allzu kurzen Moment des Glücks. Die Einsamkeit kroch daraufhin umso bitterer bis tief in ihr Innerstes.

Als die Leute sich wieder zurück ins Warme begaben, nutzte Amalia die Gelegenheit und kehrte bedrückt nach Hause zurück.

5.

Es war schon nach zehn, als Amalia aufwachte. Nachdem ihre jährlich wiederkehrenden Neujahrsvorsätze gesunde Ernährung und mehr Sport waren, aß sie schnell ein Müsli mit Früchten und beschloss den Kopf mit einem langen Spaziergang freizubekommen.

Es war ein herrlicher Wintertag. Pfunders lag weiß glitzernd unter einer weichen Schneedecke vor ihr. Sie drehte ihr Gesicht der Sonne entgegen und genoss das Gefühl der Wärme auf ihrer Haut. Da sie immer noch müde war, beschloss sie, erst einmal bergab Richtung Dorf zu gehen.

Gestern war ein seltsamer Abend gewesen. Wie üblich war sie beim Abschied vom alten Jahr nostalgisch und gleichzeitig von einer Art Aufbruchsstimmung erfasst worden, da ihr jedes neue Jahr vor Möglichkeiten, Neuanfängen und Chancen überzuquellen schien.

Aber die anderen waren auch in einer merkwürdigen Stimmung gewesen. Zuerst hatte sie das auf den Tod der hübschen Studentin und dessen grausige Umstände geschoben, die an keinem spurlos vorübergegangen waren. Das war aber nicht alles. Ihr war bewusst geworden, dass sie länger nicht da gewesen war und in dem Leben ihrer Freunde Dinge vorgefallen waren, von denen sie keine Ahnung hatte. Zum einen waren da die erst unterschwelligen und später offenen Feindseligkeiten zwischen Evi und Michl gewesen. Das hatte es in all den Jahren davor nie gegeben. Dann auch noch das Getue von Felix und der Biologin. Das Verhalten von Bettina Sommer war ihr sowieso undurchsichtig erschienen. Diese hatte erst um ihre Assistentin getrauert, um im nächsten Atemzug deren wissenschaftliche Arbeitsweise geringschätzig zu beurteilen.

Und um einen schrägen Abend noch zu krönen, hatte Felix sie um Mitternacht geküsst. Was hatte der sich denn dabei gedacht? Vielleicht war er doch nicht so glücklich in seiner neuen Beziehung? War die Sommer ein Lückenbüßer, nachdem Amalia ihn enttäuscht hatte? Allerdings war er dann doch mit der Sommer nach Hause gegangen, schränkte sie ihren neu erwachten Optimismus in Gedanken ein.

Als sie beim *Brugger* Richtung Dorf abbiegen wollte, sah sie den „Zett"-Automaten. Die Überschrift der Titelseite lautete: „Mord in Pfunders". Sie warf schnell zwei Euro ein und nahm ein Exemplar der Südtiroler Sonntagszeitung aus dem Kasten. Sie überflog den kurzen Text und fand auf der Innenseite ausführlichere Informationen, die sie den gestrigen Abend sofort vergessen ließen. Die Autopsie hatte ergeben, dass die Biologiestudentin Celina Uhlig mit einem stumpfen Gegenstand erschlagen worden war. Die Wolfsbisse waren erst post mortem erfolgt.

Amalias erster Gedanke war: Verdammt! Jetzt hat *seggo* Felix' Neue recht gehabt. Die Wölfe waren es nicht gewesen. Sie schämte sich. Ein junges bildhübsches Mädchen war tot, ermordet, und sie bezog es nur auf sich und ihre Abneigung gegen ihre Nachfolgerin. Sie schüttelte – genervt von sich selbst – den Kopf und las weiter.

Die Zeitung mutmaßte ausführlich, ob ein militanter Wolfsgegner die Studentin aus dem Weg geräumt hatte, weil diese sich so sehr für die Wiederansiedelung der Tiere in Südtirol engagiert hatte. Sogar ein Bild von der Pfundrer Bürgerversammlung war abgedruckt. Amalia betrachtete es genau. Celina Uhlig war anscheinend gerade dabei, etwas zu erklären, denn eine Hand war mit gespreizten Fingern in einer ausladenden Bewegung auf Höhe ihrer Brust, die andere deutete anklagend auf Walter Acherer. Sie hatte ihre Stirn gerunzelt und den Mund leicht geöffnet. Die meisten Frauen würden in so einem Schnappschuss unattraktiv aussehen, aber die blonde Studentin vermittelte sogar auf diesem grobkörnigen Bild Anmut und Intensität für ihre Sache und war unzweifelhaft der Mittelpunkt dieser Anordnung. Interessant war auch, wie die anderen neben ihr wirkten. Der Hotelier Acherer hatte den Mund zu einer schmalen Linie zusammengepresst und sah Celina direkt an. Der Bauer Huber und der Jäger Rastbichler hatten die Köpfe zusammengesteckt, wobei Rastbichler grimmig zu Celina hinüberschaute. Frau Dr. Sommer saß mit gesenktem Kopf neben ihr und machte sich Notizen. Neben der Studentin wirkte sie recht alt und knochig. Wie eine alternde Gouvernante, dachte Amalia ein wenig boshaft.

Aber die eigentliche Frage war natürlich: War auf dem Foto Celina Uhligs Mörder zu sehen? Wie perfide, die Leiche einer Tierschützerin den Wölfen zum Fraß vorzuwerfen. Das sprach schon für die These der Zeitung, dass ein Wolfsgegner dahinterstecken könnte. Andererseits war da noch die Sache mit den Männern. Das hatte sie jedenfalls gestern durch die abfälligen Bemerkungen der Gerda Kofler, aber auch von Nanne bei der Bürgerversammlung raushören können. Die hübsche *Gitsche* war vielleicht jemandem mit ihrem ausschweifenden Liebesleben auf die Füße getreten.

Wenn es in Pfunders eine Expertin für das dörfliche Liebesleben gab – ausschweifend oder nicht –, dann war das die Stoana Nanne. Daher beschloss Amalia, den Spaziergang hier abzubrechen und stattdessen ihrer Nachbarin einen Besuch abzustatten.

An der Gartentür des Nachbarhauses zögerte sie kurz, ob sie tatsächlich klingeln sollte. Felix und seiner neuen Flamme wollte sie keinesfalls über den Weg laufen. Aber die Neugier siegte und sie drückte kräftig auf den Klingelknopf.

Es dauerte keine drei Sekunden, bis die Tür aufgerissen wurde.

„Griaß di, *Bildomocharin*. Hab dich schon kommen sehen", wurde sie von Nanne schwungvoll begrüßt. „Der Felix ist nicht da. Der ist mit der *Deitschn* beim Skifahren", fuhr sie ungefragt fort.

Amalia räusperte sich. „Du, Nanne, eigentlich wollte ich eh zu dir."

„Kimm inna."

Amalia folgte ihr durch den Flur mit den schwarzen und weißen Fliesen. Wie immer trug Nanne die grauen Haare am Hinterkopf hochgesteckt und von einem Haarnetz geschützt. Über Bluse und Stoffhose trug sie einen geblümten *Kleiderschurz,* der am Bauch spannte. Trotz ihrer ausladenden Hüften bewegte sie sich flink und leichtfüßig. Sie ging voraus in die große Wohnküche und deutete einladend auf den Ecktisch mit der abgenutzten Holzplatte. Im alten Herd mit der großen Eisenplatte hörte Amalia ein Feuer knistern. Darauf stand ein Topf, aus dem es köstlich duftete.

„Ich mache mir gerade eine *Erdäpfelsuppe,* weil ich heut Mittag alleine bin", sagte Nanne, deren Mann vor zehn Jahren an einem Herzinfarkt gestorben war. „Magst auch eine?"

„Gern."

Nanne stellte zwei Suppenteller auf den Tisch und schöpfte ein. Zuerst aßen die beiden Frauen schweigend. Die Suppe mit Zwiebeln, Lauch und einem Hauch von Majoran war ein Gedicht.

„Was gibt's denn, dass du mich *amol* besuchst?", brach Nanne das Schweigen.

„Ich habe gerade die ‚Zett' gekauft. Stell dir vor, da steht drinnen, dass die Studentin ermordet worden ist. Die Wolfsbisse sind erst post mortem passiert."

„*Hardimitzn, poscht mortem*. Das heißt, die Wölfe haben die arme *Gitsche* nicht angegriffen. Die war schon tot, als die Wölfe kamen", fasste Nanne zusammen.

Wie jeder in Pfunders wusste auch Amalia, dass die alte Frau jeden Krimi der Bibliothek gelesen hatte und sonntags nie ohne „Tatort" ins Bett ging. Nanne verstand sofort, um was es ging.

„Dann war das wahrscheinlich einer von Pfunders, der das arme Mädchen umgebracht hat", folgerte sie sogleich. „Zugehen tut es auf derer Welt. Nicht einmal bei uns ist man mehr sicher."

„Die in der ‚Zett' vermuten, dass es jemand war, dem die Ansichten von Celina bezüglich der Wölfe nicht gefallen haben. Aber mir ist eingefallen, dass ..."

„*Olls lai* Quatsch. So eine blutjunge Frau wird nur aus einem Grund umgebracht: Leidenschaft." Das letzte Wort hauchte Nanne nur und legte ihre Hand theatralisch auf ihr Herz. „Aber das schränkt den Täterkreis nicht sehr ein", fügte sie hinzu und ihre braunen Augen blitzten boshaft. „Weil das Fräulein aus der Stadt die halben *Mando* vom Dorf verrückt gemacht hat."

„Das hast du bei der Bürgerversammlung ja schon gesagt. Aber so schlimm wird es ja nicht gewesen sein."

„Noch viel schlimmer. Egal ob jung oder alt, hinter der waren sie alle her. *Woasch,* die ist untertags immer im Wald unterwegs gewesen. Das hat den Jägern und Sportlern schon imponiert. So ein junges *durrs Gitschile* und dann war ihr kein Weg zu steil und kein Berg zu hoch. Geklettert ist sie wie die *Gamsen*. Sie hatte außerdem großes Interesse an der Jagd. Ein bewundernder Blick aus ihren tiefblauen Augen hat gereicht und die *tamischn Mando* haben sich gefühlt, als wären sie wieder zwanzig. Dazu noch ein eng sitzendes T-Shirt, knappe Shorts und den Körper einer Göttin, da haben die Ehefrauen daheim nicht mithalten können. Du hast sie ja gesehen auf der Versammlung. Die hat Charme für drei gehabt, für jeden ein Lächeln, einen kleinen Scherz und einen bezaubernden Augenaufschlag."

„Woher weißt denn du das alles? Bist du selber durch die Wälder geschlichen mit einem *Gugga?*", neckte Amalia.

„Hmmph. Unsinn! Das hat mir alles die Kofler Gerda erzählt. Die hat sich furchtbar aufgeregt. Als ihr Mann ihr das dritte Mal weismachen wollte, dass er zufällig Celina getroffen hat, und er ihr irgendwelche Tierspuren gezeigt hat, hat sie eins und eins zusammengezählt. Vor allem weil er abends erst stundenlang nach dem letzten Schusslicht heimgekommen ist. Doch der war nicht der Einzige. Am schlimmsten hat es den Acherer erwischt. Zwischen dem und dem Kofler soll es sogar einmal eine Rauferei beim *Brugger* gegeben haben. Die Leit' meinen, es war wegen der Jagd, aber in Wirklichkeit ist es um die Celina gegangen. Auch der Anton und der Bernhard aus Weitental waren hinter ihr her, haben aber anscheinend nicht landen können."

„Meinst nicht, dass die Leute übertreiben? Vier Männer kommen mir doch ein bisschen viel vor. Die ist ja erst vor vier Monaten nach Pfunders gekommen. Dass der Acherer nichts anbrennen lässt, kann ich mir noch vorstellen, aber der Kofler? Der ist doch so ein ganz Gemütlicher. Das glaub ich nicht."

Nanne öffnete den Mund, schloss ihn wieder und schwieg. Das passte so gar nicht zu ihr.

„Weißt du mehr darüber?", hakte Amalia nach.

Nanne kratzte ihren Suppenteller mit großer Sorgfalt leer.

Amalia wartete ab.

„Das sind die vier Männer, über die das Dorf spricht." Nanne nahm die Teller und trug sie hinüber zum *Treggile* und vermied dabei geflissentlich jeden Augenkontakt mit Amalia.

„Nanne, meinst du, es gibt noch mehr Männer als die vier?"

Amalia wunderte sich. Normalerweise war Nanne eine niemals versiegende Quelle aller Gerüchte über Ehekrisen, Affären, Erbschaften und Streitereien, die sich in Pfunders zutrugen. Sonst platzte sie mit ihrem Wissen heraus, aber hier druckste sie herum. Ein Verdacht keimte in Amalia auf.

„Hat am Ende der Felix was mit der Celina gehabt?"

„Ach *Plentn,* der hat mit dir und der Frau Doktor schon genug am Hals. Der braucht nicht noch a *Deitsche*", knurrte Nanne.

„Ja, wer dann? Jetzt red halt!"

Nanne setzte sich wieder und beugte sich vor. Eindringlich sah sie Amalia an. „Ich weiß, dass die Evi deine beste Freundin ist, und der Michl vom Obereggerhof geht bei uns ein und aus, seit er fünf Jahre alt ist. Ein feiner Kerl ...", begann sie umständlich, „... ich denke, die Uhlig hat auch was mit dem Michl gehabt."

„Niemals! Wie kommst du denn auf die Idee?"

„Halte eben meine Augen offen", antwortete Nanne ausweichend.

„Der Michl doch nicht. Flirten ja, aber der betrügt doch Evi nicht."

„Da sieht man, *Gitsche,* dass du dich mit den Männern überhaupt nicht auskennst. Des merkt man auch, wie du mit Felix umgegangen bist. Da hast du wirklich an *Puff gimocht.* Jetzt hat der a *Deitsche* und du *mogsch zuischaugn.*"

„Ja, ich weiß. Mit dem Felix habe ich richtig Mist gebaut. Aber ich dachte, wenn ich wieder hier bin, sprechen wir uns aus. Ich habe schon gewusst, dass er sich ärgert, weil ich den Umzug so oft verschoben habe. Aber dass der gleich eine andere hat ...", endete Amalia kläglich.

Nannes Augen wurden weich und ein feines Lächeln spielte um ihre Lippen. „Der *Bui* ist jeden Abend bis Mitternacht drüben bei dir gewesen, damit alles fertig wird, bis du kommst. Die Küche hat er am Schluss mit Freunden selber eingebaut, weil der Tischler es nicht rechtzeitig geschafft hätte. Dann hast du wieder abgesagt, kurzfristig, hast ihn vertröstet und bist wieder nicht gekommen. Das hat ihn schon sehr verletzt. Die *Mando* haben halt ihren Stolz. Jetzt hat er *zifleise* die *Deitsche,* damit jeder sieht, dass er nicht auf dich wartet wie der letzte Depp."

Darauf fiel Amalia nichts mehr ein und sie überlegte, ob sie das Thema wieder zurück auf Michl und Evi lenken sollte, entschied sich aber dagegen. Wenn sie an den gestrigen Abend zurückdachte, schien klar, dass nicht alles in bester Ordnung war, aber es wäre ihr illoyal vorgekommen, über das Eheleben ihrer besten Freundin hinter deren Rücken zu spekulieren und ausgerechnet mit Nanne darüber zu tratschen.

„Dann haben aber etliche ein Motiv", versuchte Amalia wieder auf das eigentliche Thema zurückzukommen.

„Ja, das stimmt allerdings", stimmte Nanne eifrig zu. „Die *Mando* und ihre Ehefrauen. Und da ist noch jemand. Ich weiß bloß nicht genau, wer ..."

„Jetzt machst du es aber spannend."

„*Woasche,* da kenne ich mich selber nicht ganz aus. Die Loise, weißt schon, die vom Übereggerhof, hat mir da was erzählt. Die Tote hat da nämlich ein Zimmer gemietet. Die Loise war darüber ganz froh, denn im Oktober und im November kommen ja keine Touristen, und da hat sie sich gedacht ..."

„Naaannee", unterbrach Amalia ungeduldig den Redeschwall ihrer Nachbarin.

„Jaja, was ich sagen wollte, die Loise hat gehört, dass die Celina mit einer anderen Frau furchtbar gestritten hat. Sie hat nichts verstehen können. Das war vor der Wolf-Versammlung in der Feuerwehrhalle. Die Loise ist ja wie ich, die würde nie an einer Tür lauschen, aber es war schon sehr laut. Leider hat die Loise gerade was auf dem Herd gehabt, darum hat sie nicht schauen können, wer das war, als die andere ging."

„Meinst, dass das eine eifersüchtige Ehefrau war?", fragte Amalia aufgeregt.

„Na." Nanne schüttelte wild den Kopf. „Das Einzige, wo die Loise sich sicher ist: Das war keine *Doige*. Die hat nämlich *hechdeitsch* geredet. *Bled,* dass wir da *et* mehr wissen."

Da konnte Amalia nur zustimmen.

Die beiden Frauen spekulierten noch ein wenig, was der deutschen Studentin zugestoßen sein könnte. Kurze Zeit später verabschiedete sich Amalia und ging nach Hause.

Sie bereitete sich eine Tasse Tee zu und machte es sich unter ihrer Kuscheldecke auf der Couch bequem. Endlich kam sie einmal dazu, ihr neues Heim zu genießen. Aber die Enthüllungen über Celina Uhlig ließen sie nicht los. Ein Mord! Wer kam dafür alles infrage? Sie holte sich Blatt und Stift und begann eine Liste zu machen.

Zuerst waren da einmal die Wolfsgegner. Bei der Bürgerversammlung war sie selbst Zeugin geworden, welche Emotionen diese Debatte weckte. Sie ließ die Szene vor dem Dorfladen noch einmal vor ihrem inneren Auge Revue passieren. Walter Acherer, Hans Huber und Christian Rastbichler stachen hervor. Sie begann ihre Liste mit diesen drei Namen. Mehrere Jäger und einige Bauern hatten sich gestern für einen Abschuss der Wölfe ausgesprochen, aber niemand war so vehement gegen die Wölfe gewesen wie diese drei. Rastbichler war feindselig und aufrührerisch gewesen. Vehement angegriffen hatte die junge Studentin auch der Bauer Huber. Außerdem schien er sich ausgezeichnet mit Rastbichler zu verstehen. Sie hatte immer wieder beobachtet, wie die beiden miteinander flüsterten, als ob sie etwas ausheckten. Aber sie waren nicht die Einzigen, denen die Sache unter die Haut ging. Sie erinnerte sich daran, wie kompromisslos der sonst so zuvorkommende Acherer der jungen Studentin auf der Versammlung Paroli geboten hatte. War es ihm nur um die Wölfe gegangen? Oder hatte er in der Tat eine Affäre mit Celina Uhlig gehabt, wie Nanne behauptete? Es wäre eine gefährliche, aber wahrscheinlich auch prickelnde Konstellation für den Hotelbesitzer. Einerseits mit Celina politisch auf konträren Seiten zu stehen und andererseits heimlich mit ihr das Bett zu teilen.

Dem Charme der attraktiven Studentin waren allerdings noch weitere Männer erlegen. Sie schrieb noch die Namen der Verehrer aus Weitental und den Kofler dazu. Nach kurzem Überlegen strich sie die Weitentaler aber wieder von der Liste. Die beiden waren nicht verheiratet und hatten daher nicht viel zu verlieren. Wenn sie sich nur in die hübsche Frau verguckt hatten, reichte das wahrscheinlich als Grund für einen Mord nicht aus.

Ganz anders sah es beim Acherer und beim Kofler aus. Der eine besaß zusammen mit seiner Frau ein Hotel und der andere einen großen Bauernhof. Beiden war Ansehen und Respekt im Dorf wichtig. Sie unterstrich die zwei Namen entschieden.

Es konnte allerdings auch den Ehefrauen nicht gefallen, dass ihre Männer über so ein junges Ding den Verstand verloren und sich zum Affen machten. Sich im Wirtshaus prügelten wie zwei Halbstarke. Amalia schüttelte den Kopf. Wie würden die Frauen reagieren? Würden sie ihre Männer zur Rede stellen oder die Widersacherin im wahrsten Sinne des Wortes den Wölfen zum Fraß vorwerfen? Auf alle Fälle waren sie verdächtig. Sie setzte Sieglinde Acherer und Gerda Kofler mit auf die Liste.

Gerda war eine temperamentvolle Frau, die aus ihren Gefühlen und Abneigungen kein großes Geheimnis machte. Sie hatte in der Bar deutlich zu verstehen gegeben, dass sie nicht viel von Celina hielt und von deren Männergeschichten wusste. Allerdings war sie Amalia gerade wegen ihrer Direktheit sympathisch gewesen. Ob sie ihren eigenen Mann nur eines Seitensprungs verdächtigte oder ob sie wusste, dass zwischen ihm und Celina etwas gelaufen war, konnte Amalia nicht abschätzen. Auf alle Fälle war Gerda nicht der Typ Frau, der sanftmütig und tatenlos zusah, wie jemand ihr wegnahm, was ihres war.

Die zweite Ehefrau, Sieglinde Acherer, kannte Amalia zwar nicht persönlich, doch begeistert konnte die Hoteliersgattin von dem Verhalten ihres Mannes auch nicht sein. Auf jeder Broschüre vom Hotel, die Amalia zu Gesicht bekommen hatte, war das Ehepaar Acherer oder die ganze Familie glücklich strahlend abgebildet gewesen. Meist in Tracht vermittelten sie auf Hochglanzbildern Bodenständigkeit und Familiensinn. Für Sieglinde Acherer, die solche Werte nach außen vertrat, musste eine Affäre, zumal, wenn das ganze Dorf darüber tuschelte, verletzend sein. Die entscheidende Frage war, ob sie davon gewusst hatte.

Dass Michl auch etwas mit Celina Uhlig gehabt hatte, schien ihr immer noch zweifelhaft. Zum einen war er ein grundanständiger Mann, für den sie ihre Hand ins Feuer gelegt hätte, zum anderen schien er nicht ins Beuteschema der Studentin zu passen. Die anderen vier Männer waren alle mehr als zwanzig Jahre älter als sie und gut situiert, wohingegen Michl und Evi jeden Euro zweimal umdrehen mussten.

Aber da war ja noch die mysteriöse Fremde, die am Abend vor dem Mord mit Celina Uhlig gestritten hatte. Frauen, die hochdeutsch sprachen, waren in Pfunders rar gesät. Einzig ihre Mieterin Bettina Sommer fiel ihr ein. Aber die hatte ja wenig später einhellig mit Celina auf der Versammlung gegen die Wolfsabschüsse argumentiert. Von Spannungen zwischen den Frauen hatte Amalia nichts mitbekommen, im Gegenteil: Die beiden hatten auf der gleichen Seite gekämpft und sich ordentlich behauptet. Amalia überlegte kurz und schrieb „Mrs X (spricht hochdeutsch)“ auf ihre Liste.

Sie lag noch eine Zeit lang auf der Couch, war aber innerlich so unruhig, dass sie irgendwann genervt aufstand und sich vornahm, ihr Arbeitszimmer in Ordnung zu bringen, sodass sie bald einen Auftrag annehmen könnte.

6.

Amalia schloss gerade ihren Computer im Arbeitszimmer an, als ihr Handy klingelte. Sie sah auf dem Display, dass es sich bei dem Anrufer um Evi handelte, und nahm ab.

Sie hatte noch keine Begrüßung hervorgebracht, als Evi schon hektisch zu sprechen begann: „Es waren gerade die *Karpf* bei mir. Stell dir vor, die behaupten, Michl hätte etwas mit dieser Celina Uhlig gehabt. Sie haben nach seinem Alibi gefragt. Es war wie in einem Krimi."

Evi holte tief Luft, und Amalia nutzte die Pause, um zu fragen: „Ja, hatte er denn eines?"

„Das willst du zuerst wissen?" Evi klang empört. „Eigentlich sollte dich als Erstes interessieren, ob er mich betrogen hat."

„Natürlich, entschuldige. Hat er?"

„Natürlich nicht. So ein Unsinn."

Amalia schwieg. Die Überzeugung in Evis Stimme klang so aufrichtig. Sollte sie jetzt Zweifel schüren und erzählen, was Nanne gesagt hatte? Oder wäre es besser, Evis Welt heil bleiben zu lassen, solange sie nicht zu hundert Prozent sicher war? Nanne war nun wirklich nicht die vertrauenswürdigste Quelle.

„Haben euch die *Carabinieri* arg zugesetzt?", fragte Amalia stattdessen, weil sie sich nicht entscheiden konnte.

„Der *Maresciallo* hat Michl ziemlich in die Enge getrieben, aber der zweite *Karpf,* so ein junger, war charmant und höflich. Am Ende sind sie ziemlich schnell wieder abgezogen. Allerdings haben sie uns gedroht, dass sie Michls Alibi auf das Genaueste überprüfen werden. Er war wie fast jeden

Abend in den letzten Monaten im Fitnessstudio in Weitental."

„Dann ist er ja aus dem Schneider", sagte Amalia erleichtert.

„Nicht ganz. In Weitental ist so ein 24-Stunden-Studio. Man kommt rund um die Uhr mit einer Schlüsselkarte hinein. Michl ist ja erst gegen zehn nach der Bürgerversammlung hingegangen. Er war alleine dort. Er hofft jetzt, dass irgendwo gespeichert ist, wann er gekommen ist."

„Ach, bei der heutigen Technik ist das sicher alles hinterlegt. Mach dir keine Sorgen", versuchte Amalia die Freundin zu beruhigen.

Ihr fiel auf, dass Evi sich viel mehr um Michls Alibi sorgte als um seine eventuelle Untreue. Verdrängte sie die Möglichkeit oder schloss sie kategorisch aus, dass ihr Mann ein Verhältnis gehabt hatte? Konnte man einem anderen Menschen wirklich so vertrauen? Und war das bewundernswert oder dumm? Amalia biss sich auf die Zunge. Egal was sie zu dem Thema sagte, es wäre falsch. Bei ihrem sehr begrenzten Erfahrungsschatz bezüglich langjähriger Beziehungen sollte sie lieber schweigen.

„Wie sind denn die *Karpf* auf Michl gekommen?", fragte Amalia, um die Stille zu unterbrechen.

„Anscheinend gibt es Gerüchte im Dorf über eine Beziehung der beiden. Ich wollte unbedingt wissen, wer so einen Schwachsinn erzählt, aber damit wollten die *Karpf* nicht herausrücken."

„Was sagt Michl zu dem Ganzen?"

„Ihn regt das furchtbar auf. Er meint, dass ihm jemand bewusst schaden will. Er hat den Huber Hans im Verdacht, weil der zornig auf ihn ist, da ihm der Michl ein angrenzendes Feld nicht verkaufen will, das er für einen Weg braucht. Ach

Amalia, wie sollen wir denn …" Evi brach ab und im Hintergrund konnte Amalia herzergreifendes Schluchzen und wütendes Geschrei hören. „Du, Amalia, ich muss Schluss machen. Leander hat Simons Bagger kaputt gemacht. Hören wir uns später."

Und weg war sie.

Amalia blieb nachdenklich mit dem Handy in der Hand stehen. War Nanne die geheimnisvolle Quelle der *Carabinieri?* Gab es wirklich jemanden, der Michl oder Evi schaden wollte, oder war Michl fremdgegangen und log jetzt, um seine Ehe zu retten? Zu viele Fragen. Sie brauchte etwas Süßes. Sie beschloss, ins Dorf zu gehen und sich einen Kaffee mit einem Stück Kuchen zu genehmigen. Vielleicht sah sie die Sache dann klarer. Zum Teufel mit den Neujahrsvorsätzen.

Sie hatte einen dampfenden Cappuccino vor sich stehen und wollte gerade einen Bissen von der Sachertorte nehmen, als die Tür vom *Dorftreff* aufging und zusammen mit einem Schwall eiskalter Luft *Maresciallo* Marchetti hereinkam.

Als er Amalia sah, steuerte er sofort auf sie zu.

Wieder fiel ihr auf, wie groß er war. Bestimmt über 1,85 Meter, und er hatte den gebräunten Teint eines Süditalieners. Er trug seine Uniform mit einer natürlichen Autorität und bewegte sich trotz seiner Größe geschmeidig.

„*Signora* Engl, *che piacere rivederLa! É libero questo posto?*" Ein intensiver Blick aus dunklen Augen, begleitet von einem sparsamen Lächeln.

„Äh … ja, natürlich. Angenehm, ich meine … schön, Sie wiederzusehen", stotterte Amalia. Ihr war bisher gar nicht aufgefallen, wie gut der Typ aussah. Als sie sich kennenlernten, war sie zu sehr mit dem grausigen Fund von Celinas Leiche beschäftigt gewesen und hatte daher den *Carabiniere* nur als den Mann, der unangenehme Fragen stellte, wahrgenommen.

„Wie geht es Ihnen, Signora Engl? Sind sie gut geschlittert in die neue Jahr?“ Marchetti wechselte mit stark italienischem Akzent in die deutsche Sprache.

„Ja, danke. Es war sehr nett.“

„In Ihrem kleinen Dorf ist aber viele los“.

„Das stimmt allerdings.“

„Es gibt so viele Geschichten, so viele Gerüchten.“

Amalia nickte, wusste jedoch nicht, was sie antworten sollte. Auf keinen Fall wollte sie wie eine Dorfratsche wirken, die begierig darauf war, ihr Wissen an die *Karpf* weiterzugeben.

Marchetti sah sie einen Moment lang nachdenklich an und sagte anschließend: „Es würde mir helfen sehr, mit jemanden von die Dorf zu reden, der etwas hat Abstand. Ich bin erst hier sehr kurz. Bin gekommen von Rom. Würden Sie mit mir abendessen?“

Er lächelte. Ein richtiges Lächeln diesmal, das auch seine Augen erreichte, nicht das höfliche Nach-oben-Ziehen von Mundwinkeln. Es veränderte ihn. Sie meinte Schalk in seinen dunklen Augen aufblitzen zu sehen.

Ihm gefiel es, dass sie überrascht war und nicht wusste, was sie sagen sollte. Er sah sie abwartend an.

Amalia überlegte kurz. Eine bessere Möglichkeit, an „Insiderinformationen“ zu kommen, ergab sich sicherlich nicht so bald. Außerdem war es sicher spannender, mit dem attraktiven Italiener essen zu gehen, als alleine zu Hause zu sitzen, während Felix einen Stock tiefer ein Schäferstündchen mit der Biologin hielt.

„Gerne. Allerdings werde ich nicht besonders viel Appetit haben“, sagte Amalia und deutete auf ihre Sachertorte mit Sahne.

„Dann machen wir es ‚alla siciliana‘ und treffen uns erst um neun. Ich liebe es, spätabends zu essen. Und außerdem muss ich noch mit einigen Menschen hier in die Pfunders sprechen.“

Na ja, entscheidungsfreudig war er wenigstens, musste Amalia zugeben. Sie verabredeten sich in Vintl beim *Lodenwirt*, und der Süditaliener verließ die Bar, ohne etwas bestellt zu haben.

Amalia blieb staunend vor dem Eingang zum *Lodenwirt* stehen. Links und rechts vom Eingang standen eine Reihe Tannen, geschmückt mit unzähligen Lichtern und roten Kugeln, dahinter ein rustikaler Holzzaun, sodass man das Gefühl hatte, durch einen Weihnachtswald zu gehen.

Als sie das helle, modern eingerichtete Restaurant betrat, wartete Lorenzo Marchetti schon an einem Ecktisch und winkte ihr zu. Sie hätte ihn fast nicht erkannt, denn ohne seine Uniform wirkte er viel legerer und nahbarer. Er trug ein dunkelgraues Sakko über einem hellgrauen Hemd, dessen oberster Knopf offen war. Als sie zum Tisch kam, stand er auf, half ihr aus dem Mantel und rückte ihr den Stuhl zurecht. Verlegen strich sie ihr dunkelblaues Designerkleid glatt, das sie zu hohen schwarzen Stiefeln trug.

„Das ist nur eine Besprechung, kein Date“, rief sie sich in Gedanken zur Ordnung. Trotzdem hatte sie sich dreimal umgezogen und war daher ein wenig zu spät.

Lorenzo Marchetti, der ihre Nervosität zu spüren schien, redete entspannt über die Weinkarte und die Freude, einmal nicht alleine essen zu müssen, da er erst vor Kurzem hierherversetzt worden war und daher noch kaum jemanden kannte. „Bevor ich kam nach Pfunders, war ich einige Zeit in Rom. In Pfunders man kann finden wunderbare Ruhe nach die ganzen Weihnachtstrubel in Roma."

„Da haben Sie recht", stimmte Amalia nachdrücklich zu. „Ich war ja bis kurz nach Weihnachten in Berlin, da ist der Kontrast natürlich schon riesig. Allerdings kann von ‚zur Ruhe kommen' nicht die Rede sein, weil ich ja an meinem zweiten Tag gleich über eine Leiche gestolpert bin."

Amalia verzog das Gesicht. Was für eine dumme, flapsige Formulierung. Als hätte sie das Ganze kaltgelassen. Zu Hause hatte sie sich extra eine Strategie zurechtgelegt. Erst Small Talk zum Aufwärmen und erst später unauffälliges Überleiten zu dem Thema, das sie eigentlich interessierte: wie weit die Ermittlungen im Mord von Celina vorangekommen waren und ob Michl inzwischen entlastet war. Na super, jetzt hatte sie schon vor dem Bestellen den Mord angesprochen, und das auch noch so plump. Warum hatte sie nicht stattdessen unbekümmert über den Weihnachtswahnsinn in Berlin geplaudert?

Die Augen des *Maresciallo* Marchetti verdunkelten sich und seine Miene wurde ernst. „Das muss gewesen sein für Sie ein großer Schock. Gerade an so einem abgelegenen Ort wie Pfunders, man denkt gar nicht, dass konnte passieren etwas so Schlimmes."

Amalia nickte. „Mit einem Lawinenunglück rechnet man bei uns schon, aber mit einer Gewalttat … unvorstellbar, was jemanden dazu bringt, einen anderen Menschen so bestialisch zu ermorden."

In diesem Moment kam der Kellner, um die Bestellung aufzunehmen.

„Darf ich bestellen den Wein?“, fragte Lorenzo mit einem zurückhaltenden Lächeln.

„Gern“, antwortete Amalia und war überrascht, als er nicht zwei Gläser, sondern eine ganze Flasche Pinot Nero bestellte.

Nachdem sie dem Kellner auch noch ihre Essenswünsche – Wildhasenrücken im Trüffelmantel für ihn und einen Salat mit Ziegenkäse für sie – mitgeteilt hatten, begannen sie, sich wieder über Allgemeines zu unterhalten.

Es erstaunte Amalia, wie locker er mit ihr plauderte. Hatte er bei ihrem Verhör nach dem Fund von Celinas Leiche Druck aufgebaut und sie in die Enge getrieben, schaffte er es nun in kürzester Zeit, dass sie sich wohlfühlte und entspannte. Ob man das auf der Polizeischule lernt, um Verdächtige in falscher Sicherheit zu wiegen, fragte sie sich misstrauisch, konnte jedoch nicht verhindern, dass ihre Nervosität schwand und sie begann, den Abend zu genießen.

Schließlich war es Marchetti selbst, der auf den Mord zu sprechen kam: „Es gibt inzwischen in vielen Landesteilen Probleme mit die Wölfen. Die Bevölkerung ist sehr zornig, dass es nicht gibt Abschussgenehmigungen. Als es hieß, dass eine Wolf gemordet hat eine junge Frau, hat das gesorgt für große Aufregung. Obwohl wir nun wissen, dass es nicht der Wolf war, hat sich nicht gelegt die Aufregung. Daher hat die Untersuchung in Pfunders höchste *Priorità*. Wir brauchen schnell den Mörder. Damit ausgeräumt wird jeder Verdacht, dass es doch die Wölfe waren, und das vertuscht wird.“

„Das ist ja absurd“, entfuhr es Amalia.

„Wenn es um die Wölfe geht, kochen die Emotionen heiß. Es geht herum die Angst. In Pfunders gibt es wirklich fanatische Gegner der Wölfe. Signor Huber und Signor Rastbichler sind bis nach Bozen bekannt, denn sie machen Stimmung gegen den Wolf. Ständig machen sie Eingaben bei dem Amt für Jagd und Fischerei."

„Der Mörder könnte natürlich ein Wolfsgegner gewesen sein", stimmte Amalia eifrig zu. „Ich war ja bei der Bürgerversammlung, die nur wenige Stunden vor dem Mord stattgefunden hat. Es hat mich überrascht zu sehen, welch große Leidenschaft bei diesem Thema im Spiel war. Eventuell hat Celina Uhlig irgendetwas gesagt, das für jemanden ein Anlass war, ihr nachzugehen und sie zu töten. Vielleicht sahen die Wolfsgegner ihre Felle davonschwimmen, weil sie so überzeugend argumentiert hat."

„Das ist auf allen Fällen eine Richtung, in der wir ermitteln werden."

„Haben Sie denn schon eine heiße Spur?", fragte Amalia und bemühte sich, so beiläufig wie möglich zu klingen.

„No, no, no, ich gehe doch nicht mit einer schönen Frau abendessen, um über Beruf und Mord zu sprechen", wehrte Marchetti ab. „Es gibt so viel Interessanteres."

Er sah sie durchdringend an und Amalia spürte, dass ihre Wangen unter seinem intensiven Blick rot wurden. Das ärgerte sie. Ich werde mich nicht von ihm ablenken lassen, dachte sie kämpferisch.

„Oh, ich finde es sehr interessant", sagte Amalia mit einem, wie sie hoffte schwärmerischen Augenaufschlag. „Da fällt mir noch etwas ein: Ich habe gehört, dass die Verstorbene vor der Versammlung mit einer anderen Frau Streit hatte", gab sich Amalia hilfsbereit.

Ein Lächeln spielte um Marchettis Mundwinkel. Er schien genau bemerkt zu haben, dass er sie kurzfristig durcheinandergebracht hatte. Doch dann fuhr er ganz trocken fort: „Ja, die Vermieterin hat uns schon erzählt von die Streit. Wir wissen nun, dass ihre Schwester hat sie besucht in Pfunders und hat uns zugegeben, dass sie hat gehabt laute Worte mit Celina, am letzten Abend. Sie hat gesagt, es ist gegangen um Kleinigkeiten, weil Celina zu wenig Zeit gehabt hat für sie. Sie ist eine sehr nette Frau und sehr unglücklich, dass es so hat geendet. Sie wollte sich versöhnen an die nächste Tag, aber es ist schon gewesen zu spät."

„Ach, ist das traurig", sagte Amalia aufrichtig. Ob das stimmte? Stritt man sich so, weil der andere sich zu wenig Zeit nahm? Wahrscheinlich waren es temperamentvolle Schwestern. Wo die Schwester wohl wohnt, fragte sie sich neugierig. „Ist die Schwester noch in Pfunders? Ich würde ihr gern mein Beileid aussprechen", fragte sie deshalb mit einem kummervollen Blick.

„*Molto gentile*. Sie bleibt bis zu eine Gedenkfeier für Celina hier in die Pfunders. Aber diese Gespräche über die Tod machen Sie ja noch ganz trist. Reden wir lieber über etwas anderes. Erzählen Sie mir von Ihrer Zeit in Berlin."

Oje, das war wohl danebengegangen. Er war geschickter als sie darin, Themen erst anzuschneiden und dann nach Gutdünken zu beenden. Amalia begann von ihren letzten Jahren zu erzählen. Anfangs nur, um das Gespräch am Laufen zu halten und bis ihr eine elegante Überleitung für cin paar Fragen zu den Ermittlungen einfiel, doch mit der Zeit merkte sie, dass das Gespräch mit Marchetti ihre ganze Aufmerksamkeit beanspruchte. Er war ein konzentrierter Zuhörer, stellte spannende Fragen und schien interessiert an dem zu sein, was sie zu sagen hatte. Sie schilderte ihm ausführlich, wie hart die Anfangszeit gewesen war, und erinnerte sich an den langen steinigen Weg, bis sie letztendlich den ersten lukrativen Auftrag eines Modehauses bekam. Mit ein wenig Wehmut erzählte sie von ihren Reisen, den Models, den Designern und ihrer geliebten Wohnung in Kreuzberg. Als sie ihm von Maurice' Kapriolen bei ihrem letzten gemeinsamen Fotoshooting erzählte, lachte er lauthals und sie konnte nicht anders und stimmte ein.

Als sie sich beide wieder beruhigt hatten, nahm er sein Weinglas und stieß mit ihr an. In seinen Augen funkelte noch etwas von dem Übermut des gemeinsamen Lachens. „Wie konnten Sie all das nur zurücklassen, um zurück in die Pfunders zu gehen?"

Amalia nahm einen Schluck des gehaltvollen Rotweins. „Ach, da gab es viele Gründe", sagte sie ausweichend. Sie nahm noch einen kräftigen Schluck und sah nachdenklich auf die dunkelrote Flüssigkeit, die sie in ihrem Glas hin und her schwenkte. „Ich glaube, letzten Sommer wurde mir bewusst, wie sehr ich die Heimat vermisse. Die Menschen, die Berge, die Lebensweise. Plötzlich kam mir die Anonymität der Großstadt bedrückend und einsam vor. Dann gab es auch noch private Gründe ..."

„Ach, Sie haben ein Partner hier in Pfunders?" Marchetti sah sie überrascht an.

Na, der kam ja direkt zum Punkt, dachte Amalia belustigt und spießte eine Cocktailtomate auf, um Zeit für die Antwort zu gewinnen. „Nein, das hat sich schon wieder erledigt", antwortete sie schließlich und konnte nicht verhindern, dass ihr Ton schroff klang.

Marchetti sah sie nachdenklich an, dann hob er sein Weinglas. „Nicht traurig sein. Lassen Sie uns trinken auf die Möglichkeiten, die in allen Veränderungen wohnen."

Fast widerwillig musste Amalia lächeln. Was bei einem anderen Mann schmierig und kitschig geklungen hätte, hatte bei dem Italiener, der das mit großer Ernsthaftigkeit vorbrachte, einen gewissen Charme.

Sie stieß mit ihm an und wechselte mit Bestimmtheit das Thema. Schluss mit ihrem Privatleben. „Genug von mir", sagte sie daher. „Was hat Sie eigentlich nach Vintl verschlagen? Haben Sie etwas angestellt, dass sie von der ‚Ewigen Stadt' hierherversetzt worden sind?"

Er zögerte, bevor er antwortete: „Ich war einige Jahre bei die *Squadrone Cacciatori di Calabria*. Das ist eine Spezialeinheit, die kämpft gegen organisierte Kriminalität."

Amalia horchte auf. Meinte er die Mafia? Sie wartete, doch Marchetti sprach nicht weiter. „Sie machen mich neugierig. Wie kommen Sie von Kalabrien ins Pustertal?" Sie konnte Lorenzo Marchetti direkt ansehen, dass ihm dieses Thema unangenehm war. Hatte er einen Einsatz vermasselt? War er strafversetzt worden?

„Ich habe mich verletzt. Deswegen wurde ich zurück nach Rom beordert. Ich habe einige Zeit gemacht Schreibtischarbeit, bevor mir wurde angeboten diese Stelle." Er schwieg kurz. „Sie werden es mir nicht glauben, aber ich genieße es sein hier. Es sollte sein, damit ich kann mir erholen. Allerdings ist weniger ruhig, als ich gedacht. Ich dachte, ich müsste mich kümmern um Autos, die fahren zu schnell, und Diebstähle. Stattdessen ist passiert eine Mord."

Diesmal hatte er damit angefangen, dachte Amalia triumphierend. Dies war ihre Gelegenheit, an Insiderinformationen zu kommen, obwohl sie gerne noch mehr über das spannende Vorleben des smarten *Maresciallo* erfahren hätte. „Sie haben einen aufregenden Beruf. Sie sehen die Schattenseite unserer Gesellschaft. In kurzer Zeit lernen Sie Menschen kennen und erfahren Dinge über sie, die ihre Freunde oder vielleicht sogar ihre Ehepartner wahrscheinlich oft nicht wissen. Das stelle ich mir sehr interessant vor."

Lorenzo blickte grüblerisch auf die Kerze in der Mitte des Tisches, bevor er antwortete. „Ich finde das vor allem desillusionierend. Du triffst eine Familie, alles scheint *perfetto* und dann du merkst, dass alles sind Lügen. Er betrügt sie, sie träumt von Leben weit weg, und die Kinder sind lieber bei den Nachbarn."

Oh Gott, sprach er von Evi und Michl? So schlimm war es bei den beiden doch nicht. Wie konnte sie da nachhaken, ohne zu auffällig zu sein? „Manchmal ist es doch auch genau umgekehrt. Es scheint, als ob eine Ehe in einer Krise ist, und eventuell spricht auch alles dafür, dass es Affären gibt, doch in Wirklichkeit sind es bloß böse Gerüchte." *Madoia,* eiere ich herum, dachte Amalia selbstkritisch.

Ihr Gegenüber ließ sich allerdings nicht aus der Ruhe bringen. Seelenruhig schnitt er sich ein Stück seines Hasenbratens ab, nahm noch etwas Gemüse und kaute mit einem seligen Gesichtsausdruck, bevor er antwortete: „Ja, in die kleinen Dörfer, Gerüchte sind ein große Problem. Aber was ich gelernt habe: Wo kein Rauch, da kein Glut."

„Feuer", verbesserte ihn Amalia automatisch und biss sich auf die Zunge. Das gab sicher keine Pluspunkte, wenn sie hier die Oberlehrerin gab.

„Da kein Feuer", wiederholte der *Maresciallo* ungerührt. „Es ist immer ein Stück Wahrheit in die Gerüchte."

„Im Dorf wird geredet, dass die Celina viele ähm ... Freundschaften zu Männern gepflegt hat“, versuchte Amalia sich möglichst delikat auszudrücken.

„Da sehen Sie, in allen Gerüchten steckt Wahrheit. Wir haben nämlich inzwischen zwei Männer, die zugeben, eine Verhältnis mit Celina gehabt zu haben.“

„Ist Michl auch dabei?“, platzte Amalia heraus. Zum Kuckuck mit der bedacht unauffälligen Vorgehensweise. Sie musste unbedingt wissen, ob Michl die Wahrheit sagte.

„Das kann ich Ihnen leider nicht sagen. Bevor die Ermittlungen nicht abgeschlossen sind, werden keine Namen herausgegeben.“

„Evi ist meine beste Freundin. Sie leidet sehr unter diesen Gerüchten“, versuchte sie an sein Mitgefühl zu appellieren.

„Ich kann mir gut vorstellen, dass es sehr schwierig ist für Ihre Freundin. Das Einzige, das ich sagen kann, ist, dass es in nächster Zeit nicht schnell wird besser.“

Oje, das klang nicht gut. Hieß das jetzt, dass Michl zugegeben hatte, eine Affäre mit Celina gehabt zu haben, oder hieß es, dass er es zwar immer noch leugnete, aber trotzdem unter Verdacht stand?

„Michl ist ein grundanständiger Kerl, der würde seine Evi nie betrügen“, sagte sie im Brustton der Überzeugung, auch wenn sie nicht verhindern konnte, dass in ihrem Inneren ein leiser Zweifel nagte.

„Man kann nie hineinsehen in eine Ehe. Was passiert, wenn Türen verschlossen, weiß niemand“, sagte Marchetti mit genauso großem Nachdruck und widmete sich wieder seinem Braten.

Amalia dachte nach und säte gedankenverloren Kürbiskerne über ihren Salat. Sie war nicht schlauer als zuvor. Das

Einzige, was sie jetzt mit Sicherheit wusste, war, dass Michl immer noch im Fokus der Ermittlungen stand und dort bleiben würde. Anscheinend war sein Alibi nichts wert. Sie seufzte.

„*Mi dispiace*. Ich hätte nicht reden sollen über meine Arbeit bei die *Carabinieri*. Wir sollten genießen den Abend in netter Gesellschaft und köstlichem Essen. Darf ich Sie auf einen Nachtisch einladen?"

Tatsächlich, als Amalia wenig später ein ausgezeichnetes Tiramisu löffelte, musste sie immer wieder herzlich über eine Anekdote lachen, die Marchetti zum Besten gab. Er war ein angenehmer Gesprächspartner und wusste das Leben zu genießen, sobald er seine Uniform ausgezogen hatte. Unterhaltsam erzählte er von seiner Kindheit in Rom, seiner älteren Schwester und seinem jüngeren Bruder. Ausführlich schilderte Marchetti, wie er sich gegen seine Eltern durchgesetzt hatte, um nicht in das familieneigene Bauunternehmen einzusteigen, sondern stattdessen *Carabiniere* zu werden. Allerdings umging er das Thema seiner bisherigen Laufbahn und wich allen diesbezüglichen Fragen geschickt aus, stellte Amalia ein wenig enttäuscht fest.

Sie blieben noch bei einem *Macchiato* sitzen, bis die Kellner begannen, die Stühle auf die Tische zu stellen.

Sie sah auf die Uhr. „Oh, schon nach zwölf. Ich glaube, es wird Zeit zu gehen."

Auch Marchetti schaute überrascht auf die Uhr. „Mit Ihnen ist die Zeit geflogen", sagte er und bestand darauf, die Rechnung allein zu begleichen.

Mit einem Schulterzucken gab sich Amalia schließlich geschlagen. Er half ihr in den Mantel, begleitete sie zu ihrem Auto und gab ihr zwei Wangenküsse.

„Es war ein schöner Abend. Ich hoffe, dass unsere Wege werden noch oft sich kreuzen“, sagte er leise, bevor er sich umdrehte und zu seinem Wagen ging.

Auf der Fahrt nach Pfunders ließ Amalia den Abend Revue passieren. Sie hatte wirklich Spaß gehabt, auch wenn sie nur wenig über die Ermittlungen herausgefunden hatte. Nach der heftigen Abfuhr von Felix hatte es ihr richtig gutgetan, von einem attraktiven Mann hofiert zu werden.

8.

Amalia sah auf die Uhr. Frühstück war definitiv nicht mehr drin. Gestern hatte Walter Acherer angerufen und sie zu einem Treffen gegen neun Uhr in seinem Hotel gebeten. Am Telefon hatte er kurz umrissen, dass es um eine gemeinsame Werbekampagne von sechs größeren Hotels ging, allesamt ansässig im Pustertal. Er hatte sie der Marketingfirma als Fotografin empfohlen und heute sollte ein erster Termin in seinem Hotel stattfinden. Ihren Wecker hatte sie auf sieben Uhr gestellt, doch anscheinend hatte sie ihn nicht gehört. Kein Wunder, schließlich war sie von ihrem Treffen mit Marchetti erst nach Mitternacht nach Hause gekommen.

Zu ihrem Entsetzen war es bereits kurz nach acht. Die Zeit reichte gerade noch, um zu duschen und ihre Haare trocken zu föhnen. Ohne groß zu überlegen, wählte sie einen dunkelblauen Hosenanzug mit cremefarbener Seidenbluse und passenden dunkelblauen Stiefeletten aus. Amalia fluchte. Wo war ihre verdammte Mappe? Sie hatte gestern extra mehrere Bilder zusammengestellt, um heute den Kunden einige Vorschläge zu unterbreiten. Nachdem sie ihren Schreibtisch ergebnislos abgesucht hatte, lief sie hektisch durch die ganze Wohnung. Wo war diese verflixte Mappe? Egal, sie musste los, wenn sie nicht zu spät kommen wollte, und das wollte sie keinesfalls. Sie würde einfach so tun, als wollte sie erst einmal die Vorstellungen der Kunden abwarten, bevor sie ihnen eines ihrer Fotos zeigte. Ihr würde nichts anderes übrig bleiben, als zu improvisieren. Nervös steckte sie ihren Terminkalender in die Tasche. Sie traute ihren Augen nicht.

Da war sie ja. Wann hatte sie die schwarze Mappe in die Tasche gepackt? Jetzt aber los, dachte Amalia, griff sich den Autoschlüssel und verließ das Haus.

Sie fuhr die Serpentinen hinauf zum Hotel Acherer. Die moderne Fassade aus grauem Pfundrer Stein und Holzelementen fügte sich harmonisch in die natürliche Umgebung ein. Ein weißes Schild mit der goldenen Aufschrift „Sport- und Wellnesshotel Acherer", darüber vier goldene Sterne und ein S für Superior, zeigte dem Gast den Weg zum Hotel.

Mit unverhohlener Bewunderung sah sich Amalia in der großzügigen Rezeption um. Hier hatte es ihr schon im Sommer großartig gefallen, aber im Winter wirkte der Raum mit der großen Glasfront, hinter der man ins unendliche Weiß der *Pfundrer Berge* blickte, noch beeindruckender. Im großen Kamin aus Stein prasselte ein Feuer, ein Bild, das einen stimmigen Kontrast zur Kälte draußen bot. An den Wänden hingen alte Holzskier und Bergstiefel. Großformatige Schwarz-Weiß-Fotos, die Szenen von den Anfängen des Wintersports zeigten, zierten die Seitenwände. Hier wurde geschmackvoll versucht Modernes mit Altem zu verbinden.

„Guten Morgen", begrüßte sie den großen blonden Hotelier mit den grauen Schläfen, der wie üblich eines seiner Lodensakkos trug.

„Ah, guten Morgen, Frau Engl. Die anderen Teilnehmer verspäten sich etwas. Ich warte noch und komme dann gleich nach."

Dann gab er einer Rezeptionistin, die ein fesches blaues Dirndl trug, ein Zeichen, sie in den Konferenzraum zu bringen.

„Kommen Sie, Frau Engl. Hier entlang." Die Hotelangestellte schaffte es elegant, den Skifahrern auszuweichen, die sich mit modischen, meist grellbunten Skianzügen und Helmen auf den Weg zur Piste machten.

Sie fuhren mit dem Aufzug in den ersten Stock. Mit einer Schlüsselkarte öffnete die Frau, deren Namenschild sie als „Regina“ auswies, den Raum. Die Sonne schien durch große Fenster herein und mehrere Tische waren zu einem großen runden zusammengestellt.

„Darf ich Ihnen einen Kaffee oder Tee bringen? Kaltgetränke und Gebäck stehen dort bereit. Bitte bedienen Sie sich.“

„Einen Latte macchiato, bitte.“

Amalia, die ja keine Zeit mehr gehabt hatte, zu Hause zu frühstücken, war erleichtert. Ihr Magen hatte bereits einige Male laut geknurrt. Während einer Besprechung wäre das peinlich. Sie nahm sich eine Flasche Wasser und einige Kekse. Sie lehnte sich in ihrem bequemen Ledersessel zurück und sah sich um. Der Raum war spärlich möbliert und alle Einrichtungsgegenstände waren entweder aus Lärchenholz oder aus Leder. Durch den zurückhaltenden Stil wurde der Blick durch nichts von dem fantastischen Ausblick abgelenkt, den eine die komplette Längsseite einnehmende Fensterfront bot.

Die Tür ging auf und Regina servierte den bestellten Latte macchiato.

Genussvoll trank Amalia den ersten Schluck Kaffee und erfreute sich an der Ruhe des Raumes. Nach dem hektischen Tagesbeginn gab ihr diese kleine Verzögerung die Gelegenheit, sich ein wenig zu sammeln, bevor sie ihre ersten wichtigen Kunden aus dem Pustertal träfe. So, noch einen Schluck Wasser und sie würde bis nach der Besprechung keinen Hunger mehr verspüren. Amalia schmunzelte. Auf dem Tisch vor ihr türmte sich ein Berg dieser kleinen Plastiktütchen. Hatte sie wahrhaftig fünfzehn von diesen einzeln verpackten Keksen gegessen, die in den Restaurants immer zum Kaffee gereicht wurden? Groß waren sie ja nicht gewesen und außerdem hatte sie nichts gefrühstückt, beruhigte sie ihr Gewissen. Damit das nicht auffiel, ließ sie den Abfall in ihrer Tasche verschwinden. Schließlich wollte sie bei ihren neuen Kunden einen guten Eindruck hinterlassen und sich nicht als halb verhungerte Künstlerin präsentieren.

Gerade als sie die Brösel mit der Hand auf die Untertasse kehrte, öffnete sich die Tür erneut.

„Ach, schon jemand da? Ich wollte nur kurz nach dem Rechten sehen“, sagte die mittelgroße Frau, die auf zwei Krücken hereinhumpelte.

Amalia stand auf, um die Frau mit dem hellen, feinen Teint und den dunklen, zum eleganten Knoten zusammengefassten Haaren zu begrüßen. Sie schätzte sie auf Ende vierzig. „Amalia Engl, Fotografin“, stellte sie sich vor.

Die Frau nahm die beiden Krücken in eine Hand und streckte ihr die Rechte hin. „Ach, Sie sind Frau Engl. Mein Mann hält viel von Ihnen. Ich bin Sieglinde Acherer, wir haben uns im letzten Jahr, als Sie den Auftrag für Ihre Oma fertiggestellt haben und uns damit aus der Patsche geholfen haben, gar nicht kennengelernt.“

Die Frau wirkte sehr gepflegt und war dezent geschminkt, nur die Fältchen um ihre grünen Augen verrieten ihr Alter. Sie trug eine weiße Bluse und ein dunkelgrünes Lodenkostüm. Um ihren Hals war ein rosafarbenes Trachtentuch mit Fransen geschlungen. Amalia lächelte in sich hinein. Das Hotelbesitzerpaar hatte anscheinend einen ähnlichen Geschmack. Anerkennend bemerkte die Fotografin, dass Rock und Jacke auf Maß geschneidert waren und die etwas füllige Figur äußerst vorteilhaft zur Geltung brachten. Amalia beschloss, die Gelegenheit zu nutzen und Frau Acherer auf den Zahn zu fühlen.

„Eine feine Frau war Ihre Großmutter und immer korrekt. Schade, dass sie nicht mehr unter uns ist“, kam ihr Sieglinde Acherer mit echtem Bedauern in der Stimme zuvor.

Über den Tod ihrer Großmutter zu sprechen, fiel Amalia immer noch nicht leicht. Deshalb nickte sie nur kurz und wechselte schnell das Thema: „Was ist Ihnen denn passiert?“ Amalia deutete auf die Schiene, die das Knie fest umschloss, und ahnte bereits, dass es sich um eine Bänderverletzung handeln musste. Sogar in Berlin sah man jeden Winter Menschen mit diesen Schienen aus dem Skiurlaub kommen.

„Ich habe mir das Kreuzband angerissen, sodass ich jetzt ständig mit dieser blöden Schiene rumlaufen muss.“

Mit dieser Verletzung hätte Frau Acherer niemals Celina auf den Berg folgen können, kombinierte Amalia augenblicklich. Trotzdem fragte sie interessiert nach: „Sind sie schon operiert worden?“

„Nein, das ist erst letzte Woche passiert. Die Ärzte wollen unbedingt abwarten, bis die Schwellung abgeklungen ist. Eventuell kann man das Ganze auch ohne eine OP mit ausreichend Physiotherapie hinbekommen. Allerdings kann es mir passieren, dass ich das jetzt versuche, aber dann doch noch eine Operation brauche. Dann hätte ich natürlich viel Zeit verloren und wäre zudem in der Sommersaison eingeschränkt, was mein Mann natürlich gar nicht gerne sähe.“

„Sie können ja nichts dafür, dass Sie verletzt sind.“

„Mein Mann sieht das ein wenig anders. Normalerweise gehe ich erst in den Frühlingsmonaten zum Skifahren.

Während der Saison, also Dezember, Januar und Februar, verkneife ich mir das wegen der hohen Verletzungsgefahr. Aber dieses Jahr hatten wir anstrengende Weihnachtsgäste und ich hatte einfach das Bedürfnis, einmal ein paar Stunden alleine Ski fahren zu gehen. Beim Abfahren ist es dann passiert. Gott sei Dank kurz vor dem Parkplatz. Ich konnte zwar noch selbst nach Hause fahren, aber dann ist das Knie richtig angeschwollen."

Frau Acherers Telefon, das sie an den Rockbund gesteckt hatte, klingelte. „Ja. Ich bin eh gerade hier. Ich richte es ihr aus."

„Frau Engl, das war gerade mein Mann. Die anderen Hoteliers und die Frau von der Marketingagentur brauchen länger. Sie stehen allesamt im Stau auf der Pustertaler Straße. Immer der gleiche Wahnsinn auf der Straße in den Weihnachtsferien." Dabei verdrehte sie genervt die Augen. „Mein Mann wurde an der Rezeption aufgehalten, kommt aber gleich, um sich mit Ihnen schon einmal zu besprechen."

„Vielen Dank, Frau Acherer."

„Ähm, Frau Engl. Ich muss Ihnen das noch sagen, auch wenn es mir unangenehm ist. Sie haben die Knöpfe Ihrer Bluse falsch geknöpft."

Amalia sah an sich herunter und sah erst jetzt, dass sie die cremefarbene Bluse in der Hektik so zugeknöpft hatte, dass man deutlich ihren weißen Spitzen-BH sehen konnte. „Vielen Dank für den Hinweis", stotterte Amalia und begann sofort hektisch die Knöpfe in der richtigen Reihenfolge zuzumachen.

Frau Acherer verließ mit einem verschmitzten Lächeln den Raum.

Amalia ahnte, dass diese souverän und geschäftstüchtig wirkende Frau mehr Humor hatte, als man ihr zutraute.

Kurz darauf betrat der Hotelchef mit den angegrauten Schläfen mit einer Espressotasse und einer Mappe in der Hand dynamisch den Raum. „Frau Engl, es tut mir leid, dass Sie warten mussten. Aber dafür können wir gleich zur Sache kommen. Es geht um sechs Pustertaler Hotels, wie ich schon am Telefon erwähnt habe. Wir planen eine gemeinsame Sommerkampagne. Leider stagnierten die Gästezahlen in den letzten beiden Sommern."

Über diese Zielstrebigkeit Acherers war Amalia ein wenig überrascht. Letzten Sommer hatte sie das Gefühl gehabt, dass er sich gerne mit ihr privat unterhalten – ja fast schon mit ihr geflirtet hatte. Zwar immer so, dass seine Angelegenheiten nicht vernachlässigt wurden, aber er war niemals direkt auf das Geschäftliche zu sprechen gekommen. Ausgerechnet heute ging er ohne Small Talk zur Tagesordnung über. Sie hätte so gerne ein wenig im Hinblick auf Celina und die Wölfe nachgehakt. Während sie überlegte, wie sie unauffällig auf das Thema zu sprechen kommen könnte, versuchte sie halbherzig Acherers Ausführung über Gästezahlen zu folgen.

„Aufgrund der negativen Presse der letzten Monate bezüglich der Wölfe erwarten wir in diesem Jahr sogar einen leichten Rückgang. Die Kampagne soll auf jeden Fall deutlich machen, dass man hier in Südtirol noch sicher wandern und durch die Wälder Rad fahren kann", beendete der Hotelier seine Ausführungen.

Amalia riss es aus ihrer Lethargie. Das war ihre Chance. „Auf der Versammlung habe ich das ja schon mitbekommen. Sie befürchten tatsächlich Einbußen durch die Wölfe? Meinen Sie nicht eher, dass viele auch wegen der Tiere kommen, um diese zu sehen? Man könnte ja ein Besucherzentrum einrichten. Wilde Tiere bedeuten doch auch immer unberührte Natur."

Amalia wollte Acherer unbedingt in ein Gespräch verwickeln. Deshalb lieferte sie ihm gleich ein gutes Pro-Wolf-Argument. Schon durch das Zucken seiner Mundwinkel sah sie, dass sie genau die richtigen Worte gewählt hatte.

„Genau das hat Celina auch immer vorgeschlagen. Wissen Sie, ich habe mit der jungen Dame so manchen Abend diskutiert. Eine andere Meinung zu akzeptieren, da tat sie sich schwer. Sie rückte nicht einen Zentimeter von ihrer Position ab. Das liegt wohl an der Jugend. Tja ... und jetzt ist sie tot. Schade um so ein junges Leben." Er presste die Lippen fest zusammen.

Amalia nickte zustimmend. „Wenigstens war es nicht die Schuld ihrer geliebten Wölfe."

„Glauben Sie wirklich, dass es für die Touristen einen Unterschied macht, ob Celina bereits tot war, bevor die Wölfe sie erwischt haben? Es zählen die Horrorgeschichten, die bereits im Umlauf sind: zerstückelter Torso et cetera. Ihnen brauche ich das ja nicht sagen, Sie haben sie schließlich selbst gefunden. Im Hotel werden wir täglich danach gefragt ..." Acherer schluckte.

Amalia konnte Betroffenheit in dem von der Sonne gebräunten Gesicht lesen, aber da war noch mehr. Wut? Trauer? Verzweiflung? Sie konnte den Ausdruck nicht ganz deuten. „Frau Dr. Sommer wird keine Gelegenheit auslassen, die Sache in der Öffentlichkeit klarzustellen. Sie möchte bestimmt nicht, dass das Ganze auf die Wölfe zurückfällt. Zweifelsohne auch in Gedenken an Celina. Für sie, die Celinas große Leidenschaft zu den Tieren teilt, wäre es das Schlimmste, wenn die Wölfe dafür verantwortlich gemacht würden."

„Hören Sie mit dieser Doktorin auf. Die beiden haben vielleicht für die gemeinsame Sache gekämpft, aber die zwei Frauen waren so unterschiedlich wie Tag und Nacht, sowohl im privaten als auch im wissenschaftlichen Bereich."

„Ach, ich hatte auf der Versammlung eher den Eindruck, dass die beiden Frauen, so verschieden sie auch waren, auf einer Wellenlänge lagen und sogar befreundet waren", stellte Amalia überrascht fest.

„Nein, so harmonisch war das Ganze nicht, wie es sich nach außen hin darstellte", sagte Acherer mit Überzeugung.

Bevor er noch etwas hinzufügen konnte, ging die Tür auf und die anderen Besprechungsteilnehmer kamen herein.

„Mist", dachte Amalia. Sie hätte so gerne gewusst, was der Hotelier mit seinen Andeutungen gemeint hatte. Aber jetzt hieß es erst mal einen neuen Auftrag an Land ziehen.

Als die Besprechung, die überraschend gut gelaufen war, beendet war, sah sie eine Nachricht von Evi auf ihrem Display: „Kannst du kommen, sobald du Zeit hast? Bin zu Hause."

Oje, das klang gar nicht gut. Genau das Gleiche hatte Evi ihr damals, als sie mit ihrem ersten Freund Schluss gemacht hatte, auf den Anrufbeantworter gesprochen. Amalia befürchtete Schlimmes und antwortete kurz, dass sie unterwegs war.

Während der Fahrt dachte sie über Acherer nach. Der smarte Mann hatte nicht so vital und überlegen wie sonst, sondern bedrückt und nachdenklich gewirkt. Vor allem war ihr das aufgefallen, als er von der Studentin gesprochen hatte. Amalia war überzeugt, dass er eine Affäre mit der jungen Frau gehabt hatte. Sie konnte sich sehr gut vorstellen, wie die langen Diskussionsabende mit der hübschen Frau und dem sonst so überaus charmanten Hotelchef geendet hatten. Hatte Celina ihn irgendwie unter Druck gesetzt? War er deshalb zum Mörder geworden? Welche Unstimmigkeiten hatte es zwischen Dr. Sommer und Celina gegeben?

Sie parkte ihr Auto. Egal, jetzt musste sie sich erst einmal um Evi kümmern.

9.

Wie immer war die Haustür nicht abgesperrt. Amalia klopfte und trat ein. Sofort fiel ihr die ungewohnte Stille auf. Überall lagen Spielsachen herum, aber kein Kinderlachen war zu hören. Auch in der Küche, sonst Lebensmittelpunkt der Familie, war niemand.

„Evi ... Evi ... bist du da?“, rief Amalia in die Stille des Raumes hinein. Doch keiner antwortete ihr. Sie klopfte und öffnete die Tür zur Stube. Auch verlassen. Ihr fiel auf, dass hier sämtliche Schubladen offen standen und der Inhalt durchwühlt aussah. Was war hier passiert? Oben lagen die Schlafräume. Während sie immer wieder Evis Namen schrie, ging sie langsam die Treppe hinauf. Die große hölzerne Truhe im Flur, die Evi von ihrer Oma geerbt hatte, war ebenfalls aufgeklappt, und die Bettwäsche, die sich darin befand, war unordentlich gestapelt.

Aus dem Schlafzimmer hörte sie ein Wimmern. Amalia klopfte.

„Komm rein“, reagierte Evi mit verheulter Stimme.

Obwohl Amalia schon ahnte, was passiert war, fragte sie beim Eintreten: „Was ist denn mit dir los? Wo sind denn die Kinder?“

„Amalia, endlich bist du da. Der ganze Tag heute war einfach nur schrecklich. Michl hat mich doch mit ihr betrogen. Nie hätte ich gedacht, dass er so was tun könnte. Wir haben uns heute so gestritten.“

Amalia nahm ihre Freundin tröstend in den Arm. Nach einiger Zeit ließ sie sich überreden, mit nach unten in die Küche zu kommen. Amalia machte Tee und füllte ihn in zwei große Tassen. Evi saß wie ein Häufchen Elend auf der Küchenbank mit vom Weinen geröteten Augen. Die beiden Freundinnen hatten in all den Jahren schon so manchen Liebeskummer zusammen bewältigt. Allerdings war es noch nie um eine Ehe und Kinder gegangen.

„Jetzt erzähl doch mal von Anfang an", forderte Amalia ihre Freundin auf, die sich zwar ihren Zustand erklären konnte, aber nicht, warum das Haus aussah, als wäre es durchwühlt worden.

Evi hatte sich so weit gefasst, dass sie zu berichten begann: „Um kurz nach sechs am Morgen hat es an der Tür geklingelt. Ich habe gerade Frühstück für die Kleinen gemacht und Michl war im Stall. Da standen die *Karpf* vor der Tür mit einem Durchsuchungsbescheid. Ehe ich mich versah, war hier eine Horde Männer in weißen Anzügen und durchstöberte unser gesamtes Haus. Ich sag dir, ich habe noch nie so was Demütigendes erlebt. Der *Maresciallo,* dieser Marchetti, war auch dabei. Hauptsächlich Michls Sachen haben sie eingetütet und mitgenommen. Wahrscheinlich suchen sie nach Blutspuren. Stell dir vor, sogar in meiner Unterwäsche haben sie gewühlt. Einer hielt meinen roten Stringtanga in die Höhe. Die *Karpf* von Vintl lachen wahrscheinlich immer noch über mich. Ich wäre vor Scham fast im Boden versunken."

„Seit wann trägst du rote Tangas?", rutschte es Amalia heraus. Als sie Evis Blick sah, bereute sie ihre flapsige Bemerkung sogleich. „Aber bei euch gab es doch sicher nichts Belastendes zu finden", versuchte Amalia Evi zu beruhigen.

Evi schaute sie betreten an. „Doch. Das ist ja das Problem. Als sie unsere Garderobe durchsuchten, haben sie eine dunkelblaue Mütze gefunden: mit einem Aufnäher der

Berliner Universität, für die dieses Weib gearbeitet hat. Deshalb haben sie uns dann gleich beide in unterschiedlichen Autos zum Verhör mitgenommen. Ich konnte gerade noch vorher Michls Schwester Bescheid geben, damit die kommt, um nach den Kindern zu sehen. Auf der *Carabinieristation* durfte ich mit Michl kein Wort mehr wechseln, damit wir uns nicht absprechen können, hat Marchetti gesagt."

Während ihre Freundin einen Schluck Tee nahm, dachte Amalia, dass Marchetti gestern Abend ihr gegenüber keinerlei Anspielung gemacht hatte, dass er heute mit der Kavallerie vor Evis Tür stehen würde. Obwohl ...? Er hatte angedeutet, dass es in nächster Zeit nicht besser für Evi kommen würde. Hatte er damit gerechnet, bei den beiden im Haus etwas zu finden? Wahrscheinlich schon, sonst wäre doch keine Durchsuchung angeordnet worden.

Bevor sie sich weitere Gedanken darüber machen konnte, sprach Evi weiter: „Gestern waren die *Karpf* ja auch schon bei uns, weil die Leute im Dorf über Michl und Celina reden. Michl hat aber abgestritten, dass zwischen ihnen etwas war. Da war der Marchetti noch ganz freundlich. Heute war das eine andere Geschichte. Sie haben uns getrennt voneinander befragt. Nach einiger Zeit kam Marchetti zu mir in den Verhörraum herein, dieser eingebildete Prinzipienreiter. Er berichtete mir, dass sie Celinas Handy erst jetzt entsperren konnten und es darauf eindeutige SMS zwischen Michl und Celina gab. Daraufhin habe Michl ihm gegenüber die Affäre gestanden. Mit dieser Aussage hat Marchetti mich eiskalt erwischt.

Sicher, Michl hat sich verändert, aber nie hätte ich gedacht, dass er fremdgegangen ist. Dieser Mistkerl! Er hat mir in die Augen geschaut und mich angelogen. Immer wieder. Und ich

Depp habe ihm geglaubt." Neue Tränen glitzerten in Evis Augen. „Somit zählen wir beide für die *Karpf* natürlich zum engeren Kreis der Verdächtigen. Marchetti hat genau auf meine Reaktion geachtet, als er mir von der Affäre erzählte. Ich wusste gar nicht, wie ich dreinschauen sollte. Oh Gott, das ist alles wie in einem Albtraum."

„Das tut mir so leid." Amalia legte ihre Hand auf Evis Arm.

Sie schwiegen. Amalia wusste nicht, was sie sagen sollte. Wenn sie Überraschung über die Affäre heuchelte, käme sie sich scheinheilig vor und ein „Das habe ich mir fast gedacht" wäre völlig daneben.

„Sicherlich haben sie auch noch nach euren Alibis gefragt?", fragte Amalia schließlich, als die Pause zu bedrückend wurde.

„Ja, haben sie. Michl war zur Tatzeit im Fitnessstudio in Weitental. Dort kann er mit einer Chipkarte jederzeit hinein. Das lässt sich auch überprüfen."

„Was hat er denn so spät nachts noch im Studio gemacht?", wollte Amalia wissen.

„Er konnte nach der Versammlung nicht schlafen, deshalb ist er noch ins Studio zum Trainieren gegangen. Allerdings gibt es keine Ausgangskontrolle. Keiner weiß, wie lange er dort war. Also hat er de facto kein Alibi."

„Und was hast du in der Nacht gemacht?", bohrte Amalia nach.

„Michl war nicht da, also war ich alleine mit den Kindern zu Hause. Ich weiß nicht mal, wann Michl nach Hause gekommen ist, weil ich in Leanders Zimmer geschlafen habe. Der Kleine hatte einen schlechten Traum, sodass ich mich *zuichngileg* habe. Dabei bin ich eingeschlafen. Aufgewacht bin ich erst nach fünf. Als ich zu uns ins Schlafzimmer gegangen bin, hat Michl dort seelenruhig im Bett geschlafen. Seine Sportklamotten lagen am Boden verteilt. Folglich haben wir beide kein Alibi, aber jeder ein astreines Motiv, wie uns Marchetti erklärt hat. Michl wollte Celina angeblich aus Angst um Ehe und Familie umbringen oder weil sie nichts mehr von ihm wollte. Ich hätte Celina aus Eifersucht umgebracht, was Marchettis Meinung nach noch stärker als Motiv wiegt. Uns beide hält er für sportlich und erfahren genug, dieser Studentin nachts mit Tourenskiern in die Berge gefolgt zu sein.

Und dazu kommt noch das mit der blöden Mütze. Immer wieder hat mich Marchetti nach der vermaledeiten *Kappe* gefragt. Aber ich schwör dir, Amalia, ich habe keine Ahnung, wie die in unsere Garderobe kommt. Bei fünf Personen, davon drei Kinder, herrscht dort immer Chaos, vor allem im Winter. Da liegt alles durcheinander: von Handschuhen bis hin zu Jacken, Mützen und Skihelmen. Sie wollen die Mütze jetzt auf die DNA der Studentin untersuchen lassen. Nach der Befragung haben die *Karpf* uns gnädigerweise gehen lassen, weil aufgrund der Kinder und der notwendigen Bewirtschaftung des Hofes keine Fluchtgefahr besteht. Dennoch mussten wir noch unsere Fingerabdrücke abgeben. Zwar wurden unsere Finger nicht in ein Stempelkissen gedrückt, wie man das im Fernsehen sieht, denn die Abdrücke wurden digital abgenommen, trotzdem bin ich mir vorgekommen wie ein Schwerverbrecher."

Amalia schüttelte empört den Kopf. „Wie kann Marchetti dich nur verdächtigen, eine Mörderin zu sein? Gestern im Restaurant hat er mir nichts gesagt." Bereits während Amalia die Worte aussprach, bereute sie sie. Evi hatte keinen Hehl daraus gemacht, dass sie Marchetti für einen arroganten Wichtigtuer hielt.

„Wie? Im Restaurant? Triffst du dich etwa privat mit diesem pedantischen Italiener? Warst du mit dem beim Essen? Läuft da was? Mit dem Typen, der das halbe Dorf verdächtigt?“ Evi war Zornesröte in die blassen Wangen gestiegen und bittere Enttäuschung war ihr im Gesicht abzulesen.

Amalia biss sich auf die Lippen. „Wir haben uns mehr zufällig getroffen und dann miteinander gegessen. Sonst ist da nichts“, spielte sie den gestrigen Abend herunter. Sie hatte keine Lust, ihrer aufgebrachten Freundin zu erklären, dass sie sich ursprünglich mit dem *Maresciallo* getroffen hatte, um mehr über den Fall herauszubekommen, dann aber den Abend mit dem charmanten Italiener sogar genossen hatte. Deshalb entschied sie sich kurzerhand dafür, ein Ablenkungsmanöver zu starten. „Wo sind denn eigentlich die Kinder?“, fragte sie daher.

„Ein Polizist hat uns nach Hause gefahren. Wir waren noch nicht mal im Haus, da haben wir auch schon gestritten. Michl behauptet, dass er die Affäre mit Celina bereits im November beendet habe, weil ihm klar geworden sei, dass ihm die Familie wichtiger sei. Niemals könne er ohne uns leben. Bla, bla, bla. Wie soll ich ihm denn jetzt noch glauben? Irgendwann ergab ein Wort das andere und wir haben uns nur noch angeschrien. Plötzlich haben wir bemerkt, dass die Kinder die ganze hässliche Szene durch das Fenster beobachteten. Simon hat geweint und mich mit tieftraurigem Blick gefragt, ob wir uns jetzt scheiden lassen, wie man das in den Filmen immer sieht. Ich habe ihn beruhigt, dass das bei uns niemals der Fall sein wird, obwohl ich mir selbst da nicht so sicher bin. Michls Schwester hat angeboten, dass die Kinder ein, zwei Nächte bei ihr bleiben können ... bis Mama und Papa sich wieder versöhnt haben. Mir ist einiges klar geworden.

Wenn es eine einmalige Sache gewesen wäre, mit Alkohol im Spiel, dann hätte ich das verzeihen können, aber eine Affäre, die über mehrere Wochen ging? Ausgerechnet Michl, dem das Eheversprechen, die Familie, Kirche und Tradition über alles gehen. Der, der immer über die Moral der anderen geschimpft hat, hat mich und seine Kinder so hintergangen. Ob ich damit leben kann, dass er eine Zeit lang eine andere mehr geliebt oder begehrt hat als mich? Leben kann ich damit vielleicht schon", beantwortete Evi die Frage selbst, ohne Amalia zu Wort kommen zu lassen, „aber kann ich ihm jemals wieder vertrauen? Sonst werde ich ja verrückt, jedes Mal, wenn er zu spät nach Hause kommt. Wo war er? Mit wem war er zusammen? War er treu?"

Evi ließ den Kopf in ihre Hände sinken. Wieder begann sie zu weinen. „Amalia, Michl hat mich damit so verletzt. Ich habe gesagt, er soll erst mal gehen. Ach was! Rausgeschmissen habe ich ihn. Ich war so zornig. Ich kann seine Nähe momentan nicht ertragen. Er wollte vorerst zu seinem Arbeitskollegen ziehen. Ich brauche jetzt jedenfalls erst einmal Abstand."

Amalia wusste nicht, was sie sagen sollte, und nahm Evi in den Arm. So saßen sie lange Zeit zusammen. Manchmal schwiegen sie beide, dann brach wieder ein neuer Wortschwall mit Vorwürfen und tiefer Verzweiflung los.

Amalias Magen knurrte vor Hunger, als Evi schluchzte: „Warum ist das mit den Männern immer so schwierig?"

„Keine Ahnung. Mich brauchst du nicht fragen. Bei mir läuft's ja auch nicht. Ich hätte auch nicht gedacht, dass Felix sich so schnell mit einer anderen tröstet."

„Den hast du aber auch ganz schön lange hingehalten. Er hat hier wirklich alles gegeben, seinen eigenen Bau hintangestellt, damit er deine Wohnung rechtzeitig fertigbringt. Dann bist du nicht gekommen“, gab Evi zu bedenken.

Autsch, das saß, dachte Amalia betrübt.

„Ja, ich weiß. Dass er sauer war, das kann ich nachvollziehen. Aber dass er gleich mit dieser Doktorin was anfängt? Ich hatte gedacht, das mit uns sei ihm ernst gewesen.“

„Da versteh einer die Männer“, seufzte Evi und fuhr fort, „übrigens habe ich letztens gesehen, dass die Frau Dr. Sommer mit Celina Uhlig vor dem Dorfladen gestritten hat.“

Amalia horchte auf. „Die beiden haben gestritten? Dann stimmt es also doch, dass sich die zwei nicht immer einig waren. So etwas hat Acherer mir gegenüber bereits angedeutet. Hast du gehört, worum es ging?“

„Nein, leider. Sie haben sich beide bemüht, nicht richtig laut zu werden, aber sie haben sich mit Blicken angegiftet. Und man konnte sehen, dass sie genervt voneinander waren.“

„Es wäre interessant zu wissen, worum es ging, denn eventuell hätte Frau Dr. Sommer dann auch ein Motiv“, gab Amalia zu bedenken.

„*Boh* … möglich“, sagte Evi hörbar uninteressiert.

Amalia verstand, dass Evi momentan mit ihren eigenen Problemen beschäftigt war und keinen Nerv für Amalias Verdächtigungen gegen Felix’ Neue hatte. Daher begannen sie wieder über Evis Sorge zu sprechen, dass sie im Fokus der Ermittlungen stand. „Es ist so erniedrigend, wenn fremde Hände dein Privatleben durchwühlen. Ob die *Karpf* bei den anderen auch die Häuser durchsucht haben?“

Jetzt war es Amalia, die mit den Schultern zuckte und antwortete: „Ich weiß es nicht. Aber wenn ein Verdacht besteht und kein Alibi vorhanden ist, machen sie das mit Sicherheit.“

„Meinst du, Michl hat was damit zu tun?“

„Ich kann es mir nicht vorstellen“, sagte Amalia überzeugt.

In Gedanken versunken nickte Evi und schwieg.

Amalia spürte, dass ihre Freundin jetzt lieber alleine wäre, um die Trennung und die Verdächtigungen erst einmal zu verdauen. Daher verabschiedete sie sich ein wenig später.

10.

Amalia aß gerade ein Omelett, als es an der Tür klingelte. Daran, dass hier ständig jemand unangemeldet vorbeikam, musste sie sich erst wieder gewöhnen, dachte sie mürrisch. Erst kein Frühstück und nun eine Störung beim späten Mittagessen. Sie hatte es kaum in den Flur geschafft, als es Sturm klingelte.

„Jaja, ich komm ja schon!" Sie riss unwirsch die Tür auf. Nanne stand schwer schnaufend davor. Wer sonst?

„Ich werde nie verstehen, wieso du die untere Wohnung vermietest und selber oben wohnst anstatt umgekehrt", keuchte Nanne, ohne sich mit einer Begrüßung aufzuhalten.

„Aber du hast es zum Glück ja die Treppe raufgeschafft", erwiderte Amalia ironisch. „Willst du reinkommen?"

„Nein, nein, dafür ist keine Zeit. Ich wollte dich nur abholen."

„Abholen, zu was?", fragte Amalia überrascht.

„Zum Preiswatten. Beim *Brugger*. Um vier geht's los."

„Ja, und?"

Nanne nestelte an ihrem Tuch, das sie über einem dunkelblauen Wintermantel trug. „Ich habe uns beide angemeldet."

„Du hast was?"

„Ja, ich hab ja sonst immer mit deiner Großmutter gewattet und hab mir gedacht, dass es nett wär, wenn wir zwei weitermachen."

„Nanne, ich hab keine Zeit. Ich muss heute arbeiten."

Nannes Augen wurden feucht. „*Bildomocharin,* denk an unsere liebe Zille. Die würd auch wollen, dass wir die Tradition aufrechterhalten. Du kannst mich da nicht hängen lassen. Ich hab noch nie das Preiswatten nach Neujahr verpasst."

Amalia hätte am liebsten die Augen verdreht. Heute drückte die Nachbarin aber ganz schön auf die Tränendrüse.

„Sogar wenn ich wollte. Ich habe ewig nicht mehr gewattet. Es ist gescheiter, du suchst dir einen Partner, der auch was kann."

„Ach, *Plentn! Watten* ist wie Radl fahren, wenn man es einmal kann, verlernt man es nie mehr."

Amalia holte tief Luft, um Nanne all die Gründe aufzuzählen, warum es eine dumme Idee war, aber dann hielt sie inne. Vielleicht wäre es gar nicht ungeschickt mitzugehen. Sicher war das halbe Dorf dabei und sie könnte sich ein wenig umhören, was es an der Wolfsfront Neues gab und wer die weiteren Liebhaber der hübschen Studentin gewesen waren.

„Na gut. Gib mir einen Moment."

Nanne schaute verblüfft. Anscheinend hatte sie nicht damit gerechnet, dass sich Amalia so leicht überzeugen ließ.

Amalia tauschte Hosenanzug gegen Jeans und Pullover, fuhr sich mit der Bürste über die Haare und schlüpfte drei Minuten später in ihre Daunenjacke.

„Beeil dich! Wir sind spät dran", sagte Nanne vorwurfsvoll.

Amalia biss sich auf die Zunge. Woran lag das? Doch wohl an Nanne, die erst vor wenigen Minuten ohne Vorwarnung hier aufgetaucht war.

Sie gingen eilig die Lärchstraße hinunter bis zum *Brugger,* bezahlten das Nenngeld und saßen um Punkt vier am Tisch. Wie in Pfunders üblich, wurde „blind" gewattet. Das hieß, dass nur der Geber und sein linker Nachbar wussten, welches Blatt und welche Farbe Trumpf waren. Die anderen kamen erst im Laufe des Spieles darauf. Amalia musste zugeben, dass Nanne recht hatte. Nach wenigen Augenblicken war sie wieder mitten im Spiel und es war, als hätte es nie eine Pause gegeben. Beim Blindwatten war es unter Strafe verboten, seinem Partner Zeichen zu geben, was Schlag und Trumpf waren. Da half es gewaltig, dass sie und Nanne jahrzehntelang mit Zille gewattet hatten, dachte Amalia grinsend. Nanne war nämlich eine wahre Meisterin darin, unauffällig zu *deitn* und Amalia kannte alle ihre Zeichen. Gerade zum Beispiel trank Nanne von ihrem Rotwein und blähte dabei für einen kurzen Augenblick die Backen. Somit wusste Amalia, dass *Schell* Trumpf war. Die ersten beiden Partien gewannen sie beide souverän.

Nun sah Amalia ihre nächsten Gegner herüberkommen. Felix und Michl. Felix trug seine ausgewaschene Lieblingsjeans und wie fast immer ein kariertes Hemd über einem weißen T-Shirt.

„Lissn, Gitsche!", zischte Nanne. „Denen zeigen wir's! Der Felix soll sich wieder daran erinnern, wie fein es ist, wenn eine Frau ordentlich *watten* kann. Weil seine *Deitsche* kann außer *Mau-Mau* wahrscheinlich gar nix."

Amalia fiel es wie Schuppen von den Augen: von wegen Gedenken an „die liebe Zille". Die Nanne war als Kupplerin unterwegs! Die war mit der momentanen Freundin ihres Sohnes nicht einverstanden und versuchte jetzt über das Kartenglück Amor zu spielen. Am liebsten hätte sie laut losgelacht. Um Felix von der Biologenschnepfe zu trennen, brauchte es deutlich mehr als ein gutes Blatt beim *Kartn*.

Michl presste ein kurzes *„Hoila"* heraus und vermied dann jeden Blickkontakt mit Amalia. Felix war sichtlich erstaunt, sie hier zu sehen, und nickte ihr nur kurz zu.

Na bravo, dachte Amalia, viel frostiger hätte es nicht sein können, wenn sie in der Antarktis gewattet hätten. Nur Nanne ließ sich davon nicht beeindrucken und plauderte über ihren gestrigen Ausflug nach Brixen. Erst als Felix gegeben hatte und ihr drohende Blicke zuwarf, verstummte sie. Amalia saß neben Felix, sodass er ihr den Schlag zeigte und sie ihm den Trumpf. Sein Aftershave kam ihr viel zu vertraut vor. Sie lächelte ihm zu, aber er verzog keine Miene. Dann eben nicht, dachte sie und schaute grimmig zurück. Es herrschte eisiges Schweigen am Tisch, nur unterbrochen von *„Dio Cane"*, *„Madoia"* und *„Putana"* von Felix und Michl. Verdammt, dachte Amalia. Diese Partie würden sie verlieren. Sie zwang sich dazu, sich besser auf das Spiel zu konzentrieren, auch wenn ihr das mit Felix neben ihr schwerfiel. Noch dazu waren Michl und Felix einfach zu gut aufeinander eingespielt.

Plötzlich wurde es im ganzen Saal ruhig und an den meisten Tischen verstummte das Gerede. Michl, der neben ihr saß, stellte sein Glas so heftig ab, dass es umkippte und Wein auf Amalias Jeans tropfte. Aber statt sich zu entschuldigen, starrte er an ihr vorbei und wurde käseweiß. Sie stand auf und blickte sich suchend nach Servietten um. Und dann sah sie es.

Eine Frau war durch die Saaltür getreten.

Amalia ließ sich zurück auf ihren Stuhl fallen, die Servietten komplett vergessend.

Die Haare streng zurückgekämmt statt wild auf die Schultern fallend, die Kleidung schwarz und hochgeschlossen statt glitzernd und sexy, aber doch unverkennbar: In der Tür stand Celina Uhlig.

„Madonna, die Tote!", hörte sie Nanne neben sich stöhnen.

Unsicher sah sich die blonde Frau um.

Pfarrer Auer, der zwei Tische weiter *wattete,* stand auf. „Kommen Sie, Frau Uhlig. Setzen Sie sich an unseren Tisch. Sie sind ja ganz blass." Zu seiner Gemeinde, die fast geschlossen auf die Frau starrte, sagte er: „Das ist Stella Uhlig, die Zwillingsschwester von unserer lieben Celina. Sie bereitet gerade die Gedenkfeier für ihre Schwester vor."

Allmählich löste sich die Spannung im Raum und die Geräuschkulisse stieg langsam wieder an.

„Dio, das war *antrisch!* Hab schon gemeint, die ist wiederauferstanden", sagte Nanne.

Die anderen nickten beklommen. Die Ähnlichkeit war wirklich unheimlich. Sie wischten den Weinfleck auf und begannen wieder zu *watten.* Doch nun hatten Amalia und Nanne leichtes Spiel. Ihren Rückstand holten sie ohne Schwierigkeiten auf, da Michl komplett unkonzentriert war. Es stand schließlich elf zu elf. Felix bot „Drei" und Amalia erhöhte risikofreudiger als sonst auf „Vier", ohne sich ganz sicher zu sein, was Nanne noch auf der Hand hatte. Denn vor ihrem Sohn traute sich Nanne nicht zu deuten, da dieser bestimmt alle ihre Tricks kannte. Felix ging mit. Ihr Mut wurde belohnt, Nanne konnte mit *Laab* den letzten und entscheidenden Stich machen. Damit waren sie eine Runde weiter und Felix und Michl draußen.

„Et letz", sagte Michl anerkennend.

Amalia gab ihr Bestes, um ein triumphierendes Grinsen zu unterdrücken.

Anscheinend gelang ihr das nicht, denn Felix knurrte: „Anfängerglück. Brauchst dir gar nichts darauf einzubilden."

Amalia lächelte ihr charmantestes Lächeln und wandte sich Nanne zu.

„Das war fast zu einfach am Ende", sagte diese. „Ich dachte, das wird ein harter Kampf, aber die beiden waren unkonzentriert. Besonders der Michl hat zum Schluss die Karten ohne Hirn ausgeworfen."

Amalia nickte. Es war seinem Spiel deutlich anzumerken gewesen, dass Michl sich von dem Schock, den die Zwillingsschwester von Celina in ihm ausgelöst hatte, nicht erholt hatte. Er hatte im wahrsten Sinne des Wortes so ausgesehen, als hätte er ein Gespenst erblickt. Armer Kerl. Wenn er nicht ihre beste Freundin betrogen hätte, würde sie allerdings mehr Mitleid mit ihm haben. Er hatte heute einen harten Tag gehabt. Zuerst war er von den *Carabinieri* abgeholt worden, hatte eine Affäre beichten müssen, war dann von der Ehefrau vor die Tür gesetzt worden und zu guter Letzt war ihm auch noch der Geist seiner Geliebten erschienen. Wenn der seine Gedanken beim Kartenspiel gehabt hätte, wäre er herzlos gewesen. Was sie eher wunderte, war, dass er überhaupt hier war. Fiel ihm bei seinem Arbeitskollegen jetzt schon die Decke auf den Kopf?

„Ich hab ja gehört, dass die *Karpf* wieder oben am Hof vom Michl waren. Weißt du, was die wollten? Hat er was mit der toten *grion Gitsche* gehabt?" Nannes Augen funkelten vor Neugier.

„Nix gehört", sagte Amalia kurz.

Nanne sah sie beleidigt an.

Die beiden Frauen schwiegen, bis ihre neuen Gegner kamen. Es waren Gerda Kofler und die Frau des Feuerwehrkommandanten. Es wurde die lustigste Runde bisher, denn auch wenn beim *Watten* normalerweise das Motto „Maul halten" galt, hatten die vier ständig zu reden und zu lachen. Amalia erkannte, dass die Gerda der Nanne in puncto „Neuigkeiten aus Pfunders" durchaus das Wasser reichen konnte. Die beiden Damen ließen sich von den mahnenden Blicken von den anderen Tischen nicht beeindrucken und tratschten über die neuesten Gerüchte, gespickt mit harmlosen Sticheleien.

Amalia musste manchmal laut lachen, weil die Frauen, die alle mindestens zwanzig Jahre älter als sie selbst waren, ständig zweideutige und anzügliche Bemerkungen machten, die sie ihnen niemals zugetraut hätte.

Immer wieder wanderte Amalias Blick zu Stella Uhlig. Diese saß immer noch an dem Platz, den ihr der Pfarrer angeboten hatte, obwohl die Spieler von diesem Tisch inzwischen weitergegangen waren. Sie hatte ein Glas Tee vor sich stehen und saß kerzengerade davor, die Hände auf dem Schoß gefaltet. Sie wirkte so unendlich einsam in diesem Raum, der voller lachender, scherzender Leute war. Obwohl sie die vielen neugierigen Blicke, die auf ihr ruhten, sicher spüren musste, sah sie nie auf, sondern hielt den Blick auf ihre Tasse gesenkt. Auch wenn die äußere Ähnlichkeit mit ihrer Zwillingsschwester frappierend war, schien sie ein ganz anderer Typ als ihre Schwester zu sein. Celina Uhlig hatte mit ihrer Lebendigkeit und Energie alle Blicke auf sich gezogen, während ihre Schwester den Eindruck machte, dass sie am liebsten mit dem Hintergrund verschmolzen wäre, um nicht aufzufallen.

Amalias Unkonzentriertheit rächte sich. Sie und Nanne verloren haushoch.

„*Madoia*", schimpfte Nanne, „noch eine Runde weiter und wir wären in den Preisen gewesen." Aber Nannes Enttäuschung währte nicht lange. Schließlich gab es Neuigkeiten zu erkunden. „Ich setze mich mal schnell zu der Schwester. Die ist ja ganz allein", sagte Nanne.

Amalia nickte und ging zur Toilette. Als sie zurückkam, fand sie Nanne jedoch nicht bei Stella Uhlig, sondern an einem Tisch, an dem einige „Verliererpaare" zusammensaßen und wo es der Lautstärke nach hoch herging. Nanne rückte nach links, ihrem Nachbarn, dem Acherer, so nahe auf die Pelle, dass der gezwungenermaßen rutschen musste und so noch ein Platz für Amalia frei wurde.

Dankbar setzte sich Amalia.

„Die Uhlig wollte mit mir gar nicht reden“, flüsterte Nanne ein wenig beleidigt. „Ich wollte sie nach ihrer Schwester fragen und nach der Trauerfeier, aber sie ist nicht darauf eingegangen. Hat immer nur auf ihren Tee geschaut. *Gschpassige* Frau.“

Amalia unterdrückte ein Grinsen. Jemand, der es schaffte, Nanne ohne neue Informationen abziehen zu lassen, nötigte ihr Respekt ab. Sie bestellte sich und Nanne einen *Retn* und widmete dann ihre Aufmerksamkeit der lebhaften Diskussion an ihrem Tisch. Dort saßen Acherer, der mit Rastbichler ein Team gebildet hatte, Egon Kofler, der mit seinem Bruder zusammen gewattet hatte, sowie Michl und Felix. Natürlich ging es um die Wölfe.

Acherer lächelte ihr freundlich zu, bevor er sich wieder Felix zuwandte. „Ich will ja gar nicht behaupten, dass alles, was Celina Uhlig und Frau Dr. Sommer sagen, falsch ist, aber sie haben vom Leben in Pfunders wenig Ahnung und verstehen nicht, wie viele Probleme das Auftauchen der Wölfe mit sich bringt.“

„Bettina ist eine anerkannte Expertin auf dem Gebiet. Die weiß schon, wovon sie redet. Dir geht es doch bloß um deine Hotelgäste. Von wegen um Pfunders …“, stauchte Felix den Hotelier zusammen.

Rastbichler fuhr sich mit beiden Händen durch das fast schon militärisch kurze graue Haar. „*Fahlt's dir?* Da kommt so a *grioner Potsch* und mischt sich in Sachen ein, die sie nichts angehen. Nur weil du die feine Frau Doktor vögelst, hat sie noch lange nicht recht.“

Felix sprang auf. Zornesröte breitete sich in seinem Gesicht aus. „Du Wichser! Was meinst denn du …" Er ballte die Fäuste.

Egon Kofler mischte sich ein und erhob die Stimme nur ein wenig, aber trotz seiner ruhigen, bedachtsamen Art gelang es ihm, sich Gehör zu verschaffen. „Es ist schon wahr. Die beiden Frauen haben nicht ganz unrecht. Sogar ich als Bauer sehe ein, dass ein Gleichgewicht, bei dem unser Wild wieder natürliche Feinde hat, der Natur guttut."

Rastbichler wandte sich von Felix ab und sah Kofler verächtlich an. „Des sagst du nur, weil dich das junge Luder an den Eiern gehabt hat. Du hättest doch fast geplärrt, als dir die Wölfe letztes Jahr dein Schaf gerissen haben." Die letzten Worte spuckte Rastbichler fast aus.

Amalia warf einen besorgten Blick hinüber zu Stella Uhlig. Hoffentlich verstand diese den im Pfundrer Dialekt ausgetragenen Streit nicht. Es war nicht unbedingt schmeichelhaft, wie Rastbichler über Celina sprach. Aber Stella Uhlig saß weiterhin unbeteiligt vor ihrem Tee und sah nicht auf.

Aber der Kofler-Bauer ließ sich nicht aus der Ruhe bringen. „Da hast du recht, es hat meine beste *Gerre* erwischt und das hat mich furchtbar geärgert. Ich hab ihr *Lampl* mit der Flasche aufziehen müssen. Aber ich werde mir jetzt zwei ausgebildete Herdenschutzhunde anschaffen und die Celina hat gesagt …"

„Und die Celina hat gesagt …", äffte ihn der Rastbichler abfällig nach. „Wenn ich das schon hör. Hat dir die Wolfsverharmloserin ins Hirn geschissen?"

Der Acherer wurde laut: „Jetzt langt's, Rastbichler. Ich will auch keine Wölfe im Tal, aber wenn wir uns gegenseitig zerfleischen, bringt das keinen weiter."

Aber Christian Rastbichler war nicht zu bremsen. „Der Nächste, der hinter dem jungen Ding her war und daher nicht mehr weiß, wo seine Loyalitäten liegen sollten", sagte er drohend zu Acherer.

„Um was geht es denn?", fragte plötzlich eine Frauenstimme.

Alle blickten auf. Es war Gerda Kofler, die mit durchdringendem Blick einen nach dem anderen musterte.

Plötzlich herrschte betretene Stille. Felix, der immer noch stand, setzte sich wieder hin.

„*Schampis enk gor et?* Alles erwachsene Männer und benehmt euch wegen an *Weibomensch* schlimmer wie die *Buibm* im Kindergarten", fauchte sie.

„Schatzi, reg dich doch nicht so auf." Zum ersten Mal verlor Egon Kofler seine Gemütsruhe. Hektische rote Flecken erschienen auf seinen Wangen.

Aber seine Gattin kam erst richtig in Fahrt. „Um diese *gstudierte Gitsche* ist es mir überhaupt nicht schade. Die hat doch nur Unfrieden ins Dorf gebracht."

Amalia schluckte. Die redselige Gerda gab ganz unumwunden zu, dass sie Celina Uhlig nicht ausstehen konnte. Wieder sah Amalia hinüber zu Stella Uhlig. Es musste doch furchtbar sein, wenn über die eigene Schwester kurz nach deren Tod so abfällig geredet wurde. Aber wieder ließ Stella keine Reaktion erkennen. Entweder verstand sie die Pfundrer nicht, oder sie war durch ihre Trauer in ihrer eigenen Welt versunken, sodass sie von dem, was um sie herum vorging, nichts wahrnahm.

Diese Stella Uhlig tat ihr leid, wie sie da so allein und in sich gekehrt saß. Gerne wäre Amalia zu ihr gegangen, aber sie wollte nicht aufdringlich sein. Die Abfuhr, die Nanne erlebt hatte, zeigte ja, dass sie mit niemandem sprechen wollte.

„Pscht, Gerda", zischte Amalia, um der armen Frau wenigstens ein bisschen beizustehen. „Da drüben sitzt doch die Schwester."

Aber Gerda war nicht zu bremsen und ignorierte Amalias Einwand völlig. „Die hat nur mit ihren Augen klimpern müssen und ihr dummen *Mando* habt's den Verstand verloren. Benommen habt's euch wie brunftige Hirsche. Die Jäger und die Nichtjäger. Einer schlimmer wie der andere!" Sie schaute nacheinander ihren Mann, den Acherer und den Michl durchdringend an.

„Und du, Rastbichler, bist auch nicht besser." Ihr zorniger Blick fiel nun auf Christian Rastbichler. „Du hast doch einen persönlichen Hass auf das junge Ding und spaltest damit das ganze Dorf. Du spuckst große Töne über Männlichkeit und die heilige Jagd. Dass ich nicht lache. Ich würde wetten, dass du ganz eigene Motive verfolgst. Was ist denn da gewesen? Ich schwör dir, da komm ich noch dahinter. Eventuell bist' selber scharf auf sie gewesen und sie hat dich nicht rangelassen?"

Für einige Momente herrschte absolute Stille. Nicht einmal Nanne wagte es, sich einzumischen.

Rastbichler öffnete den Mund, um etwas zu sagen, schloss ihn aber wieder. Sekunden verstrichen, bis er sich wieder fasste: „Das ist meine Sache. Ich kann machen, was ich will. Immerhin habe ich keine Frau daheim, die auf mich wartet", knurrte er schließlich.

Touché, das hatte gesessen, dachte Amalia und sah sich in der Runde um. Michl und Kofler sahen beschämt auf die Tischplatte vor sich. Auch der Bruder vom Kofler und Felix wirkten von dieser Szene peinlich berührt und senkten den Blick. Nur Acherer sah aus dem Fenster, als ginge ihn das

Ganze gar nichts an. In diesem Moment stand Stella Uhlig auf und verließ den Saal. Amalia war erleichtert. Sie würde es nicht ertragen können, wenn andere über einen ihr Nahestehenden so sprächen. Hoffentlich hatte die Deutsche nicht viel von den Gesprächen mitbekommen.

Rastbichler war noch nicht fertig. „Gerda, wenn du schon alles so genau weißt, kehr doch mal vor deiner eigenen Tür. Ist es dir nicht zu blöd, dass du deinen eigenen Mann nicht mehr aus dem Haus lassen kannst, weil er so *gamsig* auf eine andere ist."

„Jetzt langt's!", brüllte der Kofler. Aus war es mit seiner Beherrschtheit. Mit zornesrotem Kopf stand er auf und stützte sich mit den Handflächen auf der Tischplatte ab. Er beugte sich vor, bis sein Kopf nur noch wenige Zentimeter von dem vom Rastbichler entfernt war. „Lass du meine Frau in Ruhe. Unsere Ehe geht dich überhaupt nichts an", zischte er.

Gerda legte ihm die Hand auf die Schulter und blieb ruhiger als ihr Mann. „Was willst denn damit behaupten, Rastbichler?", fragte sie dann gefährlich sanft.

„Mir ist nur aufgefallen, dass dein werter Gatte nicht bei der Bürgerversammlung war. Obwohl er eigentlich als Teilnehmer bei der Podiumsdiskussion vorgesehen war. Hast du Angst gehabt, dass er, wenn er direkt neben seiner angebeteten Celina sitzt, sie vor aller Augen so anschmachtet, dass auch der letzte Pfundrer merkt, dass der Koflerbauer der jungen *Deitschen* nachsteigt?"

„*Schmorrn!* Rastbichler, du bist ein *richtigo Spinna!* Halts Maul, wenn du nicht weißt, wovon du redest!", mischte sich jetzt Peter, der Bruder vom Koflerbauern, ein, der bis jetzt der ganzen Auseinandersetzung schweigend gefolgt war. „Ich hab am 29. Dezember meinen *Fuchzger* gehabt. Ich habe die ganze Familie zum Essen beim *Lodenwirt* in Vintl eingeladen. Danach sind wir noch nach Bruneck ins Life gefahren. Mein Bruder, der *Tepp*", er begleitete die Worte mit einem leichten Schlag auf Koflers Hinterkopf, „hat erst am Tag davor gemerkt, dass er zwei Sachen zur gleichen Zeit ausgemacht hat, und hat daher seine Teilnahme an der Diskussion kurzfristig abgesagt. Sonst noch Fragen?" Peter Kofler blickte Rastbichler herausfordernd an.

„Nein, nein! Geht mich ja auch gar nichts an", ruderte der zurück.

„Das hat vor zwei Minuten aber noch ganz anders geklungen", war Nanne nun laut und deutlich zu vernehmen.

Amalia biss sich auf die Lippen, um nicht loszulachen. Manchmal war Nanne ihr Gewicht in Gold wert.

„Soso, im Life ...", versuchte Nanne die nun wieder einsetzende Stille zu überbrücken. „Da wollte ich auch schon immer mal hin. War eine Schlagerparty? Bist du viel zum Tanzen gekommen?", fragte sie Gerda.

Jetzt blickte die sonst so resolute Frau angestrengt auf ihre Hände und zupfte an ihrer Nagelhaut. „Ja eigentlich ...", setzte sie an.

Nun waren alle Blicke auf sie gerichtet, aber sie sprach einfach nicht weiter. Amalia sah, wie die Brüder Kofler einen besorgten Blick tauschten.

„Jetzt mach's nicht so spannend", forderte Nanne ungerührt.

„Ich war nicht dabei", sagte Gerda sehr leise. „Ich habe mit dem Egon gestritten, weil er unbedingt zu der Versammlung wollte, um sich neben dem deutschen Flittchen wichtigzumachen, und ich habe gesagt, wenn er den Fünfziger von seinem Bruder sausen lässt wegen der, dann bin ich weg."

Sie sprach so leise, dass Amalia sich anstrengen musste, um sie zu hören.

Man konnte Gerda ansehen, wie schwer es ihr fiel, über etwas so Privates zu reden. Sie wirkte plötzlich viel empfindsamer und weicher, als sie sich sonst gab.

Nanne hatte wirklich ein Talent, kein Fettnäpfchen auszulassen. „Ja, aber er ist doch zur Geburtstagsfeier gegangen", versuchte sie den Schaden zu begrenzen. Sogar ihr schien es peinlich, dass sie Gerda so in Verlegenheit brachte.

„Als wir gestritten haben, ist er einfach gegangen. Das hat mich so wütend gemacht. Da hat es dann gelangt. Ich habe eine Tasche gepackt und bin erst mal weggefahren. Die Lust auf die Geburtstagsfeier war mir eh vergangen. Ich habe erst am nächsten Morgen erfahren, dass er doch zu Peters Feier gefahren ist statt zur Versammlung."

Gerda blickte entschuldigend zu ihrem Schwager, der nur abwinkte. „Das holen wir nach, Gerda", sagte er betont fröhlich, aber das Lächeln erreichte seine Augen nicht. Ihm gefiel es offensichtlich gar nicht, dass familieninterne Schmutzwäsche in der Öffentlichkeit gewaschen wurde.

Rastbichler grinste breit. „Wie gesagt, Gerda: vor der eigenen Tür kehren ...", betonte er süffisant. Aber dann verwandelte sich sein Grinsen in einen schmerzverzerrten Ausdruck.

Nanne blickte zufrieden drein.

Amalia hätte wetten können, dass sie ihn unter dem Tisch gegen das Schienbein getreten hatte. Am liebsten hätte Amalia ihr applaudiert. Die arme Gerda war schon genug bloßgestellt, ohne dass dieser Kleingeist noch eins drauflegte.

„Sei du nur still!", fauchte Gerda. „Du hast auch deine Geheimnisse und der Tag kommt, wo sie ans Licht kommen", fügte sie fast drohend hinzu.

Egon, der bei dem Wortwechsel immer kleiner geworden war, legte jetzt vorsichtig die Hand auf die seiner Frau.

Gerda schüttelte sie unwillig ab, dann stand sie auf. „Wir gehen jetzt!“ Sie marschierte Richtung Tür und ihr Mann folgte ihr mit gesenktem Haupt ohne ein weiteres Wort zu den anderen.

„Mit dem möchte ich jetzt nicht tauschen“, sagte Felix und sah dem großen Mann mitleidig nach.

„Ja, da wird es heute erst einmal ein ordentliches Gewitter geben“, gab ihm Nanne recht. „Aber die zwei kriegen das schon wieder hin. Solange man noch miteinander redet, besteht noch Hoffnung“, fügte sie mit einem bedeutungsschwangeren Blick zum Michl hinzu.

Der saß da wie ein Schatten seiner selbst. Auch wenn es gerade nicht um ihn gegangen war, hatte er sich sicher angesprochen gefühlt, dachte Amalia. Michl stand auch auf. „*Pfiot enk*. Bin auch weg.“

Nanne und Amalia blieben, schauten der Verlosung der Preise für die besten *Watter* zu und tranken noch ein Glas Rotwein. Doch die Stimmung am Tisch blieb gedrückt. Daher schlug Amalia Nanne vor, aufzubrechen. Doch diese hatte anscheinend Angst, etwas zu verpassen, und wollte partout bleiben. Also machte sich Amalia ein wenig später alleine auf den Heimweg.

Zu Hause machte sie sich erst einen Tee und setzte sich mit ihrer Dose, gefüllt mit Weihnachtskeksen, auf die Couch und nahm ihre Liste hervor. Amalia schnappte sich ihre „TNT-Liste“, wie sie sie insgeheim nach einem Lied von *AC/DC* nannte. TNT stand bei ihr allerdings für Täter, Nachforschungen und Theorien und nicht für Sprengstoff.

Entschieden strich sie Kofler durch. Allerdings unterstrich sie Gerdas Namen. Es war allzu deutlich geworden, dass es wegen Celina bei den Koflers zu bösem Streit gekommen war. Gerda hatte sogar mit Trennung gedroht und war nach eigenen Angaben nicht bei der Feier gewesen. Nach kurzem Überlegen strich sie auch noch Sieglinde Acherer. Mit Krücken und Schiene wäre die niemals der jungen Studentin auf Skiern nachgekommen. „Mrs X (spricht hochdeutsch)" strich sie auch durch und schrieb stattdessen „Stella Uhlig" daneben. Deren Trauer wirkte zwar durchaus aufrichtig, aber da war die Sache mit dem Streit. Blieben noch Rastbichler, Acherer und Huber. Wenn sie logisch vorginge, müssten die nächsten Namen auf ihrer Liste „Evi" und „Michl" lauten. Sie kaute auf ihrem Stift herum. Es stimmte, ihre Freunde hatten beide ein Motiv, kein Alibi und da war dann auch noch die Sache mit der Mütze. Gegen ihren Willen schrieb sie Michls Namen auf, konnte sich aber nicht überwinden, auch Evis aufzuschreiben. Hätte sie sich ihren Mann und den Vater ihrer Kinder einfach von der jungen Frau wegnehmen lassen? Nein! Aber Evi hätte sicher eine andere Lösung als Mord gefunden. Selbst wenn sie in der Vergangenheit bitter gelernt hatte, dass man nicht in Menschen hineinschauen konnte, sträubte sich alles in ihr, Evi zu verdächtigen. Nicht ihre optimistische, herzensgute, geradlinige, sture Freundin.

11.

Vergangenes Jahr im November

Er trat aus seiner Haustür. Arco, sein brauner Gebirgsschweißhund, schaute ihn verständnislos mit seinen treuherzigen Augen an. Seit dem Tod seiner Frau war der Jagdhund sein einziger Mitbewohner und treuester Kamerad. Normalerweise nahm er den Hund immer mit, egal wohin er ging. Aber heute war das nicht möglich.

„Arco, Korb", befahl er dem Hund, der sofort gehorchte und in Richtung Wohnzimmer trabte.

Rastbichler schloss die Tür und stieg ins Auto. Auf seine heutige Mission hatte er sich akribisch vorbereitet. Seit einigen Wochen hatte er abends den Wetterbericht studiert, denn er wollte unbedingt einen Tag erwischen, an dem es in der Nacht und am darauffolgenden Morgen regnete. Er fuhr auf den Parkplatz oberhalb vom *Samer* und stellte sein Auto dort ab. Aus dem Kofferraum nahm er seinen Rucksack, der einige Kilos wog. Damit ihm der Regen, der wie aus Kübeln auf ihn herabprasselte, nichts anhaben konnte, trug er einen wasserdichten dunkelgrünen Parker und eine schwarze Regenhose. Bevor er startete, schulterte er sein Jagdgewehr und setzte die Stirnlampe auf, da, obwohl es schon sechs Uhr morgens war, noch stockdunkle Nacht herrschte. Bisher lief alles wie geplant.

Langsam, aber stetig stieg er die Serpentinen durch den Wald hinauf Richtung *Marschthütte*. Deshalb hatte er auch seinen Jagdhund zu Hause gelassen, denn er wollte nicht, dass es zu einer Konfrontation zwischen seinem Hund und dem Wolfsrudel kam.

Rastbichler konnte nicht verstehen, warum man diese Viecher hier in Südtirol wieder ansiedeln musste. Es war doch alles gut, so wie es bisher war. Alle waren zufrieden gewesen. Ihm waren die beiden deutschen Biologinnen, die das Wolfsprojekt betreuten, ein Dorn im Auge. Die Frauen mischten sich in Sachen ein, die nur sie, die Pfundrer, etwas angingen und sonst niemanden. Sie warteten nur ab, bis sich die Wölfe hier wieder heimisch fühlten, dann war ihre Arbeit zu Ende und sie zogen weiter zum nächsten Projekt. Die Einheimischen aber mussten dann mit diesen wilden Tieren leben und die Auswirkungen ertragen.

Die Almwirtschaft, die für diese Region so wichtig war, war gefährdet. Statt den Kühen und Schafen weiterhin die riesigen Weideflächen zu ermöglichen, sollten die Senner jetzt alles einzäunen. Was sich diese Städter immer ausdachten. Da redeten sie ständig von glücklichen Bio-Kühen und jetzt wollten sie dem Almvieh die Freiheit nehmen. Auch das Geschwafel, dass die Rückkehr des Wolfes gut für einen natürlich ausbalancierten Wildbestand war, war absoluter Quatsch.

Wölfe, denen Schafherden wie auf dem Silbertablett präsentiert wurden, machten sich nicht die Mühe, dem Wild hinterherzujagen, sondern bedienten sich auf den Weiden wie die Hausfrau im Supermarkt. Wie oft rissen die Wölfe unzählige Schafe auf einmal und kamen in einen richtigen Blutrausch. Da die Beute so einfach zu erlegen war, suchten sie sich nur die „Schmankerl" heraus, vor allem die inneren Organe, ließen das Tier dann liegen und holten sich das nächste. Daher töteten sie viel mehr von den Schafen, als sie benötigten, um den Hunger zu stillen. So brachten sie manch kleinen Almbauern an den Rand des Ruins. Die Entschädigungen vom Land halfen da auch nicht wirklich. Die meisten Bauern hingen an ihrem Vieh und das brutale Gemetzel, das ihre Schafe lange leiden ließ, machte sie rasend.

Aber das waren nicht die einzigen Probleme. Sein Freund Acherer fürchtete um den Tourismus. Zwar fand es jeder Gast toll, wenn hier Wölfe in freier Wildbahn lebten, aber auf seiner Wanderung wollte er auf keinen treffen. Die Jäger, zu denen auch er gehörte, fürchteten um den Wildbestand. Eine Petition, die an die EU-Kommission und an das italienische Parlament gerichtet war und den Schutzstatus für den Wolf in Südtirol senken sollte und damit den Südtirolern eine geregelte „Entnahme“ von Wölfen erlaubt hätte, war wegen geringer Beteiligung im Sande verlaufen.

Deshalb hatte Rastbichler sich entschlossen, das Ganze selbst in die Hand zu nehmen. Immer wurde nur geredet, wurden endlose Diskussionen mit Tierschützern, Politikern, Tourismusverbänden und Bauern geführt. Er hatte die Schnauze gestrichen voll. Er würde die Entnahme selbst regeln, wie es so schön im Amtsdeutsch hieß.

Entschlossen ging er weiter. Trotzdem konnte er nicht verhindern, dass sich sein Gewissen regte. Oberste Priorität hatte für ihn als Jäger, dass Tiere nicht litten. Deswegen hasste er die Wölfe so. Die angegriffenen Tiere verendeten qualvoll. Was er jetzt vorhatte, würde hingegen den Wölfen ein jämmerliches Ende bereiten und das hatten seiner Meinung nach nicht einmal diese *Huornficho* verdient. Gestern hatte er extra ein Schaf geschlachtet, die Innereien entnommen und in dem frischen Fleisch das todbringende Rattengift versteckt. Die Giftköder sahen aus wie Rouladen, nur dass sie statt Speck und Gurke, kleine blaue Kugeln als Füllung enthielten. Zudem konnte er nicht ausschließen, dass ein Fuchs oder

Marder einen vergifteten Köder erwischte. Das belastete ihn. Sein ganzes Leben hatte er mit stolzgeschwellter Brust von sich behaupten können, dass wegen ihm noch nie ein Tier gelitten hatte. Wenn er eine Gams nur spitz im Visier hatte, schoss er nicht. Lieber kein Tier erlegen als riskieren, dass es angeschossen davonlief und mit schweren Verletzungen dahinsiechte, bis es bei der Nachsuche gefunden wurde. Er war immer stolz auf seinen Ehrenkodex gewesen und nun verstieß er zum ersten Mal dagegen. Aber er fühlte sich so hilflos. Die Politik versagte, und seine geliebten Wälder mit ihrem Wild waren in Gefahr.

Es regnete immer noch in Strömen und weit und breit war keine Menschenseele zu sehen. Noch zwei Serpentinen, dann würde er in den Wald einbiegen und seine unheilvolle Fracht im Gebiet der Wölfe verteilen. Er zog seine Kapuze enger. Als er um die letzte Kurve bog, kam ihm eine zierliche Frau mit strohblonden Haaren in pinker Regenjacke entgegen. Verdammt, dachte er, was macht ausgerechnet die hier? Rastbichler nickte ihr zu und ging schweigend an der jungen Studentin, die das Wolfsprojekt mitbetreute, vorbei. Ob sie ihn in seinen Regensachen erkannt hatte? Mit Sicherheit, schließlich war er der Wortführer der Wolfsgegner hier im Tal, und sie hatten schon manche Diskussion miteinander geführt.

Unentschlossen blieb er stehen. Sollte er seine Mission trotzdem durchführen? Die pinkfarbene Jacke der Studentin blitzte zwei Serpentinen unterhalb durchs Gebüsch. Sie hatte anscheinend keinerlei Verdacht geschöpft, was er um diese Zeit und vor allem bei diesem Wetter hier wollte, und war unbesorgt ihres Weges gegangen.

Mein Schaf soll nicht umsonst sein Leben gelassen haben, dachte er und bog schnellen Schrittes von der Forststraße ab. In regelmäßigen Abständen verteilte er die Köder unter Bäumen. Als er fertig war, ging er zügigen Schrittes zurück zum Parkplatz. Er hatte getan, was er tun konnte, um die Pfundrer Berge von den Wölfen zu befreien oder zumindest den Bestand zu dezimieren, schränkte er gedanklich ein. Jetzt mussten die Bestien das Zeug nur noch fressen, aber er war sich sicher, dass die Wölfe seinen frischen Schafsrouladen nicht widerstehen konnten.

Zu Hause angekommen, begrüßte Arco ihn bereits schwanzwedelnd an der Tür. Rastbichler zog sich trockene Sachen an und setzte sich mit einer Tasse heißem Tee auf die Couch. Der Hund lag wie immer neben ihm auf seiner Decke. Gestern schon hatte er alles, was ihn in irgendeiner Weise mit den Giftködern in Verbindung bringen konnte, fein säuberlich verschwinden lassen, sodass er sich jetzt entspannt zurücklehnen konnte. Sollte ihn doch jemand verdächtigen und einer dieser Tierschützer ihn sogar anzeigen, würden die *Karpf* nichts finden. Arco winselte und Rastbichler öffnete die Terrassentür einen Spaltbreit, damit der Hund in den Garten laufen konnte. Später würden sie beide trotz des schlechten Novemberwetters noch einen ausgiebigen Spaziergang machen.

Müde schlurfte Rastbichler zurück auf die Couch und legte sich hin. Es dauerte nicht lange und er war, geschafft von der anstrengenden Tour, eingeschlafen.

Als er zwei Stunden später erwachte, stand er auf. Zeit für das Mittagessen, dachte er und ging in die Küche. Ungewöhnlich, dass Arco ihm nicht folgte. Wo war er überhaupt? Normalerweise folgte der Hund ihm auf Schritt und Tritt, und wenn er ein Mittagsschläfchen machte, lag der Hund immer eingerollt auf seiner Decke am Boden davor.

„Arco“, rief er, doch der Hund kam nicht und auch sein Korb im Flur war leer. Ob er noch im Garten war? Doch Arco mochte Regen nicht besonders und zog es normalerweise vor, bei einer solchen Witterung im Haus zu bleiben.

Von Unruhe erfasst, ging Rastbichler in den Garten, um dort nach ihm zu sehen. Er entdeckte Arco winselnd mitten in der Wiese liegend. So schnell er konnte, lief er zu ihm.

„Arco“, rief Rastbichler. Als dieser sein Herrchen sah, versuchte der Hund aufzustehen, schaffte es aber nicht und fiel wieder zu Boden. Mit Schrecken entdeckte Rastbichler überall im Garten verteilt seine Rouladen aus dem Wald. „Oh mein Gott“, schrie er, „hast du das gefressen?“ Der Jäger hob seinen völlig durchnässten Hund hoch, trug in ihn ins Haus und legte ihn auf die Decke.

Mit einem Handtuch rieb er ihn trocken, doch der Hund jaulte, wand sich vor Schmerzen und erbrach Blut. Das Gift war schon zu weit vorgedrungen. Er wusste, dass es keine Rettung mehr gab. Der Hund blickte ihn aus traurigen Augen an. Rastbichler nickte. Das Letzte, was er jetzt für seinen treuen Kameraden tun konnte, war ihn schnell zu erlösen. Er holte sein Gewehr, trug den Hund in eine Decke gewickelt eilig in den Wald hinterm Haus und erschoss ihn. Als das Licht in Arcos Augen erstarb, hatte Rastbichler das Gefühl, ihm würde jemand sein Herz herausreißen. Das hatte sein treuer Freund nicht verdient.

Im strömenden Regen begrub er Arco im Garten, ohne auch nur einen Regentropfen wirklich zu spüren. Die Tränen rannen dem alten Jäger dabei übers Gesicht. Verzweiflung, Trauer und Wut über die Tat erfassten ihn gleichermaßen. Er wusste, wer die Mörderin von Arco, seinem engsten Freund, war. Die Einzige, die ihn heute Morgen auf seiner Mission gesehen haben konnte, war Celina Uhlig, die junge Studentin. Anscheinend war sie nicht nach unten gegangen, sondern war ihm in den Wald gefolgt. Sein Fehler war, dass er sie nicht bemerkt hatte. Sie musste die Köder eingesammelt haben und diese, während er auf der Couch geschlafen hatte, in seinem Garten verteilt haben.

Arco hatte nicht angeschlagen oder hatte er so tief geschlafen, dass er ihn nicht gehört hatte? Eine feine Tierschützerin ist das, die einem Hund so etwas Grausames antun kann, dachte er. Doch beweisen würde er es der Studentin nie können. Anzeigen konnte er sie auch nicht, weil er dann hätte zugeben müssen, dass er die Giftköder selbst gemacht hatte. Noch am Grab seines Kameraden schwor er Rache. Nie würde er die Wölfe im Tal akzeptieren und die Studentin würde er mit aller Macht bekämpfen.

Ohne Gnade.

12.

„Morgenstund' hat Gold im Mund" lautet ein Sprichwort, das ihre Oma Zille, die Kalendersprüche und Zitate geliebt hatte, immer wieder verwendet hatte, doch heute wollte ihr einfach nichts gelingen. Sie war extra früh aufgestanden, bereits seit einer gefühlten Ewigkeit änderte Amalia immer wieder ein und dasselbe Foto, das eine thailändische Frau in farbenprächtiger Nationaltracht zeigte. Doch am Ende gefiel ihr das optische Ergebnis wieder nicht. Einmal fand sie den Hintergrund zu blass, ein anderes Mal kamen die Farben zu knallig heraus, was dem Bild seine Natürlichkeit nahm. Hinsichtlich ihres Berufes war sie – genauso wie ihre Oma vor ihr – eine Perfektionistin, auch wenn sie sich ansonsten eher für eine Chaotin hielt. Das zu bearbeitende Foto hatte sie während ihres letzten Bademodenshootings in Thailand geschossen, als sie in der Abenddämmerung spazieren ging.

Auf ihren Reisen versuchte sie, wenn es die Zeit zuließ, Fotos von Land und Leuten zu machen. Dazu hatte ihr ihre Oma geraten, die in ganz Südtirol für ihr umfassendes Fotoarchiv bekannt gewesen war. Gerade in Amalias Anfangsjahren hatte sich dieser Tipp als zusätzliche Einnahmequelle herausgestellt, als sie das ein oder andere nebenbei geschossene Foto unverhofft an ein Magazin verkaufen konnte. Letzte Woche hatte ein Reisemagazin angefragt, ob sie für einen Artikel über Thailand einige Bilder beisteuern könne. Sie hatte dem Redakteur, den sie ein halbes Jahr zuvor in Berlin bei einem Brunch bei Maurice kennengelernt hatte, versprochen, ihm einige Aufnahmen zusammenzustellen. Geld erhielt sie nur für diejenigen, die dann auch im Magazin erschienen. Genervt rutschte sie auf ihrem Stuhl hin und her, dann schlug sie den Laptop zu und gab auf. Es gelang ihr einfach nicht, sich auf die Arbeit zu konzentrieren.

Kontinuierlich schweiften ihre Gedanken zu dem gestrigen Turnier ab. Im Nachhinein bereute sie keine Minute, dort gewesen zu sein, weil sie viele neue Informationen erhalten hatte, allerdings nichts, was die Auseinandersetzung zwischen Frau Dr. Sommer und dem Mordopfer betraf. Wenn sie ehrlich war, würde es ihr gefallen, wenn die nüchterne, immer sachlich und überlegen wirkende Biologin in etwas so Undurchsichtiges wie eine Morduntersuchung verwickelt würde. Geschähe ihr recht. Was mischte sie sich hier auch in alles ein?

Was konnte bloß der Grund für Unstimmigkeiten zwischen der Sommer und der jungen Studentin gewesen sein? Deren Männergeschichten hatten Frau Dr. Sommer kaltgelassen. Da war sich Amalia nach dem Gespräch vom Silvesterabend sicher. Also musste es um die Arbeit gegangen sein. Aber die beiden waren doch auf der gleichen Seite. Gerade bei der Podiumsdiskussion war ihre gemeinsame Begeisterung für eine Ansiedlung der Wölfe unverkennbar gewesen. Was hatte die Sommer an Silvester gesagt? Defizite bei der wissenschaftlichen Arbeit? Aber deswegen brachte man niemanden um.

Amalia überlegte krampfhaft, wie sie mehr herausbekommen konnte. Am besten, sie nahm direkt Kontakt zu Frau Doktor Sommer auf, aber wie? Bisher hatte sie nur wenige Worte mit der Biologin gewechselt und war auch nicht erpicht darauf gewesen, mit Felix' neuer Freundin auf Tuchfühlung zu gehen. Ob die Wissenschaftlerin wohl zu Hause war? Sie schlüpfte in ihre schwarzen Sneakers, nahm den leeren Mülleimer und ging die Außentreppe hinunter. Wie beiläufig blieb sie vor der Eingangstür ihrer Mieterin stehen. War sie zu Hause? Amalia hörte nichts, oder doch? Sollte sie einfach klingeln, aber was dann? Noch peinlicher wäre es, wenn Felix die Tür öffnen würde.

Sie blickte sich um. Kein Mensch außer ihr war zu sehen, also drückte sie schnell ihr Ohr an die Eingangstür, um zu lauschen. Sie vernahm das Klappern von Geschirr. Wahrscheinlich räumte Frau Sommer gerade die Spülmaschine aus. Es war keine andere Stimme zu hören, folglich war sie wahrscheinlich allein. Das Risiko musste sie eingehen. Dann kam ihr die zündende Idee. Sie lief nach oben, stellte den Mülleimer ab, nahm ihren Geldbeutel und den Autoschlüssel und fuhr in den Dorfladen. Dort in der Auslage stapelten sich neben anderem Gebäck auch einige Krapfen, bestäubt mit weißem Puderzucker und mit Marillenmarmelade gefüllt. Genau das Richtige! Amalia kaufte vier Stück des süßen Gebäcks.

Als sie aus dem Dorfladen kam, schlug ihr ein eiskalter Schneewind ins Gesicht. Was hatte sie sich nur dabei gedacht, im Januar ohne Jacke und Mütze loszufahren? Bibbernd vor Kälte setzte sie sich ins Auto, drehte den Heizungsregler voll auf und fuhr los. Vor lauter Begeisterung über ihre Idee mit den Krapfen war sie bei Minusgraden ohne Jacke losgefahren.

Als sie am Gasthof *Brugger* vorbeifuhr, fiel ihr wieder Stella Uhlig ein. Wie sie da so einsam an ihrem Tisch gesessen hatte, während sich die Leute vom Dorf das Maul über ihre Schwester zerrissen hatten. Sie gab sich einen Ruck. Auch wenn die junge Frau nicht mit ihr sprechen wollte, sollte sie doch wissen, dass es Menschen gab, die Anteil nahmen. Also parkte sie und betrat das Gasthaus.

Sie fand Stella im Frühstücksraum. Bevor sie näher trat, beobachtete sie die Schwester der Toten für einen Moment. Wieder hatte sie ihr blondes Haar zu einem strengen Knoten zusammengefasst, ihr blasses Gesicht war frei von jedem Make-up. Sie trug einen schwarzen Pullover, der ihr einige Nummern zu groß zu sein schien. Obwohl sie nichts tat, um ihre Schönheit zu betonen, stach diese trotzdem oder vielleicht genau deswegen dem Betrachter ins Auge, dachte Amalia. Die hohen Wangenknochen, der volle Mund und die großen traurigen Augen.

Amalia schluckte. Sie fühlte sich in solchen Momenten immer so unsicher. Angesichts großen Schmerzes wurde sie meistens stumm, weil ihr einfach keine Worte einfallen wollten, die Trost spenden konnten oder ihre Anteilnahme adäquat ausdrückten. Diese Frau war noch dazu eine Fremde. Was sollte sie sagen, was ihr nicht als Sensationslust oder Penetranz ausgelegt werden könnte? Das war eine blöde Idee gewesen.

Sie überlegte gerade, ob sie sich unauffällig zurückziehen sollte, als Daniela, die junge Wirtin, sie ansprach: „*Hoi,* Amalia, was magst trinken?“

„Ähm, einen Cappuccino, bitte.“ Hiermit war die Entscheidung gefallen.

Sie ging zum Tisch von Stella Uhlig und fragte: „Darf ich mich zu Ihnen setzen?“

Die andere sah kurz überrascht auf, nickte und widmete sich dann wieder ihrem Müsli mit Früchten.

Amalia bekam ihren Cappuccino und war sich noch nicht schlüssig, ob sie das Gespräch beginnen sollte, und wenn ja, wie. Schließlich nahm sie ihren ganzen Mut zusammen. „Das mit Ihrer Schwester tut mir sehr leid."

„Danke." Die Frau hatte nicht einmal aufgesehen.

„Ich habe sie nur vom Sehen gekannt. Also eigentlich nicht gekannt, sondern ihr nur bei einer Podiumsdiskussion zugehört. Es ging um die Ansiedelung der Wölfe hier im Gebiet. Celinas Engagement hat mich sehr beeindruckt", plapperte Amalia schließlich drauflos, weil ihr das Schweigen der anderen zusetzte.

„Ja, sie konnte sehr überzeugend sein, wenn ihr etwas wichtig war." Stella Uhlig sah Amalia für einen Moment durchdringend an und trank dann von ihrem Kaffee.

„Sie hat für ihre Sache gekämpft, und obwohl ich nicht ganz ihrer Meinung war, konnte man sehen, dass sie für ihre Überzeugungen brannte. Sie hat sogar ihre ärgsten Widersacher dazu gebracht, ihre Argumente ernst zu nehmen", sagte Amalia.

„Waren ihre ärgsten Widersacher Männer?" Ein Mundwinkel der blonden Frau ging nach oben.

„Nein, nein, das wollte ich damit nicht sagen." Amalia fühlte, wie sie rot wurde. „Ich meinte, dass es sicher für Sie ein furchtbarer Verlust ist, jemanden zu verlieren, der so lebendig und außergewöhnlich war."

Stella Uhlig zog eine Augenbraue hoch.

Ach Gott, was redete sie für einen Stuss, dachte Amalia verärgert über sich selbst. „Natürlich ist es immer schlimm, jemanden zu verlieren, egal wie außergewöhnlich er ist. Ich meine natürlich, jeder Mensch ist ja außergewöhnlich auf seine Art. Es ist nur, sie war so jung, sie hatte so viel vor sich. Das muss auch für Ihre Eltern ganz schrecklich sein", babbelte Amalia weiter, um ihre Unsicherheit zu überspielen.

„Ja, das stimmt."

„Kommen Ihre Eltern heute für den Trauergottesdienst?"

„Meine Eltern haben mich über ihre Pläne nicht informiert", sagte Stella Uhlig ruhig.

Amalia starrte ihr Gegenüber an. Eine Tochter war tot und die Eltern besprachen sich nicht mit der anderen? Also in dieser Familie lag einiges im Argen.

„Das tut mir leid", sagte Amalia, der nichts Besseres einfiel.

„Mir auch."

Amalia meinte Tränen in den strahlend blauen Augen von Stella glitzern zu sehen.

Dann blinzelte diese ein paarmal, schluckte und stocherte lustlos in ihrem Müsli herum.

„Für Sie muss das ja furchtbar sein. Man sagt ja, dass sich Zwillinge viel näherstehen als normale Geschwister."

„In meiner Kindheit war Celina alles für mich." Wehmut lag in Stellas Stimme.

Diesmal versuchte Amalia das daraufhin entstehende Schweigen nicht mit Geplapper zu füllen. Sie konnte einfach nicht tiefer in das Gefühlsleben der anderen eindringen, die so offensichtlich litt, aber deutlich machte, dass sie Abstand wollte.

Die Frauen saßen einige Momente, ohne etwas zu sagen, da und nippten an ihrem Kaffee.

Dann begann überraschenderweise Stella Uhlig von sich aus zu sprechen. „Celina war die pure Lebensfreude. Schon als wir Kinder waren, wusste sie immer, was sie wollte. Ich war ruhiger und schüchterner. Sie war mit Abstand das beliebteste Kind in der Klasse. Ihr fielen die lustigsten Streiche ein, sie konnte die tollsten Geschichten erzählen und war im Sport ein Ass. Aber nie wäre sie zu einem Kindergeburtstag ohne mich gegangen. Wenn mich jemand geneckt hat, hat sie mich verteidigt – wie eine Löwin. Sie war zwar immer die Anführerin, aber ich wusste, sie braucht mich genauso. Wir waren wirklich unzertrennlich. Wenn eine etwas angestellt hat, hat die andere dichtgehalten. Das hat unsere Eltern oft wahnsinnig gemacht. Es gibt sie in der Tat, diese besondere Verbindung bei Zwillingen. Wir konnten uns ohne Worte verständigen. Ein Blick und ich wusste, wie sie sich fühlt."

Stella lächelte, aber der Schmerz in ihren Augen blieb. „Wir konnten die Sätze des anderen vervollständigen, weil wir wussten, was der andere denkt. Deswegen war unser Bruder oft rasend eifersüchtig. Er hat sich wohl ausgeschlossen gefühlt."

„Sie haben auch noch einen Bruder? Kommt der heute auch?"

„Markus ist verunglückt, als er erst vier war. Davon haben sich unsere Eltern bis heute nicht ganz erholt."

Ach Gott, diese Familie hatte es schwer erwischt, dachte Amalia beklommen. Jetzt mussten die armen Eltern schon ihr zweites Kind zu Grabe tragen. Wie sollte man mit so etwas fertigwerden? Sie legte ihre Hand für einen Moment auf die von Stella Uhlig. Diese lächelte sie dankbar an. Anscheinend waren in Amalias Fall Gesten besser als ihre Worte.

„Bleibt diese Nähe zwischen Zwillingen auch, wenn man erwachsen wird?", fragte Amalia, zum einen aufrichtig an diesem Thema interessiert, zum anderen doch neugierig, was es mit dem Streit auf sich hatte.

„Ja, diese Nähe bleibt, aber das Leben kommt dazwischen. Der Tod des Bruders hat uns beide verändert. Wir waren damals elf und sind grundlegend anders damit umgegangen. Sie hat es verdrängt und ich habe mich in den Schmerz fallen lassen. Als wir dann Teenager waren, war sie viel wilder als ich. Ich glaube, sie wollte ihren Kummer oft durch Exzesse und Alkohol betäuben, während ich versucht habe, unseren Eltern so wenig Sorgen wie möglich zu machen. In dieser Zeit haben wir viel gestritten. Sie hat mir vorgeworfen, langweilig und zu brav zu sein, ich habe ihr Rücksichtslosigkeit und Egoismus unterstellt. Danach hat das Leben seine Weichen gestellt. Sie wollte in die große Welt hinaus, ich hatte das Gefühl, meinen Eltern beistehen zu müssen. Wir haben einen Betrieb, eine Bauschlosserei, den mein Vater nach dem Fall der Mauer aufgebaut hat. Nachdem sein Sohn und Stammhalter – mein Vater ist in solchen Dingen sehr altmodisch – verstorben war, ist er in ein tiefes Loch gefallen. Daher habe ich mich dann entschieden, eine Lehre als Metallbauerin zu machen, anstatt Kunst zu studieren. Seitdem arbeite ich in unserem Betrieb."

„Das war sicher ein großer Trost für Ihren Vater."

„Das habe ich auch gedacht. Aber am Schluss hat das alles nicht gezählt."

„Wie meinen Sie das?"

„Dass einen die Vergangenheit immer wieder einholt", antwortete Stella kryptisch, und die Bitterkeit in ihrer Stimme war unverkennbar.

Amalia wusste nicht weiter, sie hatte überraschend viel von Celinas Zwillingsschwester erfahren, allerdings nichts, was mit den aktuellen Ereignissen zu tun hatte. Oder doch? In dieser Familie war etwas vorgefallen. Da saß eine Frau vor ihr, die ihre Jugend und Berufswahl den Bedürfnissen ihrer Eltern untergeordnet hatte, aber nicht wusste, ob diese zur Gedenkfeier kamen. Da musste es einen Bruch gegeben haben. Hatte das etwas mit Celina zu tun? Hatten die Schwestern deswegen gestritten?

Diesmal dauerte das Schweigen noch länger.

„Es tut mir leid, das muss für Sie alles sehr schwer sein", sagte Amalia schließlich.

Stella Uhlig nickte. „Die letzten Wochen waren hart und Celinas Tod zieht mir komplett den Boden unter den Füßen weg. Ich weiß überhaupt nicht, wie ich …" Sie brach ab. Tränen rannen über ihr schönes Gesicht. Sie begann leise zu schluchzen.

Amalia stand auf, ging um den Tisch und setzte sich neben sie. Ganz zaghaft legte sie den Arm um die junge Frau. Wie scheußlich musste es sein, in so einer Situation komplett allein zu sein, dachte Amalia voller Mitleid. Sie hatte beim Tod ihrer Großmutter Evi und Hilda gehabt, die ihr unverbrüchlich zur Seite standen. Außerdem hatten Freunde sich darum gekümmert, dass sie sich nicht in ihrem Kummer vergrub. Aber Celinas Schwester schien so einsam, dass es Amalia körperlich wehtat.

Sie saßen einige Momente so da, dann stand Stella Uhlig auf, straffte die Schultern, wischte sich die Tränen ab und sagte: „Danke, es war sehr nett, dass Sie sich zu mir gesetzt haben. Aber jetzt muss ich hinauf in mein Zimmer. Ich habe noch allerhand für die Gedenkfeier heute Nachmittag vorzubereiten." Dann wandte sie sich ab und verließ fast fluchtartig den Raum.

Amalia trank ihren Cappuccino aus, zahlte und machte sich niedergeschlagen auf den Weg nach Hause.

13.

Oktober 2006 – Stella

Für Oktober war es in diesem Jahr noch ungewöhnlich warm, dachte Stella, was den ekelhaften Geruch nach Erbrochenem im Auto fast ins Unerträgliche steigerte. Stella versuchte möglichst flach zu atmen, trotzdem hatte sie mit einem Würgereiz zu kämpfen. Wie jedes Jahr hatte sich ihre Familie zu Beginn der Herbstferien auf den Weg von Brandenburg nach Bayern gemacht, um dort in Garmisch-Partenkirchen, einem Ort in den bayerischen Alpen, den Urlaub zu verbringen.

Ihre Zwillingsschwester Celina mochte die Berge und das Wandern, deshalb stand es außer Frage, dass sie es auch mochte. Celina war drei Minuten älter als sie und gab in ihrer gemeinsamen Welt den Ton an, was Stella aber nicht im Geringsten störte. Sie beide hielten zusammen wie Pech und Schwefel, was ihre Eltern und ihren kleinen Bruder Markus oftmals zur Weißglut trieb.

Schon nach einer Stunde Fahrt war ihrem vierjährigen Bruder übel geworden und er hatte ins Auto gekotzt. Ihr Vater hatte den Pkw daraufhin auf einen Parkplatz gelenkt, und ihre Mutter hatte alles, so gut es eben ging, sauber gemacht. Protestierend stand ihre Zwillingsschwester Celina vor dem Auto, weil sie bei dem Gestank nicht mehr einsteigen wollte. Um ihre Schwester in ihrem aussichtslosen Kampf zu unterstützen, war auch Stella sofort wieder aus dem Auto gesprungen und hatte sich demonstrativ neben diese gestellt. Doch Stella war klar, dass sie irgendwann wieder einsteigen mussten, schließlich konnten sie ja nicht ihr ganzes Leben auf dem Parkplatz bleiben. Die Mutter redete mit Engelszungen auf die beiden Mädchen ein, doch es nützte nichts. Erst als ihr Vater genervt mit erhobener Hand drohte und ihnen gebot, sofort einzusteigen, da er ansonsten ohne sie beide losfahren würde, gab Celina ihren Protest auf, woraufhin auch Stella kommentarlos wieder ins Auto stieg.

„Schau mal, die *Alpspitze* und die *Waxensteine*. Ich dachte schon, wir kommen heute gar nicht mehr an", rief Celina erleichtert aus, als sie die majestätische Bergkulisse Garmisch-Partenkirchens durch die Frontscheibe entdeckte. Die *Alpspitze* mit ihrer markanten Form erkannten die Kinder sofort wieder. Die beiden Mädchen rutschten unruhig hin und her. Sie konnten es nach den zähen Stunden im Stau nun kaum mehr erwarten, das Hotel, das ihre Mutter dieses Jahr für den Urlaub ausgewählt hatte, zu erreichen. Die Mädchen hüpften übermütig aus dem Auto.

Die Temperatur hier in den Bergen war merklich kühler als zu Hause, stellte Stella fest. Sie sog die klare frische Bergluft ein und konnte gar nicht genug davon bekommen. Froh, der Enge und dem säuerlichen Gestank des Autos entkommen zu sein, schaute sie sich interessiert das kleine Hotel an. Es stand inmitten von satten grünen Wiesen. Eine große bunte Malerei zierte die rechte Seite des Hauses. Sie zeigte einen Mann mit Heiligenschein, der ein Kind auf der Schulter trug und mit einem großen Holzstab durch einen Bach watete. Die Fensterläden waren grün gestrichen und an den Balkonen prangten rote Geranien.

Während ihre Eltern im Hotelzimmer die Koffer auspackten, erkundeten die blonden Zwillingsschwestern das Haus und den dazugehörigen Garten. Ohne auch nur ein Wort zu sprechen, wussten sie, dass es der jeweils anderen hier gefiel. Sie konnten gar nicht abwarten, auf größere Streifzüge über die Wiesen und durch den Wald zu gehen. Hinter dem Gebäude entdeckten sie einen weitläufigen eingezäunten Spielplatz und am hinteren Ende des Grundstückes lag ein künstlich angelegter Schwimmteich, der im Uferbereich mit unzähligen grünen Seerosenblättern bedeckt war.

Schade, dass es schon Herbst war, dachte Stella. Im Sommer hätten wir dort schwimmen können.

Celina entdeckte ein Entenpaar, das auf dem See schwamm, und sie versuchte gerade es anzulocken, als ihr Vater zusammen mit seinem Sohn zum Spielplatz kam. Markus war müde von der Fahrt und quengelte so lange, bis ihm der Vater ein Eis kaufte, damit er endlich Ruhe gab. Als Celina für sie beide auch eines holen wollte, sagte der Vater Nein. Schließlich waren sie schon alt genug, um auf das Abendessen zu warten, das es in einer halben Stunde gab.

Markus schleckte übertrieben genüsslich an seinem Eis, während Celina ihm wütende Blicke zuwarf.

Stella wusste, dass Celina immer damit rang, dass ihr kleinerer Bruder von ihrem Vater bevorzugt wurde. Im Juli waren sie beide elf Jahre alt geworden. So lange sie denken konnten, gab es immer eine Kindergeburtstagsfeier, zu der sie gemeinsam vier Freunde einladen durften. Auf die Feiern ihres vierjährigen Bruders durften hingegen sieben Kindergartenfreunde kommen, und das, obwohl er alleine feierte.

Wenn der Vater aus der Werkstatt nach Hause kam, aß er zu Abend und spielte noch mit Markus. Die beiden zogen sich oft in den Keller zurück, um das Heiligtum ihres Vaters, eine Modelleisenbahn, fahren zu lassen.

Stella konnte sich nicht erinnern, dass ihr Vater jemals mit ihr und ihrer Zwillingsschwester gespielt hätte. Auch nicht, als Markus noch nicht da war. Als sie klein waren, hatte ihr Vater eine Metallbaufirma aufgebaut und war viel auf Montage unterwegs gewesen. Allerdings hatte er ihnen immer das Gefühl gegeben, etwas Besonderes zu sein. Voller Stolz war er sonntags mit seinen herausgeputzten blonden „Prinzessinnen", wie er sie nannte, spazieren gegangen und hatte sie oft mit kleinen Geschenken wie Haarspangen und Armbändern verwöhnt.

Seit Markus' Geburt war er öfter zu Hause und koordinierte von dort seine Mitarbeiter, aber die Sonntagsausflüge hatten trotzdem aufgehört. Er unternahm stattdessen mit Markus „Männersachen". So sahen die beiden zum Beispiel im Sommer regelmäßig Spiele des *Hertha BSC* und im Winter der *Berliner Eisbären.* Jedes Mal kamen sie rotwangig, voller Geschichten über ihre Abenteuer und Erlebnisse zurück, denen die Zwillinge und ihre Mutter mit immer weniger Begeisterung beim gemeinsamen Abendessen lauschten. Eigentlich machte es ihnen nichts aus, dass sich ihr Vater weniger Zeit für sie nahm, denn sie hatten ja einander, aber die Ungerechtigkeit brachte besonders Celina auf die Palme.

Ihre Mutter schien diese Benachteiligung auch zu spüren und versuchte ihr Bestes, sie wettzumachen. Allerdings wurde so viel ihrer Zeit von dem kleinen trotzigen Wirbelwind beansprucht, dass für die Mädchen wenig Energie übrig blieb.

So waren die Zwillinge oft auf sich allein gestellt, was sie reichlich ausnutzten. Optisch waren sie nämlich nicht auseinanderzuhalten, nur der Charakter der beiden Mädchen unterschied sich deutlich. Für einen Fremden war dies aber nicht ohne Weiteres zu erkennen. Wenn sie wollten, konnten sie sogar ihre Mutter täuschen, was sie schon manchmal getan hatten, wenn es Vorteile für sie brachte.

Stella mochte es allerdings nicht, ihre Mutter hinters Licht zu führen, aber Celina war der Meinung, dass man vom lieben Gott nicht umsonst das gleiche Aussehen bekommen hatte und es deshalb nutzen konnte, wie man wollte. Ihren Vater hereinzulegen bereitete auch Stella weniger Skrupel, weil sie sich von ihm ständig übergangen fühlte.

Manchmal ärgerten sie die Lehrer in der Schule und tauschten heimlich die Plätze im Klassenzimmer. Das letzte Mal, als sie ihr gleiches Aussehen zu ihrem Vorteil genutzt hatten, war bei einem Wettkampf im Juni gewesen. Seit zwei Jahren schwammen sie im Schwimmverein ihres Heimatortes. Beim letzten Wettkampf war Celina bereits in der zweiten Runde ausgeschieden, sie selbst aber war bis ins Finale geschwommen. Celina hatte sie davon überzeugt, dass sie anstelle von ihr das Finale schwimmen sollte, schließlich fühlte sie sich ausgeruht, da sie nur ein Vorrennen bestritten hatte und nicht wie sie selbst drei. Am Startblock stand daher Celina anstelle von Stella. Celina wurde Erste und nahm in Stellas Namen strahlend lächelnd den Pokal entgegen. Die beiden Mädchen freuten sich gemeinsam und der Sieg gehörte ihnen zusammen. Keiner hatte auch nur den geringsten Verdacht geschöpft.

Am zweiten Tag ihres Urlaubs waren sie vom Parkplatz des *Skistadions* zum *Eckbauer* gewandert. Die Forststraße führte stetig nach oben durch dunkle Waldstücke, hinauf über satte grüne Wiesen, vorbei an alten Holzstadeln, die mit duftendem Heu gefüllt waren. Gegen Mittag hatten sie in der Nähe der Bergstation Rast auf einer Wiese gemacht.

Stella konnte sich gar nicht sattsehen an dem majestätisch in den Himmel ragenden Bergen des *Wettersteinmassivs,* das sich in verschiedenen Grautönen vom klaren blauen Herbsthimmel abhob. Ihre Mutter hatte in ihren Rucksack eine Picknickdecke, dick mit Salami belegte Brote und Tee eingepackt. Die Kinder aßen mit Genuss und sogar Markus schien zufrieden zu sein. Nach der Brotzeit waren die Mädchen über Wiesen gelaufen, hatten Blumen gepflückt und sich Kränze daraus geflochten. Markus, dem nach der langen Wanderung fast die Augen zufielen, hatte auf dem Schoß seines Vaters gesessen.

Für den Rückweg hatten sie die alte Bergbahn genommen, in deren kleinen offenen Zweierkabinen man sich gegenübersaß. Während Stella und Celina, die zusammen in einer Gondel saßen, zu Tal fuhren, betrachteten sie die Skisprungschanze und das Stadion. Am Neujahrstag fand hier jedes Jahr das *Neujahrsskispringen* der *Vierschanzentournee* statt. Die beiden Mädchen hatten im letzten Jahr extra die Übertragung im Fernsehen verfolgt. Doch sogar ohne Schnee und die vielen dicht gedrängten Zuschauer wirkte das Gelände am *Gudiberg* mit den Skisprungschanzen und dem steilen Slalomhang beeindruckend. Von ihrem Vater wussten sie, dass die alte Schanze im nächsten Frühjahr gesprengt und eine neue noch spektakulärere Schanze gebaut werden sollte.

In der Talstation angekommen, beobachtete Stella ihre Schwester. Diese tat gerade so, als würde sie ganz oben auf der großen Schanze stehen und der jubelnden Zuschauermenge unter ihr huldvoll zuwinken. Dann ging sie spielerisch in die Hocke, als ob sie im schnellen Tempo die Schanze herunterfahren würde, sprang druckvoll vom Boden ab und breitete ihre Arme dabei weit aus. Markus war begeistert und ahmte Celina nach. Stella hingegen blickte ehrfurchtsvoll nach oben. Sie würde sich niemals trauen, von dort oben zu springen. Da war sie sich sicher.

Nachmittags, nachdem sie ins Hotel zurückgekehrt waren, gönnten sich die Eltern einen Kaffee auf der Terrasse auf der Vorderseite des Hauses, während die Kinder auf der Rückseite auf dem Spielplatz tobten. Die beiden Mädchen waren vom Vater angehalten worden, auf den kleinen Bruder aufzupassen. Sie hassten das! Verboten sie ihm etwas, weil er noch zu klein dafür war und sie Angst hatten, dass er sich verletzte, fing er an zu jammern. Ließen sie ihm seinen Willen, tat er sich, ungeschickt wie er war, meistens weh und weinte bitterlich. Egal für was sie sich entschieden, es endete immer damit, dass er heulend zu seinem Vater lief und sie Ärger bekamen.

Es dauerte nicht lange und er wollte unbedingt auf das Gerüst klettern und oben auf allen vieren die Querstangen entlang und auf der anderen Seite wieder herunter.

Stella und Celina blickten sich an. Das Gerüst war zu hoch, als dass sie ihn von unten hätten halten konnten, also blieb ihnen nichts anderes übrig, als es ihm zu verbieten. Doch wenn Markus sich etwas in den Kopf gesetzt hatte, ließ er sich nur schwer davon abbringen. Er schaukelte kurz, dann krabbelte er durch eine Röhre, aber letztendlich stand er immer wieder vor dem Gerüst.

Stella schlug ihrer Schwester vor, den Ball aus dem Zimmer zu holen und mit ihm Fußball zu spielen, denn das war eines seiner Lieblingsspiele. Sie lief nach oben in den ersten Stock. Doch sie konnte den kleinen roten Ball nirgends entdecken, weshalb sie auf den Balkon trat, um Celina heranzuwinken und zu fragen, ob sie wusste, wo sie suchen sollte.

In der Zwischenzeit war Celina mit Markus an der Hand zu dem etwas abgelegenen Teich gegangen. Stella hörte sein begeistertes Lachen, als er die Enten auf dem See entdeckte. Um noch näher zu den Tieren zu gelangen, die in einer geraden Linie hintereinander herschwammen, riss er sich von Celinas Hand los und lief auf den schmalen morschen Holzsteg hinaus. Celina versuchte ihn zurückzuhalten und schrie, doch Markus wurde zornig, weil er wie immer seinen Willen durchsetzen wollte. Stella konnte sehen, dass er aufstampfte und Celina nachgab.

Als der Kleine sich bückte, um nach der Ente zu greifen, fiel er vornüber in den See. Oje, was würden ihre Eltern sagen, wenn er unter ihrer Aufsicht ins Wasser gefallen war? Das würde Ärger geben. Markus konnte noch nicht schwimmen und strampelte hilflos im Wasser. Celina kniete sich nieder, beugte sich vor und reichte ihm die Hand. Doch kurz bevor der Kleine danach greifen konnte, zog Celina ihre Hand zurück. Celina wollte Markus ärgern, aus Rache, weil er wieder einmal nicht gefolgt hatte, dachte Stella verständnisvoll.

Stella blieb auf dem Balkon stehen und beobachtete, wie Celina ihrem kleinen Bruder zusah, während dieser verzweifelt versuchte, sich über Wasser zu halten. Er war zu klein, um sich am Rand des Stegs festhalten zu können. Er zappelte und schlug wild um sich, doch sein Kopf tauchte immer wieder unter. Warum hilft sie ihm nicht, dachte Stella fassungslos. Auf einmal konnte sie Markus nicht mehr sehen. Jetzt hilf ihm doch, flehte Stella stumm. Er hat seine Lektion gelernt. Eine Heidenangst erfasste sie. Celina stand noch immer reglos auf dem Holzsteg, den Blick starr auf die ruhige Wasseroberfläche gerichtet, als ob sie zu einer Salzsäule erstarrt wäre.

In dem Moment, als sie die Erkenntnis, dass ihr kleiner Bruder ertrinken könnte, wie ein Faustschlag traf, schrie Stella, so laut sie konnte: „Celina, du musst ihm helfen."

Ihr Schrei riss Celina aus ihrer Schockstarre. Langsam drehte sie sich zu Stella um und suchte hilflos ihren Blick.

„Los", schrie sie hysterisch winkend vom Balkon und raste im nächsten Augenblick los. Als sie durch die Hotellobby lief, schrie sie um Hilfe. Aber kein Mensch war zu sehen und die kleine Rezeption war unbesetzt. Sie musste weiter, keine Zeit verlieren, weiter zum See und ihrer Schwester helfen Markus zu retten, dachte sie. Obwohl sie so schnell lief, wie sie konnte, kam ihr die Zeit, bis sie den Teich erreichte, wie eine Ewigkeit vor. „Celina, hast du ihn?", brüllte sie ihre Schwester an, die bereits im Wasser stand und suchte.

Celina schüttelte den Kopf, an dem die klitschnassen Haare wie ein blonder Helm klebten, bevor sie wieder tauchte.

Völlig außer Atem stürmte Stella den schmalen Steg entlang. Ohne zu zögern, sprang sie ebenfalls sofort ins Wasser.

Celina tauchte neben ihr auf. Sie konnten den kleinen Bruder nirgends finden.

„Du musst doch gesehen haben, wo er zuletzt aufgetaucht ist?", schrie Stella Celina an.

„Hier vor dem Steg, glaube ich", antwortete diese und zuckte zugleich mit den Schultern.

Stella tauchte. Sie versuchte unter Wasser die Augen zu öffnen, doch in dem trüben See mit den vielen Seerosenblättern konnte sie nichts erkennen. Panik erfasste Stella. „Nichts", sagte sie, als sie wieder auftauchte.

Celina atmete tief ein, hielt die Luft an und tauchte ebenfalls. Doch auch dieses Mal fand sie nichts.

Als Stella wieder hochkam, schrie sie aus Leibeskräften um Hilfe. Endlich wurden einige Erwachsene auf die Kinder aufmerksam und eilten herbei. Plötzlich sah sie auch ihre Mutter und ihren Vater wild gestikulierend in ihre Richtung laufen.

„Was hast du getan? Warum hast du deine Hand weggezogen? Du hast ihm nicht geholfen“, flüsterte Stella verständnislos und blickte sich währenddessen weiter panisch um.

Celina antwortete stotternd: „Ich ... ich ... wollte ihm einen Denkzettel erteilen und ihn zappeln lassen und dann ... war er auf einmal weg. Ich ... ich konnte mich einfach nicht bewegen. Wenn wir zusammenhalten, kann uns nichts passieren. Du darfst den Eltern niemals sagen, dass ich zu lange gewartet habe. Mich ...“ Celina verstummte, als die ersten Helfer eintrafen.

Es dauerte, bis die Erwachsenen aus dem Gestammel der Mädchen entnehmen konnten, dass Markus ins Wasser gefallen war. Ihr Vater und die anderen Gäste sprangen daraufhin sofort in den Teich, doch in dem moorigen mit Seerosen bedeckten Wasser konnten auch sie ihn nicht sofort finden. Die Wassertiefe betrug nicht mehr als einen Meter sechzig, sodass die Erwachsenen mühelos darin stehen konnten. Dennoch dauerte es einige Minuten, bis ihr Vater den kleinen Körper auf dem moorigen Grund unter dem Holzsteg entdeckte. Der reglose Körper hatte sich zwischen den Pflanzen und der Holzkonstruktion des Steges verfangen. Es dauerte kostbare Sekunden, bis sie Markus herausziehen konnten. Bleich und blass und vor Nässe triefend lag Markus auf den Holzplanken.

Instinktiv wusste Stella, dass jede Hilfe zu spät war. Doch ihr Vater versuchte ihn verzweifelt wiederzubeleben. Ein anderer Hotelgast löste ihn nach einigen Minuten ab und ihr Vater sackte schluchzend und völlig entkräftet zusammen. Als die Sanitäter eintrafen, konnten sie nur noch seinen Tod feststellen. Es war zu spät gewesen.

Stella wickelte die silberne Rettungsdecke, die ihr ein Sanitäter gereicht hatte, fester um ihren zitternden Körper. Doch sie registrierte die Kälte nicht, die der kühle Wind auf ihrer nassen Kleidung auslöste. Magisch zogen Markus' tote braune Augen ihren Blick auf sich. Sie fixierte sein leichenblasses Gesicht und seine blau gefärbten Lippen. Dabei brannte sich sein fahles Gesicht unauslöschlich in ihr Hirn.

Als die Sanitäter ein weißes Tuch über Markus' Leiche legten, schrie ihre Mutter, die bis dahin starr und lautlos zugesehen hatte, herzzerreißend auf und riss es wieder herunter. Sie bettelte die Sanitäter an, ihn weiter zu reanimieren. Doch der Notarzt lehnte entschieden ab und schüttelte stumm den Kopf. Ihre Mutter schlug hysterisch auf den Helfer ein, bis ein Gast eingriff und sie wegzog. Sie riss sich los und warf sich neben ihren toten Sohn auf die Knie.

Stella konnte im Gesicht der Mutter ablesen, wie der ungeheuerliche Gedanke – Markus, mein Kind, ist tot – langsam, aber unaufhaltsam in ihr Bewusstsein vordrang. Ihre Mutter begann bittere Tränen zu weinen und sank zu Boden. Ihr Vater dagegen stand fassungslos, ohne einen Laut von sich zu geben, vor dem leblosen Körper seines Kindes. In seiner Trauer gefangen, blickte er stumm zu Boden, unfähig, seine Umgebung wahrzunehmen oder seiner Frau beizustehen. Schließlich kniete er nieder und zog das Leichentuch bis zu Markus' Schultern hoch und steckte es an den Seiten fest, wie wenn er ihn ins Bett brachte.

Stella blickte mit verheulten Augen zu ihrer Schwester. Warum hatte sie Celina nur mit Markus alleine gelassen? Sie wusste, wie schwierig ihr kleiner Bruder sein konnte. Celina saß teilnahmslos, eingehüllt in ihre silberfarbene Rettungsdecke, im Gras, als würde sie das alles gar nichts angehen. Verdrängte sie ihre Schuld als eine Art Selbstschutz? Stella verstand ihre Schwester nicht. An diesem Tag zweifelte Stella das erste Mal an Celina, die sie bisher kritiklos bewundert hatte. Zwei Tage später fuhren sie nach Hause, vor ihnen fuhr ein schwarzer Leichenwagen, in dem Markus lag.

14.

Amalia nahm die Tüte mit Krapfen vom Beifahrersitz, als die Fahrertür aufgerissen wurde.

„*Bildomocharin*, wo bist denn so lang gewesen?“, tönte Nannes Stimme deutlich zu nah an ihrem Ohr.

Amalia zuckte unwillkürlich zusammen. „Im Laden.“ Wie zum Beweis hielt sie die Papiertüte in die Höhe, aus der es nach Schmalzgebäck duftete.

„So lange?“, wunderte sich Nanne. „Du warst ja über eine Stunde weg.“

Amalia seufzte. Ihrer wissbegierigen Nachbarin entging nichts. Daran, unter ständiger Beobachtung zu stehen, würde sie sich erst wieder gewöhnen müssen. Von der Anonymität der Großstadt war sie meilenweit entfernt. „Bin noch kurz beim *Brugga* zugekehrt, weil mir die Schwester von der Celina gestern so leidgetan hat“, erklärte sie ihre längere Abwesenheit.

„Ja, mir auch“, sagte Nanne mit aufrichtigem Mitleid in der Stimme. „Hat sie mit dir geredet?“

„Ja, ein bissl“, antwortete Amalia ausweichend.

Zu ihrer Überraschung hakte Nanne nicht nach, sondern wechselte sofort das Thema. „Ist dir gestern aufgefallen, dass die Gerda Andeutungen gemacht hat, dass es zwischen der Celina und dem Rastbichler etwas gibt, das über das Wölfe-Thema hinausgeht. Gleich zweimal hat sie etwas in diese Richtung gesagt.“

Amalia nickte. Irgendwas von Geheimnissen, die ans Licht kommen würden.

„Das würd mich ja brennend interessieren, was da war …" In Nannes Augen funkelte die Neugier, „… weil dem Rastbichler, dem würde ich einen Mord zutrauen. Der ist immer so provozierend. Kann austeilen, aber nicht einstecken, *heu?* Kannst du dir vorstellen, um was es da ging zwischen dem Rastbichler und der Celina?" Nanne sah Amalia erwartungsvoll an.

„Ich? Wieso ich? Ich kenn den Rastbichler ja kaum."

„Weil du so besonders gute Verbindungen zu den *Karpf* hast, hab ich gemeint."

Amalia schluckte. Anscheinend machte ihr Abendessen mit dem *Maresciallo* in Pfunders die Runde. Und wenn Nanne es wusste, wusste es zwei Stunden später jeder.

„Nein, der hat gar nichts von dem Fall erzählt", nahm sie Marchetti in Schutz.

„Ahseu." Nanne dehnte das Wort über drei Silben. „Dann war das wohl privat, das Essen?"

Amalia wollte gerade ansetzen zu erklären, dass sie sich zufällig getroffen hatten, doch dann besann sie sich anders. Sie lächelte strahlend und sagte: „Ganz genau, Nanne. Es war ein sehr netter Abend."

Nanne sah ein wenig enttäuscht aus.

Amalia hoffte, dass diese Information an Felix weitergeleitet wurde. Der sollte ja nicht denken, dass sie trübsinnig zu Hause saß, während er es sich mit seiner Deutschen gut gehen ließ.

„Ach, schade, dann weißt du auch nichts. Vielleicht war es der Rastbichler zusammen mit dem Huber?", kam Nanne übergangslos auf ihre Theorie zurück.

„Mir ist auch schon aufgefallen, dass die zwei immer zusammenstecken."

„Und der Huiba Hons wär intelligent genug, einen Mord auszuhecken. Das ist ein raffinierter Hund. Dem trau ich allerhand zu. Was der allein Beiträge vom Land kriegt, von denen andere noch nie was gehört haben. Der weiß immer ein Schlupfloch. Und dann hat er sich furchtbar aufgeregt, wie die Celina vorgeschlagen hat, seine Alm einzuzäunen, um seine Schafe vor den Wölfen zu schützen. Und der wird zornig, wenn es nicht nach seinem Willen geht. Vor allem wenn er seine Brieftasche aufmachen muss."

„Wenn der seine riesige Alm einzäunen müsste, wäre das sicher teuer. Da könnte ein Motiv liegen. Und bei dem Aufruhr vor dem Dorfladen ist mir deutlich aufgefallen, dass er einen gewaltigen Hass auf die Wölfe hat", gab Amalia ihrer Nachbarin recht.

„Das ganz bestimmt. Allerdings ...", Nanne lächelte für einen Moment verschmitzt, bevor sie fortfuhr, „... das Problem mit den Wölfen geht der durchtriebene Hund aber eher mit der altbewährten 4S-Methode an."

„Die 4 S ... Wie?", fragte Amalia verständnislos nach.

„Schauen, schießen, schaufeln, schweigen", sagte Nanne mit einem breiten Grinsen.

Amalia musste ebenfalls lachen. „Auch eine Möglichkeit." Dann wurde sie wieder ernst. Der Rastbichler und der Huiba blieben auf ihrer Liste ganz weit oben. Allerdings erst nach der Gerda. „Aber ist dir gestern beim *Watten* nicht auch vorgekommen, dass die Gerda nicht damit rausrücken wollte, dass sie nicht bei der Geburtstagsfeier war?"

„Ja, des war eine peinliche *Gschicht*. Wenn ich das geahnt hätte, dass die mit dem Egon gestritten hat, hätt ich nie nachgefragt. Da hab ich sie in eine blöde Situation gebracht", sagte Nanne für sie überraschend selbstkritisch.

„Aber sie scheint fest überzeugt zu sein, dass ihr Mann was mit der Celina gehabt hat. Und aufbrausend ist sie auch. Meinst nicht, die wär zu Gewalt fähig, wenn ihr so ein junges Ding den Mann nehmen will?“

Nanne brach in ihr lautes, etwas raues Lachen aus. „Doch nicht die Gerda!“, sagte sie dann im Brustton der Überzeugung. „Die könnte doch keiner Fliege was zuleide tun. Die kann vielleicht ein bissl laut werden, wenn ihr was nicht passt, und vielleicht ist sie auch nicht immer taktvoll. Aber mehr nicht. Und neugierig ist sie halt. Der *Gugga* steht immer griffbereit auf dem Fensterbankerl. Aber die ist sicher absolut harmlos.“

Amalia grinste. „Diese Beschreibung passt haarscharf auf noch jemanden, den ich kenne.“

Nanne sah sie verständnislos an.

Amalia verkniff sich ein Lachen. „Du, ich muss weiter.“

Sie winkte und ließ ihre Nachbarin stehen, die immer noch über Amalias Bemerkung grübelte.

Mit ihrer Tüte Krapfen in der Hand klingelte Amalia wenig später beherzt bei Frau Dr. Sommer. Diese öffnete und blickte sie aus ihren wachen blauen Augen leicht irritiert an.

„Guten Tag, Frau Engl. Ist was passiert?“, fragte die Doktorin höflich und zog fragend ihre schmal gezupften Augenbrauen nach oben.

Amalia setzte ein – wie sie hoffte – einnehmendes Lächeln auf.

„Nein, nein, wo denken Sie hin. Ich habe mir gedacht, ich besuche Sie mal auf einen Kaffee, weil wir uns damals, als der Mietvertrag gemacht wurde, nicht gesehen haben und man sich, obwohl man im selben Haus wohnt, nicht wirklich kennt. Deshalb wollte ich heute mal einen Antrittsbesuch bei Ihnen machen. Bisher haben wir uns ja immer nur kurz gesehen und unsere Begegnung war dann auch gleich noch von diesem traumatischen Ereignis überschattet. Wissen Sie, in Pfunders stehen immer alle Türen offen. Jeder kennt jeden. So sollte das doch hier im Haus auch sein."

Amalia sah ihrem Gegenüber an, dass sie von der Idee mit dem gemeinsamen Kaffee nicht begeistert war. Die Biologin trug einen Hausanzug aus schwarzem Nicki, der an ihrer hageren Gestalt schlapprig wirkte, und war offensichtlich mit ihren verwurschtelten kurzen dunklen Haaren nicht auf Besuch eingestellt.

Frau Dr. Sommer schaute auf die Uhr. „Gerade passt es mir eigentlich ..."

„Jetzt habe ich extra dafür Krapfen besorgt. Ganz frisch aus dem Dorfladen. Da werden sie doch ein Tässchen Kaffee für mich haben", fiel Amalia ihr ins Wort und trat dabei auffällig von einem auf das andere Bein, weil sie allmählich wieder zu frieren begann.

Am Gesicht von Frau Dr. Sommer erkannte sie, dass diese kurz mit sich rang, sich dann aber geschlagen gab. „Dann kommen Sie rein. Aber lange habe ich nicht Zeit."

Das war Amalias Stichwort, schnell schob sie sich an der Biologin vorbei und ließ sich gleich auf deren lindgrüne Couch plumpsen, die auch schon bessere Tage gesehen hatte. Eine diebische Freude erfüllte sie. Sie hatte es geschafft. Den pikierten Blick, den Frau Dr. Sommer ihr zuwarf, ignorierte sie. Jetzt musste sie sie nur noch zum Reden bringen.

„Schön haben Sie es hier", log Amalia, die in Wirklichkeit das Sammelsurium an verschiedenen Möbeln grausam fand. Auf den teils verschlissenen Oberflächen lagen kleine

Spitzendeckchen, die eher an eine Wohnung im Altenheim erinnerten als an das Domizil einer Frau in ihren Dreißigern. Sie konnte sich gar nicht vorstellen, dass Felix sich hier wohlfühlte.

„Danke, obwohl das ja nur eine Wohnung auf Zeit ist, nur solange das Projekt mit den Wölfen hier in Pfunders läuft. Meine Hauptwohnung ist nach wie vor in Deutschland, aber das wissen Sie ja aus der Vereinbarung im Mietvertrag", antwortete die Biologin und räumte hektisch einige Stapel mit Papieren auf dem kleinen hellen Holzesstisch zur Seite. Den Laptop schob sie nach hinten, um zwei Teller und Tassen aufzutragen.

Während die Doktorin in der Küche verschwand, um Kaffee zu machen, blickte Amalia sich um. Es befanden sich keinerlei persönliche Fotos oder Gegenstände in dem Raum außer einem gerahmten Bild, das Felix und Bettina Sommer zeigte. Im Hintergrund war das Gipfelkreuz des *Tschorn* zu erkennen und Felix hatte den Arm um Sommers Schultern gelegt. Diese Bergtour hatte sie zusammen mit Felix auch schon gemacht. An den Farben konnte man erkennen, dass das Foto im Herbst aufgenommen worden war. Da war er eigentlich noch mit ihr zusammen, auch wenn sie damals in Berlin gewesen war, dachte Amalia eifersüchtig. Hoffentlich war da nicht schon ein Gipfelbussi dem nächsten gefolgt.

„Schlafen Sie auch so schlecht?", begann Amalia das Gespräch, als Frau Dr. Sommer ihr am Holztisch endlich gegenübersaß.

„Warum sollte ich denn schlecht schlafen?", fragte die Biologin mit ihrer auffällig tiefen Stimme verwirrt nach.

„Na ja, Ihnen stand Celina doch nahe. Ich wache jede Nacht schweißgebadet auf und sehe die von den Wölfen zerfledderte Leiche." Amalia stockte. Das war nicht einmal gelogen. In den letzten Nächten war sie tatsächlich öfters aufgewacht, weil die Bilder in ihrem Kopf keine Ruhe gaben. „Aber für Sie muss es ja besonders schrecklich sein, weil Sie mit ihr befreundet waren." Dann schwieg Amalia und sah ihr Gegenüber erwartungsvoll an. Der Köder war ausgelegt.

Frau Dr. Sommer nahm einen Schluck Kaffee und ließ sich Zeit mit ihrer Antwort. „Sicher ist es schrecklich, was passiert ist. Die Auffindesituation war kein schöner Anblick, aber im Gegensatz zu Ihnen kämpfe ich nicht mit Schlaflosigkeit. Während meiner Studienzeit habe ich als Rettungssanitäterin gejobbt und so manchen grausamen Verkehrsunfall gesehen. Diese traumatischen Ereignisse verarbeitete ich, indem ich mit einem mir bekannten Psychologen aus München darüber gesprochen habe. Das hilft. Sollten Sie auch machen. Vor allem wenn das Ereignis Sie nicht mehr loslässt."

„Aber eine Freundin so zu sehen … Wenn ich mir vorstelle, meine beste Freundin liegt so zugerichtet am Boden", ließ Amalia nicht locker. Sie wollte unbedingt wissen, wie die beiden Frauen zueinanderstanden. „Ich weiß ja nicht, ob ich da noch schlafen könnte, Psychologe hin oder her", legte sie deshalb nach.

„Celina war eine Kollegin, mit der ich zugegeben täglich viele Stunden verbracht habe, aber als Freundin würde ich sie nicht bezeichnen. Dafür waren wir zu unterschiedlich."

Endlich begann sie zu reden, dachte Amalia ungeduldig. „Aber Sie verfolgten doch die gleiche Sache und waren beide so leidenschaftlich dabei, die Wölfe zu verteidigen."

„Beruflich gesehen waren wir uns zwar in der Sache, wie Sie es nennen, einig, aber wir hatten unterschiedliche Auffassungen, was die wissenschaftliche Arbeitsweise betraf."

„Bei der Bürgerversammlung kam sie mir sehr kompetent vor."

„Ich gebe zu, dass Celina mit Leidenschaft ihre Meinung vertreten konnte und ihr ansprechendes Äußeres dabei auch nicht hinderlich war, aber wissenschaftlich gesehen hatte sie noch viel zu lernen, auch wenn sie das nicht immer einsehen wollte. Wenn sie die Ergebnisse unserer Forschung zusammenfasste, stellte ich nicht selten Ungenauigkeiten fest. Ich schrieb das immer ihrem sprunghaften Wesen zu. Gedanklich war sie nicht immer so konsequent bei der Sache, wie es die Wissenschaft und insbesondere die Forschung erfordert. Bei ihrer Masterarbeit habe ich sie dann immer wieder darauf hinweisen müssen, dass man eine lückenlose Argumentation aufbauen müsse, um sich später darauf berufen zu können. Auch Gegenargumente sollten aufgenommen und stichhaltig widerlegt werden. Aber das würde jetzt zu weit führen. Kritikfähigkeit war etwas, was Celina leider nicht besaß. Sie nahm meine Anregungen immer persönlich und war dann einige Tage lang beleidigt. Aber wir Wissenschaftler stehen ständig in der Kritik mit unseren Arbeiten. Andere Kollegen, die Öffentlichkeit, ständig wird deine Arbeit mit Argusaugen betrachtet. Deshalb hatte ich Zweifel, ob Celina in der Forschung glücklich geworden wäre."

„Sprunghaft war sie, wie man hört, ja auch im privaten Bereich", leitete Amalia ins Persönliche über.

„Ach, Sie meinen ihre Männergeschichten?", ging die Biologin tatsächlich darauf ein. „Wie gesagt, wir waren nicht befreundet. Menschlich lagen wir nicht auf einer Wellenlänge. Meiner Meinung nach war sie oft unreif und uneinsichtig. Ihre Männergeschichten waren mir hingegen egal. Natürlich habe ich manchmal zufällig mitbekommen, dass sie am Handy angerufen wurde, flirtete und sich für den Abend verabredete. Manchmal begleitete sie auch jemand in die Berge zu den Wölfen. Aber solange sie ihre Arbeit machte, war mir das egal. Celina war außerordentlich hübsch, intelligent und leidenschaftlich. Für viele Männer im Tal war sie sicherlich eine Sünde wert. Gesehen habe ich nie jemanden. Ich glaube allerdings, dass im Dorf mehr geredet wurde, als an Celinas Männergeschichten eigentlich dran war. Üblicherweise sorgen ja vor allem die Männer für solche Gerüchte, die bei ihr nicht landen konnten. Ich konzentriere mich lieber auf mein Leben. Alles andere geht mich nichts an." Dabei lächelte sie Amalia überraschend herzlich an. „Eigentlich wollten wir beide uns besser kennenlernen und bis jetzt haben wir uns nur über Celina unterhalten. Das war nicht Sinn und Zweck Ihres Besuches."

Es war klar, dass das Thema Celina für Doktor Sommer abgeschlossen war. Amalia überlegte, über was sie mit ihrer ungeliebten Nachbarin sprechen konnte, aber Frau Dr. Sommer kam ihr zuvor.

„Wenn Sie schon hier sind, würde ich gerne etwas Delikates ansprechen, was mir schon lange unter den Nägeln brennt. Wie Sie wissen, bin ich mit Felix Steingruber liiert. Ich kann mir vorstellen, dass das für Sie eine unangenehme Situation ist. Daher freut es mich besonders, dass Sie den Kontakt zu mir suchen. Das zeugt von menschlicher Größe."

Amalia nahm gerade den letzten Bissen ihres Krapfens und verschluckte sich bei den Worten der Wissenschaftlerin. Puuh, die war sich ihrer Sache aber sicher, dachte Amalia entsetzt. Für die Wissenschaftlerin schien es sich nach wenigen Wochen schon um eine ernsthafte Beziehung und nicht um ein kurzes Techtelmechtel zu handeln. Mit dieser Wendung des Gesprächs hatte sie nicht gerechnet. Sie hustete und war heilfroh, als das Klingeln von Frau Dr. Sommers Handy, das neben ihr auf dem Tisch lag, ihr eine Antwort ersparte. Ein Bild von Felix erschien auf dem Display zusammen mit dem Schriftzug „Herzblatt".

„Entschuldigen Sie mich, da muss ich rangehen. Das ist mein Felix", sagte die Biologin und verließ mit dem Handy in der Hand den Raum.

Amalia blieb allein am Tisch zurück und war froh darum. So konnte die Wissenschaftlerin ihr nicht am Gesicht ansehen, dass sie die Worte Sommers bis ins Innerste getroffen hatten. Flüsternd äffte sie ihre Rivalin nach: „Das ist mein Felix." Felix sollte bei ihr anrufen und nicht bei dieser Frau, dachte sie eifersüchtig. Er sollte mit ihr zusammen sein und nicht mit ihr.

Doch darüber konnte sie sich später Gedanken machen, schließlich war sie hier, um etwas über den Mord herauszufinden, rief sie sich ins Gedächtnis. Sie lehnte sich zurück, als ihr Blick auf den geöffneten Laptop fiel, welcher ihre Aufmerksamkeit erregte. Jetzt oder nie, dachte sie und drückte auf eine Taste. Der Bildschirmschoner verschwand. Ein Homebanking-Programm war geöffnet, das ihrem eigenen im Aufbau glich. Eine Uhr zählte rückwärts bis zum automatischen Log-out. Noch zwölf Sekunden. Schnell bewegte sie die Maus und die Uhr begann wieder bei 20 Minuten. Amalia erkannte, dass die Wissenschaftlerin zuletzt online eine Überweisung an ein Versandhaus in Deutschland getätigt hatte. Sie lauschte und hörte die Biologin im Nebenzimmer lachen. Schnell sah sie sich sämtliche Ein- und Ausgänge des Kontos an. Die Dame verdiente nicht schlecht und schien sehr sparsam zu leben. Außer den üblichen Überweisungen konnte sie nichts Auffälliges entdecken. Amalias lange schlanke Finger flogen über die Tasten und sie scrollte eine Seite vor zu den Buchungen vom Dezember.

Barauszahlung: 20 000 Euro.

Für was brauchte man in Pfunders so viel Bargeld? Vermutlich hatte sich die Biologin ein neues Auto gekauft und bar bezahlt. Ansonsten fiel ihr nichts ein.

„Bis später, mein Herzblatt", hörte sie Frau Doktor Sommer säuseln. Rasch klickte sie auf „zurück" und öffnete die Seite mit der letzten Onlineüberweisung.

Frau Doktor Sommer kam mit einem strahlenden Lächeln auf sie zu und wollte sich wieder hinsetzten, um ihre Unterhaltung fortzusetzen. Amalia sprang wie von der Tarantel gestochen auf. Der Bildschirmschoner hatte sich noch nicht eingestellt und die Überweisung war zu sehen. Sie konnte nur hoffen, dass ihre Gastgeberin keinen Blick auf den Laptop warf, da sie ansonsten sofort wüsste, dass sie spioniert hatte.

Amalia entschied sich für ein Ablenkungsmanöver. „Für mich wird es Zeit zu gehen. Wir sehen uns heute Nachmittag auf der Trauerfeier. Wissen Sie, ich muss mich noch fertig machen", sagte sie und stand auf.

Frau Dr. Sommer zog fragend ihre schmalen dunklen Augenbrauen nach oben und blickte sie verwundert an. „Frau Engl, Sie haben noch nicht mal Ihren Kaffee ausgetrunken und bis zur Trauerfeier sind es noch drei Stunden. Es ist auch nur eine Art Andacht, also nichts Großes. Ich habe der Schwester von Celina ein bisschen bei der Vorbereitung geholfen. Ich fand, das Dorf sollte die Gelegenheit haben, sich von Celina zu verabschieden. Schließlich hatte sie während ihrer Zeit hier doch einige Kontakte geknüpft. Die richtige

Beerdigung findet in Deutschland statt. Ihre Eltern nehmen ihre Urne mit nach Hause."

„Die korrekte Kleidung ist auf dem Dorf sehr wichtig. Ach, und außerdem ist das bei uns in Pfunders üblich, man schaut mal schnell unangemeldet bei jemandem vorbei, aber genauso schnell ist man dann auch wieder weg. Schließlich will man den anderen nicht zu lange belästigen", erklärte Amalia, ohne mit der Wimper zu zucken.

Die hält mich jetzt sicherlich für bescheuert. Kommen, gehen und dann zwei Stunden zur Vorbereitung für den Kirchgang brauchen, dachte sie, als sie mit wild pochendem Herzen schnurstracks auf die Wohnungstür zuging, bevor sie sich noch einmal kurz zu ihrer verdatterten Gastgeberin umdrehte. Aus dem Augenwinkel erkannte sie, dass der Bildschirmschoner sich wieder eingeschaltet hatte. „Nochmals vielen Dank für Ihre Gastfreundschaft."

Als die Wissenschaftlerin die Tür hinter ihr geschlossen hatte, atmete Amalia erleichtert auf. Das war gerade noch gut gegangen, dachte sie erleichtert. Die Doktorin hatte keinerlei Verdacht geschöpft, was ihre Schnüffelei auf deren Laptop betraf. Für was hatte diese 20 000 Euro gebraucht? Sie blickte hinaus. Unten stand der graue Kleinwagen von Frau Dr. Sommer. Amalia erinnerte sich an ein Foto, das Felix ihr vom neuen Gartenzaun im Herbst geschickt hatte. Dort hatte im Hintergrund bereits der gleiche Wagen auf dem Parkplatz gestanden. Ein neues Auto hatte die Sommer sich von dem Geld also nicht geleistet. Aber für was hatte sie es dann verwendet? Das musste sie unbedingt herausfinden.

Am frühen Nachmittag machte sich Amalia in einen schwarzen Wollmantel gekleidet auf den Weg zur Pfundrer Kirche

St. Martin, die erhöht auf dem Kirchbichl lag. Sie war erst losgegangen, nachdem sie vom Fenster aus gesehen hatte, dass sich ihre Mieterin zusammen mit Felix auf den Weg gemacht hatte. In sicherem Abstand folgte Amalia dem Paar, denn sie wollte keinesfalls gemeinsam mit ihnen zur Kirche gehen. Sie beobachtete, dass Frau Dr. Sommer immer wieder nach Felix' Hand griff, um Hand in Hand mit ihm zu spazieren, Felix diese allerdings nach ein paar Metern wieder losließ und neben ihr herlief, als wollte er vermeiden, dass andere Dorfbewohner ihn händchenhaltend sahen.

Amalia lächelte schadenfroh. Auf dem Weg zur Kirche begann es leicht zu schneien. Dort sollte zwar keine Messe oder gar Beerdigung stattfinden, sondern nur eine kleine Andacht, die für diejenigen gedacht war, die nicht zur Trauerfeier nach Deutschland reisen konnten oder wollten, aber denen trotzdem an einer Verabschiedung von Celina lag. Pfarrer Auer hatte sich bereit erklärt, einige Worte zu sprechen.

Trotz der eisigen Kälte und des leichten Schneefalls standen bereits viele Dorfbewohner in Gruppen vor der Kirche. Amalia war überrascht, wie viele sich hier versammelt hatten, obwohl Celina nicht zur Dorfgemeinschaft gehört hatte. Rastbichler diskutierte mit dem Ehepaar Acherer, rechts davon erkannte Amalia das Ehepaar Kofler. Gerda unterhielt sich ein wenig zu laut mit der Verkäuferin des Dorfladens, während ihr Mann schweigend danebenstand.

Amalia beschloss gleich in die Kirche hineinzugehen, denn sie nahm an, dass Evi oder Nanne, die nicht auf dem Vorplatz standen, schon drinnen waren. Bevor sie die schwere Kirchentür öffnete, schüttelte sie ihre dunkelbraunen Locken, um sich einiger dicker Schneeflocken, die sich in ihrem Haar verfangen hatten, zu entledigen. Kurz blieb sie im Eingangsbereich stehen und suchte im schummrigen Licht der Kirche nach ihren Bekannten. Zuerst entdeckte sie Evi, die ziemlich weit vorne saß und entschuldigend mit den Schultern zuckte. In ihrer Reihe waren alle Plätze besetzt.

„Amalia, hier", flüsterte eine Stimme und Nanne winkte ihr zu.

Amalia ging zu Nanne und setzte sich neben sie. Wie so oft trug diese ihre Haare zu einer Gretlfrisur gesteckt und ihren schwarzen Lodenmantel mit Schulterpolstern – wie sie in den 1980ern modern gewesen waren –, der sie noch voluminöser wirken ließ, als sie sowieso schon war.

„Ich hab *schun* gedacht, du kommst gar nicht mehr. Es war nicht so einfach, dir den Platz frei zu halten, ich hab mich extra breit gemacht und der Stockabäurin gesagt, sie muss sich heute woanders hinsetzen. Ich wollt unbedingt diesen Platz, von hier hat man nämlich alle im Blick, und im Krimi sagen sie doch immer, dass der Mörder meistens auf der Beerdigung ist. Deshalb war ich schon extra früh da, damit ich keinen übersehe", teilte sie Amalia stolz mit.

Amalia blickte sich um. In der ersten Reihe auf der linken Seite saßen Stella Uhlig, Frau Dr. Sommer und Felix zusammen. Rechts vom Mittelgang in derselben Reihe saß alleine ein ihr unbekanntes Paar. Celinas Eltern – wie Amalia vermutete. Die Mutter, die wie eine ältere Ausgabe von Celina und Stella aussah, wurde immer wieder von Weinkrämpfen geschüttelt. Der große grauhaarige Mann an ihrer Seite versuchte die zierliche blonde Frau vergeblich zu trösten.

„Die Eltern können einem leidtun. Auf so eine grausame Weise ihre Tochter zu verlieren ...", flüsterte Amalia Nanne zu.

„Aber noch mehr tut mir die Schwester leid. Sie ist vorher zu ihren Eltern rübergegangen, aber man hat gemerkt, dass die nix mit ihr zu tun haben wollen. Deshalb sitzt sie neben der Sommer. Das versteh ich nicht, wie kann man die junge *Gitsche* mit dem Tod ihrer Schwester allein lassen? So wichtig kann kein Streit sein. Na ... na, na, ich versteh die Eltern nicht", wunderte Nanne sich.

Von der Chorempore herunter erklang leise traurige Orgelmusik. Im Altarraum stand auf einem extra aufgestellten Podest eine kleine schwarze Urne mit goldenem Kreuz und eine Vase mit drei weißen Chrysanthemen. Daneben war eine große Schwarz-Weiß-Fotografie aufgestellt, die Celina zeigte. Das junge Mädchen mit den blonden Haaren lachte darauf unbeschwert in die Kamera. Das Bild strahlte eine solche Natürlichkeit aus, dass die Fotografin beeindruckt war.

Amalia wurde es flau im Magen. Die Atmosphäre war bedrückend. Die mit Weihrauch geschwängerte Luft, das schummrige Licht, die Kerzen und die Stille, die nur manchmal durch das kummervolle Schluchzen von Celinas Mutter unterbrochen wurde, legten sich schwer auf ihr Gemüt. Obwohl sie die Tote nicht gekannt hatte, ließ all das schlagartig Übelkeit in ihr aufsteigen. Auch wenn sie keine Kinder hatte, konnte Amalia nachempfinden, wie furchtbar es für eine Mutter sein musste, dass alles, was von dem eigenen Kind übrig war, in diese kleine Urne passte. Sie konzentrierte sich auf ihre Atmung. Es war noch gar nicht lange her, da hatte sie in der ersten Reihe gesessen und ihre Oma beerdigen müssen – den einzigen Menschen, der für sie Familie bedeutet hatte. Sie schob den Gedanken beiseite und die Übelkeit verschwand langsam.

Nanne hatte recht, sie sollte sich lieber darauf konzentrieren, ob sich irgendjemand auffällig verhielt. Herr und Frau Acherer, wie immer im Partnerlook und heute beide mit schwarzen Lodenmänteln und Trachtenhüten bekleidet, betraten die kleine Kirche. Frau Acherer humpelte mit Schiene und Krücken hinter ihrem Mann her, das dunkle Haar zu einem eleganten Knoten geschlungen. Gleich danach folgte das Ehepaar Kofler, das sich nach dem gestrigen Watt-Abend überraschend einträchtig präsentierte. Direkt vor Amalia saß der Wolfsgegner Rastbichler in einem sportlichen braunen Parker und unterhielt sich leise mit dem Huiba-Bauern, der heute für den Kirchgang einen lochfreien Lodenhut samt passendem Mantel trug. Amalia blickte sich um. Einer fehlte, Michl konnte sie nirgendwo entdecken.

Die Tür der Sakristei öffnete sich und Pfarrer Auer betrat den Altarraum. Er trug einen schwarzen Anzug mit Priesterkragen und hatte kein Messgewand angelegt. Amalia kannte Pfarrer Auer, der ein guter Freund ihrer Oma Zille gewesen war, seit Kindertagen. Nach dem plötzlichen Tod ihrer Großmutter hatte sie mit ihm einige tröstliche und auch erhellende Gespräche geführt. Sie schätzte den Mann mit der dicken Wampe und dem schütteren Haar sehr. Der Pfarrer wusste genau, wie er die Dörfler zu nehmen hatte, und traf immer den richtigen Ton.

Die Gemeinde stand auf, wie sie es aus den sonntäglichen Gottesdiensten gewohnt war. Doch der Pfarrer zeigte mit der Hand an, dass sich alle wieder setzen sollten. Gerade als es still geworden war und er zu sprechen beginnen wollte, öffnete sich die Kirchentür erneut, und Michl, *Maresciallo* Marchetti und der junge *Carabiniere* kamen herein. Pfarrer

Auer schaute verärgert auf die drei Männer. Sie setzten sich schnell in eine der letzten Reihen.

Erneut setzte der Pfarrer mit seiner Rede an. „Wir haben uns heute hier versammelt, um Celina Uhlig zu gedenken, die viel zu früh brutal aus dem Leben gerissen wurde."

Nanne stieß ihr in die Rippen, sodass Amalia einen leisen Schmerzenslaut ausstieß.

„'tschuldigung, du bist aber empfindlich ...", flüsterte sie, bevor sie mit aufgeregter Stimme fortfuhr, „Dass die *Karpf* hierbleiben, bedeutet sicher, dass sie auch den Mörder hier vermuten", sagte sie und nickte dabei gewichtig. „Warum sie den Michl dabeihaben?"

Darauf wusste Amalia auch keine Antwort und zuckte nur mit den Schultern. Ihr Blick fiel wieder auf Stella Uhlig. Was musste in dieser Frau vorgehen? Sogar in der gut gefüllten Kirche umgab sie die Einsamkeit wie ein schwerer schwarzer Mantel. Sie saß aufrecht, ohne je nach links oder rechts zu schauen, durch den Mittelgang getrennt von ihren Eltern. Was konnte in dieser Familie nur vorgefallen sein, dass nicht einmal der gemeinsame Schmerz es vermochte, die Kluft zu überbrücken? Sie wandte ihre Aufmerksamkeit wieder dem Pfarrer zu.

Dieser zählte einige Stationen aus dem Leben der Toten auf, doch viele waren es aufgrund ihrer Jugend nicht. Plötzlich erhob er unvermittelt die Stimme: „Der Aufruhr vor dem Dorfladen war scheußlich. Wie im Mittelalter! Die einen aus dem Dorf hetzten gegen die anderen, wo wir doch eine Gemeinschaft sein sollten. Das hätte der Verstorbenen sicher nicht gefallen. Sie hat sich immer dafür eingesetzt, dass die beiden Seiten vernünftig miteinander reden. Sicherlich verstehe ich die Argumente gegen die Wölfe, aber vorschnell zu handeln und diese schönen Tiere – die auch Geschöpfe Gottes sind, genauso wie wir Menschen – allesamt abzuschießen, war und wäre falsch. *Lupus homo homini est*", donnerte die Stimme des Pfarrers regelrecht durch die Kirche, „der Mensch ist dem Menschen ein Wolf! Wer auch immer Celina dort oben ermordet hat, war kein Wolf, sondern ein Mensch. Derjenige hat die größte Sünde begangen, die ein Mensch begehen kann, nämlich einem anderen Menschen das Leben zu nehmen. Warum derjenige zum Wolf geworden ist … aus Hass, Eifersucht, Gier oder um seine Ansichten durchzusetzen … ist unerheblich. Er wird sich vor Gott dafür verantworten müssen. Sollte der Schuldige unter uns sein, rate ich ihm, sich zu stellen und seine Sünde zu bereuen. Solch eine Last auf Dauer im Verborgenen zu tragen, ist unmöglich."

Amalia horchte auf. Wusste der Pfarrer mehr? Hatte jemand den Mord gebeichtet und wegen des Beichtgeheimnisses durfte er damit nicht zu den *Carabinieri* gehen? Wollte er jetzt den Mörder dazu bringen, sich zu stellen? Amalia hatte während der Rede des Pfarrers ständig versucht, ihre Verdächtigen im Auge zu behalten. Fühlte sich jemand von den Worten des Pfarrers angesprochen? Als er den Tumult vor dem Dorfladen angesprochen hatte, hatten einige Jäger und sogar Rastbichler betreten zu Boden geschaut. Im Gegensatz dazu hatte der Huber Hans starr nach vorne geschaut, als ob er sich keiner Schuld bewusst war. Doch als es um den Mord ging, hatte sich keiner der Anwesenden auffällig verhalten.

Nun ging Frau Dr. Sommer nach vorne und sprach mit zittriger Stimme einige Worte und würdigte Celina als aufopferungsvolle und sympathische Kollegin. Danach erklang nochmals ein Lied und die Menge verließ eine Dreiviertelstunde später die Kirche. In der Zwischenzeit hatte es heftig zu schneien begonnen, deshalb eilten die meisten gleich zu ihren Autos.

„Ich muss mit dir reden“, sagte Evi und zog sie in den Eingang der Bibliothek.

„Was ist denn passiert“, fragte Amalia, die für den Bruchteil einer Sekunde die Befürchtung gehabt hatte, dass Evi doch etwas mit dem Mord zu tun haben könnte, durch die Worte des Pfarrers aufgerüttelt worden war und sie jetzt ins Vertrauen zog.

„*Maresciallo* Marchetti war heute Vormittag bei mir. Die DNA-Analyse hat bestätigt, dass die Mütze, die sie bei uns in der Garderobe gefunden haben, Celina gehörte. Die *Kappe* war ein Weihnachtsgeschenk. Das heißt, sie hat sie nur ein paar Tage vor ihrem Tod bekommen. Aber Michl behauptet, er habe Celina seit November nicht mehr gesehen. Ich habe keine Ahnung, wie die *Kappe* zu uns gekommen ist, und deswegen sind Michl und ich jetzt die Hauptverdächtigen. Marchetti hat Michl noch mal zu einer eingehenden Befragung mitgenommen. Mich haben sie nur der Kinder wegen zu Hause gelassen.“

„Ach deshalb ist er vorher zusammen mit den *Karpf* in die Kirche gekommen“, stellte Amalia fest.

Evi nickte. „Die Befragung hat vermutlich so lange gedauert. Ich nehme an, es hat sich nichts Neues ergeben. Ich habe mit Michl noch nicht sprechen können.“

Die Stimme ihrer Freundin wurde brüchig und Amalia sah, dass Evi mit den Tränen kämpfte.

„Amalia, du musst mir helfen, ich hab damit nichts zu tun und ich …“, sie machte eine kurze Pause, als suche sie nach einem passenden Wort, „… glaube, der Michl auch nicht.“

Amalia schaute Evi prüfend an. Ihre Freundin war sich nicht hundertprozentig sicher, was ihren Mann betraf. Das hatte bis vor Kurzem noch anders geklungen.

„Warum versteckt ihr euch da hinten", unterbrach Nanne ihr Gespräch und fuhr fort, ohne auf eine Antwort zu warten. „Schön hat er gesprochen, unser Pfarrer. Ich hatte sogar den Eindruck, dass er den Mörder kennt. Vielleicht hat ja jemand seine Tat gebeichtet. *Porzellona!* Ausgerechnet die letzten Male war ich nicht beim Beichten. Sonst hätt ich gleich gesehen, wer alles da war. Da muss ich mich gleich *amol* umhören, ob jemand da gewesen ist und mir sagen kann, wer zur Beichte gegangen ist", kündigte Nanne an, „weil sagen wird er uns nix, des wissen wir vom Tod deiner Oma."

Amalia nickte. Nanne hatte recht. Der Pfarrer hatte damals bewiesen, dass er unter keinen Umständen das Beichtgeheimnis verletzen würde.

Evi wischte sich unauffällig mit dem Handrücken eine Träne von der Wange.

„Ja, unser Pfarrer, reden kann er und trifft immer die richtigen Worte", antwortete Amalia, ohne weiter auf Nannes Verdacht einzugehen.

Evi hatte die kurze Zeit gereicht, sich zu fassen. „Ich kann euch heimfahren", bot sie mit gepresster Stimme an, was Nanne allerdings nicht auffiel.

„Gerne. *Des weht ja a so.* Komm, Amalia", antwortete Nanne und ging schnurstracks auf Evis Auto zu.

Amalia und Evi folgten schweigend.

15.

Als sie am *Brugger* vorbeifuhren, sagte Amalia spontan: „Evi, halt schnell und lass mich hier aussteigen."

Sie konnte direkt spüren, wie Nannes neugieriger Blick ein Loch in ihren Rücken brannte, aber wenn sie jetzt erklärte, dass sie bei Stella Uhlig vorbeischauen wollte, weil die ihr in der Kirche so leidgetan hatte, hätte sich ihre wissbegierige Nachbarin an sie gehängt wie ein Schatten. Die volle „Nanne-Ladung" wollte sie Stella, die aussah, als würde der nächste Windhauch sie umhauen, nicht zumuten. Nannes direkte Art war schon oft für weniger zartbesaitete Personen zu viel. Deswegen sagte sie vage: „Muss noch was erledigen. *Pfiot enk!*"

Der Gastraum sowie der hintere Saal waren gut gefüllt. Einige Besucher der Trauerfeier hatten sich eingefunden, um sich aufzuwärmen oder noch einmal über das Geschehene zu sprechen, auch wenn niemand ein *Malile* organisiert hatte. An einem der hinteren Tische sah Amalia die Eltern von Stella und Celina zusammen mit Frau Dr. Sommer sitzen. Sie unterhielten sich in gedämpfter Lautstärke. Celinas Vater hatte den Arm um seine Frau gelegt und beide hatten einen Kaffee vor sich stehen. Von Stella war nichts zu sehen. Amalia lächelte ihrer Mieterin kurz zu und setzte sich einen Tisch weiter. Sollte sie warten, bis Stella herunterkam, oder sie oben auf ihrem Zimmer besuchen?

In diesem Augenblick ging die Tür auf und Stella kam herein. Sie war womöglich noch blasser als am Vormittag und ihre roten Augen zeigten, dass sie geweint hatte. Suchend blickte sie sich um und als sie ihre Eltern sah, trat ein merkwürdiger Ausdruck in ihr Gesicht. Eine Mischung aus Furcht und Freude. Ihre blauen Augen wirkten riesig in ihrem zarten Gesicht. Sie eilte auf den Tisch ihrer Eltern zu. Ihre Mutter erhob sich, für einen winzigen Augenblick lächelte sie freudig, dann zuckte sie zurück, als hätte sie sich verbrannt und ließ sich mit einem Aufschrei wieder fallen.

Amalia konnte der Frau ansehen, wie zwei Seelen in ihrer Brust rangen. Da stand ihre Tochter vor ihr. Wahrscheinlich wünschte die Mutter nichts mehr, als sie in den Arm zu nehmen und sich gegenseitig in dieser trostlosen Situation Halt zu geben. Aber irgendetwas hielt sie zurück. Es gelang Frau Uhlig nicht, über ihren Schatten zu springen, obwohl Amalia der Meinung war, dass nicht viel fehlte.

Stattdessen wurde ihr Blick eiskalt. „Geh weg!", sagte sie in einem Ton, der Amalia das Blut in den Adern gefrieren ließ.

„Mama, bitte! Wir müssen reden. So kann es nicht weitergehen", flehte Stella.

Man spürte deutlich, wie sehr Stella unter dieser Situation litt.

„Hast du nicht gehört, was deine Mutter gesagt hat? Geh!" Auch in der Stimme des Vaters lag keinerlei Wärme.

Stella blieb stehen, starrte mit so viel Sehnsucht in den Augen auf ihre Eltern, dass der Blick Amalia ins Herz schnitt, dann fasste sie sich, drehte sich um und verließ den Saal.

Amalia stand auf und folgte ihr. Bevor sie die Bar durchquert hatte, riss sich Stella zusammen. Im Flur konnte Amalia hören, wie die junge Frau laut schluchzend nach oben rannte. An der Zimmertür holte sie sie ein.

Hektisch versuchte Stella, den Schlüssel ins Schloss zu stecken, aber dadurch, dass ihre Hände zitterten, verfehlte sie es immer wieder. Amalia nahm ihr sanft den Schlüssel aus der Hand und sperrte auf. Stella, noch immer weinend, ließ sich auf das Bett fallen.

Amalia setze sich ratlos auf einen Stuhl. Am liebsten hätte sie die todtraurige Frau in den Arm genommen. Aber sie kannten sich kaum und ihr Bauchgefühl warnte sie, dass die andere Frau auf zu viel Vertraulichkeit mit Zurückweisung reagieren würde. Sie kam Amalia vor wie ein scheues Reh, das beim leisesten Geräusch in die Flucht getrieben würde. Amalia wartete ab, bis sich Stella langsam beruhigte und sich aufsetzte. Sie reichte ihr ein Taschentuch und fragte behutsam: „Kann ich dir irgendwie helfen?“ Ohne nachzudenken, wechselte Amalia vom „Sie“ zum in Südtirol viel gebräuchlicheren „Du“.

„Das mit meinen Eltern tut so weh“, sagte Stella schließlich.

„In dieser schweren Zeit wäre es hilfreich, wenn man sich gegenseitig trösten könnte“, sagte Amalia vage, da sie unbedingt vermeiden wollte, in ein Fettnäpfchen zu treten.

„Genau. Aber Celina hat verbrannte Erde hinterlassen.“ Bitterkeit und Zorn lagen unüberhörbar in Stellas Stimme. „Trotzdem war sie ein Teil von mir. Kein Mensch auf dieser Welt war mir näher. Sie konnte rücksichtslos und egoistisch sein, andererseits hatte sie eine Wärme und Leidenschaft, die das Leben bunter und aufregender gemacht hat. Wenn man mit ihr zusammen war, hat sie einen mit ihrer Begeisterungsfähigkeit anstecken können. Vieles, was einem unmöglich schien, war plötzlich machbar. Ich war immer die Ängstlichere und Nachdenklichere von uns beiden, aber mit ihr an meiner Seite habe ich mich die ganze Kindheit über unbesiegbar gefühlt. Ich war nie allein. Erst nach dem Tod unseres Bruders wurde alles anders.“

„Wie ist dein Bruder denn gestorben?“

„Er ist ertrunken." Wieder schluchzte Stella auf. „Ich glaube, dass Celina ihn retten hätte können. Sie hätte ihm nur die Hand geben und ihn herausziehen müssen. Stattdessen hat sie in letzter Sekunde ihre Hand weggezogen und nichts gemacht." Stella machte eine lange Pause, bevor sie zögernd fortfuhr: „Ich hätte ihn eventuell auch retten können. Wenn ich früher geschrien hätte, schneller reagiert hätte ..." Wieder schüttelten bittere Weinkrämpfe ihre zarte Gestalt.

Amalia konnte nicht anders. Sie setzte sich neben sie auf die Bettkante und legte vorsichtig den Arm um sie.

„Von diesen Schuldgefühlen hat sich unsere Beziehung nie erholt. Wir gingen ganz unterschiedlich damit um. Celina hat rebelliert, wollte weg, alles hinter sich lassen. Sie schwänzte die Schule, feierte nächtelang, probierte Drogen und versuchte möglichst wenig zu Hause zu sein, um ihren Schuldgefühlen damit zu entgehen. Ich wollte, wie soll ich mich ausdrücken ... Wiedergutmachung leisten. Ich habe versucht, den Eltern Freude zu machen, da zu sein, im Betrieb zu helfen. Vielleicht habe ich unbewusst immer versucht, ihnen den Sohn zu ersetzten, aber immer gespürt, dass ich nicht ausreiche.

Auch als unser Leben in verschiedene Richtungen ging – ihres in die weite Welt hinaus, meines zurück in den elterlichen Betrieb –, gab es immer dieses unzertrennbare Band zwischen uns. Nie hätte ich gedacht, dass sie es selbst sein würde, die dieses Band unwiderruflich zerreißt." Wieder hörte Stella zu reden auf und weinte bitterlich.

Auch wenn sie Amalia furchtbar leidtat, hätte sie sie am liebsten geschüttelt. Was war vorgefallen? Was hatte die Schwestern und letztendlich die ganze Familie entzweit? Nur mühsam unterdrückte sie ihre Neugier und ließ Stella die Zeit, die sie brauchte, sich genug zu fassen, um weiterzusprechen.

„Es war an Weihnachten. Ich habe mich so gefreut, dass Celina sich endlich einmal wieder entschlossen hat, zusammen mit uns zu feiern. Die letzten Jahre war sie bei Freunden oder bei irgendwelchen Projekten – weiß Gott wo. Mutter und ich haben uns besondere Mühe gegeben, alles schön herzurichten, sogar Vater hat sich von der allgemeinen Festtagsstimmung anstecken lassen. Alles war wunderschön, wir haben gut gegessen, gesungen und saßen noch bei Tee und Weihnachtsplätzchen zusammen, als Celina die Bombe platzen ließ: Sie sei schwanger."

Amalia starrte Stella fassungslos an. Schwanger? Das warf ein ganz neues Licht auf alles. Hatte Celina das Kind behalten wollen? Wer war der Vater gewesen? Michl? Acherer? Kofler? Wenn diese Männer und ihre Ehefrauen zuvor ein Motiv gehabt hatten, hatte sich dieses nun vervielfacht. Ein Kind veränderte alles. Das stellte vieles infrage. Da konnte aus einer schnellen Affäre ganz schnell eine neue Familie werden, die man aber nie gewollt hatte. Amalias Gedanken überschlugen sich.

Aber Stella sprach weiter, ohne die Verwirrung zu bemerken, die sie mit ihren Worten angerichtet hatte. „Darüber haben wir uns alle gefreut. Nur Mutter hat ein wenig kritisch nachgefragt, wer denn der Vater sei und ob sie schon lange zusammen seien. Darüber ist Celina hinweggegangen. Sie hat sich neben Vater gesetzt und davon geredet, dass sie sich sicher sei, dass es ein Bub werde. Er hat sich so gefreut. Es war direkt rührend. Der alte Holzklotz hatte Tränen in den Augen. Sie hat sogar gesagt, sie würde ihren Sohn Markus nennen."

Stella schluckte. Man konnte sehen, wie sie um Fassung rang. In ihren Augen schwammen nicht geweinte Tränen. „Ich dachte, das sei ihr Friedensangebot. Ihre Art zu sagen, dass sie ihre Schuld anerkenne und etwas gutmachen wolle. Ich habe sie umarmt und war für einen Moment so glücklich. Ich meinte, alles würde gut. Wir als Familie wieder zusammen. Ein neues Kind, das Lebensfreude und Zukunftshoffnung mit sich brächte. Endlich wieder Harmonie zwischen ihr und Vater."

Amalia hielt die Luft an. Das klang so gut, aber irgendetwas musste furchtbar schiefgelaufen sein, wenn sie an die Szene unten im Gastraum dachte.

Es schien eine Ewigkeit zu dauern, bis Stella schließlich ganz leise weitersprach: „Dann hat Vater feierlich erklärt, dass er sich freue, dass sie wieder in den Kreis der Familie zurückkehre und es ihn mit Stolz erfülle, Opa zu werden. Sie habe immer gefehlt. Es sei zwar typisch für Celina, dass sie ohne feste Beziehung ein Kind bekommen werde, aber die Familie sei für sie da. Dann hat er ihre und meine Hand genommen und mit feuchten Augen gesagt: ‚Meine zwei Prinzessinnen, ihr seht euch so ähnlich und seid doch so verschieden. Meine Stella, die immer ihr Bestes für die Familie und den Betrieb gegeben hat, und jetzt besinnt sich meine Celina ebenfalls auf ihre Familie und kehrt heim. Endlich übernimmt sie einmal Verantwortung, anstatt sich sorglos in der Weltgeschichte herumzutreiben. Das macht mich sehr glücklich. Beide wieder zu Hause! Zu guter Letzt wird alles so, wie es sein sollte.'

Er hat es gut gemeint, aber die falschen Worte gewählt. Denn Celina ist zornig geworden und hat geschrien: ‚Immer Stella, immer die gute brave Stella und die böse, unverantwortliche Celina, die nie da ist. Ich kann es nicht mehr hören! Dabei ist Stella gar nicht so gut, wie ihr immer meint. Sie ist schuld daran, dass Markus tot ist.'"

Stella stand auf und ging im Zimmer auf und ab. Als sie nun weitersprach, gestikulierte sie mit den Händen und ihr Zorn war greifbar. „Ich weiß nicht, was Celina geritten hat. Es war genau umgekehrt! Ich hätte Markus niemals ertrinken lassen. Niemals hätte ich meine Hand weggezogen, so wie sie. Auch wenn er mich noch so genervt hätte. Wir hatten Schweigen vereinbart und ich habe geschwiegen, um sie zu schützen. Auch wenn mich das schlechte Gewissen meinen Eltern gegenüber fast umgebracht hat. Ich war so entsetzt über ihre Lüge. Diese Grausamkeit mir und den Eltern gegenüber. Zuerst habe ich keinen Ton herausgebracht.

Celina hat sich bitterlich weinend in die Arme von Vater geschmissen. Bis ich angefangen habe, mich zu verteidigen, war es zu spät. Meine Eltern haben mich rausgeworfen. Nie werde ich den Blick vergessen, mit dem mich meine Mutter an der Tür angesehen hat: voller Abscheu und Enttäuschung. Ich habe danach täglich versucht, mit ihnen zu sprechen, zu erzählen, wie es wirklich war, aber sie haben mir nicht geglaubt. Sie haben mir nicht einmal zugehört. Ich weiß nicht, was für Gift Celina ihnen in die Ohren geträufelt hat. Ich habe seit diesem schrecklichen Tag, als mein Bruder starb, alles versucht, meine Mitschuld und mein Schweigen gutzumachen. Aber das hat nichts mehr bedeutet. Meine Eltern wollten mich nicht mehr sehen. Meine Schließkarte von der Firma haben sie sperren lassen, sodass ich nach Weihnachten nicht einmal mehr an meinen Arbeitsplatz konnte. Nicht eine Sekunde haben meine Eltern in Betracht gezogen, dass ich – und nicht Celina – die Wahrheit sage, und das nach all den Jahren, wo ich immer für sie da war."

Die Enttäuschung in ihrer Stimme ließ Stella alt und resigniert klingen.

„Deswegen bin ich nach Pfunders gekommen. Ich habe Celina angefleht, noch einmal mit unseren Eltern zu reden und die Wahrheit zu sagen. Sie hat sich bei mir entschuldigt. Hat gesagt, dass sie all die Jahre darunter gelitten habe, immer mich als leuchtendes Beispiel vorgehalten zu bekommen. Dass ihr eine Sicherung durchgebrannt sei, als der Vater fünf Sekunden nach der Aussöhnung wieder damit angefangen habe. Sie hat immer wieder betont, dass sie mir nicht schaden wolle, aber sie könne jetzt unmöglich zugeben, dass sie gelogen habe, und damit die zarten neuen Bande zur Familie gleich wieder zerreißen. Sie hat davon gesprochen, dass sie für ihr ungeborenes Kind Verantwortung trage und eine Familie brauche. Dass sie mein Leben damit zerstört, wollte sie nicht sehen.

‚Sei nicht so theatralisch', hat sie gesagt. ‚In ein paar Wochen kommen die Eltern darüber weg. Wir waren damals schließlich noch Kinder. Du hast die ganzen Jahre so viel für sie getan, dass sie dir sicher bald verzeihen. Schließlich bist du die gute Tochter. Aber wenn ich sagen würde, dass ich es war, wäre unser Verhältnis für alle Zeiten zerstört.'"

Stella blieb mitten im Raum stehen und ließ die Hände sinken, als hätte sie sämtliche Kraft verlassen. „Jetzt ist sie tot. Meine einzige Hoffnung, dass die Wahrheit doch noch ans Licht kommt. Was bleibt mir jetzt noch? Wie konnte sie so rücksichtslos mir gegenüber sein? Ich habe jetzt alles verloren: Meine Eltern, meine Arbeit und meine Zwillingsschwester. Warum nur? Nach all den Jahren? Ich kann ja verstehen, dass sie es gemacht hat, weil sie zornig war. Celina war sehr impulsiv. Aber sie hätte es wieder in Ordnung bringen müssen. Sie hätte mir helfen müssen. Sie hat das Negative immer weggeschoben und gemeint, es wird schon alles von selber gut."

Amalia schwieg für einen Moment betroffen. Natürlich hatte sie die Geschichte nur aus Stellas Sichtweise gehört, aber deren Hilflosigkeit und Verzweiflung schienen absolut echt zu sein. Die Reaktion der Uhligs auf Stella hatte auch Bände gesprochen. Die hielten sie wirklich für schuldig am Tod ihres jüngsten Kindes. Da hatte Celina in der Tat verbrannte Erde hinterlassen.

Sie zog Stella wieder aufs Bett, legte ihr den Arm um die Schultern und versuchte sie zu trösten: „Das ist jetzt alles viel auf einmal für deine Eltern. Sie haben Erschreckendes über dich gehört und dann nur wenige Tage später Celina verloren. Sie brauchen sicher Zeit, das alles zu verarbeiten, aber dann werden sie sich daran erinnern, wie gut du zu ihnen in all den Jahren warst. Gib ihnen etwas Zeit, dann könnt ihr sicher noch einmal miteinander reden."

Der Blick, den ihr Stella zuwarf, ließ Amalia beschämt verstummen. Diese Plattitüden halfen gar nichts.

„Es ist zu spät", sagte Stella schließlich heiser. „Der einzige Mensch, der mir hätte helfen können, ist tot. Wahrscheinlich hätte Celina mir sowieso nicht geholfen Es ist aussichtslos ...", flüsterte sie gebrochen.

In ihren Augen schimmerten wieder Tränen, aber Amalia kam es vor, als wäre Stella nun sogar zum Weinen zu mutlos. Sie drückte ganz fest die Hand der anderen Frau. „Das tut mir so leid. Aber ich bin mir ganz sicher, das wird wieder, wenn sich deine Eltern ein wenig beruhigt haben."

Stella schüttelte abwehrend den Kopf und starrte auf den Boden.

Einige Zeit später verabschiedete sich Amalia, weil sie einfach nicht wusste, was sie sagen oder tun konnte, um die Hoffnungslosigkeit der anderen zu lindern.

Stella sah nicht auf und schien das Gehen der Fotografin nicht einmal zu bemerken.

Als sie wieder auf dem Parkplatz stand, atmete Amalia tief durch. Sie hatte das Gefühl, als hätte ihr die tiefe Traurigkeit von Stella in dem kleinen Hotelzimmer die Luft zum Atmen genommen.

Die Situation war wahrlich verfahren. Anscheinend hatte Celina ihre Eltern vollständig gegen ihre Zwillingsschwester aufgebracht und durch ihren Tod schien dieser Konflikt unauflösbar. Stella brauchte dringend Hilfe. Nur wie? Sie wusste nicht, ob die *Carabinieri* gestatteten, dass Stella zurück nach Deutschland reiste. Sie sollte Stella morgen unbedingt nach Freunden fragen, dachte Amalia bekümmert. Vielleicht konnte jemand herkommen, der ihr nahestand. Diese Frau würde sonst in ihrer Ausweglosigkeit versinken wie ein morsches Stück Holz im Treibsand. Es war zu viel auf einmal, was da auf sie einprasselte. Zum einen der Tod der Schwester, die sie wahrscheinlich trotz allem geliebt hatte und die ihr, wie sie selbst sagte, der nächste Mensch auf der Welt gewesen war. Dazu noch der Bruch mit den Eltern, die sie von einem Moment auf den anderen verstoßen hatten, ohne ihr den geringsten Vertrauensvorschuss zu gewähren. Das musste bitter sein.

Hoffentlich gab es Menschen in Stellas Leben, die diese deprimierte Frau auffangen konnten. Für einen Moment kehrten Amalias Gedanken zu ihrer „Mordermittlung“ zurück. Eigentlich hatte sie anfänglich den Kontakt zu Stella gesucht, weil sie möglichst viel über Celina und den Streit in Erfahrung bringen wollte. Doch waren solche Gedanken angesichts des Schicksals, mit dem die junge Frau kämpfte, in den Hintergrund getreten. Amalia dachte nach. Stella hatte sicher einen guten Grund gehabt, ihre Schwester, die dafür gesorgt hatte, dass sie alles verlor, zu hassen. Auf der anderen Seite hatte Stella durch Celinas Tod ihre einzige Chance verloren, die Dinge mit ihren Eltern wieder ins Lot zu rücken. Diese Option war mit Celina gestorben.

16.

Letzter November – Celina

Wie hypnotisiert starrte Celina auf ihren Schwangerschaftstest. Quälend langsam verstrichen die Sekunden. Der Kontrollstreifen war deutlich sichtbar. Aber war da noch ein zweiter Strich? Ganz leicht schien er erkennbar zu sein. Ungeduldig tigerte sie im Bad auf und ab. Dann starrte sie wieder auf den Test. Nun konnte es keinen Zweifel mehr geben. Ein Plus. Sie war schwanger! Celina war sich sicher, wer der Vater war. Zeitlich gesehen kam nur einer in Frage. Wie hatte das bloß passieren können? Sie nahm doch die Pille. Aber durch ihre vielen nächtlichen Einsätze bei der Wolfsbeobachtung hatte sie vermutlich manchmal bei der Einnahme geschlampt und jetzt hatte sie den Salat. Sie wollte nie Kinder haben. Sie genoss ihre Freiheit viel zu sehr, um sich ein trautes Heim und eine Familie zu wünschen. Wenn sie sich in ihrem Bekanntenkreis umschaute: Kinder waren der Anfang vom Ende. Aus überschäumenden Lebemenschen wurden ständig müde Langweiler, denen jegliche Abenteuerlust und Spontanität abhandengekommen war.

Nein! Nicht sie! Momentan stand ihre berufliche Zukunft auf eher unsicheren Beinen. In den letzten Wochen hier in Pfunders war ihr wieder einmal klar geworden, dass sie am glücklichsten war, wenn sie sich in der freien Natur aufhalten und dabei Tiere beobachten konnte.

Es gab weltweit viele Projekte, die sich der Dokumentation des Lebens der Wölfe in freier Wildbahn verschrieben hatten. Momentan liebäugelte sie mit einem Vorhaben in Polen, das wissenschaftlich fundiertes Wolfsmonitoring betrieb, um sinnvolle Wolfsschutz- und Managementmaßnahmen einführen zu können. Ein Ziel dieses Projektes war es zum Beispiel, Wanderkorridore für Wölfe wiederherzustellen, die durch Besiedelung und Verkehrswege zerstört worden waren. Allerdings hing bei der Vergabe dieser Stelle ganz viel davon ab, welche Beurteilung sie hier von Frau Dr. Sommer erhielt. Ein gutes Wort an der richtigen Stelle konnte Türen öffnen. Doch irgendwie wurde sie mit der nicht wirklich warm. Sie gab sich alle erdenkliche Mühe, aber diese Frau hatte immer etwas zu kritisieren.

Ihr eigentliches Lebensziel war es gewesen, eines Tages an der Universität zu lehren. Doch sie hatte für sich festgestellt, dass sie sich in den Wäldern wohler fühlte als im Hörsaal. Promotion und Habilitation schienen ihr daher wenig sinnvoll. Aber nun, wo sie so weit war, in das Berufsleben einzusteigen und Geld zu verdienen, würde das Kind all ihre Pläne mit einem Schlag zunichtemachen. Sie machte sich nichts vor. Flexibilität war das A und O in ihrem Beruf. Mit einem Baby brauchte sie gar nicht daran zu denken, in einer Forschungsstation unterzukommen. Diese lagen meist abseits und waren nicht gerade komfortabel. Und die Arbeitszeiten erst, rund um die Uhr, meist nachts. Polen konnte sie vergessen. Aber es war genauso aussichtslos, eine Doktorarbeit zu schreiben und nebenbei zu jobben, um genügend Geld für sich und das Kind zu verdienen. Während der letzten Jahre war es oft schwierig gewesen, sich selbst zu versorgen, dachte Celina verzweifelt.

Sie überlegte weiter. Wie weit würde der Vater ihres Kindes sie unterstützen? Sein Leben war fest eingebunden in seine Familie. Er war verheiratet und hatte schon Kinder.

Wie würde er reagieren, wenn er von ihrer Schwangerschaft erfuhr? Würde er von ihr verlangen, dass sie das Kind wegmachen ließe? Sie selbst hatte auch kurz mit dem Gedanken an eine Abtreibung gespielt, aber dann entschieden, dass das für sie nicht infrage kam. Leben begann für sie als Biologin in dem Moment der Befruchtung.

Unterhalt müsste er als Vater mit Sicherheit leisten, trotzdem würde das Leben für sie und das Kind hart werden. Doch je mehr Celina darüber nachdachte, desto klarer wurde ihr, dass sie einen Vater für das Kind wollte, der täglich für das Kind da war und nicht nur sporadisch zwei Wochenenden im Monat. Außerdem konnte sie sich durchaus eine Beziehung mit dem Mann vorstellen. Sie wollte ihn und das Kind haben. Was aber, wenn er nicht bereit war, sich von seiner Ehefrau und seinen Kindern zu trennen, um mit ihr zusammenzuleben? Er war fest im Dorfleben verwurzelt. Vielleicht wäre es zu schwierig für ihn, sich dem Chaos entgegenzustellen, das sicher über sein ordentlich sortiertes Leben hereinbrechen würde.

Sie brauchte unbedingt einen Plan B. Seit Jahren war sie nur sporadisch zu Hause bei ihrer Familie aufgetaucht, um nach wenigen Stunden wieder in ihr eigenes Leben zu verschwinden. Celina ertrug die Atmosphäre, die im Hause ihrer Familie herrschte, nur schwer. Sie hatte jedes Mal das Gefühl, dass die immer fühlbare, unterschwellige Verzweiflung sie erstickte. Seit dem Tod ihres Bruders hatte ihr Vater sich emotional zurückgezogen. Er kam Celina wie ein Schatten seiner selbst vor. Natürlich ging er täglich seiner Arbeit nach, war aber härter und kompromissloser geworden und nichts schien ihm Freude zu bereiten. Ihre Mutter hatte sich damals nach Markus' Tod als Erste wieder gefangen und versuchte seitdem, so gut es ging, die Familie zusammenzuhalten. Dabei fixierte sie sich zusehends auf Stella, was Celina gar nicht gefiel. Stella hatte es in den letzten Jahren geschafft, sich zu Hause als die „gute Tochter" zu etablieren, was aus Celina automatisch die „schlechte Tochter" machte. Das konnte sie bei jedem Telefonat mit ihrer Mutter heraushören.

„Wenn wir Stella nicht hätten …", ertönte jedes Mal der nicht endend wollende Lobgesang auf ihre Zwillingsschwester.

Auch der ewige Vorwurf in Stellas Blick, diese stumme Anklage, ging Celina mehr und mehr auf die Nerven. Zudem ließ ihre Schwester sie immer häufiger spüren, dass sie enttäuscht war, dass Celina sich nicht mehr Zeit für die Familie nahm und ihre eigenen Interessen über die der Eltern stellte. Mit einem Kind konnte sie ihrer selbstgerechten Schwester wahrscheinlich schnell den Wind aus den Segeln nehmen. Ihr Vater wäre auch aus dem Häuschen. Egal wie sehr sich Stella für seine Firma abrackerte, war er doch der Meinung, dass nur ein Mann in der Lage war, einen Betrieb erfolgreich zu leiten. Der alte Chauvinist hielt Stella klein. Obwohl sich diese den Respekt der anderen Angestellten schon längst erarbeitet hatte, weigerte er sich, sie wie eine Juniorchefin zu behandeln. Für ihn blieb sie das Mädchen, das versuchte Männerarbeit zu leisten und scheiterte. Wenn Celina ihm einen Stammhalter präsentieren könnte, wäre sie mit einem Schlag wieder „die Gute".

Sie musste sich mit ihrer Familie aussöhnen, entschied sie resolut. Schließlich ging es jetzt nicht mehr nur um sie selbst, sondern auch um ein Kind, das nicht ohne Großeltern aufwachsen sollte. Außerdem konnten sich ihre Eltern um das Baby kümmern, während sie ihre Arbeit auf den Forschungsstationen machte. Wie auch immer der Vater des Kindes sich entschied, ihre Eltern und Stella brauchte sie in jedem Fall.

So konnte es gehen. Celina schöpfte Hoffnung und nahm sich vor, ihr Leben baldmöglichst in die richtigen Bahnen zu lenken.

17.

Amalia zog sich eine bequeme graue Jogginghose und einen passenden dunkelblauen Oversize-Pulli mit großem Logoaufdruck an und holte sich ein Glas Wasser. Die Andacht in der Kirche hatte ihr mehr zugesetzt, als sie es sich eingestehen wollte. Sie fläzte sich auf ihre Couch und nahm ein kleines quadratisches Fotoalbum in die Hand, das sie nach dem Tod ihrer Oma in Berlin zusammengestellt hatte. Es enthielt einige ihrer Lieblingsaufnahmen, die sie zusammen mit Zille zeigten. Ein Foto, das Maurice von ihnen beiden vor dem Brandenburger Tor gemacht hatte, war bei Omas einzigem Besuch in Berlin entstanden und eines der gelungensten. Sie lachte vergnügt in die Kamera und obwohl sie sich in der großen Stadt nie wohlgefühlt hatte, blitzte Abenteuerlust und Neugier in den Augen der alten Frau. Ihre Oma war immer alles direkt angegangen und hatte sich von den Finten, die ihr das Schicksal schlug, nie den Schneid abkaufen lassen.

Amalia nahm einen Schluck Tee. Tränen der Trauer kamen nicht mehr und trotzdem hatte sie das Gefühl, dass das Herz ihr schwer wurde. Zille hatte in ihrem Leben eine große Lücke hinterlassen. Gerade heute hätte sie die pragmatische Heiterkeit ihrer Oma dringend gebraucht. Sie spürte die tiefe Einsamkeit wieder, die sie gemeint hatte über die letzten Monate abgeschüttelt zu haben. Die Stille in der Wohnung belastete sie. Wahrscheinlich brachte das verstörende Gespräch mit Stella Uhlig diese düsteren Gefühle zum Vorschein. Die Verzweiflung der Frau hatten ihr schwer zugesetzt. Automatisch griff sie nach ihrem Handy, suchte eine passende Playlist mit fröhlichen Liedern aus, die sie schon vor Längerem auf ihrem Handy zusammengestellt hatte.

Als sie gerade Tee nachschenken wollte, klingelte ihr Handy. „Engl“, meldete sie sich.

„Hallo, Frau Engl, mein Name ist von Riedhausen. Sie kennen mich nicht, aber Sie wurden mir als Fotografin empfohlen. Ich bin gerade im Sporthotel Acherer zu Gast und Frau Acherer hat Sie mir wärmstens ans Herz gelegt. Sie hat gesagt, dass Sie tolle Bilder machen, auch für Reisemagazine und Modezeitschriften.“

„Ja, das stimmt. Wie kann ich Ihnen denn helfen?“, fragte Amalia.

„Ja, ich bräuchte dringend professionelle Aufnahmen für eine Bewerbung.“

„Ah, Bewerbungsfotos. Kein Problem, ich habe hier ein Atelier im Haus, da können wir gerne einen Termin vereinbaren“, sagte sie zuvorkommend. Bewerbungsfotos waren zwar nicht das, was sie sonst machte, aber sie hatte sich vorgenommen, in die Fußstapfen ihrer Oma zu treten. Die Bildermacherin hatte alles gemacht, was im Dorf mit Fotografie zu tun hatte: Klassenfotos, Passfotos, Hochzeitsfotos und Kinderbilder. Es war Amalia schon klar gewesen, dass in Pfunders keine Bilder für Hochglanzmagazine geknipst wurden. Die schoss sie nach wie vor in Berlin.

„Ich bin noch drei Wochen hier. Also nächste Woche wäre perfekt.“

„10. Januar vormittags, 11 Uhr?“, schlug Amalia nach einem Blick in ihren Terminkalender vor.

„Sehr schön, vielen Dank.“

Bevor die Anruferin auflegte, fragte Amalia noch: „Frau von Riedhausen, wenn Sie mir noch sagen könnten, wie viele verschiedene Business-Outfits fotografiert werden sollen."

„Outfits?", fragte Frau von Riedhausen ratlos.

„Ja, für die Bewerbungsfotos."

„Ach, Frau Engl, hab ich das jetzt nicht erwähnt? Die Fotos sollen von meinem Zuchtrüden Ägidius von und zu Ehrenwald, einem Kurzhaardackel, gemacht werden. Wissen Sie, ich würde gerne meinen preisgekrönten Dackel mit der Linie vom Lindengrund kreuzen. Deshalb wollte ich der Besitzerin ein professionelles Bild von meinem Ägidius zukommen lassen, um die anderen Bewerber damit auszustechen. Ich hoffe, Sie machen das?"

Amalia unterdrückte ein lautes Lachen. Ihr Leben in Pfunders war wirklich komplett anders als das in Berlin. Irgendwie war ihr diese Frau von Riedhausen sympathisch und natürlich wollte sie Ägidius bei der Partnersuche nicht im Weg stehen. Sie wusste schließlich selbst, wie schwer man es als Single hatte.

„Der Termin bleibt. Bis zum Zehnten."

„Vielen Dank. Wir kommen dann zu Ihnen. Auf Wiederhören."

Amalia setzte sich wieder auf ihre Couch und schüttelte in Gedanken an den Dackel grinsend den Kopf. Zumindest war ihre schwermütige Stimmung verflogen. Sie checkte ihre E-Mails auf dem Handy und las erfreut, dass sie den Auftrag eines deutschen Versandhandels erhalten hatte. Sie sollte die Winterkollektion des folgenden Jahres für einen Katalog fotografieren.

Es läutete. Schwungvoll öffnete sie die Tür, obwohl sie niemanden erwartete. Sie erblickte *Maresciallo* Marchetti.

Fast hätte sie ihn nicht erkannt, denn statt einer Uniform trug er Jeans, eine dunkelblaue Daunenjacke, Timberlands und eine dunkelblaue Mütze, auf der der Schnee schmolz. Sie erschrak. Wollte er sie über Evi und Michl befragen?

„Signora Engl, entschuldigen Sie, dass ich so einfach stehe vor Ihnen, aber ich wollte noch etwas mit Ihnen besprechen, also hab ich gekauft ein paar Krapfen von die Dorfladen. Vielleicht haben Sie einen Espresso für mich?"

Perplex schaute Amalia auf die Tüte, die der Mann ihr mit einem entwaffnenden Lächeln entgegenstreckte. Wenn der wüsste, dass wir die gleichen Methoden haben, um an Informationen zu gelangen, dachte sie amüsiert.

„Kommen Sie herein."

Er zog seinen Anorak aus und hängte ihn ordentlich auf einen Bügel in der Garderobe. Er blickte ein wenig unsicher auf seine braunen Lederschuhe.

Amalia sagte sofort: „Lassen Sie sie ruhig an."

„Was wollten Sie denn mit mir besprechen?", fragte Amalia, als sie die beiden Espressi an den Tisch brachte, „geht es um den Fall?"

„*Signorina*, ich bin dieses Mal nicht dienstlich hier, sondern viel eher ... privat. Ich wollte Sie einladen, mit mir den Abend zu verbringen. Begleiten Sie mich wieder zum Essen heute Abend?"

Amalia dachte, es wäre besser, Abstand zu dem attraktiven Mann zu halten, solange er Evi und Michl verdächtigte. Sie musste zugeben, dass es ihr schwerfiel, eine Verabredung auszuschlagen. Er hatte etwas an sich, das sie unsicher machte, aber gleichzeitig auch faszinierte. Er gab wenig von sich preis, aber seinem intensiven Blick schien nichts zu entgehen. Man fühlte sich wie belebt, wenn er seine Aufmerksamkeit auf einen richtete. Jedenfalls solange man nicht verdächtig war, schränkte Amalia ein.

„*Maresciallo* Marchetti, es ist sehr nett von Ihnen, dass sie mich für heute Abend einladen. Auch ich habe unseren letzten Abend genossen. Aber ich hatte heute einen langen Tag, deshalb möchte ich gerne früh ins Bett."

„*Signorina*, das Sie können mir nicht antun. Alleine zu essen ist für einen Italiener, der gewöhnt ist, immer mit großer Familie zu speisen, eine große Strafe."

Marchetti blickte dabei so enttäuscht, dass Amalia beschloss, eine Notlüge zu gebrauchen. „Es tut mir wirklich leid, aber ich wäre heute keine angenehme Gesellschaft. Ich habe Kopfschmerzen und bin todmüde."

„Für mich sind Sie die angenehmste Gesellschaft, die ich mir vorstellen kann, sogar wenn Sie einschlafen würden an die Tisch. Aber ich muss respektieren Ihr Nein."

Amalia stellte die leeren Teller zurück in die Küche. Schon bereute sie ihre Entscheidung, die Einladung nicht angenommen zu haben. Marchettis Enttäuschung, seinen Feierabend alleine und nicht mit ihr verbringen zu müssen, schien aufrichtig zu sein.

„Hätten Sie Lust, mit mir einen Spaziergang zu machen? Die frische Luft wird mir guttun und wir können uns dabei unterhalten", schlug sie deshalb vor. Sie wusste, dass sie damit in Kauf nahm, gesehen zu werden. Egal, nur kurz und das könnte sie Evi schon erklären, beschwichtigte sie sich selbst.

Sofort nahm der Italiener ihr Angebot an. Amalia zog sich ihre warme Daunenjacke an und zusammen gingen beide die Straße aufwärts Richtung *Dorfer*. Es fielen immer noch dicke Schneeflocken vom Himmel, während Amalia überlegte, wie sie das Gespräch auf den Mord bringen konnte.

Wie immer nahm sie den direkten Weg. „Was halten Sie denn von Stella Uhlig, der Zwillingsschwester?“, fragte sie.

Marchetti überlegte kurz und sagte dann: „Die Ähnlichkeit. Es ist grauselig, nein, äh … falsche Wort, *come si dice* … gruselig, unheimlich. Wirklich verblüffend, *una bella signorina,* auch wenn es bei ihrer Schwester mehr auffällig ist gewesen.“

„Da haben Sie recht. Halten Sie Stella für die Mörderin?“

Wieder überlegte er einen Moment. „Motiv kann liegen in *famiglia*. Viele Streit, wenn man bei Beerdigung sitzt getrennt. Aber was ist gefallen vor, damit man bringt um seine Zwilling?“

Amalia entschied sich für Offenheit. „Ich hatte nach der Trauerfeier kurz Gelegenheit, sowohl mit den Eltern als auch mit Stella zu sprechen. Die Eltern geben Stella die Schuld am Tod des jüngeren Bruders. Stella hat mir so leidgetan, so allein in der Kirche. Deshalb habe ich danach mit ihr gesprochen. Sie hat mir erzählt, dass Celina gelogen hat, was den Tod des Bruders angeht, und die Eltern deshalb Stella zu Unrecht hassen.“

Marchetti hörte aufmerksam zu und in seine Augen trat eine neue Wachsamkeit.

„Allerdings ist Celina auch die einzige Person, die Stella den Eltern gegenüber hätte entlasten können, wenn sie ihre Lüge zugegeben hätte. Also ihre einzige Möglichkeit, sich mit ihren Eltern auszusöhnen.“

„Dann glaube ich eher nicht, dass sie hat gemordet. Man wird sehen“, sagte er.

Es klang abschließend und Amalia vermutete, dass Marchetti nicht länger über seine Arbeit sprechen wollte. Aber sie war noch nicht fertig: „Meine Freundin Evi hat mir heute nach der Kirche erzählt, dass sie und ihr Mann jetzt die Hauptverdächtigen sind. Sie ist völlig durcheinander. Das kann doch nicht sein. Evi könnte keiner Fliege was zuleide tun“, ergriff Amalia vehement Partei für ihre Freundin.

„Man kann nie schauen hinein in die Menschen. Wir sind der Meinung, dass sie sehr wohl wusste von die Affäre ihres Mannes. Als wir sie beim Verhör darauf angesprochen haben, hat sie reagiert sehr seltsam.“

„Es gibt aber noch mehr Männer, die eine Affäre mit Celina hatten. Was ist denn mit dem Acherer? Außerdem finde ich die Wolfsgegner nach wie vor interessant. Diesem Rastbichler und dem Huber würde ich nicht über den Weg trauen.“

„Ich verstehe, dass Sie kämpfen für Ihre Freundin. Das ehrt Sie. Aber ich kann nicht sprechen über unsere Verdächtigen“, sagte Marchetti ernst.

So leicht ließ sich Amalia nicht den Wind aus den Segeln nehmen: „Nochmals wegen Evi: Nur wegen einer Affäre bringt man doch keinen um. Michl hat drei Kinder mit ihr. Früher oder später wäre er doch sicher zu ihr zurückgekommen“, sagte Amalia, ohne sich dessen ganz sicher zu sein. Sollte sie Celinas Schwangerschaft erwähnen? Das würde Evi und Michl in den Augen von Marchetti allerdings noch verdächtiger machen. Aber wenn sie etwas so Ausschlaggebendes verschwieg, konnten die ganzen Ermittlungen in die falschen Richtungen laufen, dachte Amalia nervös. Sie musste darauf vertrauen, dass die Wahrheit ihren Freunden helfen und nicht schaden würde. Je schneller der richtige Mörder gefasst wäre, desto schneller würde Evis Leben wieder in die richtige Spur zurückkehren.

„Stimmt es, dass Celina schwanger war?“, platzte sie daher ohne Überleitung heraus.

Maresciallo Marchetti blieb abrupt stehen und starrte sie überrascht an. „Woher Sie wissen?“, fragte er scharf.

„Ähm, Stella Uhlig hat es mir vorher erzählt“, sagte sie angespannt, weil seine Frage so klang, als müsse sie sich rechtfertigen. „Aber eigentlich müssten Sie das doch bei der Obduktion schon herausgefunden haben“, entgegnete Amalia. Angriff war meist die beste Verteidigung.

„Wir haben es auch gefunden heraus selber!“, sagte Marchetti brüsk. „Aber wir haben absichtlich noch nicht gemacht publik.“

„Ah ... aus ermittlungstechnischen Gründen ...“, lenkte Amalia ein, „... verstehe.“

Marchetti nickte: „Wir haben gefunden die Schwangerschaft mit eine Bluttest, weil es war eine eher schwierige Obduktion. Die Wölfe haben gefressen einige Teile. Die Weichteile, wie die Bauch und die ...“ Dann brach er jäh ab, als wäre ihm erst in dem Moment wieder bewusst geworden, mit wem er sprach. „Oh Madonna, ich laufe hier mit einer *bella signorina* durch den Wald und erzähle so grausame Dinge ... *Scusi“,* entschuldigte er sich.

Sie spürte Übelkeit in sich aufsteigen. Deshalb hielten sie also Evi und Michl für so verdächtig.

„Wenn das Kind von Michl ist, hat Ihre Freundin eine gute Motiv“, schien er auf ihre Gedanken zu antworten. „Eventuell hätte er sich entschieden für Celina. Außerdem ist da die Mütze, die wir haben gefunden in die Garderobe. Die Schlinge zieht sich zu.“

Sie gingen ein paar Schritte schweigend nebeneinander her. Was wollte Marchetti ihr damit sagen? Wollte er sie vorwarnen? Wusste er bereits mehr? Beklommen überlegte Amalia, wie sie Evi helfen konnte. Anscheinend schoss sich der *Maresciallo* auf sie und Michl als Hauptverdächtige ein. Eventuell zogen sie gar keine anderen Möglichkeiten mehr in Betracht. Das konnte sie nicht zulassen.

„Vielleicht sollten Sie sich auch mal mit Frau Dr. Sommer beschäftigen“, sagte sie schroff. „Zufälligerweise ist mir zu Ohren gekommen, dass sie 20 000 Euro in bar abgehoben hat. Da habe ich mich natürlich gefragt, für was man in Pfunders so viel Bargeld brauchen kann.“

„20 000 Euro“, wiederholte Marchetti und pfiff durch die Zähne. „Ich verspreche Ihnen, das zu prüfen. *Finito,* jetzt lassen Sie uns sprechen über die angenehmen Dinge.“

Sie verließen die Straße und gingen den alten Steig hinauf, der bei der *Dorferkapelle* abbog. Nur noch schwach waren Fußspuren unter dem Neuschnee zu erkennen, die den Verlauf des Weges zeigten.

„Als Kind sind wir immer eine Woche mit meiner *famiglia* zum Skifahren nach *Austria* gefahren. Schon damals hab ich gemocht die Schnee, nur auf die Kälte könnte ich verzichten“, erzählte Marchetti.

„Das gehört dazu“, lachte Amalia, die sich umso glücklicher fühlte, je mehr und wilder die Schneeflocken vom Himmel tanzten. Marchetti sah sie von der Seite an. Amalia genoss die Aufmerksamkeit des *Maresciallo*. Sie griff in den Schnee und formte einen Ball daraus. Übermütig warf sie ihn hoch in die Bäume, sodass eine Ladung Schnee direkt auf Marchetti fiel.

„Signora“, sagte er vorwurfsvoll und schaute sie dabei so streng an, als ob er sie gerade beim Falschparken erwischt hätte. Sein durchdringender Blick verunsicherte sie. Doch nach einem kurzen Moment lachte Marchetti lauthals auf. Auf einmal wirkte er unbeschwert wie ein kleiner Junge. Amt und Ernsthaftigkeit fielen von ihm ab und seinem Lachen fehlte jede Künstlichkeit. Er formte einen Schneeball und warf ihn nach ihr. Amalia erwiderte nun, ohne zu zögern, das Feuer, anscheinend verstand der gestrenge *Maresciallo* doch Spaß. Bald waren sie in eine wilden Schneeballschlacht verwickelt, suchten Deckung hinter Bäumen und freuten sich, wenn sie den anderen erwischten. Amalia hätte nie so eine Unbeschwertheit und Fröhlichkeit bei Lorenzo Marchetti vermutet. Wahrscheinlich machte das die Uniform. Sie genoss die Ablenkung von ihren Sorgen um Evi. Es war das erste Mal seit ihrer Ankunft, dass sie sich unverstellt und sorglos so geben konnte, wie sie wirklich war.

Nach einigen Minuten lehnte sie sich schließlich schwer atmend gegen einen Baum. „Ich ergebe mich", sagte Amalia lachend und schüttelte sich den Schnee aus den langen dunklen Locken, die inzwischen ziemlich feucht waren. Marchetti trat zu ihr und sie konnte seinen warmen Atem auf ihren kalten Wangen spüren.

Seine körperliche Nähe machte sie verlegen, trotzdem konnte sie nicht wegsehen. Wollte er sie küssen? Wollte sie das auch? Verwirrt stellte sie fest, dass Marchetti es schaffte, in ihrem Innersten leidenschaftliche Gefühle auszulösen, und sie damit aus dem Gleichgewicht brachte. Ihr Körper sehnte sich danach, ihn zu küssen, doch in ihrem Kopf blitzte der Gedanke an Felix auf.

Marchetti schien ihr Zögern, ihre Unsicherheit instinktiv zu spüren und anstatt sie zu küssen, hob er die Hand und strich ihr eine feuchte Strähne aus dem Gesicht. Sie erschauderte und genoss die zarte Berührung. Plötzlich vernahm sie ein wehmütiges Heulen aus dem Wald. Amalia erstarrte. Zu frisch waren die Eindrücke, die die zerfetzte Leiche in ihrem Inneren hinterlassen hatten.

Wölfe waren ganz in ihrer Nähe. Sie konnte sich nicht rühren und trotz der Kälte begann sie zu schwitzen.

Marchetti erfasste die Situation und nahm Amalia schützend in den Arm. „Amalia, keine Angst. Ich werde dir beschützen."

Amalia fand ihre Stimme wieder. Die Umarmung Marchettis hatte die Panik verschwinden lassen, doch die ausgelassene, elektrisierende Stimmung war dahin.

„Lass uns umdrehen", sagte sie daher kurz und wechselte wie Marchetti, ohne zu zögern, ins vertrautere „Du".

Marchetti nickte, ohne etwas zu sagen.

Als sie zurückgingen, legte er wie selbstverständlich den Arm um sie. Er erzählte ihr von seiner überraschend wilden Jugend in Rom, bis sie sich entspannte und das schaurige Heulen des Wolfes fast vergessen oder zumindest verdrängt hatte. Wieder überraschte es Amalia, wie entspannt und locker Marchetti sich verhielt, wenn sie zu zweit waren und es nicht um seine Arbeit ging.

Als sie wieder auf die Straße kamen, war Amalia klar, dass mindestens zwanzig Ferngläser auf sie gerichtet waren. Ein *Gugga* lag in einem guten Pfundrer Haushalt immer griffbereit auf der Fensterbank der Stube. Nicht nur aus Neugierde. Amalia wusste, dass die Pfundrer gerne ganz genau darüber informiert waren, was im Dorf vor sich ging. Amalia ahnte, dass jeder, der gerade zufällig aus dem Fenster sah, sofort zum Fernglas griff, um zu sehen, wer da mit wem zusammen aus dem Wald kam. Diese Nachricht – sie Arm in Arm mit Marchetti – würde morgen wie ein Lauffeuer den Dorfladen erreichen.

Aber das war ihr im Moment egal. Sie wusste selbst nicht so genau, was sie sich dabei gedacht hatte. Anfangs wollte sie sich mit Marchetti nur treffen, um bei der Gelegenheit Informationen über den Fall zu erhalten und ihre Neugier zu befriedigen. Allerdings hatte sie schnell festgestellt, dass der *Maresciallo* fast nichts über seine Arbeit preisgab. Warum war sie dann mit ihm spazieren gegangen? Als kleine Rache wegen der Abfuhr, die Felix ihr verpasst hatte? Ja, auch. Wenn sie ehrlich zu sich war, musste sie zugeben, dass sie den *Maresciallo* aus Rom mochte. Sie empfand seine Gesellschaft als sehr angenehm und fühlte sich auch im Arm des gut aussehenden Italieners ausgesprochen wohl. Keine Ahnung, was passiert wäre, wenn der Wolf nicht geheult hätte. Ob sie sich geküsst hätten?

Als sie an Nannes Haus vorbeigingen, konnte sie eine Bewegung der Gardine im Erdgeschoß ausmachen. Hoffentlich gab Nanne diese Neuigkeit sofort in allen Einzelheiten an ihren Sohn Felix weiter.

„Kommen du doch noch essen mit mir?“, fragte Marchetti sie vor ihrer Haustür.

„Es war ein wirklich schöner Spaziergang, aber sei mir nicht böse, ich möchte heute nur noch ins Bett.“ Als sie den Satz ausgesprochen hatte, fiel ihr auf, dass er etwas unglücklich gewählt war, und fügte deshalb augenzwinkernd hinzu: „Alleine.“

Marchetti zog spöttisch eine Augenbraue hoch, sah sie wieder mit seinem durchdringenden Blick an und sagte dann aber *„Naturalmente“*, als hätte er als vollendeter Gentleman nie etwas anderes in Erwägung gezogen. Er nahm sie nochmals in den Arm, küsste sie links und rechts auf die Wangen und ging zu seinem Auto.

Amalia wusste nicht, ob sie erleichtert oder enttäuscht war, und ging alleine in ihre Wohnung.

18.

Amalia stand ewig unter der Dusche und ließ das heiße Wasser über ihren Körper laufen. Endlich hatte sie einmal wieder tief und fest geschlafen und war gut gelaunt aufgewacht. Ob das an dem interessanten Italiener lag?

Sie wusch sich ihre Haare und stieg aus der Dusche. Nachdem heute nicht gleich irgendein Termin anstand und sie auch sonst nichts vorhatte, nahm sie sich Zeit, sich ausgiebig um sich selbst zu kümmern. Mit dem Glätteisen bearbeitete sie ihre widerspenstigen dunkelbraunen Locken, was ihr sofort ein formelleres Aussehen verlieh. Ihre Nägel lackierte sie in einem taupefarbenen Ton. Sie cremte ihren Körper mit einer Anti-Cellulite-Lotion ein, die ihr Freund Maurice ihr ans Herz gelegt hatte und in Berlin derzeit der neueste Schrei in der Modebranche war. Zum Schluss legte sie Make-up auf und verwendete ein wenig Rouge, das ihre hohen Wangenknochen vorteilhaft betonte. Sie sah in den Spiegel und war zufrieden mit sich selbst, obwohl sie zugeben musste, dass sie sich für das dörfliche Leben fast ein wenig zu sehr herausgeputzt hatte.

Felix würde sicherlich sagen, dass sie ausschaue, wie eine Städterin und nicht eine Pfundrer *Gitsche*. Was soll's, dachte sie. Ihm musste sie es nicht mehr recht machen.

Ungewollt schlich sich der Gedanke ein, dass *Maresciallo* Marchetti sicherlich mehr Wert auf ein gepflegtes Äußeres legte als der naturverbundene Felix. Sein Freizeitlook gestern war zwar leger, aber offensichtlich teuer und stilsicher ausgewählt gewesen. Sie konnte sich richtig vorstellen, wie er in Rom mit eleganter Begleitung in edle Restaurants ging und sich für Kunst und Theater interessierte.

Es war bereits später Vormittag, als Amalia sich an ihren Mac setzte, um ihre E-Mails zu beantworten. Ihre Berliner Steuerberaterin hatte ihr geschrieben, um sie daran zu erinnern, dass die Fotografin ihr die Buchhaltungsunterlagen eigentlich noch zum Jahresende hatte zusammenstellen wollen. Amalia stöhnte. Am liebsten hätte sie diese Mail unbeachtet gelassen, aber jetzt hatte sie sie schon gelesen, was sogleich ein schlechtes Gewissen nach sich zog. In ihren Unterlagen herrschte immer Chaos und Ordnung brachte sie erst hinein, wenn die Steuerberaterin ihr sozusagen das Messer an die Brust setzte. Sie nahm sich vor, die Papiere in den nächsten Tagen zu sortieren und bei ihrem nächsten Berlinaufenthalt abzugeben.

Es läutete an der Tür, ein zweites Mal und dann gleich wieder.

„Ja, ich komme ja schon“, rief sie in die Leere des Raumes hinein, als sie von draußen schon hörte: „Amalia, mach doch endlich auf!“

Vor ihr stand Nanne, nicht wie sonst im Lodenmantel, denn heute trug sie einen dunkelblauen sportlichen Anorak, eine passende grob gestrickte Mütze mit Bommel und dicke Winterstiefel mit fester Sohle. So modisch hatte sie ihre Nachbarin noch nie gesehen, aber es stand ihr, stellte Amalia fest.

„Du glaubst nicht, was mir gerade passiert ist ...“, begann sie immer noch außer Atem, „... da kann ich nur mit dir darüber reden. Schließlich ist es dir auch erst geschehen. Da können sich die Leut’ im Dorf ja gar nicht in so eine Situation einfühlen, denen fehlt da jede Vorstellung davon, wie es einem da geht. Das passiert ja nicht alle Tage.“

„Jetzt setz dich doch erst einmal“, sagte Amalia, die immer noch keine Ahnung hatte, was Nanne widerfahren war.

„Hast du einen Schnaps, *Gitsche?* Egal was, Hauptsache, hochprozentig. Der *Maresciallo* hat mich mit seinen Fragen ganz fertiggemacht. Eineinhalb Stunden hat mich der jetzt verhört. Jedes noch so kleine Detail wollte der wissen. Mir ist ganz anders worden. Der hat ja so einen strengen Blick und die Uniform tut ihr Übriges. Alles wollte er wissen. Warum ich ausgerechnet da oben war? Wann genau das war? Warum ich die Absperrung nicht berücksichtigt habe? Ich kann gar nicht verstehen, dass du dich mit dem einlässt. Der hat ja überhaupt kein Feingefühl. Ganz anders wie mein Felix. Dieser Marchetti ist ein ganz harter Hund."

„Stimmt, bei Befragungen kennt der *Maresciallo* kein Pardon", pflichtete Amalia ihr bei, ohne sich zu rechtfertigen. Es würde jetzt nichts bringen, ihrer aufgebrachten Nachbarin von Marchettis feinfühligeren privaten Seite zu erzählen. Sie nahm eine Flasche *Nussila,* der noch aus dem Vorrat ihrer Oma Zille stammte, und stellte den Schnaps samt Glas vor Nanne hin. Die zögerte nicht lange, schenkte ein und trank das Schnapsglas auf ex.

„Jetzt geht es schon besser", sagte sie und schenkte gleich noch mal was nach, trank es in einem Zug aus und schüttelte sich, „der bringt einem das Leben wieder zurück."

In der Tat stellte Amalia fest, dass Nannes ungewöhnlich blasse Gesichtsfarbe allmählich verschwand und ihre Wangen ein zartes Rosa annahmen.

„Also jetzt erzähl schon, ich bin ja schon ganz gespannt, was du zu berichten hast", sagte Amalia und lieferte ihrer Nachbarin damit den Startschuss zu ihrer Geschichte.

„Ich bin heute bereits um sieben aufgebrochen, hinauf zum *Untersaml.* Eben dorthin, wo du die Celina gefunden hast."

„Was wolltest du denn da oben?“, fragte Amalia, sah aber gleich an dem verärgerten Blick ihres Gegenübers, dass Nanne nicht unterbrochen werden wollte, während sie ihre Story zum Besten gab.

„Heute Nacht konnte ich nicht einschlafen, weil mir das mit der Celina einfach nicht aus dem Kopf geht. Sobald es hell war, habe ich mich auf den Weg zum *Untersaml* gemacht, weil vielleicht haben die *Karpf* doch was übersehen. Nachts habe ich mich wegen den Wölfen nicht getraut.“

Nachdem Amalia den Mund öffnete, um eine Zwischenfrage zu stellen, schloss sie ihn gleich wieder, als sie Nannes Blick begegnete.

„Also … ich hinauf in meinem neuen Sportanorak, meinem nächtlichen Gefühl folgend, hindurch durch das rot-weiße Absperrband, hinein in den Wald. Amalia, ich hab gedacht, da find ich ein Feuerzeug oder eine weggeworfene Zigarettenkippe, die uns auf den Mörder bringt. Deshalb hatte ich auch kleine Plastiktütchen dabei, um ja keine Spuren zu vernichten. Weißt schon, mit denen man sonst einfriert.“ Nanne zog aus ihrer Hosentasche eine ganze Rolle davon heraus.

„Und dann sah ich sie.“ Nanne machte eine bedeutungsschwere Pause, schenkte sich noch einen Schnaps ein und trank wieder das ganze Glas auf einmal. „Wer hätte gedacht, dass ich gleich die ganze Schwester find.“

„Wie?“, fragte Amalia verständnislos nach.

„Stella Uhlig – mit einem Strick um den Hals hing sie am Baum. Da war nichts mehr zu machen. Die war schon kalt. Kein schöner Anblick, aber wem erzähl ich das, du hast ja die andere gefunden und die war nicht einmal mehr ganz“, sagte Nanne, ohne sich über ihre Worte weitere Gedanken zu machen. „Ich sag dir, ohne uns zwei würden die *Karpf* ja nicht mal eine Leiche finden", sagte Nanne im tiefen Brustton der Überzeugung.

Amalia war so geschockt von der Nachricht, dass sie kurz brauchte, bevor sie etwas erwidern konnte.

„Stella Uhlig", stammelte sie. „Ist sie auch umgebracht worden?", fragte Amalia nach.

„Na, na, das hat die *Gitsche* selber erledigt. Das hat der Marchetti mir dann auch später bestätigt. Da gibt es keinen Zweifel", antwortete Nanne in ihrer taktvollen Art.

„Selbstmord? Bist du sicher?"

„Ja, sie hatte einen langen Abschiedsbrief in der Tasche. Ich hab mir gedacht, bevor ich die *Karpf* rufe, lese ich den vorsichtshalber mal durch. Nicht dass die später Informationen zurückhalten, die wir besser gebrauchen können. Also hab ich halt mal gelesen."

„Und was stand drin?", hakte Amalia interessiert nach. Oma Zille hätte gesagt: „Der Zweck heiligt die Mittel." In diesem Fall war es wichtiger, die Informationen aus dem Brief zu kennen, als die Privatsphäre der Toten zu wahren. Oberste Priorität hatte die Suche nach dem Mörder, rechtfertigte Amalia sich in Gedanken, an Nannes Stelle hätte sie genauso gehandelt.

„Sie hat den Brief an ihre Eltern adressiert und sich alles von der Seele geschrieben. Drei Seiten. Der erste Satz war: Ich habe Celina nicht umgebracht. Dann hat sie weitergeschrieben, dass sie keinen Sinn mehr in ihrem Leben sehe. Sie habe es in der letzten Zeit so oft versucht, sich mit ihnen zu versöhnen, die Mutter habe ihr aber immer klargemacht, dass es keine Vergebung für die Mitschuld am Tod des Bruders gebe. Alle Versuche, ihre Eltern von der Wahrheit zu überzeugen, dass Celina es sei, die dem Bruder nicht geholfen habe, und nicht sie, seien fehlgeschlagen. Warum sie ihr das alles angetan habe, könne sie einfach nicht begreifen, hat sie geschrieben. Sie könne verstehen, warum Celina aus Zorn und aufgestauten Gefühlen unbedacht an Weihnachten diese Lüge erzählt habe, aber dass sie sich auch später geweigert habe, nochmals mit den Eltern zu sprechen, sei ihr unbegreiflich gewesen.

Eigentlich, so Stella, habe sie allen Grund gehabt, neidisch auf Celina zu sein, die sich im Leben immer das genommen habe, was sie wollte, und sich nicht um die Eltern geschert habe, nicht umgekehrt. Mit Celinas Tod sei für sie jetzt auch noch die letzte Möglichkeit verschwunden, zu beweisen, dass diese ihre Eltern belogen habe. Stella schrieb, sie habe alles verloren und wolle deshalb nicht mehr leben. Sie wolle nicht mehr so weitermachen, einsam, allein gelassen in der Trauer um Celina, mit den Schuldgefühlen über Markus' Tod und schon gar nicht mit der Verachtung ihrer Eltern.

Stella hat dann noch geschrieben, dass ihre Gedanken seit Weihnachten Tag und Nacht nur um dieses Thema kreisten. Sie sei gefangen in einer Spirale, die sich unaufhörlich drehte und in den Abgrund führte. Es gelinge ihr kaum mehr, Schlaf zu finden, und eine innere Unruhe nage an ihr und fresse sie psychisch und körperlich auf. Sie sehe keinen Ausweg mehr. Für sie gebe es nur eine Lösung, die sie für immer frei werden lasse. Durch den Tod wolle sie wieder Frieden finden", beendete Nanne ihre Zusammenfassung des Abschiedsbriefes.

„Die hat es tatsächlich sehr schwer gehabt", sagte Amalia mit Tränen in den Augen.

„Das kann man sagen. *Woasche*, das werd ich nie vergessen, wie sie da so hing mit ihren blonden Haaren. Wie ein blasser

Totenengel. Das Bild kommt mir heute Nacht sicherlich", befürchtete Nanne und nahm noch mal einen kräftigen Schluck aus dem Schnapsglas.

„Die Bilder wird man nicht mehr so leicht los. Aber mit der Zeit wird es besser", stimmte Amalia zu und schluckte.

„Und wenn man es genau betrachtet, waren die zwei Schwestern damals noch *Gitschilan,* kleine Mädchen, die einen Fehler gemacht haben. Ich glaube, keine von beiden hat dem Bruder den Tod gewünscht. Aber das Schweigen und die Schuldgefühle haben beider Leben ruiniert."

Amalia nickte stumm. Manchmal konnte Nanne überraschend mitfühlend sein.

„Ich muss jetzt noch zur Stockabäurin. Wir waren auf einen Kaffee verabredet. Wegen der ganzen Sach' bin ich schon viel zu spät dran. Die wird schauen, wenn ich ihr das alles erzähl, das mit der Stella. Kommst auch mit?"

„Nein, heute habe ich leider keine Zeit. Ich muss noch arbeiten", antwortete Amalia und zog dabei ein bedauernd aussehendes Gesicht, obwohl sie keinerlei Interesse hatte, mit den beiden Damen Kaffee zu trinken. Sie hatte noch nicht mal eine Notlüge gebrauchen müssen, denn schließlich wartete ihre Buchhaltung wirklich auf sie.

„Schade, bei der Stockabäurin ist es immer recht nett. Ich meld mich bei dir. *Pfiote,* Amalia", sagte Nanne und ging die Treppe hinunter.

Amalia verdrehte die Augen. Ihre Nachbarin war schon etwas Besonderes.

Nachdem Amalia ständig etwas Besseres zu tun fand, als sich an den Schreibtisch zu setzen, hatte sie am Spätnachmittag noch immer nicht damit begonnen, ihre Belege zu sortieren. Jedes Jahr nahm sie sich vor, nächstes Mal alles ordentlich in einem Ordner abzulegen, aber irgendwie kam immer was dazwischen. Als sie sich endlich dazu aufraffte, ihren Karton zu holen, kam ihr ihre TNT-Liste zwischen die Finger. Sie suchte nach einem Stift und wollte den Namen „Stella Uhlig" streichen. Amalia konnte sich nicht vorstellen, dass Stella den einzigen Menschen, der ihre Unschuld hätte beweisen können, umgebracht hatte. Außerdem hatte sie im Abschiedsbrief geschrieben, dass sie Celina nicht umgebracht hatte. Warum sollte man lügen, wenn man sich eh das Leben nahm? Für Amalia war klar, Stella Uhlig hatte ihre Schwester nicht umgebracht. Oder doch? Wollte sie für die Nachwelt einfach nur gut dastehen und nicht als Mittäterin beim Tod des Bruders und als Mörderin ihrer Schwester gelten? Ihrer Meinung nach passte das nicht zu der tieftraurigen Frau, die sie kennengelernt hatte. Amalia ließ trotzdem den Namen auf der Liste.

Sie schluckte, irgendwie hatte sie das Gefühl, Stella im Stich gelassen zu haben. Hätte sie sich mehr kümmern sollen? Hätte sie sie gestern nach der Trauerfeier nicht alleine lassen sollen? Sie hatte doch gemerkt, dass die junge Frau verzweifelt gewesen war, machte sie sich selbst Vorwürfe. Aber sie hatten sich kaum gekannt und sie hatte nicht aufdringlich sein wollen. Trotzdem, vielleicht hätte sie ... Schluss, schalt sie sich selber. Es war zu spät. Sie zwang sich, die Gedanken an Stella und den Mord zur Seite zu schieben. Sie öffnete den Karton und begann niedergeschlagen, die ersten Belege nach Datum zu sortieren.

19.

Amalia blickte nachdenklich aus ihrem Panoramafenster, als sie in ihr Marmeladenbrot biss. Unter einer dicken Schneedecke, strahlend weiß, wie frisch gewaschen, lag Pfunders im hellen Sonnenschein vor ihr. Die steilen Berghänge glitzerten, dass es in den Augen wehtat. Heute würde sie nicht am Mac versauern, entschied sie spontan. Die Buchhaltung hatte sie gestern noch fertig bekommen. Heute musste sie raus. Vielleicht konnte sie durch sportliche Verausgabung die nagende Stimme, dass sie sich besser um Stella hätte kümmern sollen, endlich zum Schweigen bringen. Die freie Zeiteinteilung war schließlich eine der positiven Seiten, wenn man selbstständig war. Man wusste zwar nie, wie viel Geld man am Monatsende auf dem Konto hatte, aber man war Herr über die eigene Zeit und musste keinem Chef Rechenschaft ablegen.

Bevor sie startete, rief sie noch schnell bei Evi an, um sich zu erkundigen, wie sie mit allem klarkam. Evi war im Auto unterwegs. Die Arme klang aufgewühlt. Momentan überwog der Zorn auf Michl. „Weißt', Amalia, ich habe manchmal so einen Hass auf ihn. Besonders abends, wenn ich im Bett liege. Ich könnte schreien vor Wut. Ich könnt ihn erwürgen, ich könnt ihn schlagen. Dann male ich mir aus, wie er auf Knien angekrochen kommt und mich um Verzeihung anfleht und ich ihn zum Teufel schick. Aber er ruft nicht mal an. Und da lieg ich dann mit meinem Zorn und kann nicht einschlafen, während er sich einen Dreck schert, und dann werde ich noch wütender."

„Der wird halt auch nicht wissen, wie er sich verhalten soll", versuchte Amalia sie zu beschwichtigen. „Hältst du ihn für verdächtig?"

„Nein! Mit ein wenig Abstand kann ich mir das überhaupt nicht mehr vorstellen. Ja, er hat mich bitter enttäuscht. Aber eine Affäre ist eine komplett andere Größenordnung als ein Mord. Ich habe Michl in den verschiedensten Situationen erlebt. Ich weiß, wie er ist, wenn er wütend ist, ich weiß, wie er sich verhält, wenn er verzweifelt ist. Er kann laut werden und toben, aber ich habe ihn in all den Jahren niemals gewalttätig erlebt. Der schlägt niemandem den Kopf ein." Die letzten Worte sprach Evi mit ruhiger Überzeugung.

„Das stimmt schon. Aber man liest immer wieder in der Zeitung, dass ein ganz normaler, unauffälliger Mensch komplett ausrasten und zu den blutigsten Gewalttaten fähig sein kann."

Evi schwieg einen Moment. „Ja, möglicherweise ...", sagte sie dann nachdenklich. „*Magari* können in einer Extremsituation bei jedem die Sicherungen durchbrennen. Aber Michl ist am nächsten Tag bei uns am Frühstückstisch gesessen. Meinst du wirklich, er hat sich das Blut abgewaschen und dann so getan, als wäre nichts gewesen? Dazu ist er nicht fähig. So kalt ist er nicht."

Amalia murmelte etwas Unverbindliches. Sie war sich nicht so sicher. Schließlich hätte Evi vor einigen Tagen Haus und Hof verwettet, dass Michl sie nie betrügen würde. Er hatte in den letzten Tagen hinreichend bewiesen, dass sich einige Untiefen unter der Oberfläche verbargen. Evi war mehr an seinem aktuellen Verhalten interessiert. Sie redete sich wieder in Rage wegen der vielen Lügen und Heimlichkeiten.

Amalia bot an, vorbeizukommen, aber Evi war Richtung Brixen unterwegs. Sie hatte mit Leander, ihrem Jüngsten, eine Kontrollvisite bei der Kinderärztin.

Also packte Amalia ihre Tourenskier aufs Auto und sie setzte sich gerade in ihren Mini, als die Beifahrertür aufging und Gerda sich auf den Sitz plumpsen ließ.

„Gott sei Dank erwische ich dich einmal alleine."

„Mensch, Gerda, hast du mich erschreckt", entfuhr es Amalia.

„Nicht mehr als du mich", konterte diese. „Die Nanne hat mir erzählt, dass du mir einen Mord zutraust."

Amalia konnte richtig spüren, wie ihr die Röte in die Wangen stieg. Musste Nanne immer alles brühwarm weitererzählen, was sie mit ihr besprochen hatte? Amalia fühlte sich ertappt und setzte halbherzig zur Verteidigung an: „Das ist jetzt so nicht richtig. Ich hab ja nur ..."

„An *Plentn* hast du!", schimpfte Gerda. „Du hältst mich für verdächtig, bloß, weil ich nicht auf der elenden Geburtstagsfeier von meinem Schwager war."

Amalia schwieg, weil das ziemlich genau den Tatsachen entsprach.

Gerda fiel die kurze Pause nicht weiter auf und sprach echauffiert weiter: „Amalia, ich bin sehr enttäuscht von dir. Du müsstest mich besser kennen."

„Ja, aber ...", setzte Amalia erneut an, aber die erzürnte Gerda ließ sie nicht zu Wort kommen.

„Wir hatten es so nett an Silvester miteinander und jetzt muss ich so etwas hören. Es war schon schlimm genug, dass ich mein Privatleben vor den ganzen *Mando* beim *Brugga* hab ausbreiten müssen, aber von dir hätte ich mehr erwartet. Ja, ich war zornig. Ja, ich war enttäuscht von meinem Mann, aber deswegen bringe ich noch lange keinen um", schrie sie fast. „Ich wollte nur weg. Wollte nicht zu einer Familienfeier, wo die ganze bucklige Verwandtschaft weiß, dass mein Egon einer Blondine nachsteigt, die nicht einmal halb so alt ist wie ich. Amalia, da frage ich dich, was macht man in so einer Situation?"

„Äh, man ..."

Anscheinend war die Frage nur rhetorisch gemeint, denn die Koflerbäurin fuhr schon fort: „Nein!", spie sie. „Man schlägt der Konkurrentin nicht den Kopf ein, sondern fährt stattdessen zu seiner Freundin. Dort war ich nämlich, bei der Marscht Annelies. Die hat mir ein paar Klare hingestellt, mit mir über die Männer geschimpft und danach war es nur noch halb so schlimm. Ich bin doch keine Psychopathin."

„Das tut mir leid, Gerda. Ich hab doch nur ..."

Aber bevor sich Amalia rechtfertigen konnte, war die wutschnaubende Gerda schon wieder ausgestiegen und ließ sie sprachlos und schuldbewusst zurück. Es war, wie Nanne es gesagt hatte: Die Gerda polterte, was das Zeug hielt, war im Grunde genommen aber harmlos. Wenn sie wirklich mit einer Freundin den Frust über ihren Mann ertränkt hatte, hatte sie ein wasserdichtes Alibi.

Amalia war erleichtert. Trotz dem – gerechtfertigten – Donnerwetter, das sie gerade von Gerda erhalten hatte, war ihr die temperamentvolle Frau, die ihr Herz auf der Zunge trug, sehr sympathisch.

Da sie alleine war, entschied sie sich für ihre Tour die sicherere *Schattseite* zu nehmen. Um sich mit *Belegten* zu versorgen, fuhr sie aber zuerst zum Laden.

Als sie sich gerade mit *Vormasskuchilan* eindeckte, hörte sie im Nebengang die vertraute Stimme von Felix und das leise Lachen der Frau Doktor. Die beiden hatten ihr gerade noch gefehlt. Ihr fiel auf, dass die Sommer bei ihrem Gespräch mit Felix in ein weicheres Bayerisch wechselte, wohingegen sie sonst immer ein klares Schriftdeutsch sprach. Vielleicht sollte Amalia den Einkauf verschieben, um eine Begegnung zu vermeiden. Jetzt standen sie auch noch an der Wursttheke. Verdammt! Da kam sie schlecht ungesehen vorbei. Sie drehte ihnen den Rücken zu, beugte sich über die Tiefkühltruhe und betrachtete eingehend gefrorene Himbeeren und *Schlutzkrapfen*.

„*Hoila,* Amalia. Dachte ich mir doch, dass du das bist", hörte sie Felix' Stimme hinter sich.

Sie drehte sich ruckartig herum. Zum zweiten Mal heute geriet sie in eine für sie äußerst unangenehme Situation. Jetzt blieb ihr nichts anderes übrig, als das Beste daraus zu machen.

„Hallo, Felix", presste sie heraus.

„Warst du auf Skitour?", fragte er und deutete auf ihre Tourenhose und -jacke.

„Nein, noch nicht. Aber nach dem Einkaufen starte ich. Zu den *Falzarerböden*", antwortete sie.

Dann wussten sie beide nicht weiter und schwiegen.

Krampfhaft suchte Amalia nach einem unverfänglichen Gesprächsthema. „Wie geht es deiner *Mamme,* nachdem sie gestern die Stella gefunden hat?", fragte Amalia deshalb.

„Kennst ja die *Mamme,* sie ist davon überzeugt, dass Reden hilft. Trotzdem war sie am Abend noch ganz durcheinander und heute Nacht hat sie schlecht geschlafen. Ist ja auch eine tragische Geschichte."

Die Verkäuferin hatte seine letzten Worte mitbekommen und mischte sich ein: „Die Nanne hat uns ja schon alles erzählt, aber vorher waren die Eltern der beiden Mädchen hier im Laden. Ich wusste gar nicht, was ich zu denen sagen soll. Mehr als „Mein Beileid“ hab ich nicht herausgebracht. Was das für die Eltern bedeutet, das mag man sich gar nicht vorstellen. Drei Kinder zu verlieren. Die arme Frau hat gar nicht reagiert. Ihr Gesicht ist bleich und die Augen sind rot vom Weinen. Der Vater geht leicht gebückt, als wäre er um Jahre gealtert. Tragisch. Alle unsere Kunden sind ganz betroffen. Ich habe seit gestern keinen vom Dorf mehr bedient, der nicht fassungslos über diese ganze Tragödie war. Wie die Uhligs damit weiterleben können?“, fragte sie.

Bevor Amalia allerdings antworten konnte, wurde die Verkäuferin von einer anderen Kundin angesprochen, die nach einer bestimmten Sorte Äpfel suchte.

„Hallo, Frau Engl. Wie nett, Sie hier zu treffen“, sagte Frau Doktor Sommer, die zu ihnen trat, freundlich.

Amalia lächelte ihr angestrengt zu.

In diesem Augenblick läutete Felix’ Handy. Er schaute auf das Display. „Beruflich“, sagte er entschuldigend zu Bettina Sommer und ging eilig nach draußen.

„Sie waren auf Skitour?“, fragte nun auch Frau Dr. Sommer – wieder in astreinem Hochdeutsch.

„Nein, aber ich will gleich losgehen“, antwortete Amalia ausweichend. Sie hatte wirklich keine Lust auf Small Talk mit Felix’ neuer Freundin.

„Ja, das kann sicher nicht schaden.“

„Wie bitte?“, fragte Amalia scharf.

„Na ja, bei unserer Suchaktion ist mir nicht entgangen, dass sie konditionell einigen Nachholbedarf haben. Keine

Sorge“, wiegelte sie sofort ab, als sie Amalias zornigen Blick bemerkte, „das ist nach der langen Zeit in der Stadt ja nichts Ungewöhnliches.“

„Sie müssen es ja wissen“, gab Amalia pampig zurück.

Aber anscheinend war die Biologin immun gegen Amalias Feindseligkeit. „Sie haben recht“, erwiderte sie mit einem strahlenden Lächeln. „Ich bin zwar eine Akademikerin, aber wenn man sich mein Leben als eines hinter dicken Büchern vorstellt, würde man falschliegen. Dadurch, dass mein Augenmerk auf der Ethologie der Wölfe liegt, bin ich sehr naturverbunden und jede freie Minute in Wäldern und Bergen unterwegs. Das hält fit.“

Die Wissenschaftlerin ging ohne ein weiteres Wort zum Weinregal.

Wie machte die das nur, dachte Amalia erbost. Diese Frau schaffte es, sich selbst mit einem Satz als äußerst schlau und gleichzeitig supersportlich hinzustellen und mich als Niete. Macht sie das, um mir zu zeigen, dass ich keine Chance mehr bei Felix habe? Eigentlich konnte ihr egal sein, was Frau Doktor Sommer von ihr dachte. Allerdings hatte diese mit dem Thema „mangelnde Fitness“, was Amalia zudem innerlich mit ihrem etwas zu hohem Körpergewicht gleichsetzte, ihren wunden Punkte getroffen.

Sie zuckte resigniert mit den Schultern und wandte sich wieder der Tiefkühltruhe zu. Sie verharrte so, bis sie sicher war, dass Felix und die Sommer den Laden verlassen hatten, dann ließ sie sich zwei Semmeln mit Käse belegen und ging mit gesenktem Kopf zum Auto.

In ihrem Mini schlug sie frustriert gegen das Armaturenbrett. Warum hatte sie sich von der Biologin nur zu einer barschen Antwort hinreißen lassen? So hatte sie ihr gezeigt, dass sie sie getroffen hatte. Sie atmete tief durch. Langsam wurde sie wieder ruhiger. Hatte Sommer bei Celina auch einen wunden Punkt angesprochen und Celina sich dadurch angegriffen gefühlt? Lag darin das Motiv für den Mord? Sowohl Acherer als auch Evi hatten von Streitigkeiten gesprochen. Auch Amalia hatte von der Sommer immer wieder Abwertendes gegen die Uhlig gehört, was im Gegensatz zu deren zur Schau gestellten Trauer über Celinas Tod gestanden hatte. Wie passte die Barabhebung in dieses Bild? Das schien eher auf eine Erpressung hinzudeuten. Ein beruflicher Streitpunkt? Hatte die Frau Doktor in wissenschaftlichen Arbeiten falsche Behauptungen aufgestellt und Celina war dahintergekommen? Wie sie es drehte und wendete, die Puzzleteile wollten nicht zusammenpassen.

Wen konnte sie fragen? Ihr fiel nur Pfarrer Auer ein. In seiner Predigt zur Gedenkfeier von Celina hatte er – Amalias Meinung nach – anklingen lassen, dass er mehr wusste. Sie kannte den Geistlichen als höchst prinzipientreuen Mann. Wenn er während einer Beichte etwas erfahren hatte, würde er es ihr gegenüber ganz sicher nicht preisgeben. Aber eventuell konnte sie ihn zu einer Äußerung verleiten, die ihr Klarheit verschaffte, ob das Motiv im beruflichen oder privaten Umfeld von Celina zu finden war. Also stieg sie wieder aus dem Auto und ging zu Fuß den *Kirchbichl* hinauf zum *Widen*.

Der kleine Garten vor dem Pfarrhaus lag unter einer Schneeschicht, die ihr bis über die Knie ging. Da der Weg nicht geräumt war, passte sie sich an die schon vorhandenen Tritte im Schnee an, um mit ihren Turnschuhen nicht so tief einzusinken.

Sie drückte auf die Türklingel und wartete ab. Ungeduldig stapfte sie von einem Fuß auf den anderen. Nur mühsam hielt sie sich zurück, erneut zu klingeln. Sie wusste, dass Pfarrer Auer nichts mit Hast tat und für den Weg von seinem Arbeitszimmer im ersten Stock hinunter einige Zeit brauchte. Als sie schließlich sicher war, genügend gewartet zu haben, presste sie erneut, diesmal länger, die Türklingel. Wieder tat sich nichts. Sie legte ihr Ohr an die Holztür. Schlief der Pfarrer noch? Zu Hause musste er sein, da sein Auto unter einer dicken Schneeschicht auf seinem üblichen Platz stand. Der einzige Weg, den Pfarrer Auer zu Fuß ging, war der hinunter zum Laden und hinüber zur Kirche. Alles andere erledigte er mit dem Auto und im Laden war er eindeutig nicht gewesen.

Genervt machte sie sich auf den Weg zur Kirche, die sich von dem bleigrauen Himmel deutlich abhob. Der Friedhof mit seinen schmiedeeisernen Kreuzen lag tief verschneit und verlassen vor ihr. Einige Dohlen flogen, empört über die Störung, krähend auf. Auf einigen Gräbern brannten Grablichter, die die Angehörigen oben auf die vor lauter Schnee kaum noch erkenntlichen Gräber gestellt hatten. Hier war der Pfarrer schon mal nicht. Als sie an der Kirchenpforte rüttelte, war diese abgeschlossen und auch die Tür an der Sakristei war zu. Da es auch keinerlei Spuren im Schnee gab, ging Amalia davon aus, dass der Pfarrer schon länger nicht mehr hier gewesen war.

Also ging sie wieder zurück zum Pfarrhaus und klingelte erneut. Von einer nervösen Unruhe ergriffen, konnte sie ihren Besuch beim Pfarrer nicht aufschieben. Sie drückte die Türklinke nach unten und war selbst überrascht, dass die Tür sofort aufschwang.

Der Flur lag im Halbdunkel und Amalia hielt entschlossen auf die Treppe zu. Wenn der Pfarrer vertieft in seine Büchern im Arbeitszimmer saß und die Welt um sich herum vergessen hatte, würde sie ihn stören – wenn er dort nicht war, würde sie einfach leise wieder verschwinden, nahm sie sich vor.

Doch bevor sie die Treppe erreichte, stieß sie mit ihrem Fuß gegen etwas Nachgiebiges ... Weiches. Sie wollte nicht nach unten schauen. Eine tiefe Beklommenheit, die sie schlagartig in Besitz nahm, warnte sie, dass sie nicht sehen wollte, was da war. Am liebsten hätte sie sich umgedreht und wäre davongelaufen – wie ein Kind, das die Augen schloss, wenn es Angst hatte, und glaubte damit unsichtbar zu sein.

Sie brauchte ihre ganze Willenskraft, um den Blick nach unten zu senken. Es dauerte ein paar Sekunden, bis sie verstand, was sie sah. Entsetzt schrie sie auf. Zu ihren Füßen lag der alte Geistliche in einer Lache seines Blutes. Sie starrte hinunter und meinte, dass sich der rote Fleck immer noch weiter ausbreitete.

Sofort sank Amalia auf die Knie und suchte fieberhaft nach einem Puls. Am Handgelenk spürte sie nichts. Auch an der Halsschlagader konnte sie nicht die geringste Bewegung feststellen. Sie beugte sich nach vorne und brachte ihr Ohr ganz nahe an den Mund von Pfarrer Auer. War das ein Lufthauch, den sie fühlte? Oder bildete sie sich das nur ein, weil die Alternative zu entsetzlich wäre? Mit zittrigen Händen nestelte sie ihr Handy aus ihrer Jackentasche und wählte die 112. Die Frau der Notrufzentrale versprach, sofort Hilfe zu schicken, und wies Amalia an, den Verletzten in die stabile Seitenlage zu bringen und seine Vitalfunktionen zu überwachen.

Mit einigem Kraftaufwand drehte Amalia den behäbigen Körper des Pfarrers auf die Seite. Als sie die klaffende Wunde am Hinterkopf sah, aus der immer noch stetig dunkelrotes Blut strömte, stieß sie ein heiseres Stöhnen aus.

Sie brachte Arme und Beine des Pfarrers in die richtige Position und lauschte wieder nach seinem schwachen, aber nun deutlicher hörbaren Atemgeräuschen. Hoffentlich setzte die Atmung nicht aus. Die Frau von der Zentrale hatte ihr aufgetragen, dann sofort die Herzdruckmassage zu beginnen, aber auf eine Mund-zu-Mund-Beatmung zu verzichten. Oh Gott! Wo war noch einmal der richtige Druckpunkt? Wieso hatte sie nie einen Erste-Hilfe-Auffrischungskurs gemacht? Sie mochte sich gar nicht vorstellen, dass, wenn sie etwas falsch machte, der Pfarrer ihretwegen starb. Das würde sie sich nie verzeihen.

Irgendjemand hatte ihr einmal gesagt, dass man eine Herzdruckmassage im Takt von „Atemlos“ von Helene Fischer machen sollte. Mit diesem – doch sehr begrenzten – Wissen für Leben oder Tod eines anderen Menschen verantwortlich zu sein, versetzte sie in Panik. Sie spürte, wie Übelkeit in ihr aufstieg.

„Bitte, atme“, flehte sie stumm, aber unaufhörlich. Liebevoll strich sie dem Pfarrer immer wieder über sein spärliches graues Haar. Die Haut war schlaff und fahl und er sah auf einmal viel älter aus. Durch seine Energie und Präsenz, die er sonst ausstrahlte, vergaß man, dass er fast 80 Jahre alt war. Nun wirkte er jedoch greisenhaft und verletzlich. Ohne sein gütiges Lächeln und den üblichen Schalk in seinen Augen wirkte sein Gesicht wie eine Maske, die nur vage an seine ursprünglichen Züge erinnerte.

Mit großer Erleichterung hörte Amalia die Rotoren eines Hubschraubers. Sie hätte nicht sagen können, wie viel Zeit seit ihrem Anruf vergangen war. Nun ging alles ganz schnell. Sie wurde beiseitegeschoben, der Pfarrer wurde notärztlich versorgt, auf eine Trage gepackt und war wenige Minuten später auf dem Weg zum Helikopter.

Benommen folgte Amalia den Einsatzkräften aus dem Haus. Nun kamen auch die *Vinteler Carabinieri* mit zwei Einsatzfahrzeugen an. Sie sprachen zunächst kurz mit dem Notarzt und wandten sich dann an Amalia. *Maresciallo* Marchetti bat sie, ihn zurück ins Haus zu begleiten und den Unfallhergang zu schildern.

Mit keiner noch so kleinen Geste verriet er, dass sie sich privat nähergekommen waren. Es kostete Amalia große Überwindung, den Hausgang wieder zu betreten. Sie beschrieb, so präzise sie nur konnte, wie sie den Pfarrer vorgefunden hatte, und zeigte ihm, wo er genau gelegen hatte. Distanziert und sachlich befragte er sie wie jede beliebige Zeugin. Immer wieder ging der *Maresciallo* auf und ab und schätzte die Entfernung zwischen dem Blutfleck und der Treppe ab.

„Das ist zu weit entfernt von die Treppe. Er kann nicht gestürzt sein“, sagte er dann mit großer Überzeugung. War es ein Zeichen seiner persönlichen Wertschätzung, dass er sie an seinen Gedanken teilhaben ließ, fragte sich Amalia unsicher. Kein Blick, keine Geste verriet, dass er sich an den Moment im Wald erinnerte. Oder hatte sie zu viel hineininterpretiert?

Amalia nickte. Darüber hatte sie in ihrer Angst und Panik überhaupt nicht nachgedacht. Sie hatte keine Sekunde überlegt, woher die schwere Verletzung des Pfarrers kam, sondern nur, wie sie bestmöglich die Zeit bis zum Eintreffen der Rettung überstand.

„Man muss natürlich abwarten die endgültigen Bericht des Doktor, aber ich denke, Pfarrer Auer ist niedergeschlagen worden“, sagte Marchetti nachdenklich. „Schade, dass so viele Leute inzwischen sind eingegangen und ausgegangen.

Alle Spuren im Schnee sind verloren", fügte er dann noch ärgerlich hinzu.

Amalia erinnerte sich an die Fußspuren, in die sie aufgrund des tiefen Schnees getreten war. War das der Täter gewesen? Sie versuchte, sich die Abdrücke ins Gedächtnis zu rufen. Waren es kleine oder große Schuhe gewesen, die die Spuren hinterlassen hatten? Sosehr sie sich auch den Kopf zermarterte, ihr Hirn blieb leer.

Der *Maresciallo* verabschiedete sich schließlich mit einem kurzen *„a dopo"* von ihr und Amalia war erleichtert, den düsteren Flur verlassen zu können.

Vor dem Pfarrhaus blieb sie stehen und beobachtete, wie der Hubschrauber vom *Porschtfeld* in den farblosen Winterhimmel startete. Als sie ihn nicht mehr sehen konnte, ging sie hinunter zum Laden, wo ihr Auto stand. Aus allen Häusern waren Leute getreten, die sich aufgeregt fragten, was passiert war und wer abtransportiert wurde. Ohne mit jemandem zu sprechen, fuhr sie davon und war heilfroh, als sie in der Ruhe und Sicherheit ihrer Wohnung ankam.

20.

Ruhelos tigerte sie durch ihr Wohnzimmer. Wer hatte dem Pfarrer das angetan? Hatte der Täter ihn liegen lassen, damit er starb und für immer schwieg? Oder hatte er gemeint, der Geistliche wäre schon tot? Wie lange hatte der arme Pfarrer in seinem Blut am Boden gelegen? Ein scheußlicher Gedanke kam ihr: Wäre sie dem Mörder beinahe in die Arme gelaufen? War er noch im Haus, als sie zum ersten Mal geklingelt hatte? Sie würde wohl nie erfahren, wie viel Zeit zwischen der Tat und ihrem Eintreffen vergangen war. Hundertprozentig sicher war jedenfalls, dass das mit dem Mord an Celina zu tun hatte. Zweifelsohne hatte sich der Täter von den kryptischen Worten des Pfarrers bei der Trauerfeier bedroht gefühlt.

Wer war bloß zum Beichten gegangen und hatte später kalte Füße bekommen? Das Gewissen durch eine Beichte zu erleichtern, wäre am ehesten Einheimischen in den Sinn gekommen. Sie suchte nach ihrer Liste. Zuerst strich sie Stella Uhlig jetzt endgültig. Sie war schon tot gewesen, als das mit dem Pfarrer passiert war. Dass jemand anderes als Celinas Mörder den Pfarrer hatte umbringen wollen, war abwegig. Folglich hatte sie in ihrem Abschiedsbrief doch die Wahrheit geschrieben, dachte Amalia traurig. Die arme Frau. Ihr war viel Unrecht widerfahren.

Also blieben Michl und Acherer. Wenn man es genau nahm, auch Evi. Sie schob den Gedanken von sich. Ihrer „Lieblingsverdächtigen" Frau Dr. Sommer wäre es niemals eingefallen, einem alten Dorfpfarrer ihr Herz auszuschütten, da war sich Amalia sicher. Oder war sie auf einer falschen

Spur und der Pfarrer hatte etwas beobachtet, was ihm verdächtig vorgekommen war? Hatte die Biologin den Pfarrer niedergeschlagen, war anschließend nach Hause gefahren, um dann wenig später mit ihrem Freund seelenruhig im Laden einkaufen zu gehen, als wäre nichts geschehen? Abgebrüht genug dafür war sie, dachte Amalia grimmig.

Der Beantwortung der bohrenden Frage, wo ein Motiv bei der Sommer zu finden sei, war sie allerdings noch nicht den kleinsten Schritt näher gekommen. Vielleicht war sie in der eher heimlichen Animosität zwischen den beiden Frauen zu finden. Offiziell weinte die Frau Doktor Krokodilstränen um ihre „liebe Kollegin", aber dann verteilte sie wieder Spitzen und Seitenhiebe. Auch diese dubiose Barabhebung von 20 000 Euro machte sie verdächtig. Amalia versicherte sich selbst, dass das logische Gedanken waren, die nichts mit ihrer persönlichen Abneigung gegen die Biologin zu tun hatten.

Sie zog ihren Laptop heran und begann, Bettina Sommer zu googeln. Sogar einen Wikipedia-Eintrag hatte die Ziege – und natürlich eine eigene Homepage. Dort konnte sie Studium, Praktika und Karriereweg der promovierten Biologin minutiös verfolgen. Interessiert schaute Amalia einige Videos über Wölfe in freier Wildbahn an, die Frau Dr. Sommer mit Wildkameras aufgenommen hatte.

Eine Seite war Sommers diversen Projekten gewidmet, die mit Fotos akribisch dokumentiert waren. Auf allen Aufnahmen, die Amalia im Netz fand, wirkte sie souverän und ein wenig unterkühlt. Nur auf einem Foto, das sie bei einer Wolfauffangstation in Nordrhein-Westfalen mit einer jungen Wölfin zeigte, lachte sie echt und ungekünstelt in die Kamera. Amalia musste feststellen, dass die kurzhaarige Frau auf diesem Foto sehr attraktiv und abenteuerlustig wirkte. War es das, was Felix an ihr mochte, grübelte sie.

Alles was sie las, unterstrich das Bild einer gestandenen Wissenschaftlerin, die für ihr Arbeitsgebiet brannte und die in ihrem Metier von Kollegen respektiert und anerkannt war. Nichts deutete darauf hin, dass Celina Uhlig für sie in professioneller Hinsicht eine Gefahr hätte sein können. Amalia stieß schließlich auf einen Link zu Sommers Dissertation. Vielleicht war da der Hund begraben? Eventuell hatte Frau Doktor etwas veröffentlicht, was falsch war, und Celina Uhlig hatte sie damit erpresst?

Sie begann zu lesen. In der Doktorarbeit ging es um die kooperativen Potenziale von Wölfen und Hunden. Anfangs schlug Amalia die vielen Fremdwörter und Fachbegriffe nach, die sie nicht verstand, aber schließlich gab sie entnervt auf. Sogar wenn jeder zweite Satz falsch wäre, hatte sie keinerlei Möglichkeit, das zu überprüfen. Andererseits fand sie Gefallen an ihrer Theorie. So wie sie Bettina Sommer einschätzte, war diese ehrgeizig genug, um für ihre Karriere – vielleicht im wörtlichen Sinne – über Leichen zu gehen. Nur wie sollte sie je darauf kommen? Schließlich hatte Frau Dr. Sommer ihre Doktorarbeit eingereicht und publiziert. Sie war korrigiert und von anderen Biologen gelesen worden. Wenn etwas offensichtlich nicht korrekt war, wäre das schon längst aufgefallen. Es musste also etwas sein, auf das Celina erst hier in Pfunders gekommen war.

Amalia rauchte der Kopf. Sie schaffte es einfach nicht, Ordnung und System in ihre verschiedenen Theorien zu bringen. Auch war sie sich nicht ganz sicher, ob sie objektiv war oder ob ihre Eifersucht auf Bettina Sommer ihr Urteilsvermögen trübte. Sie brauchte jetzt jemanden, der ihr zuhörte und Sinn in die ganze Angelegenheit brachte. Evi – normalerweise ihre erste Wahl – kam nicht infrage, da sie viel zu persönlich in dem ganzen Schlamassel drinsteckte. Nach kurzem Überlegen wählte sie die Nummer ihres Freundes Maurice. Der war weit genug entfernt und vor allem kannte er keinen der Beteiligten persönlich.

„Hallo, Darling“, meldete er sich in seiner affektierten Art. Zuerst wollte er sie mit dem neuesten Klatsch aus der Berliner Modeszene unterhalten, aber als er merkte, dass Amalia seinen Rat suchte, wurde er merklich ernster und hörte aufmerksam zu.

„Oh Gott, der arme Pfarrer. Und du armes Mäuschen hast ihn finden müssen. Das war bestimmt schrecklich“, sagte er ehrlich entsetzt, als sie geendet hatte.

Dann war es längere Zeit still in der Leitung.

„Ich würde zuerst auf die Männer tippen, die was mit ihr hatten“, sagte er dann.

„Warum nur auf die Männer und nicht deren Ehefrauen?“, fragte Amalia überrascht.

„Weil Männer, wenn sie meinen, Hörner aufgesetzt bekommen zu haben, dazu neigen, aggressiv zu werden. Ich kann mir das richtig vorstellen in deinem Dorf. Alles kernige Naturburschen, bei denen Konflikte noch mit der Faust geregelt werden.“

Amalia grinste in sich hinein. Ihr lieber Freund ließ ja wirklich kein Klischee aus. Sie musste ihn unbedingt einmal hierher einladen.

„Vor allem wenn sie denken, ihre Männlichkeit wurde verletzt, weil ein anderer ihr Weib geschwängert hat, werden sie zum Stier. So nach dem Motto: Wenn ich sie nicht haben kann, soll keiner sie haben. Du weißt schon, das Testosteron“, fügte er theatralisch hinzu.

Amalia konnte sich richtig vorstellen, wie er dazu gestikulierte und die Augen verdrehte. Sie musste ihm recht geben. Wenn sie ganz ehrlich war, fand sie auch, dass der potenzielle Vater das beste Motiv hatte. Sowohl Acherers Leben als auch das von Michl wären komplett aus den Fugen geraten, wäre ein außereheliches Kind aufgetaucht.

Sie konzentrierte sich wieder auf Maurice, der ohne Punkt und Komma weitersprach: „Ich werde Arne alles erzählen, wenn er heute Abend heimkommt. Das darf ich doch? Denn Arne ist immer fasziniert, wenn ich ihm von deinen Real-Life-Crime-Stories erzähle. Möglicherweise sieht er die Sache komplett anders. Er neigt dazu, die Dinge gänzlich anders zu sehen als ich", fügte Maurice kummervoll hinzu.

Amalia ging darauf nicht ein, denn sie hatte eine Idee. „Du, Arne arbeitet doch an der Uni. Kannst du ihn nicht fragen, ob er einen Biologen kennt, der die Doktorarbeit von der Sommer auf ihre Richtigkeit überprüfen könnte?"

„Ach, Sweety, du willst wohl unbedingt, dass die neue Freundin von deinem Felix lebenslang hinter Gitter wandert?"

Amalia konnte Mitleid in seiner Stimme hören. „Nein, nein, das ist nicht der Grund. Aber sie verhält sich so merkwürdig. Mal ist sie betroffen, dass Celina tot ist, dann sagt sie wieder, dass diese eine schlampige Mitarbeiterin war. Und dann ist da auch noch die Sache mit den 20 000 Euro", verteidigte Amalia sich.

„Whatever", wischte er ihren Einwand beiseite. Dann wurde sein Ton eindringlich. „Pass auf dich auf, Amalia. Der Täter schreckt nicht davor zurück, weitere Leute aus dem Weg zu räumen. So wie ich dich verstanden habe, wusste euer Pfarrer etwas und jetzt liegt er schwer verletzt im Krankenhaus. Mit deiner Neugier bist du eventuell die Nächste auf der Liste. Vielleicht bist du das blinde Huhn, das auch mal ein Korn findet und damit den Täter in die Enge treibt. Sei vorsichtig."

„Blindes Huhn? Dir werd ich's zeigen", empörte sich Amalia, um zu überspielen, dass seine Worte sie getroffen hatten. Maurice hatte recht, mit dem Täter war nicht zu spaßen.

Nachdem sie wenig später aufgelegt hatte, ging sie unruhig in der Wohnung auf und ab. Sie versuchte zu lesen, aber nachdem sie die gleiche Seite dreimal gelesen hatte und immer noch nicht wusste, worum es ging, legte sie das Buch beiseite. Sie würde jetzt ihre Skitour machen, die sie heute Morgen wegen des Pfarrers komplett vergessen hatte. Eventuell half das, den Kopf freizubekommen. Immerhin hatte sie die richtigen Klamotten schon an und die Skier waren schon auf dem Auto.

Sie fuhr zum Sportplatz, zog die Felle auf und war bald startklar. Zuerst blieb Amalia auf dem Forstweg in Richtung der *Rastbrandl*. Gleichmäßig stieg der Weg an. Spuren im Schnee zeigten ihr, dass sie heute nicht die Einzige war. Die wahren Sportler allerdings, die bis hinauf zum *Fallmetzer* wollten, gingen schon im Morgengrauen los, da dann die Lawinengefahr am geringsten war.

Nach einigen Kehren kürzte sie durch den Wald ab. Es war zwar steiler, aber auch interessanter zu gehen. Ihr Puls beschleunigte sich und sie kam aus der Puste. Sie sollte viel öfters raus in die Natur und weg vom Schreibtisch, nahm sie sich für die Zukunft vor. Zum einen ließ ihre Kondition sehr zu wünschen übrig und zum anderen fand man Zeit zum Nachdenken und seine innere Ruhe. Mit Zorn dachte sie an die abfällige Bemerkung, die die Sommer heute Früh im Laden über ihre Fitness gemacht hatte. Sogar wenn sie recht hatte – wenn auch nur ein bisschen –, war es eine Unverschämtheit. Was meinte die denn, wer sie war? Sie gab sich innerlich einen Ruck. Dass sie sich komplett auf die Sommer als Täterin versteifte, war irrational, schalt sie sich selbst. Michl und Acherer hatten mit Sicherheit das stichhaltigere Motiv.

Die Äste der Bäume bogen sich unter der Last der dicken Schneeschicht. Da sie auf der *Schattseite* unterwegs war, fand nachmittags kein Sonnenstrahl den Weg in die tiefen Schatten zwischen den Bäumen. Trotzdem schien der Wald für Amalia das Bedrohliche, das er für sie seit dem Auffinden von Celina gehabt hatte, zu verlieren und bekam stattdessen seine geheimnisvolle Magie zurück. Es waren nicht Flora und Fauna, die man in Pfunders fürchten musste, sondern die Menschen. Wieder kam ihr der Pfarrer in den Sinn. „Der Mensch ist dem Menschen ein Wolf", hatte er gesagt. Jetzt hatten sich seine Worte aufs Grausamste bewahrheitet, denn ein Mensch hatte den Pfarrer so übel zugerichtet und danach kein Mitleid mit ihm gezeigt. Sie nahm sich vor, am Abend Nanne zu fragen, ob sie etwas über den Gesundheitszustand des Pfarrers wusste. Hoffentlich überlebt er, dachte Amalia bedrückt.

Ein Knacksen riss sie aus ihren Gedanken. Sie sah sich um. Unter den hohen dichten Nadelbäumen konnte sie nicht weit sehen. Sie konnte niemanden entdecken, aber es wäre ein Leichtes, sich hinter einem der Bäume zu verstecken, vermutete Amalia beklommen.

„Hallo? Ist da wer?", fragte sie und konnte nicht verhindern, dass ihre Stimme ein wenig zittrig klang.

Keine Antwort. Angestrengt starrte sie in den Winterwald. Ach was! Durch ihr Erlebnis mit dem Pfarrer benahm sie sich jetzt wie ein aufgescheuchtes Huhn. Trotzdem versuchte sie nun so lautlos wie möglich die Skischuhe auf der Bindung aufzusetzen und lauschte nach hinten. Doch! Sie war sich sicher. Da knirschten Schuhe auf Schnee. Amalia blieb stehen und drehte sich sofort um. Hinter den nadelfreien Lärchen gab es keine Möglichkeit, sich zu verstecken. Aus dem Augenwinkel vermeinte sie eine Bewegung wahrzunehmen, aber wer auch immer das war, blieb nun auch reglos stehen. Maximal zehn Meter entfernt von ihr konnte sie nur eine dunkle Silhouette erkennen. Wie festgefroren verharrte sie und starrte die Gestalt an. Wer war das? Was wollte er von ihr?

Dann setzte der Fluchtreflex ein und Amalia gab Gas. Der Weg führte steil und uneben bergauf und sie hatte das Gefühl, sich wie durch Pudding zu bewegen. Ihre Beine waren schwer und langsam. Sie keuchte bei jedem Schritt. Folgte ihr die düstere Gestalt? Sie wagte es nicht, stehen zu bleiben, um zu lauschen. Möglicherweise war es doch nur ein anderer Wintersportler und sie machte sich gerade vollends lächerlich? Aber von diesem schemenhaften Wesen dort unten war eine unerklärliche Bedrohung ausgegangen, die Amalia dazu zwang, wegzukommen, so schnell sie konnte, um so viel Abstand wie nur irgendwie möglich zwischen sich und den anderen zu bringen.

Ihr Skistock blieb irgendwo hängen und als sie ihn wegriss, wäre sie fast gefallen. Doch in letzter Sekunde fand sie ihr Gleichgewicht wieder. Sie wollte schon aufatmen, als sie eine Hand auf ihrer Schulter fühlte und heißen Atem an ihrem Nacken spürte. Sie stieß einen markerschütternden Schrei aus.

„Halts Maul, *Bildomocharin!*“, zischte eine Stimme, die sie sofort erkannte.

„Rastbichler", fauchte sie.

Er trug eine schwarze Sportjacke und Berghose. An seine Bergschuhe hatte er Schneeschuhe aus Aluminium geschnallt. In diesem Outfit wirkte er viel drahtiger und sportlicher als mit seinem üblichen Jagdgewand. Er musste gerannt sein, um sie einzuholen, war aber weniger außer Atem als sie.

„Wo ist jetzt dein Mumm und deine große Klappe?"

Verstört von der überdeutlichen Feindseligkeit, die ihr entgegenschlug, trat sie einen Schritt zurück und hob abwehrend die Hände. Was wollte der von ihr? Bisher hatte sie nie etwas mit ihm zu tun gehabt und bei der Diskussion nach dem *Watten* beim *Brugger* hatte sie sich gänzlich rausgehalten. Wieso war er so zornig auf sie?

„Was willst' denn? Wieso schleichst du mir nach? Du hast mich furchtbar erschreckt", sagte sie mit mehr Courage, als sie empfand.

„Ich will dir nur einen guten Tipp geben." Rastbichler verkleinerte den Abstand zwischen ihnen beiden wieder.

Sie konnte jede Pore auf seiner Nase erkennen.

„Halt dich aus Dingen raus, die dich nichts angehen."

„Aber, ich ..."

„Du hast vor dem Dorfladen Zweifel gesät und alles durcheinandergebracht. Was bildest du dir denn ein, dich plötzlich als Anführerin aufzuspielen? Du warst jahrelang nicht hier. Und jetzt meinst du, wir brauchen deine Meinung? Du bist doch schon längst zur Städterin geworden, die keine Ahnung hat, wie der Alltag hier ausschaut. Die süßen Wölfe – alles durch die rosarote Brille gesehen, von jemandem, der den Wald als Abenteuerspielplatz sieht. Schämst du dich denn gar nicht, dich einzumischen und auf die Seite von den grün angehauchten Fremden zu stellen? Pfunders war dir lange

Zeit nicht gut genug. Du gehörst nicht mehr hierher. Daher hast du kein Recht, uns Jäger aufzuhalten. Uns liegt Pfunders am Herzen im Gegensatz zu irgendwelchen realitätsfremden Romantikern."

Amalia blieb eine heftige Erwiderung im Halse stecken. Rastbichler hatte zielsicher ihren wunden Punkt getroffen. Sie fühlte sich oft wie zwischen zwei Stühlen. Weg von Berlin, aber noch nicht in Pfunders angekommen. Sie hatte viel verpasst in ihrer langen Abwesenheit und Erfahrungen gemacht, die den anderen hier fremd waren. Obendrein merkte sie sogar, wenn sie mit ihren Freunden zusammen war, dass sie den Gesprächen manchmal nicht folgen konnte, weil sie die Leute, um die es ging, nicht kannte oder weil sie die Anspielungen auf Ereignisse, bei denen sie nicht dabei war, nicht verstand.

„Sie haben mich nach meiner Meinung gefragt und ich habe sie ihnen gesagt", verteidigte sie sich schwach.

„Behalt deine Meinung in Zukunft für dich! Du hast eh keine Ahnung, wovon du sprichst. Ich hätte gedacht, eine von Wölfen zerfressene Leiche sollte euch grünen Spinnern die Augen öffnen. Aber wenn ihr nicht einmal jetzt kapiert, wie gefährlich diese *Huornficho* sind, ist euch nicht mehr zu helfen. Muss erst ein Kind angegriffen werden, damit ihr aufwacht?"

Rastbichler fuhr sich fahrig durch seine kurzen stahlgrauen Haare. Da er so dicht bei ihr stand, konnte sie die tiefen Linien um seinen Mund gut erkennen. Man konnte ihm ansehen, dass er ein Mann war, der keiner Auseinandersetzung aus dem Weg ging, sondern sie mit Leidenschaft annahm und auf sich persönlich bezog. Die Jahre und Kämpfe hatten deutliche Spuren in seinem Gesicht hinterlassen.

„Da hast du gedacht, du wirfst eine Tierschützerin den Wölfen zum Fraß vor und schon hast du gewonnen?", schleuderte Amalia ihm entgegen, erbost über seine Selbstgerechtigkeit.

Schon als sie die Worte aussprach, zweifelte sie an ihrem eigenen Verstand. Was, wenn er es zugab? Dann musste er sie auch umbringen, dachte sie verzweifelt. Wieso schlitterte sie immer in solche Situationen und redete, ohne nachzudenken?

„Das traust du mir zu?"

Er lächelte. Wölfisch, wie Amalia fand. Sie schauderte und blieb ihm eine Antwort schuldig.

„Du bist ein dummes Ding. Du redest von Sachen, von denen du keine Ahnung hast. Du hast Celina ja nicht einmal gekannt. Die heilige Tierschützerin konnte auch wahnsinnig grausam sein, um ihre geliebten Wölfe zu schützen." Er schüttelte den Kopf, als müsste er ihn von Spinnweben befreien. Dann fuhr er, plötzlich ruhiger, fort: „Ich bin zwar nicht traurig, dass sie tot ist, aber ich würde niemals morden, um meine Ziele zu erreichen. Ich will nur die Tiere und Menschen meiner Heimat vor Raubtieren schützen."

Er sah sie durchdringend an und in seinen Augen lag tiefste Überzeugung.

„Ich als Jäger sorge für eine Balance in den Wäldern. Wenn wir nichts schießen würden, würde das Wild überhandnehmen und dann müssten die schwächeren Tiere im Winter verhungern. Ein qualvoller Tod. Deswegen schießt der Jäger die Tiere. Ein schneller Tod. Deswegen hasse ich die Wölfe so. Sie lassen die Tiere leiden. Erst jagt er das Vieh, dann verbeißt er sich in die Hinterbeine, bis er es endlich mit einem Biss in den Hals tötet. Oft fressen sie zuerst die Innereien. Das ist abscheulich. Da erbarmt mich jedes einzelne Schaf." Er lächelte sein unheimliches Raubtierlächeln. „Meiner Meinung nach hat das nicht einmal eine Wolfsaktivistin verdient."

Seine Augen wirkten nun müde und auch das kampfeslustige Funkeln darin konnte eine gewisse Resignation nicht überdecken.

„Nein, ich habe das gemacht, was jeder vernünftige Mann macht. Ich bin nach der Versammlung mit dem Huiba Hons zum *Brugger* gegangen und habe den Frust über die Weiber mit ein paar Gläsern Rotwein hinuntergespült. Kannst den Hons und alle anderen fragen. Wir sind erst um drei heim."

Amalia trat einen Schritt zurück. Sie war sprachlos. Erst machte er ihr panische Angst und dann präsentierte er ihr sein Alibi?

„Ja, dann ist ja gut", sagte sie schließlich lahm.

„Also, haben wir uns verstanden? Misch dich nicht mehr ein!", kam er auf sein ursprüngliches Anliegen zurück, allerdings mit wesentlich weniger Vehemenz als zuvor.

Sie nickte.

Er sah sie noch mal mit seinem durchdringenden Blick an, drehte sich um und ging wieder überraschend schnell und behände auf seinen Schneeschuhen Richtung Dorf hinunter. Nach wenigen Augenblicken war er nicht mehr zu sehen.

Einen Moment war Amalia versucht, ihm zu folgen. Dann gab sie sich einen Ruck. Sie war gestartet, um den Kopf freizubekommen und Ruhe zu finden. Das würde sie sich nicht vom Rastbichler kaputtmachen lassen. Sie würde ihre Skitour wie geplant fortsetzen.

Plötzlich machte das Verhalten der *Carabinieri* Sinn. Es hatte sie immer gewundert, dass sich die *Karpf* so auf Evi und Michl konzentrierten, statt gegen den vehementesten Wolfsgegner in Pfunders, den Rastbichler, zu ermitteln. Wenn er aber nach der Versammlung wirklich beim *Brugger* gewesen war, würde es jede Menge Zeugen geben, was die *Carabinieri* sicher gleich überprüft hatten. Es ärgerte sie ein wenig, dass sie immer einige Schritt der Polizeiarbeit hinterherhinkte.

Als sie schwer schnaufend bei den *Falzarerböden* ankam, wischte sie den Neuschnee von einem großen Stein und setzte sich. Sie kramte in ihrem Rucksack nach den *Belegten* und wartete darauf, dass sich ihr Atem beruhigte. Dann nahm sie ihre Thermoskanne und trank den Früchtetee mit so gierigen Schlucken, dass sie sich immer wieder die Zunge verbrannte. Sie biss herzhaft in ihre Semmel. Erst beim Kauen merkte sie, wie hungrig sie war. Durch die ganze Aufregung hatte sie seit dem Frühstück völlig vergessen zu essen. Auch eine Möglichkeit abzunehmen. Die „Mord-und-Totschlag-Diät", dachte sie sarkastisch. Aber viel Zeit blieb nicht für eine Pause, denn die Schatten wurden mit jeder Minute länger und undurchdringlicher. Die Worte vom Rastbichler hallten in ihrem Kopf nach: ... dir war Pfunders lange nicht gut genug ... du bist eine Städterin ... du gehörst nicht mehr hierher ...

Das tat weh. Auch wenn Rastbichler die Worte im Zorn gesagt hatte, lag darin eine bittere Wahrheit. Sie hatte sich etwas vorgemacht. Man konnte nicht einfach zurückkehren und dort anknüpfen, wo man aufgehört hatte. Dafür war das Leben der Dagebliebenen und der Weggegangenen zu komplex. Eine Träne kullerte ihre Wange hinunter und sie wischte sie mit der behandschuhten Hand ab.

Wenn bloß Zille da wäre. Ihre Oma hätte es sicher geschafft, mit einigen klugen Worten das Gefühl von Einsamkeit und Entfremdung aus Amalias Herzen zu verbannen.

Der Gedanke an Zille half. Was auch immer sie gesagt hätte – dass Amalia in Selbstmitleid badete, hätte ihr auf gar keinen Fall gefallen. Sie sah auf die Uhr. Kurz nach vier. Um fünf war es um diese Jahreszeit schon stockdunkel. Sie kramte in ihrem Rucksack und war froh, ihre Stirnlampe zu finden. Sicher war sicher.

Plötzlich schaute sie auf. Auf einmal hatte sie das Gefühl, nicht mehr allein zu sein. Hektisch blickte sie sich um. Sie kniff die Augen zusammen und dann sah sie ihn. Ein Wolf! Er war aus dem Wald getreten und stand keine fünfzig Meter entfernt regungslos da und sah in ihre Richtung. Obwohl ihr der Atem stockte, war sie auch von seiner majestätischen Ruhe beeindruckt. Was für ein schönes Tier. Die Fotografin in ihr sehnte eine Kamera herbei, aber es half nichts. Ihre Hände zitterten und sie hätte am liebsten vor Angst laut geschrien. Es kostete sie alle Willenskraft, sitzen zu bleiben und nicht wegzurennen. Hoffentlich hatten diese ganzen Wolfsliebhaber recht, und der Wolf sah den Menschen, solange er sich ruhig verhielt, nicht als Feind. Die Sekunden vergingen wie in Zeitlupe. Es schien, als wäre eine Ewigkeit vergangen, bis sich der Wolf schließlich gemächlichen Schrittes wieder tiefer in den Wald zurückzog.

Bebend holte Amalia tief Luft und merkte erst jetzt, dass sie den Atem angehalten hatte. Mit zitternden Händen zog sie die Felle von den Skiern und stopfte sie in den Rucksack, ohne sich damit aufzuhalten, sie ordentlich zusammenzulegen. Dann warf sie die Thermoskanne hinein, schloss eilig die Bindung und fuhr ab. Sie fuhr schneller, als sie es sich normalerweise getraut hätte, aber sie wollte unbedingt so viel Abstand wie möglich zwischen sich und das Tier bringen.

Im Gegensatz zu ihren Worten, die sie vor dem Laden gesprochen hatte, hatte der Wolf, auch wenn er ein wunderschönes Tier war, sie furchtbar erschreckt und einen archaischen Fluchtreflex ausgelöst. Erst als sie bei dem *Meusa Feld* aus dem Wald kam und sie auf den weiten Hängen große Schwünge auf dem pulvrigen Neuschnee zog, wurde sie ruhiger und gewann Freude an der Abfahrt. Trotzdem war sie erleichtert, als sie ihr Auto erreichte.

Zu Hause strich sie als Erstes Rastbichler und Hans Huber auf ihrer TNT-Liste mit einem entschiedenen Strich durch. Auch wenn er ein Idiot war, glaubte sie nicht, dass er gelogen hatte, als er ihr erzählt hatte, dass er am Mordabend beim *Brugger* gewesen war. Es gefiel ihr gar nicht, einen ihrer persönlichen Hauptverdächtigen zu streichen.

21.

Das Läuten des Telefons riss Amalia aus dem Schlaf. Wer rief denn so früh an und weckte sie, jetzt wo sie endlich schlief? Gestern hatte sie sich endlos in ihrem Bett hin und her gedreht, weil ihr die Bilder vom Pfarrer, wie er in seinem Flur lag, jedes Mal mit bedrückender Lebendigkeit erschienen, sobald sie die Augen schloss. Das Adrenalin, das ihre Begegnung mit dem Wolf freigesetzt hatte, hatte auch nicht gerade geholfen, in einen ruhigen Schlaf zu fallen. Erst im Morgengrauen war sie eingeschlafen. Wo war das verflixte Ding nur? Detektivisch folgte sie dem Klingelton und fand es schließlich versteckt zwischen den Sofakissen.

„Guten Morgen", meldete sich eine frisch ausgeschlafene Evi am anderen Ende der Leitung.

„Morgen", antwortete Amalia verschlafen und trottete zurück ins Schlafzimmer. Sie kuschelte sich wieder in ihre warme Bettdecke.

„Habe ich dich geweckt?", fragte Evi schuldbewusst.

„Ja, macht aber nichts. Ich konnte gestern ewig nicht einschlafen."

„Ich hab schon gehört, dass du den Pfarrer gestern im *Widum* gefunden hast. Da hätte ich auch die ganze Nacht kein Auge zugetan."

„Gott sei Dank hat er noch geatmet, und die Rettung und die *Carabinieri* waren auch schnell da", antwortete Amalia ihrer Freundin abgeklärt, als hätte ihr die Situation nicht viel ausgemacht.

„Meinst du, es wollte ihn jemand umbringen? Der Gleiche, der auch Celina ermordet hat?"

Amalia überlegte kurz.

„Ja, ich glaube schon. Der Schlag war heftig gewesen. Das hat auch der *Maresciallo* bestätigt."

„Ach, Amalia, was ist nur los in Pfunders? Erst Celina und jetzt wollte der Mörder auch noch unseren Pfarrer töten. Ich warte schon auf die *Karpf*. Die fragen mich sicher nach meinem Alibi. Wahrscheinlich wollen sie mir und Michl das auch noch anhängen. Wann hast du denn den Pfarrer eigentlich genau gefunden?", fragte Evi bemüht beiläufig.

Amalia stockte. Hatte ihre Freundin in aller Herrgottsfrühe angerufen, um herauszufinden, wann die genaue Tatzeit war, um sich vor der Befragung ein gutes Alibi zu überlegen? Durfte Amalia das überhaupt sagen? Der *Maresciallo* hatte sie gebeten, über die Auffindesituation Stillschweigen zu bewahren, um die Ermittlungen nicht zu behindern. Aber sie wollte ihrer Freundin vertrauen.

„Ich habe ihn um neun gefunden. Der Notarzt hat gesagt, länger als eine Stunde hätte er mit diesen Verletzungen nicht überleben können", antwortete sie deshalb freimütig.

Amalia konnte Evi direkt aufatmen hören. „Ich hab den Andreas wie immer um Viertel vor acht in den Kindergarten gebracht und bin danach direkt weiter mit Leander zur Kinderärztin nach Brixen. Erinnerst du dich nicht? Wir haben doch telefoniert. Endlich kann ich diesem Marchetti mal Paroli bieten. Der macht mich wahnsinnig mit seiner Fragerei. Der fragt so lange, bis ich nicht mehr weiß, wo links und rechts ist. Es ist momentan einfach viel auf einmal: Die Trennung von Michl, die Verdächtigungen und die Verhöre. Die Kinder spüren auch, dass etwas im Busch ist, und sind anstrengender als sonst", zählte Evi bedrückt auf.

„Was machst du denn heute Mittag?“, fragte Amalia ihre Freundin spontan.

„Nichts Besonderes.“

„Was hältst du davon, wenn wir uns im Sporthotel Acherer treffen und gemeinsam mittagessen. Ich lade dich ein. Dann kommst du auch mal auf andere Gedanken.“

„Super. Andi und Simon sind dann eh noch in Kindergarten und Schule und für Leander organisiere ich was. Zwölf Uhr?“, schlug Evi vor.

„Dann bis später“, antwortete Amalia, der die Vorfreude in Evis Stimme nicht entgangen war.

Am Bankomat beim Gasthof *Brugger* hielt sie an. Sie hatte gestern im Dorfladen ihren letzten Zehner gebraucht. Es kam ihr unendlich lange vor, bis der Automat ein paar Scheine herausgab. Als sie zurück zu ihrem Auto ging, parkte Michl hinter ihr. Sie blieb stehen und winkte unsicher. Wie benahm man sich richtig? Einerseits war Michl seit vielen Jahren einer ihrer besten Freunde, andererseits hatte er Evi betrogen, und die weinte sich die Augen wegen ihm aus. Allerdings war da auch noch ihre Neugier. Es interessierte sie brennend, wie Michl die Situation sah.

Also blieb sie stehen. Michl wollte mit einem schnellen Nicken an ihr vorbei zum Bankomat. Man konnte ihm deutlich ansehen, dass er die letzten Nächte wenig geschlafen hatte. Unter seinen Augen waren tiefe Schatten und sein neuerdings schmales Gesicht wirkte eingefallen und hager. Sogar seine rotbraunen Haare, die sonst immer wild abstanden, lagen lustlos flach.

„*Hoila,* Michl, wie läuft's?“, begann Amalia nicht gerade einfallsreich.

Widerwillig blieb er stehen.

„*Hoi*. Ja. Geht so." Er sprach schleppend und sah ihr nicht in die Augen.

Sie konnte nicht verhindern, dass er ihr leidtat. Small Talk funktionierte hier nicht. „Hast sauber Mist gebaut", kam sie direkt zur Sache.

Er betrachtete angestrengt seine Schuhe. Endlich sah er auf und Amalia an. „Das weiß ich schon selber. Ich fühl mich wie der letzte Schweinehund."

„Und das Lügen und die Heimlichkeiten haben alles noch schlimmer gemacht", sagte Amalia erbarmungslos.

Michl nickte. „Ich wusste einfach nicht, was ich machen sollte. Ich wollte die Evi nicht verletzen, aber die Celina, die war wie eine Naturgewalt. Du hast sie nicht gekannt, Amalia. Sie war nicht nur wunderschön, sondern auch intelligent und witzig. Alles, was sie gemacht hat, hat sie mit einer Hingabe und Leidenschaft gemacht, die einen mitgerissen hat."

Er wurde rot und sah an Amalia vorbei hinauf Richtung *Gampiel*. Amalia war überrascht, mit welcher Vehemenz Michl über seine Gefühle sprach. So hatte sie ihn noch nie erlebt. Ein „I mog di" nach dem fünften Bier war das Emotionalste in Richtung Evi, das sie je von ihm vernommen hatte.

Wie gehetzt sprach er weiter. „Sie liebte es zu diskutieren, war aber nie rechthaberisch und hat gut zugehört. Mit ihr war alles leicht. Sie konnte den Moment genießen. Sie hat nichts versprochen, aber auch nichts verlangt. Wir lagen einmal stundenlang oberhalb vom *Eisbruggsee* hinter einem großen Stein in der Sonne. Celina konnte sich an der Schönheit der Natur, der Unberührtheit der Landschaft so erfreuen, dass ich auch das Gefühl hatte, es wäre alles neu und ich sähe es zum ersten Mal."

Er sah traurig aus. „Du musst doch wissen, wie es ist, wenn man frisch verliebt ist. Du kannst an nichts anderes mehr denken", sagte er nachdrücklich.

„Willst du damit sagen, du hast dich richtig in die verliebt?", fragte Amalia entgeistert. Dass Michl eine heiße Bettgeschichte gehabt hatte, war schon schlimm genug, aber er schwärmte ja richtiggehend von der jungen Studentin. Amalia hätte Rechtfertigungen von ihm erwartet, stattdessen sprach er von tiefen Gefühlen. Anscheinend tat es ihm gut, mal jemandem sein Herz auszuschütten. Irgendwie tat er ihr leid. Es konnte nicht einfach gewesen sein, die Frau, in die er verliebt war, tot aufzufinden und jegliche Trauer zu verstecken. Den Menschen, die ihm am nächsten standen, allen voran Evi, musste er ständig etwas vormachen. Dazu der Druck der Untersuchungen, das Auffliegen der Affäre und eine Ehekrise. Das war schon viel auf einmal.

„Mir war es schon ernst mit Celina", sagte er mit Bestimmtheit. „Die Evi ist großartig. Aber wir sind schon so lange zusammen. Meistens reden wir über Alltägliches. Wer die Kinder wann wohin bringt, welche Rechnungen zu bezahlen sind und ob es sich noch rentiert, die Spülmaschine richten zu lassen. Abends fallen wir dann todmüde ins Bett."

Euphemismus für zu wenig Sex, dachte Amalia pikiert. Der machte es sich ganz schön leicht.

„Komm, Michl, das ist billig. Du kannst nicht jemanden, den du gerade erst kennengelernt hast, mit einer langjährigen Partnerin vergleichen. Das ist unfair."

„Ich will überhaupt nicht sagen, dass es Evis Schuld ist", wiegelte er ab. „Es ist halt das, was passiert, wenn man lange zusammen ist. Bei der Celina habe ich mich wieder lebendig gefühlt und neue Träume für mich entdeckt, die ich im Leben noch verwirklichen will."

Michl hielt inne und Amalia meinte, dass seine Augen feucht wurden. Oder war das das Licht?

„Was war denn dein Plan?", fragte Amalia ehrlich interessiert. „Wolltest du es genießen, solange es dauert, oder wolltest du Evi verlassen?"

Michl schwieg lange und erwiderte ihren Blick nicht.

„Ich weiß es nicht. Aber ich habe schon mit dem Gedanken gespielt. Was wäre, wenn ... Einfach alles hinter mir lassen, mal etwas von der Welt sehen."

Amalia blieb die Spucke weg. Sie hätte alles darauf gewettet, dass Michl nichts anderes als Pfunders, Hof und Familie brauchte, um glücklich zu sein. Himmel, Michl hatte sich sogar immer geweigert, mit der Familie an die Adria zu fahren. Dass er jetzt heimlich von fernen Ländern und Abenteuern träumte, kam ihr unfassbar vor.

„Aber so weit ist es ja nie gekommen", sagte er bitter. „Ich musste mich nie entscheiden, weil sie mich gar nicht gewollt hat."

„Sie hat Schluss gemacht?" Amalia war überrascht. Sie hatte angenommen, dass es Michl gewesen war, der die Notbremse gezogen hatte, um reumütig zur Familie zurückzukehren.

„Ja, das war im November. Von einem Tag auf den anderen. Ohne Begründung. In den zwei Monaten, in denen wir zusammen waren, habe ich schon Gerüchte im Dorf gehört, dass sie auch mit anderen was am Laufen hat. Ich habe sie danach gefragt. Sie hat nur gelacht und gesagt, solange ich jeden Abend heim zu Frau und Kindern gehe, sei sie mir keinerlei Rechenschaft schuldig. Ich Depp habe gemeint, dass sie mich damit unter Druck setzen will, damit ich mich ganz für sie entscheide. Dann, Mitte November, hat sie sich mit mir getroffen und gesagt, sie wolle das nicht mehr. Keine Erklärung, kein Grund, einfach Schluss. Sie ist danach auch nicht mehr ans Telefon gegangen, wenn ich angerufen habe, und hat auf meine Nachrichten nicht mehr geantwortet."

„Ich verstehe das nicht – wenn im Dorf geredet worden ist, warum hat Evi dann nichts mitbekommen? Hat sie gar nichts geahnt?"

„Du weißt, wie es in einem Dorf ist. Alle wissen es, nur um den Betroffenen ist eine Mauer des Schweigens. Keiner hat Evi etwas gesagt. Außerdem glaube ich, von mir haben nicht so viele etwas gewusst. Wir haben uns immer nur heimlich außerhalb von Pfunders beim Berggehen getroffen. Mit dem Acherer ist sie ja sogar beim Essen in seinem Restaurant gesehen worden. Vielleicht hat ihr die Heimlichtuerei mit mir nicht gepasst und sie hat deswegen mit mir Schluss gemacht."

„Dann war das Baby also nicht von dir?", folgerte Amalia.

Michl wurde kreidebleich.

„Ich glaube nicht, da ich sie seit November nicht mehr gesehen habe. Sie hat nie etwas zu mir gesagt. Mir haben es jetzt erst die *Karpf* erzählt."

Amalia wusste nicht, was sie erwidern sollte. War das glaubwürdig? Wenn er der Vater des Kindes gewesen war, hätte Celina doch mit Sicherheit etwas gesagt. Sie zuckte hilflos mit den Schultern.

„Die *Karpf* glauben mir auch nicht." Michl klang resigniert. „Sie meinen, das wäre für mich ein Grund gewesen, sie umzubringen. Damit Evi nichts von dem Kind erfährt und mich nicht verlässt. *Sella Schmarre*", sagte er mit großer Bestimmtheit, aber ohne ihr in die Augen zu sehen.

Gequält fuhr er fort: „Aber ich war ihr wahrscheinlich nicht gut genug als Vater für ihr Kind. Da hat sie lieber einen von den alten Säcken mit Geld gewollt. Der Acherer und der Kofler sind doch beide schon um die fünfzig."

Zorn und Kränkung waren ihm deutlich anzusehen und Amalia verzichtete darauf hinzuweisen, dass auch Michl zehn Jahre älter war als Celina. „Vielleicht wusste sie, dass du nicht der Vater bist", versuchte sie ihn zu beschwichtigen.

„Das werden wir wohl nie mehr erfahren", sagte er unversöhnlich.

Amalia schluckte. Sie konnte nicht verhindern, dass Mitgefühl in ihr aufkam, wie er da wie ein Häuflein Elend vor ihr stand. „Schwierig. Sehr schwierig", sagte sie daher unverfänglich.

Michl schwieg.

Da anscheinend keiner von ihnen beiden wusste, wie sie miteinander umgehen sollten, sagte Amalia schließlich: „Du, ich muss los, Michl, ich bin schon spät dran."

Michl nickte und murmelte eine Verabschiedung.

In Gedanken versunken fuhr sie die Strecke zum Sporthotel Acherer. Das Gespräch mit Michl ging ihr nicht aus dem Kopf. Seine Offenheit hatte sie überrascht und auch aufgewühlt. Seine gegensätzlichen Gefühle – Leidenschaft und Verliebtheit auf der einen Seite und auf der anderen Groll, Feindseligkeit und Eifersucht, nachdem er abserviert worden war – schienen auf ihn als Mörder zu deuten.

Von der Schwangerschaft hatte er allerdings erst nach Celinas Tod erfahren, oder doch früher? Nein! So ein guter Schauspieler war Michl nicht. Oder doch? War in der Tat schon im November Schluss gewesen, wie Michl behauptete, oder versuchte er damit nur Evi zu besänftigen? Hatte die Affäre in Wahrheit bis zu Celinas Tod gedauert? Vermutlich wollte Celina, dass Michl mit ihr eine Familie gründete. Hatte er Angst vor der eigenen Courage bekommen? Es war etwas anderes, von einem Leben mit einer neuen Partnerin in der Ferne zu träumen, als dann tatsächlich Nägel mit Köpfen zu machen und Frau und Kinder zu verlassen. Auch finanziell wäre es wahrscheinlich eng geworden.

Oder war genau das Gegenteil der Fall gewesen? Celina hatte Schluss gemacht und Michl hatte erfahren, dass sie ein Kind von einem anderen Mann erwartete? Hatte sich Michl betrogen und gedemütigt gefühlt und sie deswegen umgebracht?

Jede Situation wäre denkbar. Es belastete Amalia, dass sie an jedem einzelnen Satz ihres Freundes zweifelte. Aber er hatte die letzten Tage so viel gelogen, dass sie einfach nicht mehr wusste, was sie ihm glauben konnte. Sie musste zugeben – nach diesem Gespräch verstand sie gut, warum Marchetti sich so auf ihn einschoss. Amalia parkte und schaffte es mit nur wenig Verspätung zu ihrer Verabredung mit Evi.

22.

Beim Anblick ihrer Freundin erschrak Amalia. Evi saß an einem Ecktisch des Restaurants und starrte teilnahmslos auf ein Glas Weißwein. Ihr fein geschnittenes Gesicht wirkte fahl und dunkle Augenringe zeichneten sich darin ab. Noch nie hatte ihre Freundin so mitgenommen ausgesehen, noch nicht einmal auf der Beerdigung ihrer Mutter.

„Entschuldigung, fünf Minuten zu spät“, stellte Amalia bedauernd fest und bemühte sich, sich den Schreck über Evis Zustand nicht anmerken zu lassen. Nachdem sie bestellt hatten, begann Evi ohne Umschweife über ihre Sorgen zu sprechen. Eigentlich hatte Amalia ihr von Stellas Selbstmord erzählen wollen, aber Evi brauchte jetzt erst einmal ganz dringend eine Zuhörerin.

„Stell dir vor, Amalia, die Celina war schwanger. Ich kann es nicht fassen. Marchetti hat mich heute mit diesen Neuigkeiten überfallen. Ich glaube, der will mich gegen Michl aufbringen, sodass ich ihn belaste. Ein Kind von einer anderen, das hätte alles für uns geändert“, sagte Evi bitter.

Amalia dachte kurz nach: „Na ja, geändert hätte es doch nur was, wenn Michl auch der Vater des Kindes gewesen wäre. Wie man hört, kamen dafür auch noch andere infrage.“

„Ich kann mir inzwischen gut vorstellen, dass er der Vater war. Als mir Marchetti heute eröffnet hat, dass die Studentin ein Kind erwartete, hat er mir auch gleich mitgeteilt, dass die *Karpf* mit hoher Wahrscheinlichkeit davon ausgehen, dass Michl der Vater ist. Sie konnten ihm nachweisen, dass er immer wieder gelogen hat. Der DNA-Test ist noch ausständig.

Er hat Celina sehr wohl mindestens noch einmal getroffen. Am zweiten Weihnachtsfeiertag hat eine Zeugin Celina mit einem Mann zusammen in einem Auto sitzen gesehen. Direkt vor dem Haus, in dem Celina ihre Wohnung hat. Bei einer Gegenüberstellung hat sie Michl eindeutig wiedererkannt. Laut Zeugenaussage müssen die beiden heftig gestritten haben. Also hat er schon wieder gelogen." Tränen glitzerten in Evis Augen, aber sie blinzelte nur kurz und sprach sofort weiter: „Marchetti geht davon aus, dass Celina ihm im Auto von der Schwangerschaft erzählt und ihn unter Druck gesetzt hat, zu dem Kind zu stehen und seine Familie zu verlassen."

Amalia konnte es nicht glauben, denn es bedeutete, Michl hatte sie gerade eben bei ihrem Gespräch auch angelogen.

Der Kellner kam zum Tisch und brachte die bestellte Pasta *aglio et olio*. Amalia begann mit gesundem Appetit zu essen, wohingegen Evi ihre Nudeln nur auf dem Teller hin und her schob.

„Wenigstens wissen die *Karpf* jetzt ...", begann Evi erneut, „wie die Mütze nach Weihnachten zu uns gekommen ist. Nachdem klar war, dass sein Treffen mit Celina aufgeflogen ist, hat Michl Marchetti gegenüber zugegeben, dass er wahrscheinlich die Mütze mit nach Hause gebracht hat. Bei diesem Gespräch im Auto hat Celina anscheinend die Mütze liegen gelassen. Michls *Kappe* hat eine ähnliche Farbe und deswegen hat er sie mit ins Haus genommen. Das seitliche Emblem ist ihm nicht aufgefallen. Ich habe Marchetti erklärt, dass bei uns immer so viel Zeug herumliegt, vor allem im Winter, dass die fremde Mütze gar nicht aufgefallen ist. Ich habe sie dann wohl ganz automatisch in die Mützenschublade getan in der Annahme, dass es Michls ist. Auf jeden

Fall bin ich jetzt aus dem Schneider. Das mit der *Kappe* hat sich geklärt und für den Mordversuch am Pfarrer habe ich ein Alibi", endete Evi.

„Gott sei Dank! Endlich verdächtigen sie dich nicht mehr", sagte Amalia mit einem Stoßseufzer der Erleichterung. „Was sagt denn Michl, worum es bei dem Streit ging? Um die Schwangerschaft?"

„Nein, er schwört immer noch, dass er von der Schwangerschaft erst nach Celinas Tod erfahren hat. Er behauptet, dass, nachdem Celina mit ihm Schluss gemacht hat, er immer wieder versucht hätte eine Erklärung von ihr zu bekommen. Erst nach Weihnachten hat Celina sich breitschlagen lassen, sich noch einmal mit ihm zu treffen. Sie wollte partout nicht, dass er mit in ihre Wohnung kam. Deshalb haben sie in seinem Auto vor dem Haus geredet. Es war ein kurzes Gespräch, das ihm das ersehnte ‚Warum' nicht beantwortet hat, deswegen ist er zornig geworden."

„Weswegen gibt er denn das erst jetzt zu? Hätte er früher was gesagt, wäre das Thema Mütze gleich aus der Welt gewesen", hakte Amalia verständnislos nach.

„Ich habe ihn auch gefragt, aus welchem Grund er nicht gleich die Wahrheit gesagt hat."

„Und?"

„Na ja, er hat mir geschworen, dass er Celina seit November nicht mehr gesehen hat. Er wollte nicht, dass noch eine weitere Lüge aufkommt. Michl hat nicht damit gerechnet, dass sich die Ermittlungen so auf diese Mütze konzentrieren. Deshalb wollte er erst einmal abwarten, ob sich das Ganze nicht irgendwie anders auflöst."

„So ein Feigling. Da hat er dich aber ganz schön hängen lassen", schimpfte Amalia.

Evis Gesichtsausdruck verfinsterte sich, daher fing Amalia schnell mit etwas anderem an: „Hast du eigentlich schon was gehört, wie es dem Pfarrer Auer geht? Ich wollte die Nanne fragen, aber ich habe sie noch nicht getroffen."

„Bevor ich hergefahren bin, war ich im Laden einkaufen. Da habe ich gehört, dass der Pfarrer immer noch im Koma liegt und rund um die Uhr von einem *Carabiniere* bewacht wird. Die Ärzte wissen nicht, ob er je wieder wird. Kannst du dir vorstellen, dass ein anderer als unser Pfarrer Auer in unserer Kirche predigt?"

„Nicht wirklich, aber ich bin sicher, dass er das schafft und wieder gesund wird", antwortete Amalia betroffen.

„Das hoffe ich auch", pflichtete Evi ihr bei.

„Was ist eigentlich mit den anderen Verdächtigen? Ich habe zwar verstanden, dass Michl Marchettis momentaner Hauptverdächtiger ist, aber was ist zum Beispiel mit dem Acherer? Der hat doch das gleiche Motiv wie Michl", wechselte Amalia das Thema, weil die Gedanken an den schwer verletzten Pfarrer sie deprimierten.

„Ach hör mir mit dem auf. Der ist auch zur Befragung in der *Carabinieristation* gewesen. Während ich im Flur wartete, tauchte der feine Herr Hotelbesitzer auf, mit einem Anwalt aus Mailand im Schlepptau. So ein Snob mit maßgefertigtem Anzug, handgenähten Schuhen und einem Ferrari in der Garage. Der Acherer war nach fünf Minuten wieder draußen, hat mir kurz triumphierend lächelnd zugenickt und ging zusammen mit dem *Avvocato* wieder heim. So einen Anwalt können wir uns natürlich nicht leisten", sagte Evi bitter.

Amalia nickte nachdenklich. Diese Szene konnte sie sich lebhaft vorstellen. Der smarte Acherer würde sich sicher zu helfen wissen. „Zum Glück gibt es aber noch weitere Verdächtige", versuchte Amalia eine neue Gedankenrichtung einzuschlagen, obwohl sie Michl für äußerst verdächtig hielt, aber ihre Freundin wollte sie nicht weiter aufregen. „Du hast mir doch von dem Streit zwischen Celina und der Sommer erzählt", begann sie nun, ihrer Freundin ihre eigene Lieblingstheorie zu unterbreiten.

Evi nickte zustimmend.

„Kurz vor Celinas Tod hat die Sommer 20 000 Euro in bar abgehoben. Was macht man mit so viel Geld in Pfunders? Ein Auto hat sie sich auf jeden Fall nicht gekauft."

„20 000. Das ist eine Menge. Aber vielleicht hat sie sich selbst ein Geschenk zu Weihnachten gemacht und irgendetwas damit gekauft. Was weiß ich, ein Boot oder so was", entgegnete Evi.

„Ich bin mir sicher, dass diese Frau nicht ganz koscher ist. Mein Bauchgefühl sagt mir, dass da mehr dahintersteckt. Bisher habe ich allerdings nichts gefunden."

„Nachdem ich mir sicher bin, dass es Michl nicht war, wäre das eine Möglichkeit, die Sinn macht. Ein Streit unter Wissenschaftlern, der mit Pfunders gar nichts zu tun hat."

Amalia fiel auf, wie schnell sich Evi für ihre Theorie erwärmte, wie bereitwillig sie nach jedem Strohhalm griff. Ihr war alles recht, solange sie nicht Michl in Betracht ziehen musste.

„Wenn man nur wüsste, warum die beiden gestritten haben?", überlegte Evi laut.

Bevor Amalia darauf antworten konnte, klingelte Evis Handy. Sie zog es aus ihrer Handtasche, schaute kurz auf das Display, entschuldigte sich und ging hinaus zum Telefonieren.

Amalia blieb allein am Tisch zurück und schenkte sich noch etwas Mineralwasser nach. Selbstkritisch fragte sie sich, ob bei ihr auch private Gründe bei dem Verdacht gegen Frau Dr. Sommer mit hineinspielten – wie bei Evi. War sie der Biologin gegenüber voreingenommen wegen der Sache mit Felix? Sie konnte nicht abstreiten, dass sie eifersüchtig war. Es passte ihr ganz und gar nicht, dass er mit dieser Frau zusammen war. Am liebsten wäre es ihr, die Biologin würde einfach verschwinden.

Die Minuten verstrichen und Evi ließ sich nicht blicken. Gelangweilt begann Amalia in der Nachspeisenkarte zu blättern.

„Ich hab uns noch zwei Espressi und ein Tiramisu mit zwei Löffeln bestellt", sagte sie, als Evi endlich zum Tisch zurückkam.

Ihre Freundin sah verändert aus. Der verhärmte Gesichtsausdruck war einem unbeschwerten Lächeln gewichen.

„Mit wem hast du denn telefoniert? Marchetti kann es nicht gewesen sein, wenn du so strahlst", stellte Amalia fest und sah ihre Freundin erwartungsvoll an.

„Michl. Er will morgen Vormittag vorbeikommen, um über alles zu reden. Erst wussten wir beide nicht genau, was wir sagen sollten, und das Gespräch wirkte verkrampft. Michl hat mir noch mal geschworen, dass er nicht der Mörder von Celina ist. Als dann sein Arbeitskollege im Hintergrund geschrien hat, er solle das Telefon freigeben, er erwarte noch einen Anruf, mussten wir beide lachen. Die Situation erinnerte uns an den Beginn unserer Beziehung, als wir stundenlang telefoniert haben und immer irgendwer anders aus der Familie dringend ans Telefon musste. Der Handyempfang bei seinem Kollegen ist derart schlecht, dass er vom Telefonapparat im Hausflur aus angerufen hat. Da war das Eis gebrochen. So zwanglos haben wir schon lange nicht mehr miteinander gesprochen."

„Wie? Liebst du ihn denn noch – trotz allem, was passiert ist?", fragte Amalia ihre Freundin ehrlich interessiert.

„Ja", sagte Evi fast ein wenig zu schnell. „Das kann man nicht einfach abschalten. Ja, ich bin zornig auf ihn. Ich fühle mich hintergangen und verletzt." Sie machte eine lange Pause. „Aber ich liebe ihn. Er ist mir der nächste Mensch. Ich kann mir ein Leben ohne ihn nicht vorstellen. Die große Frage ist eher, ob ich ihm jemals wieder vertrauen kann."

Amalia horchte auf. Das klang jetzt aber ganz anders als in den letzten Tagen, als Evi Michel noch die Krätze an den Hals gewünscht hatte. Ein entspanntes Telefonat – und alles war gut? Das durfte doch nicht wahr sein.

Sie rief Evi in Erinnerung: „Michl hat dich den *Karpf* gegenüber im Regen stehen lassen. Er hätte dich viel früher aus dem Fokus der Ermittlungen nehmen können, aber ihm war wichtiger, seine eigene Haut zu retten. Er hat sich dir gegenüber richtig mies verhalten."

„Das kannst du nicht verstehen. Der Druck, wenn die Untersuchungen sich auf dich konzentrieren, ist immens. Er hat gesagt, dass er sich nicht noch verdächtiger machen wollte. Er war einfach in einer Zwickmühle. Auf der einen Seite ich, auf der anderen Seite Marchetti. Wir werden uns morgen noch mal aussprechen."

Sollte sie sich einmischen? Sie rang mit sich, entschied sich dann dafür, Evi nicht ohne Warnung in das morgige Treffen mit Michl gehen zu lassen.

„Mach es ihm nicht so einfach, Evi! Der Typ hat dich immer wieder angelogen, über Monate betrogen und dich eiskalt der Polizei ausgeliefert. Außerdem würde ich auch warten, bis die Untersuchungen abgeschlossen sind und er nicht mehr unter Mordverdacht steht", brachte Amalia ihre Vorbehalte gegen Michl auf den Punkt.

Während sie sprach, nahm sie eine Veränderung in Evis Gesicht wahr. Ihr Ausdruck wechselte von Nachdenklichkeit zu Empörung und schließlich zu Zorn. Da wusste Amalia, dass sie besser geschwiegen hätte. Die blauen Augen ihrer Freundin blitzten sie wütend an.

„Was bist du denn für eine Freundin? Ich habe fast den Eindruck, du würdest dich freuen, wenn meine Ehe mit Michl in die Brüche geht. Er ist nicht der Mörder und hätte mich und die Kinder niemals verlassen. Du solltest dich bei deinen Nachforschungen mehr auf die Sommer als Mörderin konzentrieren als auf deine Freunde", fauchte Evi sie an.

„Nein, natürlich würde ich mich nicht freuen. Ich ..."

Weiter kam Amalia nicht, da fiel Evi ihr ins Wort: „Du kennst doch Michl auch seit Kindertagen. Er ist auch dein Freund. Aber zu jemandem treu zu stehen, damit hast du dir immer schon schwergetan. Deshalb kannst du da gar nicht mitreden. Du hast keine Kinder und deine Beziehungen dauern nie lange. Ich habe gedacht, das mit Felix sei dir ernst gewesen. Ich habe angenommen, du wärst so weit, dein Weltenbummlerdasein aufzugeben und dich fest zu binden, aber da lag ich falsch. Es hat nicht einmal ein paar Wochen gedauert, dann war dir dein Beruf wieder wichtiger. Du solltest vor deiner eigenen Tür kehren, bevor du mir kluge Ratschläge erteilst. Ich weiß, dass Michl Scheiße gebaut hat, aber ich würde ihm verzeihen. Vermutlich hältst du mich für naiv, aber niemals würde ich den Kindern den Vater nehmen, nur weil er meinen Stolz verletzt hat. Kein Mensch ist vor Versuchungen gefeit. Ich geh jetzt besser. Wir sehen uns. Danke für die Einladung."

Immer noch wütend, stand Evi auf und ließ Amalia betroffen und allein am Tisch zurück, ohne ihr die Gelegenheit zu geben, sich auch nur zu verabschieden.

Das hatte gesessen. Amalia zahlte und verließ geknickt das Restaurant durch die Hotellobby.

„Frau Engl, warten Sie doch mal", hörte sie hinter sich Frau Acherers dominante Stimme, und Amalia drehte sich um. Die Hotelchefin, die heute ein elegantes dunkelblaues Trachtenkostüm mit hellgrünem Fransentuch trug, beendete ihr Gespräch mit einem Mitarbeiter und kam humpelnd auf sie zu.

„Wollten Sie wegen des Auftrages nachfragen? Soviel ich weiß, ist noch keine Entscheidung gefallen."

„Nein, ich war mit einer Freundin im Restaurant beim Mittagessen", antwortete Amalia.

„War alles zu Ihrer Zufriedenheit?", fragte Frau Acherer, ganz Hotelchefin, nach.

„Ja, danke. Es war sehr gut."

Frau Acherer nickte. „Sehr schön. Gibt es schon was Neues?", wollte sie dann wissen.

„Wie meinen Sie das?", erwiderte Amalia verunsichert.

„Na ja, Sie haben doch sicherlich schon die Ermittlungen aufgenommen, was den Mord betrifft. Mein Mann sagt, sie haben die Neugier einer Miss Marple."

Amalia schaute irritiert. Acherer verglich sie mit der Romanfigur aus Agatha Christies Romanen. Sie mochte zwar die Bücher und kannte die Verfilmungen, aber eine plumpe, ältliche englische Dame war sie mit Sicherheit nicht.

„Natürlich bezog er den Vergleich nicht auf die Optik", fügte Frau Acherer schmunzelnd hinzu, die ihren Fehler bemerkt hatte, „sondern vielmehr darauf, dass sich Mordfälle in ihrer Umgebung häufen und sie eine Spürnase für alles Kriminalistische besitzen."

„Ach so", antwortete Amalia, die auch nach dieser Erklärung den Vergleich nicht sonderlich schmeichelhaft fand. Schließlich konnte sie nichts dafür, dass es in letzter Zeit Tötungsdelikte in Pfunders gegeben hatte. Aber wenn diese Frau sie schon für neugierig hielt, dann konnte sie sie gleich etwas fragen. Schon um ihrem Ruf gerecht zu werden, dachte sich Amalia.

„Hat Ihr Mann ein Alibi für die Tatzeit? Meine Freundin sagt, dass er die *Carabinieristation* schnell wieder verlassen durfte."

Frau Acherers Blick wurde wachsam. „Ich sehe schon, Sie sind gut unterrichtet. Gegen uns müssen Sie aber nicht ermitteln. Das lassen Sie mal schön sein, vor allem hier im Hotel. Mein Gatte hat damit nichts zu tun. Er ist gleich nach der Wolfsversammlung heimgekommen, weil wir noch einiges für den Jahresabschluss in unserer Buchhaltung vorbereiten mussten. Das machen wir immer gemeinsam, weil zwischen den Jahren im Hotel so viel zu tun ist, dass meistens ein Berg Arbeit im Büro liegen bleibt."

Während Frau Acherer sprach, blickte sie sich besorgt in der Lobby um, ob einer der anwesenden Gäste etwas von ihrem Gespräch mitbekommen könnte.

„Verstehen Sie mich nicht falsch", fuhr sie in milderem Ton fort, „aber die ganze Angelegenheit ist schon geschäftsschädigend genug. Die Gäste fragen ständig nach, ob sie wegen der Wolfsattacken noch das Haus verlassen können, ob Skitouren noch sicher sind, die Waldwege noch benutzt werden können und so weiter. Als dann klar war, dass es sich um Mord handelte, kamen Fragen hinzu, ob man sich nachts noch unbedenklich durch Pfunders bewegen könne, ohne auf einen Mörder zu treffen, oder ob man nachts besser ein Taxi für den Nachhauseweg nehmen sollte.“ Frau Acherer schüttelte genervt den Kopf. „Als wären wir in einer amerikanischen Großstadt und nicht in einem beschaulichen Südtiroler Dorf“, fügte sie ungehalten hinzu.

Frau Acherer trat noch einen Schritt näher auf sie zu und senkte die Stimme: „Unter uns gesagt, ich weiß nicht, ob er mit dieser Studentin eine Affäre gehabt hat, und mich interessiert es auch nicht. Wir wissen beide, dass mein Mann ein Hallodri ist. Das war er schon immer und wird er auch immer bleiben. Für ihn sind seine Eroberungen Bestätigungen, die er für sein Ego braucht. Kleine Fluchten aus dem Alltag. Aber er könnte keiner Fliege etwas zuleide tun und schon gar nicht einer hübschen jungen Frau.“

Frau Acherer grüßte einen Gast, der gerade das Haus verließ, bevor sie fortfuhr: „Wir sind seit einer Ewigkeit verheiratet, haben vier Kinder miteinander und führen ein Hotel zusammen. Es dauert niemals lange, dann ist er den jungen Dingern überdrüssig. Glauben Sie mir, das passiert immer sehr schnell und dann macht er mit Ihnen charmant Schluss und bringt sie nicht um.“

Amalia überlegte für einen Moment, ob sie die mögliche Vaterschaft von Acherer ins Spiel bringen sollte. Wie hätte Acherer reagiert, wenn Celina ihm mitgeteilt hätte, sie sei schwanger? Amalia schätzte den Schwerenöter so ein, dass er zwar dem Charme einer jungen hübschen Frau gern erlag, aber Komplikationen, die sein angenehm sortiertes Leben durcheinanderbrachten, überhaupt nicht gebrauchen konnte. Hätte er auf eine Abtreibung bestanden? Hätte er es seiner

Frau gebeichtet? Allerdings schien es ihr ausgeschlossen, dass die Hotelchefin, wenn sie es wüsste, so entspannt über den Dingen stehen würde. Vielleicht hatte er es genauso wenig gewusst wie Michl. Bevor sich Amalia zu einer Entscheidung, ob sie das delikate Thema ansprechen sollte oder nicht, durchringen konnte, trat eine der Rezeptionistinnen auf Frau Acherer zu und teilte ihr mit, dass sie am Telefon verlangt werde.

„Entschuldigen Sie mich bitte, Frau Engl, ein wichtiger Anruf. Susanne, sagen Sie dem Gast, ich rufe sofort von meinem Büro aus zurück. Ich kann sowieso nicht mehr stehen. Es wird Zeit, dass ich mein Bein ein wenig hochlege."

Amalia verabschiedete sich und verließ das Hotel in Gedanken versunken. Sie fand die Haltung der Hotelchefin bewundernswert. Gleichgültig nahm sie die Eskapaden ihres Mannes hin, wobei Eifersucht keine Rolle zu spielen schien. Warum gelang ihr das nicht? Es ärgerte sie maßlos, Felix zusammen mit der Sommer zu sehen, und ja, sie war eifersüchtig. Warum konnte sie damit so schlecht umgehen? Für sie war es wie eine persönliche Niederlage. Eine Schlappe, zugefügt von Bettina Sommer. Womöglich war es Frau Acherer früher mit ihrem Mann genauso gegangen, aber nachdem er immer wieder zu ihr zurückgekehrt war, war sie sich seiner Liebe gewiss und konnte seinen ganzen Seitensprüngen gelassen gegenüberstehen. Wie auch immer, dafür war Amalia nicht der Typ.

23.

Als sie ihre Wohnung betrat, klingelte schon ihr Telefon. Sie erkannte Maurice' Berliner Nummer am Display und nahm ab: „Hallo, Maurice."

„Nein, hier ist Arne. Tag, Amalia. Hast du gerade Zeit zu reden?"

Amalia befürchtete, dass es ein Problem mit Maurice gab und der Informatikprofessor sich bei ihr aussprechen wollte. Sie hatte zwar nach ihrem Streit mit Evi dafür keinen Nerv, aber da ihr Maurice am Herzen lag, stimmte sie zu und setzte sich auf ihre Couch.

„Maurice hat mir erzählt, dass du eine Biologin verdächtigst, etwas mit dem Mordfall an dieser Studentin zu tun zu haben. Er hat mich gefragt, ob ich jemanden kenne, der ihre Doktorarbeit querlesen könnte. Leider kenne ich niemanden."

„Schade", sagte Amalia enttäuscht, „ich bin mir sicher, dass die Studentin irgendetwas gegen ihre Chefin in der Hand hatte. Aber die Arbeit ist so komplex, dass ich das nicht beurteilen kann."

„Hast du vielleicht mal daran gedacht, dass es nicht um die Richtigkeit der wissenschaftlichen Zusammenhänge geht, sondern viel mehr um Ergebnisse, die nicht die ihrigen sind?"

„Wie meinst du das?", fragte Amalia nach.

„Na ja, sagt dir der Fall ‚Guttenberg' etwas?"

Allmählich dämmerte es Amalia, auf was Arne hinauswollte. „Du meinst den Politiker, der seine Doktorarbeit teilweise abgeschrieben hat?"

„Oder zumindest bei den Quellenangaben geschlampt hat", relativierte Arne, „möglicherweise hat sie Teile abgeschrieben und ihre Studentin ist ihr dahintergekommen. Dann hätte sie natürlich ein handfestes Motiv."

„Ausgeschlossen ist das nicht. Aber wie kann ich das feststellen?"

„Deshalb rufe ich an. Ich habe dir eine E-Mail geschickt, mit einem Link zu einem Plagiatscanner. Den verwende ich bei den Arbeiten von meinen Studenten auch. Heutzutage werden alle eingereichten Arbeiten automatisch von den Professoren überprüft. Schließlich kratzen später auftauchende Plagiatsvorwürfe auch am Renommee der Universitäten. Es ist ganz einfach. Du musst nur die Arbeit, die du im Internet gefunden hast, hochladen und den Scanner darüber laufen lassen. Das Ganze dauert einige Zeit, aber dann siehst du gleich, wie viel – wenn überhaupt – davon abgeschrieben ist."

„Super, das mache ich gleich. Ich melde mich dann noch mal bei dir. Vielen Dank schon mal."

„Immer gerne."

„Grüße an Maurice."

„Werde ich ihm ausrichten. Er liegt gerade mit seiner Migräne im Bett. Bis später."

Mit Grausen erinnerte sich Amalia an Maurice' „Migräneanfälle", die vor allem dann auftraten, wenn irgendetwas nicht so lief, wie er sich das vorstellte. Theatralisch flüchtete er sich dann jedes Mal ins Bett, dunkelte das Schlafzimmer ab und kam erst Stunden später mit leidender Miene wieder heraus. Arne stand dem Ganzen anscheinend gelassen gegenüber und ertrug die Kapriolen seines extrovertierten Freundes, ohne zu klagen.

Amalia schnappte sich ihren Laptop und öffnete Arnes E-Mail, die genaue Anweisungen enthielt. Sie führte alles aus und wartete ungeduldig auf das Ergebnis. Minutenlang starrte sie auf den Bildschirm, als könnte sie so den Durchlauf des Programms beschleunigen. Bingo! 65 Prozent grün, also in Ordnung, 35 Prozent rot, mögliche Übereinstimmungen. Aber was hieß das jetzt?

Sie griff zum Telefon und rief Arne an. Es dauerte nur einige Minuten, bis Arne sich von seinem Rechner aus per Fernzugriff mit ihrem Laptop verbunden hatte. Die nächsten beiden Stunden prüften die beiden das Ergebnis nach. Es dauerte nicht lange und sie hatten die ersten Stellen herausgefunden, die Frau Dr. Sommer Wort für Wort bei einem anderen Wissenschaftler abgeschrieben hatte. Dies war aber weder als Zitat gekennzeichnet noch in der Quellenangabe zitiert. Wäre dies nur an einer Stelle passiert, hätte man das noch mit einem Versehen entschuldigen können, aber es betraf fast ein Drittel der Arbeit und unterschiedliche Quellen. Sie bedankte sich bei Arne und verabschiedete sich.

Amalia grübelte. Das war es, was Celina gefunden hatte. Arne war sich sicher gewesen, dass der Doktorin der Titel aberkannt würde. Als Wissenschaftlerin würde das ihre Reputation derart beschädigen, dass sie niemals mehr einen Fuß auf den Boden bekäme. Celina hatte ihre Chefin damit in der Hand gehabt. Wahrscheinlich hatte sie sie erpresst. Das würde auch die Barabhebung von 20 000 Euro erklären. Ob Celina mehr gewollt hatte? Irgendwann war der Sommer wohl klar geworden, dass sie handeln musste, wenn sie jemals wieder Ruhe haben wollte.

Kaltschnäuzig genug wäre sie für einen Mord, da war sich Amalia sicher. Was sollte sie jetzt nur mit ihrem Wissen anstellen? Sollte sie die Biologin selbst zur Rede stellen? Arne hatte sie davor gewarnt. Schließlich hatte die Biologin womöglich schon einen Mord und einen Mordversuch begangen. Er hielt es für zu gefährlich und hatte Amalia dringend geraten, ihre Informationen an die *Carabinieri* weiterzuleiten.

Sie schaute aus dem Fenster. Auf dem Parkplatz stand neben dem Kleinwagen der Biologin das Auto von Felix. Da es schon auf sechs Uhr Abend zuging, wählte Amalia Marchettis private Mobilnummer, die er ihr beim Essen im *Lodenwirt* gegeben hatte. Sie schilderte den Sachverhalt so genau wie möglich. Marchetti versprach, sich sofort auf den Weg zu machen, um die Biologin dahingehend zu befragen. Er dankte Amalia für den Hinweis und legte ohne ein weiteres Wort auf.

Eine Viertelstunde später sah Amalia vom Fenster aus Marchetti zusammen mit dem jungen Vinteler *Carabiniere* an der Tür der Biologin klingeln. Sie schlich sich die Außentreppe hinunter. Von den *Carabinieri* unbemerkt, blieb Amalia auf der untersten Stufe im Schutz der winterlichen Dunkelheit stehen.

Frau Dr. Sommer öffnete die Tür. „Guten Tag, die Herren. Wie kann ich Ihnen helfen?“, fragte sie die beiden Uniformierten perplex, die vor ihrer Tür standen.

Marchetti ergriff das Wort: „Frau Dr. Sommer, wir haben erhalten anonyme Informationen, die auf ein starkes Motiv für Sie schließen lassen und den Verdacht des Mordes an Celina nahelegen.“

Amalia lugte ums Eck. Sehen konnte sie zwar nichts, aber immerhin konnte sie alles hören.

Marchetti fuhr fort: „Es tut mir leid, dass wir platzen in Ihre Abendessen *romantico.*"

„Jetzt passt es gerade wirklich schlecht. Die Steaks liegen schon auf den Tellern. Hat das nicht Zeit bis morgen früh?", fragte Frau Dr. Sommer, die vom Auftauchen der *Carabinieri* nicht im Geringsten eingeschüchtert zu sein schien.

Marchetti antwortete unbeeindruckt: „Das müssen Sie schon überlassen uns. Wir müssen Sie mitnehmen sofort. Nach Vintl zur *Comando Stazione*. Da wir klären alles."

Nun hörte Amalia Felix' Stimme: „Bettina kann doch auch morgen ganz in der Früh zu euch kommen. Wir könnten essen und ihr hättet jetzt Feierabend."

Auf diesen Deal ließ sich Marchetti – zu Amalias diebischer Freude – nicht ein. Freundlich, aber sehr bestimmt bestand er darauf, sofort aufzubrechen.

Als Bettina Sommer, flankiert von den *Carabinieri,* den Gartenweg entlangging, schaltete sich das Licht des Bewegungsmelders ein und tauchte den verschneiten Garten in grelles Licht. Schnell versuchte sich Amalia wegzuducken. Als sie vorsichtig den Kopf hob, sah sie vier Augenpaare verwundert auf sich gerichtet.

„*Buona notte, Signora* Engl", sagte *Maresciallo* Marchetti streng, aber seine Mundwinkel zuckten, als müsse er ein Lachen unterdrücken.

Amalia, die aus lauter Verlegenheit keinen Ton herausbrachte, nickte ihm nur stumm zu.

Felix, der an der Eingangstür stehen geblieben war, stürmte nun wütend auf sie zu.

„Anonymer Tipp. Soso. Hast du was damit zu tun, Amalia? Hast du aus lauter Eifersucht Bettina angeschwärzt?", brüllte er sie an.

Bevor Amalia sich verteidigen konnte, trat Marchetti zwischen Felix und sie. „*Piano*, Herr Steingruber. Treten Sie bitte zurück."

Felix blieb abrupt und ein wenig verwirrt stehen. Sein Blick ging zwischen Amalia und dem *Maresciallo* hin und her und wurde frostig.

Deutlich ruhiger sagte er nun zu Amalia. „Was hast du dir nur dabei gedacht, Bettina etwas anzuhängen. Das hätte ich nie von dir gedacht."

Amalia schüttelte abwehrend den Kopf. „Unsinn. Sie hat betrogen, was ihre Doktorarbeit betrifft. Celina hat das wahrscheinlich herausgefunden. Aber das kann sie ja den *Karpf* erklären", verteidigte Amalia ihr Handeln.

Felix schaute Bettina Sommer verständnislos an.

Als Amalia die Doktorarbeit erwähnt hatte, war der Biologin die Farbe aus dem Gesicht gewichen. Doch sie fasste sich schnell wieder. „Reg dich nicht auf, Felix. Ich bin sicher, dass klärt sich alles ganz schnell auf. Gehen wir", forderte sie die *Carabinieri* auf.

Amalia bewunderte widerwillig, wie selbstverständlich diese Frau selbst in dieser für sie erniedrigenden Situation die Kontrolle übernahm.

Maresciallo Marchetti und der *Carabiniere* begleiteten die Biologin zum Auto, während Amalia und Felix allein im Garten zurückblieben.

„Ich versteh dich nicht mehr. Mal angenommen, es stimmt, was immer du auch meinst herausgefunden zu haben, dann hättest du nicht gleich zu den *Karpf* gehen müssen. Ein offenes Gespräch mit Bettina hätte es auch getan", warf er ihr immer noch wütend vor.

„Felix, sie hat ein handfestes Motiv für den Mord. Sie hat große Teile ihrer Doktorarbeit abgeschrieben. Hier geht es doch nicht um eine Schummelei bei einer Schularbeit. Sie hat vielleicht einen Menschen auf den Gewissen und unser Pfarrer hat nur knapp überlebt", wehrte sich Amalia.

„Bettina eine Mörderin? Niemals!"

„Was macht dich da so sicher? Du kennst diese Frau doch noch gar nicht lange. Was findest du nur an ihr?", brach die unterdrückte Verletzung der letzten Tage ungezügelt aus Amalia hervor.

„Was ich an ihr finde? Das kann ich dir ganz genau sagen: Sie ist zuverlässig. Wenn sie etwas verspricht, hält sie es. Sie nimmt das Leben ernster als du."

Nach diesen Worten drehte Felix sich um, ging hinein und knallte die Tür hinter sich zu.

Amalia stieg müde die Treppe zu ihrer Wohnung hinauf. Felix' Worte hatten sie tief getroffen, vor allem weil sie wusste, dass Wahrheit darin lag. War sie gerade dabei, es sich mit ihren Freunden aus Kindertagen für immer zu verscherzen? Evi war sie heute schon auf den Schlips getreten und jetzt der Streit mit Felix. Sie verstand, warum Felix stinksauer auf sie war, aber es war doch ihre Pflicht, Erkenntnisse, die sie über den Mordfall erlangte, an die *Carabinieri* weiterzuleiten. Felix war zu verliebt, um zu erkennen, dass die Wissenschaftlerin ein glasklares Motiv hatte. Zugegebenermaßen war Amalia nicht traurig darüber, dass die Biologin aufgrund ihrer Recherchen jetzt überführt werden konnte. Ihr Bauchgefühl hatte sie nicht betrogen.

24.

Vergangenes Jahr im Dezember

„Vielen Dank, dass Sie sich meine Masterarbeit noch mal durchgelesen haben. Ich glaube, ich weiß jetzt, wo es noch fehlt“, sagte Celina zu ihrer Vorgesetzten und entrang sich ein demütiges Lächeln. Sie hängte sich ihre dunkelblaue Jeanstasche um und verließ die Wohnung. Draußen blieb sie kurz stehen und atmete die kühle Winterluft tief ein. Es hatte sie derart viel Mühe gekostet, ihrer Chefin gegenüber höflich zu bleiben und ihr nicht den Hals umzudrehen. Celina wusste, dass sie Frau Dr. Sommer brauchte. Deshalb hatte sie sich zurückgehalten, aber nur deshalb.

Jedes Mal, wenn sie ihr ihre schriftliche Studienarbeit zeigte, meckerte sie an allem herum. Nichts war gut genug. Solche Probleme kannte Celina bisher nicht. Die Professoren an der Uni hatten sie immer für ihre Arbeitsweise gelobt und ihr gute Beurteilungen ausgestellt. Celina fühlte sich von diesem launischen Weib ungerecht behandelt. Beim letzten Mal hatte die Biologin ihr empfohlen, Gegenargumente in ihre Arbeit aufzunehmen und diese dann wissenschaftlich zu entkräften. Nächtelang hatte Celina nachgebessert, Forschungsergebnisse in Tabellen dargelegt und kritisch erörtert. Heute fand die Sommer genau diesen Teil zu detailreich.

Was wollte die Frau bloß? Blöd nur, dass von deren Beurteilung abhing, wo sie demnächst beruflich unterkam. Weitere Wolfsschutzprojekte waren zwar in Planung, aber die Stellen wurden meist schon vorab mit renommierten Wissenschaftlern besetzt. Die wenigen übrigen Forschungsstellen waren rar gesät. Obwohl sich Celina redlich bemühte, dass das Arbeitsverhältnis zwischen ihnen gut war, wusste sie, dass die Chemie zwischen ihnen nicht stimmte. Woran das lag, war ihr nicht ganz klar, denn in der Leidenschaft, die Wölfe wieder in der Natur anzusiedeln, standen sie sich in nichts nach. Sie hatte das Gefühl, dass sie den Launen Dr. Sommers ausgeliefert war und die gegenseitige Abneigung Einfluss eine Beurteilung durch ihre Chefin nahm.

Vielleicht könnte sie den Spieß umdrehen? Womöglich gab es ja irgendetwas im Leben der Wissenschaftlerin, was nicht ganz astrein war?

Sie fuhr nach Hause, klappte ihren Laptop auf und begann zu recherchieren. Celina begann in Sommers Kindheit, durchleuchtete deren Familienverhältnisse, Schulzeit, Studentenzeit bis hin zu ihrem jetzigen Arbeitsplatz. Doch sie fand nichts.

Erst nach Tagen, als sie sich die Doktorarbeit ihrer Chefin vorgenommen hatte, wurde sie fündig. Zuerst waren ihr nur kleinere Ungereimtheiten bei den Quellenangaben aufgefallen, doch dann, als sie eine Plagiatssoftware nutzte, war sie selbst überrascht, dass ganze Passagen der Doktorarbeit ohne Kennzeichnung der Quellen abgeschrieben waren. Ha! Damit hatte sie die Sommer in der Hand.

Erst einmal wollte sie ihre Erkenntnisse für sich behalten, sie nur gegen ihre Chefin verwenden, falls sie mit deren Beurteilungen nicht zufrieden war.

Letzte Nacht jedoch war ihr dann der Gedanke gekommen, dass sie sich von ihr für ihr Schweigen bezahlen lassen könnte. Wie sie die ehrgeizige Frau einschätzte, würde die alles tun, um ihre Reputation zu retten. Das Geld könnte sie in ihrer momentanen Situation gut gebrauchen.

Das Geld, das Sommer zahlen würde, würde ihr und dem ungeborenen Kind etwas Sicherheit geben, falls sich die Dinge nicht so entwickeln sollten, wie sie es sich wünschte. Zum anderen wollte sie Frau Dr. Sommer mit ihrem Wissen dazu zwingen, ihre Beurteilungen über ihre Mitarbeit in wahre Lobeshymnen umzuwandeln, damit ihr der nächste Job sicher war. Da sie nicht wusste, wie sich der werdende Vater entscheiden würde, war sie dringend auf ein regelmäßiges Gehalt angewiesen.

Eventuell könnte sie auch ihre Familie mit ins Boot holen, dachte sie. Das enge Verhältnis zwischen ihren Eltern und Stella war schon lange eine bittere Erinnerung, an alles, was in ihrem eigenen Leben fehlte und falsch gelaufen war. Hoffentlich würde sie einen Jungen bekommen, dann konnte sie wieder etwas gutmachen, ein wenig Trost spenden. Vielleicht könnte ihre Familie, die den Verlust von Markus nie überwunden hatte, wieder heilen. Ihr Vater würde sich im Idealfall auch finanziell um den Enkel kümmern. Ihre Mutter konnte babysitten und sie würde ihre Karriere doch fortsetzen können.

Drei Tage später betrat sie mit neuem Selbstbewusstsein Sommers Büro, in dem auch sie einen kleinen Arbeitsplatz hatte. Sie beobachtete sie dabei, wie sie angestrengt auf ihren Bildschirm in dem provisorisch eingerichteten Büro in ihrer Wohnung starrte.

„Frau Dr. Sommer, ich muss mit Ihnen sprechen", sagte sie in einem höflichen Ton, der für die Situation unpassend war.

„Jetzt nicht, Frau Uhlig, ich habe zu tun", antwortete Frau Dr. Sommer, ohne auch nur vom Bildschirm aufzusehen.

Arrogante Ziege, dachte Celina. „Es ist dringend", sagte sie und nahm das ausgedruckte Ergebnis des Plagiatsscanners aus ihrer Tasche.

„Jetzt nicht“, kam es schroff von ihrer Chefin in deren gewohnten Übellaunigkeit. Dann nahm sie nicht weiter Notiz von ihr.

Celina kochte innerlich. Aber dieses Mal musste sie es nicht über sich ergehen lassen, von ihrer Chefin abgekanzelt zu werden. Sie stand ruhig auf und legte der Biologin das Ergebnis ohne ein Wort auf die Tastatur.

„Spinnen Sie? Was soll das?“, zischte die Biologin.

„Schauen Sie es sich an. Ich habe dich erwischt und jetzt gehörst du mir“, sagte Celina kühl und wechselte dabei vorübergehend vom höflichen „Sie“ zum „Du“.

Dr. Sommer sah sie völlig konsterniert an, nahm aber das Blatt und las.

Celina beobachtete, wie ihrer Chefin die Farbe aus dem Gesicht wich. Gut, dass sie sitzt, dachte sie spöttisch, sonst wäre sie umgefallen. Die Biologin wirkte unsicher. Damit hatte sie nicht gerechnet.

„Wo haben Sie das her?“, fragte sie.

„Recherchiert. Detailliertes Arbeiten. Das habe ich von Ihnen gelernt. Informationen sind, wie Sie ja nie müde geworden sind zu betonen, alles“, antwortete Celina schnippisch.

„Was wollen Sie dafür?“

„20 000 Euro“, knallte die Studentin ihr die Worte hin.

„20 000, Sie sind verrückt. So viel habe ich nicht“, sagte Dr. Sommer kühl und mit ruhiger Stimme.

Celina sah sich in der eher schäbig möblierten Wohnung der Sommer um. Das hier war nicht etwa „shabby chic“, das war einfach nur altes Zeug, dachte sie abfällig. Genauso wie das alte Auto der Biologin, das auch schon bessere Tage gesehen hatte. Diese Frau war schlicht und einfach so sparsam, dass es an Knickerigkeit grenzte, obwohl sie ein Vielfaches von Celina verdiente. Die hatte sicher einiges auf der hohen Kante.

„Irgendwo werden Sie es schon auftreiben. Nächste Woche will ich das Geld, sonst geht das Material an die Universität."

Celina sah, dass die Biologin krampfhaft überlegte.

„Meinen Sie, ich lasse mich von einer unbegabten Studentin erpressen?", fragte Bettina Sommer mit einer Kälte in der Stimme, die Celina überraschte. Die Masken waren gefallen. Man versteckte die gegenseitige Abneigung nicht länger hinter professioneller Höflichkeit. Auch gut, sie konnte ebenfalls mit harten Bandagen kämpfen.

„Ich sehe nicht, was Ihnen anderes übrig bleibt", sagte Celina mit ihrem süßesten Lächeln, bevor sie drohend fortfuhr. „Außerdem glaube ich, dass Sie die Letzte sind, die sich über die Arbeitsmethoden anderer ein Urteil erlauben kann. Schließlich ist in Ihrer Doktorarbeit kaum ein eigenständiger Gedanke zu finden. Alles abgeschrieben und geklaut."

„So kann man das nicht sagen: Natürlich habe ich – wie jeder anspruchsvolle Wissenschaftler – fundiertes Fachwissen von Kollegen zugrunde gelegt und meine Thesen darauf aufgebaut", empörte sich Sommer.

„Dann hätten Sie dieses ‚Fachwissen' mit Quellenangaben kennzeichnen müssen. Das wissen Sie auch ganz genau. Sie hingegen haben sich mit den Verdiensten anderer geschmückt."

Sommer senkte den Blick.

Jetzt habe ich sie, dachte Celina triumphierend. „Also? Wollen Sie sich einer Kommission der Universität gegenüber erklären oder mir finanziell ein wenig unter die Arme greifen?"

Lange schaute Bettina Sommer auf die Tischplatte, bevor sie mit gepresster Stimme einlenkte: „Sie können bis Ende nächster Woche mit dem Geld rechnen."

„Da wäre noch was." Celina machte eine effektvolle Pause. „Die Beurteilung meiner Mitarbeit hier im Projekt, die sollte auf jeden Fall perfekt ausfallen. Vielleicht können Sie auch noch ein gutes Wort bei einer anderen Forschungsstation für mich einlegen, damit ich dort sicher eine Arbeit finde. Sie haben doch einige Bekannte. Ich hoffe, wir verstehen uns", sagte Celina und lächelte dabei.

Sommers Augenbrauen zogen sich ärgerlich zusammen. „Das Ganze mache ich nur ein einziges Mal, und das nur, weil es momentan keine andere Lösung gibt. Aber nachdem das Projekt hier abgeschlossen ist, trennen sich unsere Wege. Und eines sage ich Ihnen, ich will nie wieder etwas von Ihnen hören. Sie verschwinden auf Nimmerwiedersehen. Damit das klar ist", stellte sie lautstark fest. Dabei klang sie wieder sicherer.

„Das liegt ja wohl in meinem Ermessen", entgegnete Celina süffisant.

„Nein, mein Fräulein. Überschätzen Sie sich nicht. Ich bereue bis heute bitterlich, bei meiner Doktorarbeit einen Fehler gemacht zu haben. Deshalb bin ich bereit, einmal für Ihr Schweigen zu zahlen. Ich rate Ihnen, probieren Sie es nicht ein weiteres Mal. Meine Karriere und meine Arbeit bedeuten mir viel, aber nicht so viel, dass ich mich mein Leben lang dafür von Ihnen erpressen lassen würde. Ich werde mich zu wehren wissen", sagte sie mit großer Schärfe.

„Das werden wir ja sehen. 20 000 Euro nächste Woche, Freitag. Übrigens, ich nehme mir heute frei."

„Wir müssen heute doch die gesamten Monatswerte zusammenstellen. Da können Sie nicht freimachen“, sagte Bettina Sommer bestimmt.

„Das werden Sie schon alleine schaffen“, gab Celina mit einem Schulterzucken zurück, packte ihre Umhängetasche und verließ das Büro. Sie hatte nicht damit gerechnet, dass sich ihre Chefin so kämpferisch gab. Dafür zollte sie ihr erstmals seit langem Respekt. Sie hasste Menschen, die immer gleich klein beigaben. Was sie wohl damit gemeint hatte, dass ihr ihre Karriere nicht so viel bedeutete? Sie kannte sie nur als ehrgeizige Wissenschaftlerin. Möglicherweise wollte sie sich selbst bei der Universität anzeigen, dann wären die gefundenen Informationen wertlos. Oder war in den Worten ihrer Chefin eine Drohung versteckt? Doch Celina fühlte sich sicher und spürte keinerlei Gefährdung von ihrer Chefin ausgehen. Den unverhofften Urlaubstag würde sie heute damit verbringen, nach Bozen zu fahren und Weihnachtseinkäufe zu machen.

25.

Nachdem Amalia ausgeschlafen hatte, verbrachte sie den Vormittag damit, ihre Wohnung auf Vordermann zu bringen. Die Küche und das Bad waren bereits geputzt, die schmutzige Wäsche in der Waschmaschine und das Wohnzimmer gesaugt. Nur der Müll musste noch nach unten gebracht werden, dann war alles wieder blitzsauber. Weil sie gerade so voller Tatendrang war, entschloss sie sich, den Müllsack gleich zur Sammelstelle zu bringen.

„Guten Morgen, Frau Engl", sagte eine Stimme hinter ihr, als sie gerade ihren Gartenweg entlangging.

Amalia drehte sich erschrocken um. Vor ihr stand Frau Dr. Sommer in einem olivgrünen Parker. Ihr Gesicht wirkte blass und müde.

„Mit mir haben Sie wohl so schnell nicht gerechnet", sagte sie in schneidendem Ton, der Amalia unwillkürlich frösteln ließ.

Die Situation war ihr nicht geheuer. Was machte die Schnepfe schon wieder hier? Wie hatte sie das nur geschafft? Unsicher blickte sie sich um. Sie beide waren mutterseelenallein. Nicht einmal Nannes Vorhang bewegte sich. Die war wahrscheinlich nach ihrem täglichen Einkauf in den *Dorftreff* auf einen Weißen gegangen, überlegte Amalia.

„Wegen Ihnen habe ich die ganze Nacht in der *Carabinieristation* in Vintl verbracht. Das war ein ganz billiger Versuch von Ihnen, mich loszuwerden, damit Sie Ihren Felix wieder für sich haben. Blöd nur, dass das gründlich schiefgegangen ist", warf Frau Sommer ihr vor und ihre Stimme nahm dabei einen keifenden Tonfall an.

Amalia versuchte sich nicht aufzuregen. Marchetti hätte Frau Dr. Sommer sicherlich nicht laufen lassen, wenn sie die Mörderin gewesen wäre. Oder konnte er es ihr nur nicht beweisen? Der Gedanke, dass sich die Biologin an ihr rächen könnte, schoss ihr durch den Kopf. War jetzt, nach Celina und Pfarrer Auer, sie an der Reihe? Sie entschied sich dafür, ruhig zu bleiben und mit der Frau zu reden. Trotzdem plante sie im Hinterkopf eine mögliche Flucht. Unauffällig drehte sie sich so hin, dass sie ihrer Rivalin den großen Müllsack vor die Füße werfen konnte. Die dadurch gewonnenen Sekunden konnte sie nutzen, um in ihre Wohnung zu gelangen. Dort konnte sie dann Hilfe rufen.

„Nachdem Sie wieder auf freiem Fuß sind, haben Sie wohl nichts mit dem Mord an Ihrer Kollegin zu tun?", fragte Amalia.

„Nein, damit habe ich nichts zu tun. Rein gar nichts. In der Nacht, in der Celina umgebracht worden ist, hatte ich mit zwei anderen Wissenschaftlern eine Videokonferenz. Wegen der Zeitverschiebung fand das Ganze nachts statt. Es hat einige Stunden gedauert, bis wir die Ergebnisse unserer Projekte verglichen haben. Keiner hat währenddessen seinen Arbeitsplatz verlassen. Die Dauer der Konferenz hat mein PC genau aufgezeichnet. Die *Carabinieri* haben nur einige Zeit gebraucht, bis sie die Wissenschaftler erreicht haben und befragen konnten. Beide haben mein Alibi bestätigt."

„Aha", sagte Amalia bloß, der nicht mehr dazu einfiel.

„Ist das alles, was Sie dazu zu sagen haben? Ich finde, eine Entschuldigung wäre schon angebracht, dafür, dass Sie mich bezichtigten, eine Mörderin zu sein", herrschte die Biologin sie an.

„Das habe ich nie gesagt. Nur dass sie ein Motiv haben, und das hatten sie wirklich. Celina hat genau wie ich entdeckt, dass Ihre Doktorarbeit ein Plagiat ist und sie hat Sie damit erpresst. Mehr habe ich nicht gesagt", verteidigte sich Amalia.

„Sind Sie damit zufrieden, dass Sie mich mit ihren Verdächtigungen ruiniert haben, indem Sie meine kleine Unachtsamkeit bei meiner Arbeit öffentlich gemacht haben? Mit aberkanntem Doktortitel sind meine beruflichen Chancen als Wissenschaftlerin gleich null und das wissen Sie genau."

„Wollen Sie mir dafür die Schuld geben? Sie haben abgeschrieben und betrogen, nicht ich. Die kleine Unachtsamkeit, wie Sie es nennen, betreffen 35 Prozent ihrer Arbeit", stellte Amalia mit Nachdruck klar.

Die Augen der Biologin verengten sich zu Schlitzen.

„Nachdem Sie mir meine Karriere versaut haben, bleibt mir wohl nichts anderes übrig, als mich hier niederzulassen, Felix zu heiraten und Kinder zu bekommen. Dafür habe ich ja jetzt alle Zeit der Welt. Übrigens hat es auch etwas Gutes, wenn man die ganze Nacht in der *Carabinieristation* verbringt. Man erfährt allerhand Neues. Bevor Sie mir und Felix weiter nachstellen, sollten Sie wissen, dass sowohl von Frau als auch Herrn Lorenz DNA-Spuren im Haus des Pfarrers nachgewiesen werden konnten", holte die Biologin zu ihrer letzten Wortattacke gegenüber Amalia aus, bevor sie sich umdrehte und hinter der Tür verschwand, die laut ins Schloss fiel.

Gut, dass sie von Evi wusste, dass diese ein Alibi für die Tatzeit hatte, so trafen sie die Worte der Biologin nicht so sehr. Aber Michl war nach wie vor im Spiel und es wurde allmählich richtig eng für ihn, dachte Amalia, bevor sie den Müll wegbrachte.

Als sie wenig später zurückkam, hörte sie hinter sich: *„Bildomocharin,* wart halt!" Nanne schrie und winkte, um auf sich aufmerksam zu machen. Behäbig schnaufte sie die Treppe hinauf und betrat unaufgefordert hinter der Fotografin deren Wohnung.

„Was hattest du denn mit der Freundin vom Felix zu bereden? *Freindlich dringschaugg* hat die Biologin ja nicht gerade“, fragte sie außer Atem.

„Sie weiß, dass ich sie hingehängt habe“, antwortete Amalia, erschlagen vom Redeschwall ihrer Nachbarin, „davon ist sie natürlich nicht begeistert.“

„Ah, meine Güte. Ich hab *schun* ’dacht, *mior* wären die endlich wieder los“, sagte Nanne und ließ sich auf die Couch plumpsen. „Was war denn eigentlich passiert? Gestern haben die *Karpf* sie geholt und heute haben sie sie ganz früh *schun* wiedergebracht. Der *Bui* ist gleich zu ihr hingerannt. Aber erzählt hat er dann nix. Was ist denn überhaupt los gewesen?“, fragte Nanne.

Amalia berichtete ihrer Nachbarin kurz, wie sie der Biologin mithilfe des Professors gestern Abend nachgewiesen hatte, dass die Doktorarbeit ein Plagiat war, und von ihrer Vermutung, dass Celina ihre Chefin damit erpresst hatte.

„Soso, die feine Frau Doktor hat abgeschrieben und sich mit fremden Federn geschmückt“, fasste Nanne zusammen.

Amalia blickte sie erstaunt an. Ihre Nachbarin überraschte sie immer wieder damit, über was sie alles Bescheid wusste, obwohl sie nur selten das Tal verließ.

Als hätte Nanne ihre Gedanken gelesen, fuhr sie fort: „Ich hab damals alles gelesen, der Skandal war ja in jeder Zeitschrift gestanden. Beim Friseur und beim Doktor les ich des halt immer. Der *Guttenberg*, so ein schneidiger Mann, und dann fällt er über so eine blöde *Gschicht*“, erklärte sie Amalia und schüttelte mit dem Kopf.

Dann erzählte Amalia, was weiter am Abend noch geschehen war und dass Felix sie jetzt dafür hasste.

„Hassen tut der dich nicht, eher im Gegenteil. *Wennst* mich fragst, hat der *Bui* nur was mit der angefangen, um dir zu zeigen, dass er auch eine andere haben kann. Irgendwie ist das aus dem Ruder gelaufen. Natürlich wird er jetzt zu ihr stehen. Der Depp meint sicher, er muss sie verteidigen wie ein Ritter in schimmernder Rüstung. So kommt mir der *Bui* ja nie los von der „Pseudo-Doktorin". Wart nur, das wird nicht lange dauern und sie verliert ihre Arbeit und dann muss er sie auch noch durchfüttern. Obwohl er ja selber grad so sparen muss, bis das Haus fertig ist. Ich hab ihm ja gesagt, er soll bei mir im Haus bleiben. Das hätten wir doch umbauen können. Aber nein, ein Mann muss selber ein Haus bauen, einen Baum pflanzen und ein Kind zeugen. *Jessas,* der wird doch nicht mit derer auch noch ein Kind machen?", fragte Nanne düster und blickte sorgenvoll.

Amalia verschwieg, dass die Biologin sich ihr gegenüber schon zu dem Thema „Heirat und Familie" geäußert hatte, um Nanne nicht noch weiter zu beunruhigen. Es hatte schon gereicht, dass die Wissenschaftlerin sie damit bis ins Mark getroffen hatte.

Nanne war in ihrem Unmut nicht zu bremsen: „Lieber wär mir *schun* a einheimische *Gitsche.* Aber du hast es ja vermasselt", fügte sie taktlos hinzu und schaute Amalia vorwurfsvoll an. „Und dann fängst auch noch was mit dem *wallischen Carabiniere* an. Da treibst du meinen Felix direkt in die Arme von dem Weib."

Nachdem Amalia nichts dazu sagte, wechselte Nanne unvermittelt das Thema: „Wer war denn dann der Mörder und wer hat unseren Pfarrer so zugerichtet?"

„Ich weiß es nicht, aber so viele kommen nicht mehr infrage“, antwortete Amalia.

„Des stimmt. Die Gerda haben sie geblitzt, wie sie von ihrer Freundin heimgefahren ist. Ein besseres Alibi gibt es kaum. Aber das war mir eh klar, dass die so etwas nie machen würde. Allerdings ist es gut, dass sie sie nur geblitzt haben, weil wenn sie in eine Alkoholkontrolle geraten wäre, wäre sie jetzt Führerschein und Auto los.“ Nanne grinste verschmitzt, bevor sie zusammenfasste: „Also bleiben nur noch der Acherer, der alte Hallodri, der Michl und deine Freundin Evi.“

„Der Acherer und die Evi sind raus. Der Acherer hat ein Alibi für den Mord an Celina und Evi hat ein Alibi für den Angriff auf den Pfarrer. Das mit der Mütze hat sich auch geklärt“, widersprach Amalia.

„Gott sei Dank ist die Evi aus dem Schneider. Die arme *Gitsche* hat es eh schon schwer genug mit ihrem untreuen Mann. Dem Acherer hätte ich es sowieso nicht zugetraut. Das ist nur ein Maulheld. Große Klappe, wenig dahinter. Der steht gern mit seiner charmanten Art in der Öffentlichkeit, schwingt große Reden, aber die Arbeit machen andere. Wenn der seine Frau *et* hätt’, dann würd’ in dem Hotel nix laufen. Dem Michl traue ich so einen Mord schon eher zu. Außerdem habe ich ihn am Tag, wo unser Pfarrer niedergeschlagen worden ist, gesehen. Ich besuche doch jeden Tag meinen Bertl auf dem Friedhof. Auf dem Weg dahin kam mir der Michl vom *Widen* her entgegen. Der war so in Gedanken, dass er mich nicht einmal gegrüßt hat. Das war so gegen acht Uhr rum.“

„Ja, das ist ziemlich nahe an der Tatzeit. Man weiß ja nicht, wie lange der Pfarrer so dalag, und Michls DNA-Spuren sind wohl auch gefunden worden“, dachte Amalia laut.

„Ach, die bleden DNA-Spuren bedeuten wahrscheinlich gar nix, weil ja halb Pfunders in den letzten Wochen mal beim Pfarrer war. Weißt ja, was beim Pfarrer Auer für ein Kommen und Gehen ist. Außerdem putzt die Häuserin so oft und gründlich auch wieder nicht. Um den Fall zu lösen braucht's keine neumodische Technik, sondern kriminalistisches Feingefühl", sagte Nanne bestimmt. „Und nachdem ich alles genauestens überdacht und die Fakten genau studiert habe, ist für mich der Michl der Favorit", fuhr sie feierlich fort. „Der hat schon das gewichtigste Motiv. Der war ja ganz *tamisch* wegen *derer* Celina. Ich trau dem zu, dass der seine Familie verlassen hätte. Und dann hat sie ihn, was man so hört, eiskalt abserviert. Und dann hat er erfahren, dass sie von einem anderen schwanger ist. Kriminalistisch gesehen, ist er für mich der Hauptverdächtige."

„Na ja, es bleiben ja auch sonst keine anderen übrig. Er ist der Letzte von unseren Verdächtigen", sagte Amalia. „Ich muss ehrlich sagen, dass ich ihn auch schon lange im Visier habe, wegen seiner ganzen Lügerei. Aber was mich daran stört, ist, dass er unter dem Tod von Celina zu leiden scheint. Die hat er wirklich gern gehabt", wandte Amalia ein.

„Das sind die Schuldgefühle, die ihn leiden lassen. Darum ist er wahrscheinlich zum Beichten gegangen, hat es danach mit der Angst zu tun bekommen und deswegen den Pfarrer niedergeschlagen. Der Michl hat mehr Tiefen in seiner Seel', als man je gemeint hätte", unkte Nanne.

Amalia nickte beklommen.

Nanne murmelte noch ein paarmal „Na, na, der Michl, na, na" und verabschiedete sich dann.

Kaum hatte Nanne die Tür hinter sich geschlossen, leuchtete Evis Name am Display ihres Handys auf. Amalia hatte der gestrige Disput mit ihrer Freundin zugesetzt, deshalb zögerte sie kurz, nahm dann das Gespräch doch an.

„Hallo, Amalia, störe ich gerade?", fragte Evi ungewöhnlich vorsichtig.

„Nein, ich habe schon alles erledigt, was ich heute machen wollte. Ich habe also alle Zeit der Welt", antwortete Amalia und ließ sich auf ihre Couch fallen.

„Also, ähm …", druckste Evi herum und fügte dann kleinlaut hinzu: „Ich wollte mich wegen gestern bei dir entschuldigen. Ich bin mit einigen Bemerkungen übers Ziel hinausgeschossen und es war ziemlich blöd von mir, dich einfach allein am Tisch sitzen zu lassen. Es tut mir leid, was ich alles gesagt hab. Ich habe wahrscheinlich so heftig reagiert, weil du genau den wunden Punkt getroffen hast."

„Ist schon okay. Deine Situation ist momentan nicht einfach", verzieh Amalia ihrer Freundin, ohne groß zu überlegen. Wie wohl das Treffen mit Michl gelaufen war? Bereits an Evis Stimme konnte sie hören, dass die gestrige Euphorie verschwunden war. Doch sie würde einen Teufel tun, nachzufragen.

„Du hattest recht, Amalia", sagte Evi gequält und sprach nicht weiter.

„Mit was?", fragte Amalia, obwohl sie bereits ahnte, dass es um die Beziehung zu Michl ging, oder wollte ihre Freundin ihr mitteilen, dass die *Karpf* ihn schon abgeholt haben?

„Michl. Wir haben uns heute Morgen getroffen. Na ja, nach unserem gestrigen Telefonat hatte ich schon Hoffnung, dass er mich um eine zweite Chance bittet." Evi klang tief enttäuscht und fuhr fort: „Aber es ist ganz und gar nicht gut gelaufen. Michl hat mir auf den Kopf zugesagt, dass er sich Hals über Kopf in Celina verliebt hat und dass das niemals passiert wäre, wenn unsere Beziehung in Ordnung gewesen wäre. Celina habe ihm die Augen für ein anderes Leben geöffnet und jetzt wisse er nicht, wie er wieder in sein altes Leben zurückkehren könne. Daraufhin habe ich ihn daran erinnert, dass unsere Beziehung vielleicht nicht mehr so prickelnd sei wie am Anfang, aber wir immerhin drei Kinder miteinander hätten, die ihren Vater brauchen." Evis Worte klangen sogar jetzt noch kämpferisch.

„Und wie hat er reagiert?", fragte Amalia.

„Dieser Depp. Der will alles aufs Spiel setzen", fluchte Evi aufbrausend und fuhr dann fort, Michls Gedanken wiederzugeben. „Er ist nicht glücklich mit der Trennung, aber er kann sich auch nicht vorstellen, gleich wieder mit mir und den Kindern zusammenzuleben. Er fände das weder mir noch sich gegenüber ehrlich, wieder auf ‚heile Familie' zu machen."

Amalia wusste nicht, was sie ihrer Freundin antworten sollte, und zog es vor zu schweigen. Widerwillig zollte sie Michl Respekt, dass er nicht den Weg des geringsten Widerstandes ging und die Probleme unter den Teppich kehrte, sondern dass er versuchte, sich darüber klar zu werden, was er wirklich im Leben wollte, auch wenn es für Evi ein herber Schlag war.

Oder wusste Michl, dass sich die Schlinge um ihn immer enger zuzog, und wollte sich deshalb schon von seiner Familie und Evi distanzieren? Fürchtete er, dass Marchetti bald genügend Beweise für eine Anklage beisammen hatte und er für Jahre ins Gefängnis ging?

„Amalia, bist du noch dran?", fragte Evi und riss Amalia aus ihren Mutmaßungen.

„Jaja, ich höre dir schon zu", sagte Amalia.

„Wenigstens habe ich jetzt eine Sorge weniger."

„Wie meinst du das?", wollte Amalia wissen, der nicht klar war, auf was sich Evi bezog. Die Situation mit Michl schien ihr immer noch verfahren zu sein oder hatte sie etwas nicht mitbekommen, weil sie kurz ihren eigenen Gedanken nachgehangen hatte?

„Michl, er ist als Hauptverdächtiger raus. Marchetti war extra da, um ihm das persönlich zu sagen. Michl hat mehr Glück als Verstand", sagte Evi. „Ein Pärchen hat sich anscheinend gestern gemeldet. Sie haben Michl vom Fitnessstudio wegfahren sehen und die Uhrzeit bestätigt. Zusammen mit den Daten der Eingangskontrolle ist sein Alibi für die Tatzeit jetzt wasserdicht."

„Warum melden die sich erst jetzt?", fragte Amalia verwundert.

„Die beiden haben was am Laufen und sich auf dem Parkplatz hinter der Säge vergnügt, weißt' schon, auf der anderen Seite vom Bach, wo der Fußweg nach Vintl anfängt. Beide verheiratet, natürlich nicht miteinander, deshalb wollten sie sich erst aus der ganzen Sache heraushalten. Aber als sie mitbekommen haben, dass sie die einzigen Zeugen sind, sind sie doch zu den *Karpf* gegangen."

„Michl ist also draußen", entfuhr es Amalia.

„Ja, definitiv. Hoffentlich kommt jetzt das mit uns auch wieder in Ordnung."

Amalia schluckte diesmal eine Erwiderung hinunter. Sie konnte sich nicht vorstellen, dass sie einem Partner solch einen Vertrauensbruch jemals vergeben könnte. Die Affäre war das eine, aber die ganze Lügerei danach war ihrer Meinung nach noch schlimmer. Dass er seelenruhig zugesehen hatte, dass die *Carabinieri* Evi in die Mangel genommen hatten, ohne mit der Wahrheit herauszurücken, war erbärmlich. Amalia hatte das Gefühl, dass Evi ihm nicht nur verzeihen, sondern auch alles in ihrer Macht Stehende tun würde, Michl wieder zur Familie zurückzuholen. Als wäre Evi diejenige, die sich schäbig verhalten hatte.

„In ein paar Tagen seht ihr beide sicher vieles klarer", sagte Amalia daher unverbindlich.

„Das hoffe ich auch", sagte Evi, die bei der Verabschiedung schon ein wenig zuversichtlicher klang.

Sie strich Michl mit einem Anflug von Erleichterung durch. *Porzellona!* Keiner war mehr übrig. Das konnte doch nicht sein. Langsam ging sie noch mal alle Namen durch. Plötzlich stach ihr der unterste ins Auge. Sie hatte ihn bereits von der Liste gestrichen, weil er ein Alibi hatte, aber trotzdem blieb ihr Blick jetzt wie hypnotisiert daran hängen. Ihr Verstand arbeitete auf Hochtouren und auf einmal sah sie alles ganz klar vor sich.

Acherer, er hatte eines der stärksten Motive, wenn er der Vater von Celinas Kind war. Seine Frau hatte zwar gesagt, sie hätten zum Todeszeitpunkt zusammen einige dringende geschäftliche Dinge im Büro besprochen. Aber was war denn ein Alibi von der Ehefrau wert? Nichts, im Grunde genommen gar nichts, wenn sie an das gerade geführte Telefonat dachte. Evi würde ihrem Michl alles verzeihen und zum Wohl der Kinder und der gemeinsamen Familie mit wehenden Fahnen zu ihm zurückkehren.

Amalia konnte sich gut vorstellen, dass Frau Acherer ihrem Mann ein Alibi geben würde, um die Familie und das Hotel zu schützen. Wenn er aber ein wasserdichtes Alibi hatte, warum war er gleich mit seinem Mailänder Anwalt auf der *Carabinieristation* in Vintl erschienen? Wenn er nichts auf dem Kerbholz hatte, dann hätte er doch nur sein Alibi zu Protokoll geben müssen und gut. Wollte er die *Karpf* mit der ganzen Aktion beeindrucken, um gar nicht erst ins Visier zu gelangen?

Amalia nahm den Stift und kringelte den durchgestrichenen Namen „Acherer" mehrmals ein. Sollte sie dem smarten Hotelbesitzer heute noch auf den Zahn fühlen? Nein, dafür war es schon zu spät. Außerdem schossen ihr die Warnungen ihres Freundes Maurice durch den Kopf. Doch was sollte schon groß passieren? Im Hotel würde sie nicht alleine mit ihm sein. „Wer nicht wagt, der nicht gewinnt", hätte ihre Oma Zille eines ihrer Sprichwörter angebracht, das sie gerne beim *Watten* zitierte. Kurz entschlossen verschob sie die „Aktion Verhör" auf morgen.

26.

Genervt verstaute Amalia den Schrubber. Heute ging einfach alles schief. Zuerst war ihr ihre volle Tasse Kaffee auf den Küchenboden gefallen und zerbrochen. Dann war ihr auch noch ein Marmeladenbrot aus der Hand gefallen, sodass Bluse und Hose einen dicken roten Fleck hatten. Nachdem sie den Boden gewischt hatte, zog sie sich eine frische hellgraue Jeans, einen schwarzen Rollkragenpullover und modische graue Lammfellstiefel an. Ihre dunkelbraunen Locken fasste sie zu einem lockeren Pferdeschwanz zusammen. An der Garderobe griff sie nach ihrem schwarzen Daunenanorak und machte sich später als geplant auf den Weg hinauf zum Sporthotel.

Eine Taktik, wie sie das Gespräch mit Acherer führen wollte, hatte sie sich nicht zurechtgelegt. Amalia wollte ihn einfach direkt ansprechen und sehen, wie sich das „Verhör“ entwickelte. Das Einzige, was sie sich vornahm, war, dass sie versuchte, sich in der Lobby des Hotels mit ihm zu unterhalten, sodass sie jederzeit jemanden zu Hilfe rufen könnte. Sie parkte, betrat das Hotel durch die automatische Drehtür, die ihr heute wieder besonders zögerlich vorkam. Mit dieser Art von Türen, mit der sie in der Vergangenheit schon manches Desaster erlebt hatte, konnte und wollte sich Amalia nicht anfreunden. Schnurstracks ging sie auf die Rezeption zu.

„Amalia Engl“, stellte sie sich vor, „ist Herr Acherer im Haus?“

„Nein, leider. Der Chef ist momentan außer Haus. Nur die Chefin ist da.“

Mist, dachte Amalia. Frau Acherer nutzte ihr nichts. Mit ihr hatte sie schon gesprochen, aber dieses Mal wollte sie von dem Hotelier selbst wissen, wie ernst es ihm mit Celina gewesen war. Vor allem, ob er zu dem Kind und zu der Studentin gestanden wäre.

„Kommt er heute noch mal ins Hotel?", fragte Amalia.

„Ja, er ist mit einer Gruppe von Gästen auf Skitour und wir erwarten ihn zum Mittagessen zurück. Sie können gerne in der Lobby auf ihn warten."

„Danke, das mache ich", antwortete Amalia der zuvorkommenden Rezeptionistin und nahm in einem der bequemen knallbunten Sessel in der Nähe des Kamins Platz. Sie blickte sich um. Die Lobby war wie das gesamte Hotel stilvoll eingerichtet und verband moderne und alte Elemente zugleich. Großformatige Schwarz-Weiß-Fotos, die die Anfänge des alpinen Skilaufs zeigten, zierten die Seitenwände. In der Lobby herrschte ein ständiges Kommen und Gehen. Die einen Gäste warteten mit Gepäck auf den Flughafenshuttle nach Bozen, die anderen kamen gerade an und wurden an der Rezeption herzlich begrüßt.

„Grüß Gott, Frau Engl", begrüßte sie Frau Acherer, „meine Mitarbeiterin hat mir gesagt, dass Sie hier auf meinen Mann warten möchten. Vielleicht kann ich Ihnen auch weiterhelfen?" Humpelnd ging sie zu dem kleinen Tischchen, das vor Amalias Sessel stand, und stellte eine Tasse Cappuccino darauf ab. „Aufs Haus", sagte sie freundlich lächelnd.

„Danke. Äh, ... nein, ich glaube, sie können mir dieses Mal nicht weiterhelfen", antwortete Amalia und räusperte sich, als hätte sie einen Frosch im Hals. Oje, das hatte plump geklungen. Sie überlegte fieberhaft nach einer Ausrede. Sie konnte Frau Acherer schlecht sagen, dass sie ihren Mann aushorchen wollte. Alles, was mit dem Thema „Hotel und Tourismus“ zu tun hatte, ging auch nicht, denn das konnte die Hoteliersgattin sicherlich genauso beantworten.

„Entschuldigen Sie, irgendwie hatte ich etwas im Hals. Ich wollte Ihrem Mann, der doch auch im Vorstand der Pfundrer Jäger ist, fragen, ob ich nicht bei der diesjährigen Trophäenschau fotografieren kann oder bei einem sonstigen Anlass. Beispielsweise für die Jagdzeitung“, brachte Amalia hervor. Sie sah an Frau Acherers Gesicht, dass sie mit der Jagd ein Thema getroffen hatte, das nicht ihr Interesse fand. Amalia atmete durch.

„Das müssen Sie meinen Mann wirklich selbst fragen. Die Jägerei ist seine Leidenschaft. Er müsste eh bald zurück sein. Entschuldigen Sie mich“, sagte Frau Acherer, die heute eine schwarze Hose mit einer roséfarbenen Trachtenjacke trug. Dann ging sie humpelnd weiter zu einigen Gästen, die am Nebentisch saßen, und begrüßte sie herzlich.

Puh, noch mal gut gegangen. Sie wusste weder, ob es in Pfunders eine Trophäenschau gab, noch, ob dort fotografiert wurde. Die Fotografin nahm sich vor, sich in Zukunft doch ein bisschen besser auf ihre „Verhöre“ vorzubereiten. Als sie gerade darüber nachdenken wollte, wie sie das Gespräch mit Acherer angehen wollte, klingelte ihr Handy.

„Engl“, meldete sie sich.

„Rufe ich an ungelegen?“ Es war unverkennbar Lorenzo Marchetti.

„Nein. Ich sitze gerade in der Lobby des Sporthotels und warte auf Herrn Acherer.“

„Ah, geht es um eine neue Auftrag?“

„Ja, möglicherweise", antwortete Amalia ausweichend, schließlich konnte sie dem *Maresciallo* schlecht sagen, dass sie sozusagen ermittelte.

„Ähm, ich wollte fragen, ob du dich möchtest heute noch mit mir treffen? Auf eine kleine Kaffee?"

„Heute geht leider nicht mehr, aber wie wäre es morgen gegen Mittag?"

„Das werden schwierig. Wir haben einen Termin morgen gegen elf mit den Leuten der *Squadra Scientifica* am *Untersaml* wegen Sicherung Spuren."

„Am *Untersaml*", wiederholte Amalia interessiert. „Oh mein Gott, ist denn schon wieder was passiert? Schon wieder eine Tote?"

„No, no, wir finden neue Erkenntnisse", sagte Marchetti wortkarg.

Amalia wollte unbedingt wissen, was die *Carabinieri* gefunden hatten. Aber Marchetti sprach nicht weiter.

„Wisst ihr dann, wer der Mörder ist? Ich muss gestehen, dass mir nachts im Dunkeln nicht mehr wohl ist, wenn man weiß, dass da noch jemand herumläuft, der den ein oder anderen vom Dorf noch aus dem Weg haben will", sagte sie und ließ ihre Stimme dabei ein wenig ängstlich klingen.

„Vielleicht wir haben Foto. Die Chancen stehen gut."

„Ein Foto? Aber dann müsste ja jemand den Mord beobachtet haben?", fragte Amalia irritiert nach.

„Nein, das nicht. Aber Kollegen von Bozen haben bei der Durchsuchung des PCs von Celina Standortkoordinaten von Wildkameras gefunden. Für ihre Masterarbeit hatte sie Wildkameras mit Melder für Bewegung aufgestellt und eine ausgerechnet davon steht im *Untersaml* oberhalb der Straße."

„Ich verstehe, ihr hofft, dass die Wildkamera den Aufstieg zum *Lettazogl* fotografiert hat. Das wäre ja ein Ding. Das würde heißen, Celina hätte ihren Mörder sozusagen selbst überführt. Ihr braucht also nur noch die Speicherkarte zu holen und auszuwerten."

„Aber ich kann rufen dich an, sobald wir sind *finito*."

„Okay, das passt für mich. Ich freu mich. Dann bis morgen."

„*Ciao*", sagte er, bevor er auflegte.

Amalia trank den letzten Schluck ihres Cappuccinos, der inzwischen kalt war. Das Gespräch mit Acherer konnte warten. Unnötig, sich in Gefahr zu bringen, ohne Acherer einen Beweis vorlegen zu können. Wer wohl auf den Fotos zu sehen war? War das das Indiz, das fehlte, um Acherer endgültig zu überführen?

Die Hotellobby hatte sich geleert. Anscheinend war der Shuttle nach Bozen eingetroffen, während sie mit Marchetti telefoniert hatte. Amalia zog ihren schwarzen Anorak an und verließ das Hotel Richtung Parkplatz. Gerade als sie einsteigen wollte, fiel ihre Aufmerksamkeit auf eine Frau, die aus einer Tür mit der großen Aufschrift „Skiraum" rechts des Eingangs kam. Hektisch packte die Frau Ski und Stöcke in den Kofferraum ihres schwarzen *SUVs*. Erst jetzt, als die Frau sich kurz umsah, erkannte Amalia Frau Acherer in Skitourenhose. Amalia duckte sich geistesgegenwärtig und versteckte sich hinter ihrem Auto. Was machte die Hotelchefin da? Erstaunt beobachtete Amalia, wie die Hoteliersgattin, ohne zu humpeln, nochmals im Skiraum verschwand und mit ein paar neongrünen Skischuhen zurückkam. Sie schmiss die Schuhe ins Auto, schloss den Kofferraum und stieg gelenkig ein, ohne Anzeichen eines Bänderrisses. Der *SUV* fuhr los.

Kurz entschlossen verließ Amalia ihre Deckung und sprintete zum Skiraum. Dort waren die Skier der Gäste sauber in Reih und Glied aufgestellt. Sie brauchte einen kurzen Moment, bis sie zwischen all den alpinen Abfahrtsskiern ein Paar Tourenskier entdeckte. Amalia packte diese samt Stöcken und nahm die davorstehenden Schuhe mit. Schnell rannte sie zum Auto, verstaute alles darin und startete den Motor. Wenn sie richtiglag, war Frau Acherer unterwegs zum *Untersaml*.

In ihrem Kopf schossen die verschiedensten Theorien kreuz und quer. Anscheinend hatte Frau Acherer ihr Gespräch belauscht und wusste, dass die Möglichkeit bestand, dass die Wildkamera ein Foto des Täters gespeichert hatte. Nun versuchte sie, vor den *Carabinieri* dort zu sein, um die Daten zu löschen. Diese Frau hatte sie gewaltig getäuscht. Durch ihre Schiene und ihre Humpelei hatte sie sie nicht eine Sekunde lang verdächtigt, etwas mit dem Tod der jungen Studentin zu tun zu haben, obwohl sie ein astreines Motiv hatte, dachte Amalia ärgerlich über sich selbst.

Sie hatte ihr die Nummer der abgeklärten Ehefrau, die mit einem sanften Lächeln über sämtlichen Eskapaden ihres Mannes stand, voll abgekauft. Aber ein Kind veränderte natürlich alles. Hatte ihr Mann sie verlassen wollen? Die Achererin war unglaublich raffiniert gewesen. Amalia hatte angenommen, dass Frau Acherer aus Liebe bereit wäre, ihrem Mann ein falsches Alibi zu geben. Aber natürlich hatte sie gleichzeitig auch sich selbst damit ein sauberes Alibi verschafft.

Amalia nahm die Verfolgung auf. Als sie das dunkle Auto der Hotelchefin vor sich erkannte, fuhr sie etwas langsamer. Jetzt war sie sich sicher, dass sie auf dem Weg zur Wildkamera war, um die Beweise zu vernichten. Sie musste unbedingt jemandem Bescheid geben, wohin sie unterwegs war und wen sie verfolgte. Sie wählte die letzte Nummer ihrer Anrufliste. Doch Marchettis Nummer war belegt, also wählte sie nun Felix' Nummer. „Verdammt, Felix, nimm endlich ab", fluchte Amalia, die Mühe hatte, dem *SUV* zu folgen.

„Hier ist die Mailbox von Felix ..."

Genervt sprach Amalia die wichtigsten Fakten im Telegrammstil auf Felix' Mailbox: „Hallo, hier Amalia. Verfolge Frau Acherer. Sind auf dem Weg zum *Untersaml*. Sie will – glaube ich – Spuren vertuschen. Komm einfach." Amalia konzentrierte sich wieder auf die winterliche Straße. Um den Wagen nicht aus den Augen zu verlieren, fuhr sie viel zu schnell für die Witterungsverhältnisse. Was, wenn Felix die Mailbox zu spät abhörte?

Sie musste unbedingt noch einmal versuchen, den *Maresciallo* zu erreichen. Maurice' warnende Worte fielen ihr ein. Ohne zu zögern, wählte sie seine Nummer erneut. Das Freizeichen erklang und diesmal meldete er sich.

„Lorenzo, ich glaube, Frau Acherer hat mein Gespräch mit dir belauscht. Sie ist jetzt unterwegs zu der Wildkamera. Ich fahre ihr nach."

„Nein, warte, bis ich bin bei dir. Ich bin gerade mit *Carabiniere* Oberhollenzer bei die Mittagessen in die Gasthaus *Brugger*. Ich rufe gleich Verstärkung aus Vintl und dann wir kommen gleich. Amalia, verspreche mir zu warten und bringe dich nicht in Gefahr. Diese Frau seien gefährlich."

„Aber dann ist es möglicherweise zu spät und alle Beweise wären vernichtet."

„Warte einfach, es ist ..."

Amalia legte auf. Trotzdem hatte sie das Gefühl, nicht mehr allein auf der Jagd zu sein. Sie fühlte, wie ihr Mut und ihr unbedingter Wille zurückkamen, den Mordfall „Celina" aufzuklären.

27.

Vergangenes Jahr im Dezember

„Wir müssen reden."

Sieglinde Acherer zuckte innerlich zusammen. Wenn ihr Mann diese Worte benutzte, bedeutete dies selten etwas Angenehmes.

„Gleich. Ich muss noch schnell den Franz vom Tourismusverein zurückrufen."

„Sofort. Es ist wirklich dringend."

Oje, das klang gar nicht gut, dachte sie. Sie ließ sich auf den Besucherstuhl vor dem riesigen Holzschreibtisch ihres Mannes fallen. Wie immer lagen darauf Unterlagen, handgeschriebene Notizen, Ausdrucke, Buchungsbestätigungen und Post-its in wilder Unordnung. Wenn sie nicht in regelmäßigen Abständen sein Chaos durchging, blieben Rechnungen unbezahlt, Mails und Briefe unbeantwortet und Termine wurden vergessen.

Eigentlich ergänzen wir uns gut, dachte sie nicht zum ersten Mal. Ich bringe Struktur in sein Leben und er kann dafür mit den Leuten viel besser als ich. Es stimmte: Alles, was hinter den Kulissen ihres Hotels vorging, führte sie mit straffen Zügeln. Gleichgültig, ob es die Warenbestellung, die Buchhaltung, die Dienstpläne, die Zimmerbuchungen oder die Jahresplanung betraf, sie war im Hotel die kompetenteste Ansprechpartnerin. Aber wenn es darum ging, aus Gästen Stammgäste zu machen, kreativere Wege im Marketing zu gehen, schwierige Verhandlungen zu führen oder Mitarbeiter zu motivieren, war ihr Mann mit seinem Charme und Charisma sicher die bessere Wahl.

„Was gibt es? Hat wieder eine Gruppe abgesagt?“

„Nein. Es ist eher privat.“ Walter Acherer wirkte ungewöhnlich nervös und verlegen.

Oh Gott, nicht schon wieder, dachte Sieglinde.

„Wer ist es denn diesmal?“, fragte sie resigniert. Hoffentlich keine vom Hotel. Das brachte immer große Unruhe und die Angestellten zerrissen sich über Monate das Maul.

„Celina Uhlig. Die Studentin, die an dem Wolfsprojekt mitarbeitet.“

Sieglinde Acherer war überrascht. Es war ja schon einige Wochen her, dass sie über diese Blondine und ihren Mann Gerüchte gehört hatte. Natürlich hatte sie es mitbekommen. Die Leute meinten anscheinend immer, sie sei blöd und blind, aber was das anging, hatte sie sehr feine Antennen. Ihr Gatte hatte das junge Flittchen sogar einmal ins Restaurant des Hotels eingeladen.

Danach hatte man aber nichts mehr von der Dame gehört. Sieglinde hatte angenommen, dass es Walter auf Dauer zu anstrengend gewesen sei, mit einer vehementen Befürworterin der Ansiedlung von Wölfen verbandelt zu sein, obwohl wahrscheinlich genau das den anfänglichen Reiz für ihn ausgemacht hatte. Jemanden zu erobern, der offiziell „auf der anderen Seite“ stand, würde er als Herausforderung, gleichzeitig aber auch als Verlockung sehen. Schließlich war der Jagderfolg umso süßer, je schwieriger die Jagd sich gestaltete. Allerdings konnte sie sich nicht vorstellen, dass die Freude lang angehalten hatte. Schließlich gingen ihm die Ansichten der Wolfsschützerin sowohl als Hotelier als auch als Jäger gegen den Strich. Und wenn Walter etwas nicht mochte, dann waren das Beziehungen, die anstrengend waren, und Frauen, die ihm ständig widersprachen.

„Jaaa?“, fragte sie gedehnt.

„Es ist so … Es tut mir leid, Schatz … Ich weiß jetzt auch nicht, wie ich das sagen soll …“

„Jetzt spuck schon aus“, sagte sie genervt. Das war sonst gar nicht seine Art, so herumzueiern.

„Sie ist schwanger“, kam er nun sehr direkt zum Punkt.

Sieglinde Acherer fiel aus allen Wolken. „Schwanger? Von dir?“

„Natürlich.“ Er richtete sich in seinem Bürostuhl auf und sah sie herausfordernd an.

Sieglinde schwieg für einen Moment und überlegte. Bleib ruhig, ermahnte sie sich. Das war nur ein weiteres Problem, das gelöst werden musste.

„Hast du ihr gesagt, dass sie es wegmachen muss?“

„Zuerst schon, aber dann …“

„Walter, wenn es um Geld geht, ist das kein Problem. Wir haben die Rücklagen für den Ausbau des Wellnessbereiches. Was verlangt sie denn?“, fragte Sieglinde.

„Sie will kein Geld. Sie ist ein Freigeist und an materiellen Dingen nicht interessiert. Sie will mich.“

Deutlich konnte Sieglinde hören, wie Stolz in seiner Stimme mitschwang. Der dumme alte Gockel. Sie schnaubte verächtlich. „Ja, genau“, sagte sie mit vor Ironie triefender Stimme. „Seltsam nur, dass sich die jungen bildhübschen Freigeister nie in fünfzigjährige Busfahrer verlieben, sondern immer in Männer mit Geld.“

Ihr Mann sah nun tatsächlich verletzt aus.

„Bist du dir überhaupt sicher, dass es von dir ist?“, fragte sie scharf.

„Sie ist sich ganz sicher, aber natürlich werde ich nach der Geburt des Kindes auf einen DNA-Test bestehen.“

Sieglinde Acherer schüttelte den Kopf. „So naiv kannst du doch nicht sein. Wenn sogar ich weiß, dass das blonde Flittchen in der kurzen Zeit, die sie hier war, mindestens mit noch einem anderen Mann im Bett war, wär ich mir da nicht so sicher. Sei doch nicht so dumm! Gib der Schlampe genug Geld und sag ihr, sie soll dahin zurückkehren, wo sie hergekommen ist."

„Unsinn! Wir gehen sehr ehrlich miteinander um. Ich weiß, dass sie einige Zeit mit dem Michl vom Obereggerhof zusammen war, aber das hat sie rigoros beendet, sobald das mit uns angefangen hat. Und der Rest ist nur Dorftratsch. Wegen Männern, die heiß auf sie waren, aber nie landen konnten, so wie der Kofler, der Depp. Ich verstehe, dass das für dich schwierig ist. Aber das gibt dir noch lange nicht das Recht, so abwertend von meiner zukünftigen ..." Er brach erschrocken ab.

„Zukünftigen was?" Es klang wie ein Knurren. Der rohe Schmerz in ihrer Stimme erschreckte sie selbst.

Er machte eine lange Pause, bevor er, ohne sie anzuschauen, sagte: „Mutter meines Kindes und meiner zukünftigen Frau."

„Du willst sie tatsächlich heiraten? Dich von mir scheiden lassen?" Sieglinde konnte es nicht fassen. Heiraten? Sie verlassen? Mit allem hätte sie gerechnet, aber damit nicht. Auch wenn er nie treu gewesen war, hatte sie niemals an der Stabilität und Unzerstörbarkeit ihrer Ehe gezweifelt. Sie waren so ein gutes Team, konnten sich aufeinander verlassen und hatten so viel gemeinsam aufgebaut. Auch verstanden sie sich im Alltag gut, es gab wenig Streit und wenn es um die Kinder und um das Hotel ging, zogen sie unverbrüchlich an einem Strang.

Sie selbst hatte niemals auch nur mit dem Gedanken gespielt, sich von ihm zu trennen. Nicht einmal damals, als sie frisch verheiratet gewesen waren und seine erste Affäre ans Licht kam. Das hatte verdammt wehgetan und sie hatte viele Tränen geweint. Aber verlassen hätte sie ihn niemals. Dafür war das, was sie hatten, zu gut.

Er wählte seine Worte sorgfältig, als er antwortete: „Ich weiß, dass das ein Schock für dich ist. Und mir tut es wahnsinnig leid, dir so wehtun zu müssen. Ich habe lange mit mir gerungen, was ich machen soll." Er schluckte.

Sie konnte ihm ansehen, wie unwohl er sich fühlte. Normalerweise ging er mit Humor und Charme Konfrontationen aus dem Weg. Hier aber musste er sich ihren Vorwürfen, ihrer Enttäuschung und Wut stellen.

„Ich habe das Gefühl, dass das meine Chance auf einen Neuanfang ist. Ich habe die Möglichkeit, alles noch einmal – und diesmal besser – zu machen." Endlich sah er sie an. „Ich weiß, dass ich ein schlechter Ehemann war und dich oft verletzt habe. Auch für die Kinder habe ich mir viel zu wenig Zeit genommen. Dass aus ihnen etwas geworden ist, ist einzig und allein dir zu verdanken." Er lächelte sie zaghaft an.

Sie erwiderte seinen Blick eisig. Meinte er, er könne sie mit Komplimenten einlullen, wie irgendeines seiner dummen *Flietschen?* Meinte er, es würde sie trösten, wenn er seine Fehler einsah, aber nicht, um es bei ihr besser zu machen, sondern bei einer anderen Frau? Die würde dann das bekommen, wonach Sieglinde sich immer gesehnt hatte: einen treuen Ehemann, der sich um seine Kinder kümmerte. Die Ungerechtigkeit schnürte ihr die Luft ab, am liebsten hätte sie geschrien vor Zorn und Demütigung, aber sie riss sich zusammen. Ihr Zusammenbruch würde jetzt gar nichts helfen.

„Wie stellst du dir das alles vor?“, fragte sie stattdessen nüchtern, konnte aber nicht verhindern, dass ihre Stimme gepresst klang.

Er atmete erleichtert auf. Anscheinend dachte er, dass das Schlimmste überstanden sei. „Mir ist klar, dass wir zuerst das Finanzielle regeln müssen. Ich verspreche dir auch, dass ich finanziell großzügig sein werde. Da wir das Hotel großteils zusammen aufgebaut haben, steht dir einiges zu.“

„Einiges?“, schnaubte Sieglinde empört. „Einiges? Ohne mich hättest du eine Frühstückspension mit fünf Zimmern anstelle eines 4-Sterne-Superior-Hotels. Ich schwör dir, so einfach wirst du mich nicht los! Ich werde mir einen Anwalt nehmen und um jeden Cent kämpfen, der mir zusteht.“

„Wer sagt denn etwas von loswerden, Siggi?“, fragte Walter und hob beschwichtigend seine Hände.

Wie selbstverständlich benutzte er ihren Spitznamen. Als hätte sich nichts verändert.

„Du und ich sind doch ein super Team und wenn es nach mir ginge, würde das auch so bleiben. Du kennst unsere Finanzen wahrscheinlich besser als ich. Ich kann dich nicht auszahlen. Wenn du darauf bestehst, müssen wir das Hotel verkaufen und jeder mit seinem Anteil woanders neu anfangen. Ich weiß natürlich, was dir das Hotel bedeutet, und für unsere Kinder wäre es sicher ein großer Schock, aber ...“

Er brach ab und strich sich mit der Hand über die Augen, als wäre diese Vorstellung schmerzhaft für ihn.

Als ob er auch nur eine Sekunde an sie und die Kinder gedacht hätte, als er diese Affäre begonnen und sich jetzt für ein Leben mit dieser Celina entschieden hatte. Sie fühlte sich so hilflos. Er drehte es jetzt so, als wäre es ihr Wille, das Erbe der Kinder, ihr Lebenswerk zu zerstückeln, wo doch in

Wirklichkeit gar nichts nach ihrem Willen lief. Sie schwieg, da sie völlig überfordert war mit den Entscheidungen, die nun anstanden. Schließlich fragte sie resigniert: „Wenn wir nicht verkaufen, wie könnte es dann weitergehen?“

„Celina und ich haben gedacht, wir könnten eine der Panoramasuiten in eine Wohnung für uns umbauen.“

„Ihr wollt zusammen im Hotel wohnen?“ Sieglinde war außer sich. Was dachte Walter sich? Dass sie seiner Geliebten täglich mehrmals begegnen wollte? Wie konnte er so unsensibel sein?

„Das wäre das Vernünftigste“, verteidigte er sich, als er ihren bestürzten Blick auffing. Aber wahrscheinlich würdet ihr euch gar nicht so oft über den Weg laufen, denn Celinas erstes Anliegen sind und bleiben die Wölfe. Sie wird oft und lange unterwegs sein, zu diversen Projekten im In- und Ausland. Da werde ich mich dann verstärkt um das Kind kümmern und wahrscheinlich werden wir auch eine Nanny brauchen. Du siehst, du wirst weiterhin im Hotel gebraucht.“

Sieglinde lachte bitter auf. Das hatte sich das Weibsstück ja fein ausgedacht: Sie kam und ging, wie es ihr passte, während sich ihr Mann um das Balg kümmerte. Sie wusste nicht, was sie mehr ärgerte. Dass Celina die Frechheit besaß, komplett in Sieglindes Leben einzudringen, sich aber nur die Rosinen herauszupicken, oder dass Walter so dumm war, dies alles zu akzeptieren. Gleichzeitig erwartete dieser Egoist auch noch von ihr, dass sie ihm half, den Laden am Laufen zu halten, während Celina irgendwo auf der Welt Wölfe rettete.

Sie machte ihrem Zorn Luft: „So ein Blödsinn! Meinst du wirklich, ich schau zu, wie du hier mit einer anderen Frau glückliche Familie spielst?“

„Reg dich nicht so auf. Wenn wir uns alle verhalten wie Erwachsene, dann kriegen wir das hin. Celina und ich werden unser Möglichstes tun, dass alles so störungsfrei wie möglich weiterläuft. Du wirst sehen, es kann für unser Hotel absolut eine Bereicherung sein, wenn jemand Jüngeres, der außerdem weit gereist ist, neuen Schwung ins Hotel bringt. Celina hat zum Beispiel Ideen für einen „Nature Experience"-Park, wo man unsere Gäste an den richtigen Umgang mit Wölfen heranführen könnte. So etwas stelle ich mir großartig vor. Auf der anderen Seite haben wir vereinbart, dass sie sich bei allem, was die Leitung des Hotels betrifft, raushalten wird. Das ist und bleibt deine Domäne."

Sieglinde blieb stumm. Ihre Mitarbeiter und die Leute vom Dorf würden sich das Maul zerreißen. Auslachen würden sie sie, wenn sie mit der Geliebten ihres Mannes unter einem Dach bliebe. Sie konnte das Getuschel und den beißenden Spott hinter ihrem Rücken direkt hören. Wie wenig musste sie Walter bedeuten, dass er es überhaupt wagte, ihr einen so erniedrigenden Vorschlag zu machen? Das schmerzte am meisten. Sie hatte verloren. Auf ganzer Linie.

„Das wird niemals funktionieren", fauchte sie schließlich. „Wie konntest du nur so dumm sein? Wie konntest du alles wegwerfen, was wir zusammen aufgebaut haben? Wie konntest du mir das antun? Nach all den Jahren?", schleuderte sie ihm entgegen.

Sie konnte nicht verhindern, dass sie die letzten Worte schluchzte. Sie schüttelte noch einmal den Kopf und legte all ihre Verachtung und Abscheu in ihren Blick, bevor sie, ohne ein weiteres Wort zu sagen, das Büro ihres Mannes verließ.

28.

Himmelherrgott, die Gattin des Hotelbesitzers, die sie bisher nur humpelnd und gemächlich erlebt hatte, fuhr mit halsbrecherischem Tempo die Kurven oberhalb vom *Mitterhof* bergauf. Immer wieder schlingerte sie auf der schneebedeckten glatten Fahrbahn, aber sie verlangsamte ihre Geschwindigkeit nicht. Amalia ließ den Abstand größer werden, denn es gab nur diesen einen Weg, und sie wusste, wohin die Frau wollte. Obwohl ihr Mini Allrad hatte, wurde es ihr immer wieder angst und bange, wenn sie aus der Spur kam.

Am Parkplatz oberhalb vom *Samer* stand das Auto, aber von der Hotelierin war nichts mehr zu sehen. Sie musste schon mit ihren Skiern gestartet sein. Diese Frau legte mit einer unsagbaren Schnelligkeit los. Amalia überlegte kurz, ob sie auf das Eintreffen der *Carabinieri* warten sollte. Aber sogar, wenn Marchetti sofort gestartet war, wäre er frühestens in zehn Minuten da. Genug Vorsprung für Frau Acherer, um alle Fotos zu löschen.

Es half nichts. Es lag an ihr, die Frau aufzuhalten. Sie quetschte ihre Füße in die geklauten Skischuhe und stöhnte auf. Mindestens eine gute Nummer zu klein. Den Schmerz ignorierend, zog sie die Felle auf. Ihr kam es vor, als hätte sie zwei linke Hände. In ihrem Kopf tickte die Uhr. Wenn sie es nicht schaffte, Frau Acherer vor der Kamera einzuholen, gäbe es keine Beweise mehr. Mit dem Alibi ihres Mannes war sie dann wahrscheinlich aus dem Schneider. Ein Fell fiel in den Schnee, weil sie sich aus Nervosität zu ungeschickt anstellte. Es kostete wertvolle Sekunden, es vom Schnee zu befreien und ordentlich aufzuziehen. Dann war sie startklar. Seit sie das letzte Mal hier war, hatte der Sportklub den Weg gewalzt, damit man rodeln konnte, daher kam Amalia gut vorwärts. Mit einem Tempo, das sogar die Sommer beeindruckte hätte, folgte sie dem Weg, der vor knapp zwei Wochen Celina Uhlig in den Tod geführt hatte.

Anscheinend hatte Frau Acherer nicht gelogen, als sie behauptet hatte, durch die viele Arbeit wenig Zeit für Sport zu haben. Denn nach nur wenigen Minuten sah Amalia die Hotelbesitzerin vor sich. Die Fotografin duckte sich hinter einen Baum und überlegte. Sollte sie sich bemerkbar machen? Oder war es besser, die Daten an sich zu bringen? Denn sonst könnte sich die Achererin rausreden, dass sie nur eine harmlose Skitour mache, weil das Bein auf wunderbare Weise geheilt sei. Entschieden zog sich Amalia tiefer in den Wald zurück. Wenn sie hier abkürzte, müsste sie vor der Hotelbesitzerin bei der Kamera sein.

Jeder Schritt war eine Qual, weil die zu kleinen Schuhe sie schmerzten. Schweißgebadet und fluchend erreichte sie endlich ihr Ziel. Marchetti hatte ihr zwar beschrieben, dass die Kamera am *Untersaml* oberhalb der Straße war, aber sie brauchte doch einige Minuten, bis sie sie fand. Sie war an einem Baum angebracht, aber durch die Äste und den Schnee kaum zu entdecken. Sie entnahm die Speicherkarte und versteckte sich ein Stück unterhalb der Straße hinter einem Baum. Jetzt brauchte sie nur hier warten, bis Frau Acherer merkte, dass sie zu spät war. Diese würde sich dann sicher auf den Rückweg machen und Amalia könnte später die Karte *Maresciallo* Marchetti übergeben. Guter Plan, lobte sie sich. Keine Konfrontation, keine Gefahr. Schließlich lernte sie aus ihren Fehlern.

Mit angehaltenem Atem wartete Amalia, aber es dauerte doch einige Zeit, bis Frau Acherer schwer schnaufend um die Kurve bog. Ihre füllige Figur sah in einem Lodenkostüm vorteilhafter aus als in der engen Skitourenhose, dachte Amalia boshaft. Dass die andere sie so hinter das Licht geführt hatte, nagte an ihr.

Suchend blickte Sieglinde Acherer sich um. Auch sie brauchte einige Zeit, bis sie die Kamera fand. Ein frohes Lächeln breitete sich in ihren etwas groben Zügen aus. Zielsicher steuerte sie auf die Wildkamera zu und erstarrte, als sie registrierte, dass der Schlitz für die Speicherkarte leer war.

Hektisch sah sie sich um und Amalia machte sich noch kleiner. Sonnenlicht drang durch die hohen Bäume und brachte den Schnee in ihrer Nähe zum Glitzern. Aber sie war noch ganz im Schatten. Hoffentlich bemerkte die Achererin nicht, dass die Stelle um die Kamera niedergetrampelt war und die Spuren ihrer Skier in den Wald führten.

Noch einmal ließ Frau Acherer ihren Blick über die nähere Umgebung schweifen, dann ließ sie resigniert die Schultern sinken und begann die Felle von ihren Skiern zu ziehen.

Amalia atmete auf. Nur noch wenige Sekunden und sie würde abfahren. Alles war gut gegangen.

In diesem Moment durchbrach ein schauriges Heulen die Stille. Ein Wolf! Amalia fuhr zusammen. Dabei stieß sie an einen Ast des Baumes hinter sich, der mit einem deutlich vernehmlichen Knacken brach. Schnee rieselte auf sie herab. Frau Acherer richtete sich auf und sah genau in ihre Richtung. Konnte sie sie sehen? Für einen Moment glaubte Amalia, dass sie Glück gehabt hatte, denn die Frau stieg in die Bindung und setzte den Rucksack auf. Aber dann sah sie wieder in ihre Richtung. Hatte sie Amalias Spuren bemerkt?

Die Hotelbesitzerin startete mit den Skiern in den Wald, wie ein Hund, der Fährte aufgenommen hatte. Da sie selbst noch Felle auf den Skiern hatte, konnte Amalia nicht wegfahren. Ungeschickt versuchte sie aus der Bindung zu kommen. Da es nicht ihre eigenen Skier waren, wusste sie nicht auf Anhieb, wo sie drücken musste, damit sich die Bindung löste. Sie hörte, wie Frau Acherer näher und näher kam.

Endlich war sie frei. Doch in diesem Augenblick wurde sie niedergerissen. Frau Acherer hatte sie umgefahren und sich mit ihrem nicht unbeträchtlichen Gewicht auf sie geworfen. Ihr Oberkörper und ihr Kopf wurden tief in den weichen Schnee gepresst. So musste es sich anfühlen, wenn man unter eine Lawine kam, dachte Amalia benommen.

„Sie elende Schnüfflerin!", fauchte die Hotelbesitzerin.

„Ich wollt doch nur ..."

„Was wollten Sie? Mein Leben ruinieren?"

Amalia konnte Hass in den Augen der älteren Frau auflodern sehen. Sie versuchte, die Frau von sich zu schubsen, aber die bewegte sich keinen Millimeter.

„Wo ist die Speicherkarte? Gib sie mir sofort", zischte Sieglinde Acherer und wechselte vom „Sie" zum „Du".

Wenn man auf einem anderen lag, war die Zeit für distanzierte Höflichkeit wahrscheinlich vorbei, dachte Amalia grimmig.

„Die kriegst du nie!" Sie hatte die Karte in der Innentasche ihrer Daunenjacke sicher verstaut.

„Das werden wir sehen!"

Mit einer Hand drückte die Hotelierin Amalias Kopf tiefer in den Schnee, mit der anderen Hand begann sie den Reißverschluss der linken Jackentasche aufzuziehen und darin herumzutasten.

Amalia hatte die Hände frei und versuchte, die beleibte, aber erstaunlich kräftige Frau von sich zu stoßen. Keine Chance. Die Achererin schien Amalias Stöße und Schläge nicht einmal zu bemerken.

Plötzlich übertönte ein lauter Knall das Stöhnen und Keuchen der beiden kämpfenden Frauen. Frau Acherers Kopf ruckte nach oben und sie fixierte einen Punkt hinter Amalia.

„Stehen Sie auf langsam und nehmen in die Höhe die Hände!“, hörte Amalia die vertraute ruhige Stimme von *Maresciallo* Marchetti.

Die Achererin versuchte hochzukommen. Aber das war gar nicht so einfach, weil sie ja immer noch ihre Skier an den Füßen hatte. Sie suchte ihre Skistöcke und kam mit deren Hilfe endlich auf. Es dauerte eine ganze Weile, bis sie aufrecht stand. Sie steckte ihre Stöcke neben sich in den Schnee und hob dann fügsam die Hände.

Amalia konnte sich nun wieder frei bewegen. Sie stand auf und klopfte den Schnee von ihrer Jeans, die völlig durchnässt war. Dann drehte sie sich um und lächelte Marchetti dankbar an, der ein Stück weiter unten im Schnee stand, neben ihm *Carabiniere* Oberhollenzer, der ebenfalls seine Waffe auf Frau Acherer gerichtet hatte.

In einem scharfen Ton sagte Marchetti zu Frau Acherer, die wie zur Salzsäule erstarrt neben Amalia stand: „Halten Sie ihre Hände so, dass ich sie kann immer sehen!“

Marchetti nickte Oberhollenzer knapp zu und dieser setzte sich in Bewegung. Er stieg hinauf zur Hotelbesitzerin. Wahrscheinlich sollte er ihr Handschellen anlegen. Man konnte dem jungen Mann die Aufregung direkt ansehen, sehr ernsthaft und bemüht hielt er die Waffe immer ganz akkurat auf Sieglinde Acherer gerichtet. Dies war sicher seine erste Verhaftung, dachte Amalia belustigt.

Plötzlich kam Leben in die Hoteliersgattin. Sie griff nach ihren Skistöcken, ging in die Hocke, schob an, beschleunigte auf dem abschüssigen Gelände und fuhr Oberhollenzer um, genauso wie Amalia vor einigen Minuten. Der magere Mann wankte für einen Moment, wie eine Pappel im Wind, doch dann gingen die beiden fast neben Amalia zu Boden.

„Amalia, nieder!“, hörte sie Marchetti rufen, der bereits auf die beiden Kämpfenden zielte. Unsicher blickte sie sich um. Sollte sie nach links? Oder nach rechts? Sie wollte auf keinen Fall in die Schusslinie geraten. Schließlich ließ sie sich einfach fallen. Aber es war zu spät. Als sie aufsah, hatte die Achererin die Waffe bereits in der Hand und hielt sie direkt auf Amalia gerichtet.

Schnell rappelte sich Amalia auf.

„Gehen Sie hinauf zu der impertinenten Fotografin“, fuhr sie Oberhollenzer an.

Dieser klopfte sich den Schnee von der Uniform und stellte sich wie ein geprügelter Hund neben Amalia. Vor einigen Sekunden war er noch der strahlende Held gewesen, der eine Frau rettete und den Bösewicht verhaftete, und nun war er von einer älteren Furie entwaffnet worden.

Das war sicher ein herber Schlag für das Selbstwertgefühl des jungen Burschen, dachte Amalia und wunderte sich gleichzeitig, dass sie sich um solche Banalitäten Gedanken machte. Schließlich wurde sie von einer Frau mit der Waffe bedroht, die bereits bewiesen hatte, dass sie bereit war, über Leichen zu gehen, um den Istzustand zu bewahren.

„Und Sie legen sofort die Waffe nieder!“, befahl sie Marchetti.

Dieser sah für einen Moment zu Amalia und legte dann ganz behutsam seine Dienstwaffe in den Schnee vor sich.

„Kommen Sie herauf zu Ihrem Kollegen und lassen Sie die Hände, dort wo ich sie sehen kann!", fuhr sie mit einem Anflug von Humor fort.

Der *Maresciallo* stapfte Richtung Amalia und sank mit seinen schwarzen Stiefeln bei jedem Schritt tief in den Schnee.

Die Achererin öffnete die Bindung ihrer Skier und verringerte den Abstand zu Amalia und den beiden *Carabinieri* noch ein wenig mehr. Dabei ließ sie die drei keine Sekunde aus den Augen. Sie nahm die Pistole in beide Hände, richtete sie auf Amalia und stellte sich nur wenige Meter von ihnen entfernt breitbeinig auf.

Es war das erste Mal, dass Amalia mit einer Waffe bedroht wurde. Tausende Male hatte sie so eine Szene in Krimis gesehen, aber nichts hatte sie auf die Panik vorbereitet, die es in einem auslöste, den Lauf einer Pistole auf sich gerichtet zu sehen.

„Machen Sie nicht alles schlimmer", sagte Marchetti und hob die Hände noch ein wenig höher. „Wir wissen, dass Sie das mit Celina nicht haben gewollt. War eine Unfall, richtig?"

„Ich wollte nur mit ihr reden", gab ihm Frau Acherer recht. „Dass mein Mann Affären hat, war für mich nichts Neues. Aber meistens war der Spuk nach ein paar Wochen wieder vorbei. Aber diesmal war es anders. Das elende Miststück war schwanger. Hat gemeint, sie kann sich jetzt ein schönes Leben in unserem Hotel machen. Sie hat mir erzählt, sie würde nie wegen einem Mann ihre Träume aufgeben. Sie würde sich weiterhin um die Wolfsforschung kümmern und der liebe Walter-Schatz habe ihr versprochen, beruflich kürzer zu treten und sich Zeit für seine junge Familie zu nehmen.

Familie! Ich und unsere Kinder sind seine Familie. Aber an uns verschwendet er keinen einzigen Gedanken mehr."

Tränen glitzerten in Sieglinde Acherers Augen. Dann fasste sie sich wieder, konzentrierte sich auf die Waffe in ihrer Hand und richtete sie kerzengerade auf Amalia.

Wenn sie jetzt schießt, dann zuerst auf mich, dachte Amalia beklommen.

„Sie ist gekommen zu Ihnen in die Hotel?", fragte Marchetti mit ehrlichem Staunen. „Sie hat gesprochen mit Ihnen über ihr Leben mit Ihrem Mann?"

Was redete der Typ bloß? War er wirklich an der Lebensgeschichte der Frau, die sie mit einer Pistole bedrohte, interessiert oder wollte er Zeit schinden, in der Hoffnung, dass Hilfe kam? Hoffentlich Letzteres, dachte Amalia inbrünstig.

„Das ist der Gipfel der Frechheit, nicht wahr?" Anscheinend war auch Sieglinde Acherer die Anteilnahme des *Maresciallo* nicht entgangen. „Sie ist in das Hotel stolziert, als wäre sie dort schon zu Hause. Walter hat sie gewähren lassen. Der war dieser Blondine ja ganz und gar verfallen, der alte Depp. Jeden Wunsch hat er ihr von den Augen abgelesen. Plötzlich hatte er Zeit für lange Wochenenden, Städtetrips und Theaterbesuche. Für mich war die letzten Jahre nicht einmal ein gemeinsames Essen drin."

Die Bitterkeit in Frau Acherers Stimme tat Amalia weh. Fast könnte die Achererin einem leidtun. Aber da waren die Waffe und die lähmende Angst, die diese in Amalia auslöste. Da half es auch nichts, dass links und rechts von ihr ein *Carabiniere* stand.

Oberhollenzer verhielt sich ruhig und wirkte wie erstarrt. Amalia nahm an, dass es für ihn ebenfalls das erste Mal war, dass eine geladene Waffe auf ihn gerichtet war.

Marchetti hingegen wirkte äußerst konzentriert, strahlte nach außen hin aber Gelassenheit aus. Sie hatte das Gefühl, dass er genau wusste, was er in dieser Situation zu tun hatte. Er plauderte mit Frau Acherer, als säße er ihr in einem Café gegenüber.

„Mein Mann hat mir allen Ernstes vorgeschlagen, weiter im Hotel zu arbeiten, nachdem Celina bei ihm eingezogen ist! Ich hab gemeint, ich muss kotzen."

Sieglinde Acherer schluckte. Man konnte ihren Schmerz und ihre Enttäuschung fast mit Händen greifen. Sie begann wild mit der Pistole zu fuchteln. Amalia blieb das Herz fast stehen. Wenn sich jetzt ein Schuss löste. Marchetti trat unauffällig näher zu Amalia und versuchte sich dabei ein wenig vor sie zu schieben. Amalia verstand seinen Plan. Sollte Frau Acherer tatsächlich schießen, würde Marchetti sie zu Boden reißen und versuchen, sie mit seinem Körper zu schützen. Das hatte sie letztens in einer Dokumentation über die Ausbildung von Personenschützern gesehen. Nie hätte sie gedacht, dass sie mal einen Leibwächter an ihrer Seite brauchte wie ein Präsident oder eine berühmte Schauspielerin.

Amalia schielte zur Achererin. Diese schien nichts von seinem Unterfangen bemerkt zu haben. Was hatte diese Frau überhaupt vor? Wollte sie sich ihren Kummer erst von der Seele sprechen und dann die Ohrenzeugen erschießen?

Amalia war sich sicher, dass der Wolf, den sie vorher heulen hatte hören, sich über so ein Festmahl freuen würde. Hilfesuchend blickte sie zu Marchetti. Dieser ließ Frau Acherer jedoch nicht aus den Augen.

„Ich kann verstehen, dass Sie diese Frau haben gehasst", gab sich Marchetti einfühlsam.

„Ich auch“, sagte auch Amalia, die zwar immer noch nicht genau wusste, was Lorenzo im Schilde führte, aber vorsichtshalber mitmachte und hoffte, dass dieser einen Plan hatte.

„Sie wollten noch einmal sprechen mit die Frau Celina Uhlig, als es zu die Unfall kam?“, lenkte Marchetti das Gespräch etwas holprig zurück auf die Mordnacht.

„Sie ist nach der Versammlung ins Hotel gekommen. Sie hat mich freundlich gegrüßt, als wäre es ganz normal, dass sie bei uns ein und aus geht. Mir wurde bewusst, dass ich diese Erniedrigung auf Dauer nicht ertragen kann. Ich wollte ihr Geld anbieten. Viel Geld! Alles, was wir für die Erweiterung des Wellnessbereiches zurückgelegt haben, und meine Ersparnisse. Hauptsache, ich wäre diese blonde Hexe wieder losgeworden. Sie ist dann noch einmal los, weil sie irgendetwas bei den Wölfen beobachten wollte. Auf diese Viecher war sie tatsächlich ganz narrisch.

Ich bin ihr nachgefahren. Ich dachte, vielleicht könnte ich woanders mit ihr von Frau zu Frau reden, sodass Walter nichts mitbekommt. Also habe ich mein Skitourenzeug geholt und bin ihr hinterher. Es gibt ja von uns bergauf nur eine Straße. Als ich bei ihrem Auto ankam, war sie schon weg. Ich bin dann die Forststraße ein Stück hinaufgegangen und habe auf sie gewartet, weil mir klar war, dass ich sie nicht einhole.“

Es musste für die stolze Hotelbesitzerin erniedrigend gewesen sein, die junge Geliebte ihres Mannes zu verfolgen und selbst nicht fit genug zu sein, nachzukommen, dachte Amalia nicht ohne Mitgefühl.

„Sie war zu schnell für mich. Deshalb hab ich sie auf ihrem Rückweg abgepasst“, fuhr Frau Acherer fort. Es war, als wäre bei der sonst so spröden Frau ein Damm gebrochen, und sie redete und redete. „Die Celina konnte so charmant sein. Wie ich sie kennengelernt habe, dachte ich noch: so ein nettes intelligentes Mädchen. Aber sie konnte auch eiskalt sein. Bloß die Männer haben das nicht gesehen."

Sie wischte sich eine Träne von der Wange. „Wie ich sie angehalten habe, habe ich ihr das Geld angeboten. Ich habe sie angefleht, nicht mein Leben zu zerstören. Aber sie hat gesagt, dass sie und Walter glücklich miteinander seien und sie sich darauf freue, mit ihm das Kind großzuziehen. Ich hab dann gesagt, er wisse ja nicht einmal, ob er sicher der Vater sei, nach dem, was man höre. Da ist sie dann zornig geworden und hat empört gesagt, dass der Walter ihr glaube und sich sicher sei, dass er der Vater sei. Wie dumm kann ein Mann nur sein", geiferte Frau Acherer und blinzelte gegen die Sonnenstrahlen, die nun ihren Weg zwischen die hohen Bäume fanden.

„Dann ist diese schamlose Studentin richtig in Fahrt gekommen. Sie hat gesagt: ‚Das Geld, das Sie mir anbieten, brauche ich nicht. Ich werde Walter heiraten, ein schönes Leben führen und Sie können das nicht verhindern.' Dann wurde sie wieder charmant. Sie hat ihre Hand auf meinen Arm gelegt und gesagt: ‚Wenn wir uns alle bemühen, dann kriegen wir das doch hin.' Für einen Neustart sei es nur wichtig, klare Grenzen zu ziehen. Grenzen!" Frau Acherer spuckte dieses Wort fast aus.

„Diese Kanaille hat jede Grenze zwischen ihr und mir mit Füßen getreten und will mir was von Grenzen erzählen! Sie hat mir den Mann genommen, den ich trotz allem geliebt habe. Sie will im Hotel wohnen, das mein Lebenswerk ist. Dann hat sie mich ganz mitleidig angeschaut und tröstend gesagt: ‚Ich weiß, dass das jetzt schlimm für Sie ist, aber mit der Zeit werden wir uns alle daran gewöhnen.' Und dann hat sie mich freundlich angelächelt. Sie war so jung und dumm und hat gemeint, sie kann sich nehmen, was sie will, alles kaputt machen und braucht dann nur bezaubernd lächeln und alles ist wieder gut.“

Die Achererin kniff die Augen zusammen und sah für einen Moment an Amalia und Marchetti vorbei ins Leere.

„Jetzt“, dachte Amalia und sah Marchetti erwartungsvoll an.

Er schob sich weiterhin Millimeter um Millimeter vor Amalia und wartete, ob Frau Acherer noch etwas zu sagen hatte.

Hatte sie. „Ich habe dann in meinen Rucksack gegriffen, die große Taschenlampe herausgenommen und ihr das Lächeln und ihr herablassendes Mitleid aus dem Gesicht geschlagen“, sagte sie dann so ruhig und sachlich, als würde sie die Übernachtungszahlen des Vorjahres präsentieren.

Amalia riss die Augen auf. Auch wenn ihr klar gewesen war, dass die Frau mit der strengen, immer ordentlichen Frisur einen Menschen umgebracht hatte, waren die Worte in ihrer Klarheit schockierend.

„Es hat mir hinterher sofort leidgetan. Aber sie war tot. Ich konnte nichts mehr machen. Seltsamerweise wurde ich dann ganz ruhig und gefasst. Ich habe meine blutige Skijacke noch im Auto ausgezogen und in einem Sack in den Hotelmüll geworfen, bin dann mit dem Aufzug aus der Tiefgarage direkt ganz nach oben, ohne dass mich jemand gesehen hat. Am nächsten Tag habe ich jedem, den ich getroffen habe, erzählt, dass ich immer noch wahnsinnige Schmerzen im Knie hätte von der Skitour am gestrigen Vormittag. Mein Mann hat mich dann zum Arzt geschickt. Ich bin stattdessen im *Bergl* einen Kaffee trinken gegangen und habe mir dann eine

Schiene und Krücken verpasst, die noch von einer Verletzung meiner Tochter bei uns zu Hause rumlagen. Manchmal ist es gut, wenn man für alle die unauffällige graue Maus ist. Keiner hat sich groß Gedanken um mich gemacht, solange ich funktionierte. Als die *Karpf* dann kamen, hat mich mein Mann auch noch gebeten, ihm ein Alibi zu geben. Wenn das nicht Ironie pur ist!"

Frau Acherer lachte trocken ohne einen Funken Fröhlichkeit. „Nicht eine Sekunde lang hat dieser Idiot mich verdächtigt, weil er gewohnt ist, dass ich alles stillschweigend schlucke. Gesorgt hat er sich nur um sich und seinen Ruf. Ihm ging der Arsch auf Grundeis, weil er nach der Versammlung direkt ins Bett ist. Er hat sich ja mit diesem elenden Miststück in unserer Panoramasuite ein Liebesnest eingerichtet und dort auf sie gewartet. Aber sie kam nicht. Keiner, weder Gäste noch Personal, hatte ihn gesehen und konnte bezeugen, dass er im Hotel war. Es war so einfach. Wenn ich bloß nicht beichten gegangen wäre, weil ich mit der Schuld nicht zurechtkam. Ich wollte sie doch nicht tö…"

Weiter kam sie nicht, denn plötzlich wurde sie von einem dunklen Schatten zu Boden gerissen.

Felix! Er war wie aus dem Nichts aufgetaucht und nun lagen zum dritten Mal hintereinander zwei Menschen rangelnd auf dem Boden. Marchetti hatte Amalia zu Boden geworfen und sprang dann pfeilschnell hinzu und nahm die Waffe an sich.

Danach war alles ganz einfach. Jeder Kampfgeist schien aus Sieglinde Acherer gewichen zu sein. Die zwei Männer nahmen sie in ihre Mitte. Amalia rechnete es Marchetti hoch an, dass er den aus seiner Erstarrung erwachten Oberhollenzer die Handschellen anlegen ließ.

„Gott sei Dank, Felix. Du bist gerade rechtzeitig gekommen“, sagte sie mit tiefer Dankbarkeit. Sie hatte das Gefühl, ein Felsbrocken sei ihr von der Seele gefallen. Die Angst verebbte langsam und sie fühlte sich auf einmal leicht und befreit, obwohl sie sich eingestehen musste, dass ihre Knie immer noch zittrig waren.

„Mensch, Amalia, was machst du immer für Sachen.“

Sein Ton war vorwurfsvoll, aber sein Lächeln, das auch seine blauen Augen erreichte, war voller Wärme und verriet seine Erleichterung.

„Ich hatte schon befürchtet, ich bin zu spät.“

„Das war wirklich knapp. Ich hatte eine Heidenangst.“

„Oh, der Herr Steinhauser ist hier schon ganze Weile“, mischte sich nun Marchetti ein. „Ich habe ihn schon gesehen vor einige Minuten. Er hat gemacht seine Sache sehr gut. Er ist geschlichen von Baum zu Baum. Ganz vorsichtig, ganz langsam, immer näher und näher, wie eine Indianer.“

Aha, darum war Marchetti so entspannt neben ihr gewesen und hatte versucht, die Achererin zum Reden zu bewegen. Sie musste zugeben, dass sie Felix nicht hatte kommen sehen.

„Du hast das gewusst und ich hatte Todesangst“, sagte sie vorwurfsvoll zu Marchetti.

Er lächelte eines seiner seltenen Lächeln, das sein Gesicht so veränderte.

„Ich habe mir gedacht, dass es sehr gute Möglichkeit ist, zu bekommen ein vollständig Geständnis vor Zeugen.“ Er zwinkerte ihr zu. „Wenn es geworden wäre gefährlich, hätte ich schon gegriffen ein.“

Amalia musste zugeben, dass sie ihm das durchaus zutraute.

Felix' Miene verfinsterte sich, als Marchetti ihr für einen kurzen Moment die Hand auf die Wange legte und sie dabei ernst ansah. „Ich würde niemals zulassen, dass etwas dir passiert. Ich melde mich."

Dann wandte er sich an Felix. „Gute Arbeit, Herr Steinhauser. Bitte bringen Sie heim Frau Engl. Begleiten Sie sie zum Parkplatz. Ich bin noch beschäftigt hier."

Felix nickte zustimmend, obwohl man ihm deutlich ansehen konnte, dass es ihm nicht passte, Anweisungen von Marchetti entgegenzunehmen.

Dann gab Marchetti Oberhollenzer ein Zeichen, sie nahmen Frau Acherer in die Mitte und führten sie den Forstweg hinunter zu ihrem Jeep. Gern hätte sich Amalia auch von dem jungen *Carabiniere* Oberhollenzer verabschiedet, aber dieser hatte geflissentlich jeden Blickkontakt vermieden.

Amalia trat ein paar Schritte zur Seite vom Schatten in die Sonne, denn sie war komplett durchgefroren. Trotzdem hörte sie nicht auf zu zittern.

Dann holte sie ihre Ski aus dem Wald und Felix und Amalia fuhren gemeinsam ab zum Parkplatz.

„Komm, Amalia, steig ein, ich fahre dich heim. Du schaust völlig erschöpft aus. Dein Auto können wir morgen holen", bot Felix an.

„Nein, danke. Es geht schon."

„Stures Ding", sagte er, aber ohne Schärfe.

Als Amalia ihre Skier auf das Auto montierte, trat Felix zu ihr. „Läuft da was mit dem *Maresciallo?*", fragte er leise.

Amalia zuckte mit den Schultern. Für eine Antwort war sie zu erschöpft.

„Was findest du denn an dem aufgeblasenen Superbullen, der sich dann von Zivilisten retten lassen muss?"

„Er ist zuverlässig", sagte sie mit dem Anflug eines Lächelns, dann wurde sie wieder ernst. „Außerdem gibt er mir das Gefühl, nicht austauschbar sein."

Felix setzte zu einer Erwiderung an, stieg aber dann kommentarlos in sein Auto.

Dann fuhren sie hintereinander die steile Straße hinunter nach Pfunders. Ihr Blick fiel auf die Uhr im Armaturenbrett. Erst zwei. Es kam ihr vor, als wären Tage vergangen, seit sie die Straße nach oben gefahren war. Amalia fuhr ganz langsam und vorsichtig, weil sie sich gerade von allem überfordert fühlte.

An der Haustür wurden sie schon von Bettina Sommer erwartet. Sie fiel Felix um den Hals und umarmte ihn so innig, als wäre er vom Krieg heimgekehrt.

„Mein Gott, Felix, ich habe mich so um dich gesorgt. Als du so plötzlich aus dem Haus gestürmt bist, ohne zu sagen, was los ist, habe ich Angst bekommen. Dann sind auch noch die *Carabinieri* mit Blaulicht durchs Dorf gefahren. Ich habe mir größte Sorgen um dich gemacht."

„Alles halb so schlimm", lachte Felix ein wenig verlegen. Amalia wollte sich unauffällig an den beiden vorbeidrücken. Diesem Liebesgesäusel zuzuhören – das war ihr heute zu viel.

„Ich erzähl dir gleich alles, was passiert ist. Ich begleite nur noch schnell Amalia nach oben."

Nun fiel Sommers Blick auf Amalia, die nass und ramponiert hinter Felix stand.

Sie musterte sie von oben bis unten und sagte dann kühl: „Die Frau Engl ist eine erwachsene Frau. Die kann schon alleine eine Treppe nach oben gehen, nicht wahr?"

Amalia nickte. „Selbstverständlich. Schönen Tag noch." Dann ging sie zur Außentreppe.

„Warte, Amalia. Ich gehe mit", hörte sie Felix. Zu Sommer gewandt fügte er hinzu: „Die Amalia ist fix und fertig. Die zittert am ganzen Körper. Ich lasse sie jetzt nicht allein. Die hat heute allerhand mitgemacht. Ich gehe schnell mit rauf, mach ihr was Warmes und bin gleich wieder da"

Felix folgte Amalia zur Treppe.

„Seit diese Frau über mir wohnt, geht es nur noch: Amalia hier, Amalia da. Wo wir sind, taucht sie auf. Das geht so nicht. Du musst wissen, was du willst." Bettina Sommer warf Amalia, die mit hochrotem Kopf stehen geblieben war, einen feindseligen Blick zu.

Es war ihr furchtbar peinlich, bei diesem Gespräch anwesend zu sein.

Felix sah Bettina Sommer ernst an, dann nickte er. „Okay."

Das Lächeln, das Bettina Sommer daraufhin Amalia zuwarf, konnte man nur als triumphierend bezeichnen.

Dumme Schnepfe, dachte sie zornig.

Bettina Sommer hatte sich schon halb zu ihrer Haustür umgewandt, als Felix klar und deutlich sagte: „Es tut mir leid, wenn dich das stört, aber Amalia ist eine gute Freundin und ich werde sie jetzt nicht alleine lassen. In einer Viertelstunde bin ich wieder da."

Dann ging er, ohne auf den empörten Gesichtsausdruck von Bettina Rücksicht zu nehmen, hinauf zu Amalias Wohnung.

29.

Am nächsten Morgen erwachte Amalia, geweckt von einem Sonnenstrahl, der durch das Schlafzimmerfenster auf ihr Gesicht fiel. Vom Bett aus erkannte sie, dass der Himmel tiefblau gefärbt war und die Sonne die Schneekristalle des Neuschnees wie im Märchen glitzern ließ. Wider Erwarten hatte sie in dieser Nacht fest geschlafen. Ein Blick auf die Uhr verriet ihr, dass sie zwölf Stunden durchgeschlafen hatte. Es musste eine traumlose Nacht gewesen sein, denn sie konnte sich nicht an einen einzigen Traum erinnern, der sie aufgeschreckt hätte.

Sie schob die drei Decken beiseite, mit denen Felix sie gestern Nachmittag zugedeckt hatte, um die Kälte aus ihrem Körper zu vertreiben. Er hatte sich rührend um sie gekümmert und war an ihrem Bett gesessen, bis sie nach all den Strapazen nachmittags eingeschlafen war. Am Abend war sie noch einmal kurz aufgewacht, hatte sich eine Suppe gemacht und war dann wieder zu Bett gegangen. Das Erlebte kam ihr heute Morgen schon ewig weit weg vor, als wären seit dem gestrigen Mittag und dem Kampf mit Frau Acherer schon Jahre ins Land gezogen. Sie fühlte sich erholt und voller Tatendrang.

Amalia stand auf und ging in die Küche, als es läutete.

„Amalia. Bist du in Ordnung, *Gitsche?*“, schallte Nannes Stimme schon laut vernehmbar durch die geschlossene Tür hindurch.

Amalia öffnete und freute sich heute, ihre Nachbarin zu sehen. Schließlich war es schön, wenn sich jemand um einen sorgte.

„Guten Morgen, Nanne. Ich mache mir gerade Kaffee. Möchtest du auch eine Tasse?“, fragte Amalia, die noch ihren rosafarbenen Schlafanzug trug.

„Ja, gerne. Aber setz dich. Ich mache das. Ruh du dich aus. Der Felix hat mir alles erzählt. An die Frau Acherer haben wir zwei Kriminalistinnen beide nicht gedacht. Mit ihrem kaputten Knie und ihrem falschen Alibi hat sie uns ganz schön getäuscht“, sagte sie, holte eine weiße Wolldecke von der Couch und reichte sie Amalia, die sich fröstelnd darin einwickelte.

Von der Eckbank aus sah sie zu, wie ihre Nachbarin den Tee zubereitete, so wie es früher ihre Oma Zille für sie getan hatte. Dann ließ sich Nanne von Amalia haarklein berichten, was gestern alles passiert war. Es dauerte einige Zeit, bis Amalia alle Fragen der Nachbarin zu deren Zufriedenheit beantwortet hatte.

Abschließend schüttelte sie den Kopf. „Da merkt man mal wieder, dass man in die Leut’ *et inneschaugn* kann. So eine hübsche immer freundliche *Gitsche*. Dass sie die ganzen *Mando gamsig gimocht hot,* ist das eine, aber die hat es ja faustdick hinter die *Ehren* gehabt. Ihrem Bruder hat sie nicht geholfen, bis es zu spät war. Ihrer Schwester hat sie bitterböse mitgespielt und sie letztlich in den Selbstmord getrieben. Der Rastbichler hat mir unter dem Siegel der Verschwiegenheit erzählt, dass die ach so tierliebe Celina seinen Arco vergiftet hat. Nur warum, weiß ich nicht. Damit wollte der alte *Teiflslump* nicht herausrücken. Da komm ich aber noch drauf. Die feine Frau Doktor Sommer hat sie erpresst. Dem Michl und dem Kofler hat sie vielleicht die Ehen gekostet. Die Achererin hat sie zur Mörderin werden lassen, weil sie ihr nicht nur den Mann abspenstig gemacht hat, sondern auch noch ins Hotel ziehen wollte. Und das alles, ohne zu wissen, wer überhaupt der Vater vom Kind ist", zählte Nanne auf und nahm dabei ihre Finger zu Hilfe.

Das war eine lange Liste an Missetaten, dachte Amalia betroffen. Für sie wog am schwersten, wie sie aus purer Bösartigkeit vermischt mit Neid das Verhältnis ihrer Schwester zu ihren Eltern unwiderruflich zerstört hatte. Womöglich, weil Amalia es so unmittelbar mitbekommen hatte, wie sehr Stella unter dieser Niedertracht gelitten hatte. Der darauffolgende Selbstmord würde Amalia immer belasten. Die dumpfen Gedanken, zu wenig für Stella getan zu haben, würden Amalia sicherlich noch so manche Nacht einholen. Und die armen Eltern der Zwillingsschwestern erst. Sie waren am Boden zerstört. Morgen würden sie mit zwei Urnen die Heimreise antreten müssen. Von diesem erneuten grausamen Verlust würden sie sich mit Sicherheit niemals erholen. Der Mensch war tatsächlich das böseste Tier, dachte sie nicht ohne Bitterkeit.

Als hätte Nanne ihre Gedanken lesen können, sagte sie in gewichtigem Ton auf Lateinisch: „*Lupus homo homini est.*"

Amalia lächelte ein wenig wehmütig in sich hinein, da hatte aber jemand bei der Predigt gut zugehört.

Dann wechselte die alte Frau übergangslos das Thema: „*Lissn, Bildomocharin,* ich soll dich übrigens vom Pfarrer Auer schön grüßen. Ich habe ihn heute früh besucht. Gestern Abend ist er aufgewacht. Heute in der Früh ist er von der Intensivstation auf die normale Station verlegt worden und die zwei *Karpf* vor seiner Tür sind auch weg. Er ist zwar noch sehr schwach und muss noch mindestens zwei Wochen im Krankenhaus bleiben, aber er ist auf dem Weg der Besserung", berichtete Nanne von ihrem Krankenbesuch.

„Gott sei Dank!“, sagte Amalia mit einem Stoßseufzer der Erleichterung.

Bevor sie genauer nachfragen konnte, wechselte Nanne – wie üblich übergangslos – das Thema: „Hast du was von der Evi gehört? Bleiben die jetzt *zom?* Ich hab ja gehört, der Michl weiß *et, wos dian. Doweil* wär es so einfach. Er sollte die lebende Ehefrau nehmen und die tote *Deitsche* schnell vergessen und alles wäre gut. Aber jetzt zweifelt der *Tolm* an seinem ganzen ‚Lebensmodell‘“.

Hohn triefte richtiggehend aus Nannes Stimme. Für Michls Zweifel hatte sie kein Mitgefühl übrig. Für sie war es einfach: schwarz oder weiß, gut oder böse. Aber ganz so leicht war es meistens nicht, dachte Amalia.

Kurz darauf verabschiedete sich ihre Nachbarin mit einem Blick auf die Uhr. Schließlich musste sie unbedingt noch zum *Dorftreff*. Amalia ahnte, dass Nanne in den nächsten Tagen keiner entkam und sie jedem, egal ob er bereits davon wusste oder nicht, detailliert von der Verhaftung der Hotelchefin berichten würde. So war sie, die Nanne, dachte Amalia nachsichtig.

Die Fotografin schaute auf ihr Handy. Drei verpasste Anrufe: Felix, *Maresciallo* Marchetti und Evi. Sie hörte ihre Mobilbox ab. Beide Männer wollten heute Abend mit ihr zum Essen gehen. Tja, das Leben ist voller Möglichkeiten, dachte sie grinsend und wählte Evis Nummer, um sich mit ihr für den heutigen Abend zu verabreden.

Ende

Danksagung

Als Erstes danken wir den Wichtigsten: unseren Leserinnen und Lesern, jeder und jedem Einzelnen, die oder der sich im hektischen Alltag Zeit genommen hat, unser Buch zu lesen.

Herzlichen Dank auch an alle, die uns in unserem ersten Autorenjahr so tatkräftig unterstützt haben. Durch Euch durften wir viel Neues erleben, unsere erste Lesung, erste Interviews, erster Fernsehauftritt, erste Leserunde etc. – unvergessliche Momente. Wie Ihr wisst, das erste Mal vergisst man nie. Das Schönste daran war, dass wir dabei so viele großartige, engagierte Leute kennenlernen durften und Freundschaften geschlossen haben.

Wer uns in unserem zweiten Autorenjahr begleiten möchte, kann dies gerne auch auf Instagram und Facebook (omasreiter.scheck) machen.

Last but not least: Dank an die Menschen, ohne die all dies nicht möglich wäre – unsere Familien.

Christiane und Kathrin

Glossar

a dopo	bis später (ital.)
aglio et olio	Knoblauch und Öl (ital.)
Ahseu	Ach so
amol	einmal
antrisch	unheimlich
Austria	Österreich (ital.)
Avvocato	Anwalt (ital.)
Belegtes	(mit Wurst, Speck oder Käse) belegtes Brot/Semmel
bella signorina	schönes Fräulein (ital.)
Bildomocharin	Bildermacherin (= Fotografin)
bled	blöd
boh	Südtiroler Laut, bedeutet: „ist mir egal“, „keine Ahnung“
bsundos studierta Weibo	besonders studierte Frauen
Bui/Buibm	Bub/Buben
Buona Notte	Gute Nacht (ital.)
Carabiniere/Carabinieri	Polizist/Polizei
Che piacere rivederLa!	Welch Freude, Sie wiederzusehen! (ital.)
Ciao	Hallo/Tschüss (ital.)
Comando Stazione	Polizeiwache (ital.)
come si dice	wie sagt man (ital.)
deitn	Zeichen machen
Deitsche	Deutsche
derer	dieser

des	das
des weht ja a so	das stürmt so
Dio cane	italienisches Fluchwort
Doige	eine Hiesige (Einheimische)
doweil	dabei
dringschaugg	geschaut
durrs Gitschile	dürres Mädchen
Du wearsch mior decht et umfall?	Du wirst mir doch nicht ohnmächtig werden?
Ehren	Ohren
É libero questo posto?	Ist dieser Platz noch frei? (ital.)
Erdäpfelsuppe	Kartoffelsuppe
Erschtila	Schüler der ersten Klasse Grundschule
et/ette	nicht
et letz	nicht schlecht
et wos dian	weiß nicht, was er tun soll
fahlt's dir?	spinnst du?
famiglia	Familie (ital.)
finito	Schluss! Aus! (ital.)
Flietsche	Schlampe
freindlich	freundlich
Fuchzger	Fünfziger (50. Geburtstag)
Fuitahaus	Futterhaus (Heuschober)
Gamsen	Gämsen (Plural von Gams)

gamsig	sexuell erregt
gamsig mochn	jemanden sexuell erregen
Gerre	Mutterschaf
Gitschile/Gitschilan (Pl.)	Mädchen – Verniedlichung
gimocht	gemacht
Gitschile	Mädchen Verkleinerung
grion/grioner	Grün/grüner
Griaß di	Grüß dich
Gschicht	Geschichte
gschpassig	seltsam
gstudiert	studiert
Gugga	Fernglas
Hardimitzn	Südtiroler Schimpfwort
hechdeitsch	hochdeutsch
heu?	oder?
Hoi/Hoila	Hallo
Huornficho	Hurentiere
inneschaugn	hineinschauen
Jessas	Ausruf der Überraschung
Kappe	Mütze
Karpf	Polizei (umgangssprachlich)
Kartn	Kartenspielen
kimm inna	komm herein
Kirchbichl	Hügel, auf dem die Kirche steht
Kleiderschurz	Kittelschürze
Laab	Laub (hier: Farbe beim Kartenspiel)

Ladnerin	Verkäuferin
lai	nur
Lampl	Lamm
lissn!	hör zu! horch!
Lupus homo homini est	Der Mensch ist dem Menschen ein Wolf (lat.). Zitat geht zurück auf den röm. Komödiendichter Titus Maccius Plautus und auf den Staatstheoretiker Thomas Hobbes (De Cive).
Macchiato	Espresso mit wenig Milch
Madoia	Südtiroler Schimpfwort
magari	vielleicht
Malile	Leichenschmaus
Mamme	Mama
Mando	Männer
Maresciallo	Dienstgrad bei den Carabinieri
Matura	Abitur
Mau-Mau	Kartenspiel für Kinder
Ma, wenn du des so sogsch, klingt des gor et aso loppat.	Na ja, wenn du das so sagst, klingt das gar nicht so dumm.
Mi dispiace	tut mir leid (ital.)
Mingilan	kleines Südtiroler Schmalzgebäck
mior	wir
mogsch zuischaugn	kannst zuschauen
Molto gentile	Das ist sehr freundlich (ital.)
naturalmente	natürlich (ital.)
Nussila	Nuss-Schnaps
olls	alles

Oschpile Muggn	Südtiroler Fluchwort
perfetto	perfekt (ital.)
Pfiote/Pfiot enk	Auf Wiedersehen
piano	langsam, sachte (ital.)
Plentn	Schmarrn/Unsinn
Polsterzipfel	frittiertes Gebäck
Porzellona	Südtiroler Schimpfwort
poscht mortem	post mortem (lat.), nach dem Tod
Potsch	Dummerchen (Beleidigung für Frauen)
Priorità	Priorität (ital.)
Puff mochn	Chaos anrichten
Putana	Südtiroler Fluchwort
rachen	Räuchern
Rachfassl	Räucherfässchen
Raunächte	zwölf Nächte um den Jahreswechsel mit besonderer Bedeutung für das Brauchtum
Retn	Rotwein
richtigo	richtiger
romantico	romantisch (ital.)
Schampis enk gor et?	Schämt ihr euch gar nicht?
Schell	Schellen, Kartenfarbe im deutschen Blatt
Scherpe	Schal
Schlutzkrapfen	Südtiroler Nudelspezialität, ähnlich Ravioli, oft mit Spinat gefüllt.
Schmorrn!	Schmarrn, Unsinn, Unfug
schnappig	vorlaut
Schneestrümpfe	Gamaschen

schun	schon
scusi	Entschuldigung (ital.)
seggo	wahrlich, wirklich
sella Schmarre	so ein Unfug
Signora	Frau (ital.)
Signorina	Fräulein (ital.)
Spinna	Spinner
Squadra Scientifica	Spurensicherung, Forensik
Squadrone Cacciatori di Calabria	Spezialeinheit der Polizei gegen organisierte Kriminalität in Kalabrien
stallilan tuit	nach Stall riechen
SUV	Geländelimousine (Sport Utility Vehicle)
tamisch	dumm, stur
Tata	Papa
Teiflslump	Mistkerl
Tepp	Depp
Tolm	Depp
Treggile	Küchenwaschbecken
una bella signorina	ein schönes Fräulein (ital.)
Vinteler	aus Vintl
Vormasskuchilan	Frühstückskuchen
wallischen	italienischen (abwertend)
Watten/watten	Kartenspiel
Weibomensch	Weib
Weihnachtskekslan	Weihnachtsplätzchen
wennst	wenn du

Widen/Widum	Pfarrhaus
woasch/woasche	weißt du
zom	zusammen
zifleise	aus Trotz
zuichngileg	dazu gelegt
zuischaugn	zuschauen

Orte	
Eisbruggsee	Bergsee oberhalb von Pfunders auf 2351 Meter ü. d. M.
Gampiel	Bewirtschaftete Alm oberhalb von Pfunders
Marschthütte	Alm oberhalb von Pfunders
Mitterhof	Hof oberhalb von Pfunders
Pichschuista	Hof oberhalb von Pfunders
Samer	Hof oberhalb von Pfunders

Flurnamen

Fallmetzer

Falzarerböden

Hölzlbrunn

Meusa Feld

Porschtfeld

Rastbrandl

Schattseite

Untersaml

Bergnamen

Pfunders und Umgebung:

Hegedex	Dialekt für Eidechsspitze
Hörnle	
Lettazogl	
Pfundrer Berge	Die Pfunderer Berge sind eine Untergruppe der Zillertaler Alpen
Tschorn	

Berge in Garmisch-Partenkirchen, Bayern:

Eckbauer	
Gudiberg	
Waxensteine: großer und kleiner Waxenstein	Berge bei Grainau

Wettersteinmassiv

Alpspitze

Personen, Organisationen und Eigennamen

AC/DC	australische Hard-Rock-Band
Avsenik	slowenischer Komponist und Akkordeonist
Bauernjugend	bäuerliche Jugendorganisation in Südtirol
Bergl	Café in Vintl
Berliner Eisbären	Berliner Eishockeyclub
Brugga/Brugger	Gasthof Brugger an der Lärchstraße
Defregger, Franz	Historienmaler (1835–1921)
Dorfer	Hof oberhalb von Pfunders

Dorferkapelle	Diese Kapelle soll an den ursprünglichen Hof erinnern, der im Katastrophenwinter 1951 von einer Lawine weggerissen wurde, wobei sechs Menschen ums Leben kamen.
Dorftreff	Café im Zentrum von Pfunders
Guttenberg	Karl-Theodor zu Guttenberg, deutscher Politiker
Hertha BSC	Berliner Sportverein mit bekannter Fußballmannschaft
Leibniz Institute for Zoo and Wildlife Research	Forschungsinstitut in Berlin
Lodenwirt	Hotel und Restaurant in Vintl
Neujahrsskispringen	Skisprung-Weltcup-Veranstaltung am Neujahrstag in Garmisch-Partenkirchen im Rahmen der Vierschanzentournee
Skistadion	Das Olympia-Skistadion in Garmisch-Partenkirchen ist ein Stadion am Fuße der Skisprungschanzen.
Tondl-Laden	Lebensmittelladen im Zentrum von Pfunders
Vierschanzentournee	Vier zusammengefasste Skisprung-Weltcupveranstaltungen, die seit 1953 jährlich um den Jahreswechsel in Deutschland (Oberstdorf, Garmisch-Partenkirchen) und Österreich (Innsbruck, Bischofshofen) stattfinden.

Frei erfundene Betriebe

Sporthotel Acherer

Leseprobe aus „Die Bildermacherin"

1.

„*Madoia*", schimpfte Amalia, als der Wagen vor ihr abbremste. Nervös trommelten ihre schlanken Finger auf das Lenkrad ihres geliebten feuerroten Minis. Wie immer war sie viel zu spät dran, und dieser saublöde Stau auf der Brennerautobahn nahm ihr die Hoffnung, es gerade noch pünktlich zu schaffen.

Amalia war die letzten beiden Wochen für eine Fotostrecke im Auftrag von „Harper's Bazaar" im Serengeti-Nationalpark im Norden von Tansania unterwegs gewesen. Die Fotos von den Models in festlichen Abendkleidern im Animal-Print vor der Kargheit der baumarmen Savanne und den verschiedensten Wildtieren im Hintergrund waren atemberaubend geworden. Sie hatte riesige Gnuherden, Löwen, Hyänen, Zebras und Elefanten bestaunen können. Am vorletzten Tag war ihr ein Schnappschuss von einem Massai, der das aufwendige Treiben mit Maskenbildnern, Designern und Stylisten fassungslos beobachtet hatte, gelungen. Der Kontrast zwischen der glamourösen Künstlichkeit der Models und der natürlichen Würde des Massai war überwältigend gewesen. Sie fand, dass diese Aufnahme zu den eindrucksvollsten ihrer Karriere zählte.

Nun hatte sie eigentlich zu Hause in aller Ruhe ihre Bilder auswerten wollen, aber dann bekam sie gestern früh am Flughafen von Nairobi vom Pfarrer ihres Heimatdorfes den verstörenden Anruf, dass ihre Oma nach einem Unfall verstorben war. Der arme Mann war ganz verzweifelt, da er anscheinend schon tagelang versucht hatte, sie zu erreichen, sie aber keinen Handyempfang gehabt hatte.

Der elfstündige Flug von Nairobi über Amsterdam nach Berlin war ihr schier unendlich vorgekommen. Mit Tränen in den Augen hatte sie aus dem Flugzeugfenster in das unendliche Blau des Himmels gestarrt. Ihre geliebte Großmutter war schon vor knapp einer Woche verstorben – und sie hatte nichts mitbekommen. Nach einer kurzen Nacht mit wenig Schlaf war sie heute in aller Früh von Berlin nach Südtirol zur Beerdigung aufgebrochen. Sie hatte das Auto nehmen müssen, da der erste Flug, auf dem Plätze frei waren, erst am Nachmittag in Innsbruck gelandet wäre.

Besorgt blickte sie wieder auf die Uhr im Armaturenbrett. Schon nach zwölf. „Mist, Mist, Mist!" Sie hatte vorgehabt, noch rechtzeitig zum letzten Rosenkranz im Haus ihrer Oma anzukommen. Doch die Uhr tickte ohne Erbarmen weiter, und Amalia kroch mit unter 50 Stundenkilometern über den Brenner.

Sie kramte in ihrer großen Handtasche nach ihrem Schminkbeutel. Wenn sie schon in Schrittgeschwindigkeit dahinschlich, konnte sie wenigstens ihr Make-up für die Beerdigung auffrischen. Als sie ihren dunkelroten Lippenstift auflegte, dachte sie wie jedes Mal, dass ihre Oberlippe im Verhältnis zur Unterlippe zu schmal sei. Besser gefielen ihr ihre gerade schmale Nase und ihre hohen Wangenknochen. Allerdings waren die grünen Augen, die ihr aus dem Spiegel entgegensahen, müde und ausdruckslos. Hastig versuchte sie ihren Sonnenbrand auf der Nase, den sie aus Afrika mitgebracht hatte, zu überpudern. Heute sah man ihr jeden einzelnen Tag ihrer 30 Jahre im Gesicht an, dachte sie kritisch. Am Morgen hatte sie es nicht mehr geschafft, ihre Haare glattzuföhnen, sodass ihre dunkelbraunen, schwer zu bändigenden Locken bis weit über ihre Schultern fielen. Amalia band sie entschlossen zu einem strengen Knoten zusammen, weil sie fand, dass sie sonst viel zu salopp für den Anlass wirkte. Als sie noch schnell ihre Wimpern tuschen wollte, hupte der Idiot im Auto hinter ihr, sodass sie vor lauter Schreck einen schwarzen Strich auf ihre Stirn patzte. Fluchend fuhr sie an und kam nach zwei Metern wieder zum Stehen. Sosehr sie auch mit Taschentuch und Spucke rieb, der Strich verwandelte sich nur in einen unförmigen grauen Fleck.

„Bravo, heute verschwört sich wirklich alles gegen mich", dachte sie genervt. Dabei lag das Schlimmste erst noch vor ihr. Ihr Magen zog sich schmerzhaft zusammen, als sie sich vorstellte, dass sie in wenigen Stunden am Grab ihrer Oma Zille stehen würde.

Zille war bisher der wichtigste Mensch in ihrem Leben gewesen. Nachdem ihre Eltern bei einem Lawinenunglück ums Leben gekommen waren, hatte die Großmutter sie aufgezogen. Mit einem traurigen Lächeln dachte sie an die kleine, zierliche Frau, die mit ungeheurer Energie alles angepackt hatte, was sich ihr in den Weg stellte.

Wenn Amalia in einem Gespräch erwähnte, dass sie schon mit drei Jahren ihre Eltern verloren hatte, wurde sie meist mit Mitleid überschüttet. Doch sie selbst hatte nie das Gefühl, dass ihr etwas fehlte. An ihre Eltern konnte sie sich kaum erinnern, und ihre Oma hatte ihr eine sorglose, behütete Kindheit geschenkt. Wenn sie von der Schule nach Hause kam, wartete Zille mit einer heißen Schokolade, etwas Selbstgebackenem und vor allem mit einem offenen Ohr für ihre Erlebnisse, Sorgen und Nöte auf sie. Auf ihre pragmatische, unsentimentale Sichtweise, mit der sie Probleme betrachtet hatte, war immer Verlass gewesen. Mit Wehmut dachte sie an die vielen Wanderungen, Ausflüge und Bergtouren, die sie mit ihrer rüstigen Großmutter unternommen hatte. Zille hatte immer etwas zu erzählen oder zu zeigen gehabt.

Auch später, als Amalia von einem Leben in der großen weiten Welt träumte, hatte Zille sie unterstützt. Mit Stolz hatte sie den Weg ihrer Enkelin beobachtet, der diese weg aus Südtirol zuerst nach New York und später nach Berlin geführt hatte. „Die Jungen müssen hinaus in die Welt, die meisten zieht die Heimat dann schon wieder zurück", hatte sie immer ruhig gesagt, wenn ein Dorfbewohner sie auf Amalias lange Abwesenheiten ansprach.

So offen Zille zuerst den vielen Reisen ihres Sohnes und später den Plänen ihrer Enkelin gegenüberstand, so eng war ihre Großmutter selbst mit ihrem kleinen Heimatort verwachsen. Hier hatte sie alles, was sie brauchte, um glücklich zu sein. Als ihre Großmutter Amalia einmal in Berlin besuchte, hatte die junge Frau genau gemerkt, dass Zille zuerst die Tage und schließlich die Stunden zählte, bis sie endlich wieder nach Pfunders zurückfahren konnte.

Daher war Amalia klar, wie wichtig es ihrer Oma gewesen war, dass auch nach ihrem Tod alles so ablief, wie es seit Generationen in Pfunders der Brauch war: Bis zur Beerdigung zu Hause in der *Stube* aufgebahrt, und jeden Abend würden die Leute vom Dorf kommen, um an ihrem Sarg den Sterberosenkranz zu beten. Amalia wusste, dass es ihre Pflicht gewesen wäre, während dieser Stunden, wenn die eintönigen

Worte des Gebetes durch das Haus hallten, auf der Ofenbank zu sitzen und mitzubeten. Aber sie war nicht da gewesen. Und heute am Tag der Beerdigung kam sie auch noch zu spät. Allerdings hatte sie in gewisser Weise Glück gehabt. Der Pfarrer hatte ihr berichtet, dass wegen des Unfalls die Leiche obduziert werden musste. Sonst hätte die Beisetzung schon vor Tagen stattgefunden. Ohne sie.

Was für ein Unfall überhaupt …? Der Pfarrer war in diesem Punkt sehr vage geblieben. Auf einer Wanderung sei es passiert, hatte er lapidar verkündet und ihr dann den Termin für die Beerdigung mitgeteilt. War die alte Frau unglücklich gestürzt? Hatte sie einen Herzinfarkt erlitten?

Amalia hatte versucht, Hilda Raffeiner, die beste Freundin ihrer Großmutter, zu erreichen, um Genaueres in Erfahrung zu bringen, aber dann war ihr Flug aufgerufen worden und sie war nicht mehr dazugekommen, es noch einmal zu probieren. Wieder bedauerte sie das schlechte Timing. Wenn sie doch bloß früher von dem Unfall erfahren und sich selbst um alles hätte kümmern können. Sie fluchte nochmals aus voller Kehle.

304 Seiten, ISBN 978-88-6839-349-6
Leseprobe unter: www.athesia-tappeiner.com/de/9788868393526